KB096996

돗개무리

못계무리

⑤ 세도승승勢道繩繩

| 이번영 강사소설 |

이른아침

차 례

1

노산군 사사

서릿바람에 천자만홍千紫萬紅의 단풍이 낙엽 되어 땅바닥을 구르는 10월(음력)이 지나고 있었다. 의정부를 선두로 불어닥치는 노산군 사사賜死의 주청 바람도 서릿바람이 되어가고 있었다. 노산군 사사만이 나라와 백성을 위해 해야 할 유일한 길인 양 조정의 모든 부서가 들고 일어나 그 일에만 매달렸다.

의정부에 이어 종친부, 충훈부忠勳府, 그리고 육조六曹 연명의 주청과 상소가 잇달았다. 수양왕은 침음양구沈吟良久(속 깊이 오래 생각함)나 하는 듯 가끔 한 번씩 어찰御札을 써서 내려보냈다.

그대들의 뜻을 잘 알고 있다.

내 너무 박덕하여 이미 많은 골육지친을 죽였노라.

이제 더 이상은 그럴 수 없노라.

10월도 반이 넘게 지나갔다. 한 열흘 지나면 설한풍 날리는 동지섣 달이 닥칠 판이었다.

대표적인 충신들, 즉 영의정 정인지, 좌의정 정창손, 우의정 신숙주, 이조판서 한명회가 수양 앞에 나가 무릎을 꿇었다. 이렇게 실세 중 실세 가 모여온 것은 끝장을 보겠다는 의도임을 수양왕도 간파하고 있었다.

"이미 노산군으로 강봉되었소. 이제 폐위서인廢爲庶人으로 그칩시다. 그리 알고 물러가 처리하시오."

수양은 이제 때가 이르고 있다고 여겼다.

'온 나라가 들썩일 만큼 왕실과 조정이 들고 일어났으니 임금인들 어찌 견딜 수 있으랴.'

백성들이 이쯤 생각할 것이라 여겼다.

"전하, 아니 되옵니다."

정인지가 반대하고 나섰다.

"아니 된다니? 그럼 또 죽이자는 것이오?"

"그러하옵니다."

신숙주가 대답했다.

"예부터 역적의 처벌에는 삼족을 멸하는 혹독한 형벌이 시행되어 왔사옵니다. 그것은 국가 백년대계를 위하여 발본색원하는 것이 불가 피하기 때문이옵니다. 잡초의 잎사귀만 베고 뿌리를 뽑지 않으면 잡초 는 도로 무성하게 되옵니다. 이제야말로 소소한 연민을 떨치고 왕조의 잡초 뿌리를 뽑아내 소각해야 할 때이옵니다."

"그러면 노산군을 죽이자는 것이오?"

"그러하옵니다. 더는 미룰 수가 없사옵니다."

한명회가 대답했다.

그때 어전으로 들어오는 사람이 있었다.

"오오, 백부님……."

백발백수白髮白鬚의 양녕대군이 부복 사배를 올렸다. 수양왕이 어좌에서 내려와 양녕대군의 손을 잡아 일으켜 편히 앉게 했다.

"지금 국상國相(정승)들이 노산군 제거를 주청해서 심란한 중이옵니다. 한 말씀 해주시지요."

"신이 늘 주장한 것처럼 모범을 보여 숙정肅正하지 않으면, 18남 4녀(세종의 아들 딸)의 형제를 다 베어야 할 날이 올지도 모릅니다. 통촉하시옵소서."

"좀 더 먼 오지에 부처해서 살게 하면 되지 않겠습니까?"

"아무리 더한 오지라도 노산이 살아 있는 한은 금성의 일과 같은 반역 소요가 또 일어날 것입니다. 당장 결단을 내리셔야 합니다."

"당장 결단하라 이 말씀이십니까? 백부님."

"이 일이 시작된 지가 이미 오래되었습니다. 아직도 일의 매듭을 짓지 못하고 있다는 소식을 듣고 오늘은 주상과 결판을 내리려고 입궁했어요. 이 일은 미루어서 되는 일이 절대로 아닙니다."

신숙주가 끼어들었다.

"그러하옵니다. 지금까지 일어난 모든 모역謀逆이 노산을 주축으로 하고 있었사옵니다. 그리고 노산이 살아 있는 한, 앞으로도 모역은 그치지 않을 것이옵니다. 전하의 성덕으로 그동안이나마 대역죄인 노산은 과분한 은혜를 입었사옵니다. 이 점은 노산 자신은 물론이요 백성들도 다 알고 있을 것이옵니다. 이제는 결단을 내리셔도 전하를 원망할 사람은 아무도 없사옵니다. 사직의 안녕과 백년대계를 위하여 이제 결단하시옵소서. 전하."

"또 지친을 죽여야 한단 말이구려. 내 이다지도 박덕한 사람이란 말인가?"

수양은 마침내 결심한 듯 입을 꾹 다물고 연상의 붓을 들었다. 내관이 얼른 먹을 갈았다.

수양은 먹물에 서너 번 붓을 천천히 묻힌 다음 어찰을 썼다.

시월이십사일명사노산군사十月二十四日命賜魯山君死

(시월이십사일 노산군에게 죽음을 내릴 것을 명하노라)

"승정원에 전하라."

내관이 어찰을 받들고 나갔다.

"전하. 성은이 망극하옵니다."

양녕대군과 중신들은 기쁨에 들뜬 목소리로 고마움을 합창했다.

의금부에서는 그날로 사약을 받든 도사가 출발했다.

요사이 대궐의 모임을 불안하게 여기고 있던 중전 윤비는 오늘 실세 중신들과 양녕대군이 모여 숙의하고 있다 하니 더욱 불안한 모양이었다. 임금인 남편이 잘 알아서 하겠지 하면서도 오늘따라 마음이 더욱 불안했다.

자신의 불안이 방정맞은 것이라 여겨 스스로 진정해보려고 애도 써보았지만 이상하게도 오늘은 마음이 영 놓이지 않았다. 겨우 스무 살의 나이에 죽은 아들이 떠오르자 가슴이 쓰렸다.

'심심산골에 처박아놓고 지키는 불쌍한 어린 조카를 꼭 죽여야만 한단 말인가?'

"임상궁. 회의가 끝났는가?"

"아직 끝나지 않을 줄로 아뢰오."

"……."

"금성마마가 영월 상왕……, 아니 노산군 마마를 끼고 역적모의를 했으니 그렇게 쉽게 끝나겠사옵니까? 아마도 사약을 내리시든지 무슨 조처를 취하시지 않겠사옵니까?"

"임상궁, 그런 끔찍한 소리를…… 어찌 그리 한단 말이냐? 사람 죽이는 일을 더는 아니 하실 것이다."

"역적을 죽이지 않고 살려두면 다른 사람들이 또 쉽게 역적모의를 할 것이 아니옵니까?"

"왕의 덕이 높으면 그런 일은 없느니라."

"……!"

"임상궁."

"예. 마마."

"회의가 끝나는 것을 기다렸다가 대전 내관들에게 결과를 물어 즉시 나한테 전해라."

"예, 마마."

임상궁이 나가자 금세 여덟 살의 어린 왕자 황晄이 뛰어 들어왔다.

"어마마마, 또 우시는 거예요?"

윤비가 염주를 들고 있는 것을 본 황의 말이었다. 황은 어머니가 염주를 돌리며 우는 모습을 여러 번 보아왔다. 윤비가 어린 아들의 머리를 쓰다듬었다.

"우리 황은 어미가 염주만 돌리면 우는 줄 아는구나. 아니야. 내가 볼 일이 좀 있으니 딴 데 가서 놀아라. 응?"

"예."

황이 나가 시종내관을 데리고 떠나자 곧 임상궁이 들어왔다.

"중전마마, 소신의 추측이 맞았사옵니다."

"그게 무슨 말이냐?"

"영월의 노산군 마마를 죽이기로 했다 하옵니다."

"뭐? 노산군을 죽이기로?"

"예. 마마."

"아이고, 저런, 저런……. 이 일을 어찌한단 말이냐?"

윤비는 벽에 걸어놓은 세자의 초상화를 쳐다보았다.

'네가 죽어 이제 다 끝난 줄 알았는데…….'

윤비는 가슴 속에서 서서히 치솟아 오르는 울화를 느꼈다. 일종의 배신감 같은 느낌도 치솟았다.

둘이 세자의 초상화를 보면서 남편 임금이 하던 말이 떠올랐다.

"이제 그런 불행한 일이 우리 왕실에 더는 없을 것으로 믿고 있소. 우리 세자가 그런 불행을 마감하는 큰일을 한 것 같소."

그런데 어찌 된 일인가? 세자는 왜 죽었단 말인가? 겨우 나이 스물에 하릴없이 왜 죽었단 말인가?

'음……. 사람 죽이기를 좋아하는 그놈들……. 불한당 같은 그놈들 때문이렸다. 이 흡혈귀 같은 놈들이 지금은 당상관이렸다. 당상에서 사모관대紗帽冠帶를 하고서 지금도 계속해서 피를 부르는 놈들.'

"이 역적놈들을 그냥……."

윤비는 소리를 지르며 이를 부드득 갈았다.

"황공하여이다. 마마."

"임상궁 듣거라."

"예. 마마."

"즉시 나가서 신숙주, 한명회 그 두 사람을 불러들여라. 천하에 대역 부도한 놈들은 바로 그놈들이니라. 알아들었느냐?"

"예. 마마."

임상궁은 대답을 하고서도 자리를 뜨지 않았다. 도대체 이게 무슨 말인지 알 수가 없어서였다.

"임상궁은 뭘 꾸물대느냐?"

"하오나 상감마마께서 아시오면…… 조정 대신들을 지밀 내전까지 불러들이셨다고…… 꾸중이 계실 것이옵니다."

"누가 너더러 그런 걱정 하라 했느냐? 썩 불러 대령시키지 않고 뭐 하고 있어?"

"예, 마마."

임상궁이 튕기듯이 나갔다.

얼마 있지 않아 밖에서 헛기침 소리가 들렸다. 그 소리는 못마땅하다는 기색을 드러내고 있었다. 윤비는 또 다시 이를 부드득 갈았다.

발 밖에서 임상궁이 알렸다.

"중전마마. 우의정 신숙주대감, 이조판서 한명회대감 두 분 알현이옵니다."

윤비는 미동도 하지 않고 발 밖에서 두 사람이 사배四拜의 예를 마치기를 기다렸다가 입을 열었다.

"두 분 대감 오시느라 수고하셨소이다."

얼음장 같은 냉랭한 음성이었다.

'나는 왕비요 너희는 신하다'라는 것을 똑 부러지게 선언하는 목소리였다.

"황공하옵니다."

"듣자 하니 오늘 여러 정승들의 의견이 모두 합치된 바가 있다 하는데……. 그래 영월에 가 있는 사람을 죽이기로 결정했다 하는데, 그게 사실이오? 알고 싶어서 두 분을 듭시라 했습니다."

"우의정 신숙주 분부 받들어 한 말씀 아뢰옵니다."

신숙주는 매우 뻣뻣했다.

"말씀하시오."

윤비도 뻣뻣했다.

'흥, 제 놈이 날 때부터 우의정인가? 빤질빤질한 일개 서장관 놈이!'

"아뢰옵기 황송하오나 국가 대사란 사사로운 정이나 일가친척의 혈연과는 구별되어야 할 줄 아옵니다. 이는 가정사와는 달라서……."

"신서장!"

꽥 내지르는 왕비의 칼 같은 고성에 신숙주는 움찔했다.

"엣?"

우의정을 신서장이라니? 임금이 그렇게 부를 때는 옛 동지로서, 혈맹으로서 친밀감이나 있었지…….

그러나 왕비가 그렇게 부르다니…….

"신대감, 가정사와 다르다니? 도대체 신대감은 나더러 아녀자는 입 닥치라 그거요?"

"아니옵니다. 중전마마."

신숙주의 목소리와 태도가 완전히 허물어졌다. 주종관계가 뚜렷해진 것이었다. 옛날의 억척스럽던 마님과 문객門客의 사이로도 돌아간 것이었다.

"왜 자꾸 피를 부르시오? 왜 자꾸 이씨왕조의 피를 보자는 거요? 죽이고 또 죽이고……. 왜 자꾸 왕가의 목숨들을 끊으려는 거요? 말씀을 좀 해보시오."

비록 주종관계라 하나 당대의 명재상 신숙주가 그냥 듣고만 있을 수는 없었다.

"중전마마. 무슨 연고로 신을 부르셨는지 자세히 모르겠사옵고, 또 무슨 연고로 신을 나무라시는지 자세히 모르겠사오나, 신에게 답변을 요구하시오니 한 말씀 올리겠나이다. 신은 중전마마께 답변을 올림과 동시에 이 나라 만백성에게 답변을 하는 것이오며, 또한 옥황상제께 답변을 올리는 것이옵니다. 첫째는 신이 왜 금상마마의 신하가 되었는가 하는 것입니다. 역사를 상고해보면 한 나라가 망하고 다른 나라가 들어서기 위해서는 참으로 많은 사람들이 목숨을 잃어야 했습니다. 자기 국토와 국민을 애호하는 사람이면 어느 누가 자국민의 피 보기를 즐기겠습니까? 하온데 선왕시대(단종)의 형세는 왕실 대군들과 원로상신들의 대립이 용호상박龍虎相搏의 형국이었고, 소년 군주는 덕도 재치도 결단성도 없는 한낱 도령에 불과했습니다. (사실은 그렇지 않았었다는 것을 신숙주는 지금도 잘 알고 있는 사람이었다.) 그런 상황에서는 역성혁명易姓革命이 결코 일어나지 않는다고 누구도 보장을 할 수가 없는 것입니다. 신은 밤을 꼬박꼬박 새우면서 여러 가지로 생각한 끝에 종묘사직을 보존할 수 있는 유일한 길로 금상을 선택했던 것입니다. 수양대군은 당당한 왕자이시라 왕통을 이어받아도 아무 결격이 없었으며, 파당을 깨뜨리고 나라를 경영해 나갈 능력이 갖추어져 있었으며, 나라의 기틀을 염려하는 배려심이나 외교, 국방, 산업 등 모든 면에서 일가견을 갖춘 인물이었기 때문에 신이 선택한 것입니다. 둘째는 신이 왜 사람 죽이는 일에 계속 가담했었는가 하는 점입니다. 금상의 친동생인 안평대군의 사형에 찬성했던 것은, 그에게 왕위에 대한 욕심이 있었기 때문입니다. (이 또한 그렇지 않았었다는 것을 신숙주는 지금도 잘 알고 있었다.) 솔직히 말씀드려서 국리민복을 위해서 안평대군이 나라를 다스리는 것이 수양대군이 다스리는 것보다 더 나을 것이라고 판단했다면, 신은 수양대군을 죽이는 일에 찬성했을 것입니다. 또한 성삼문, 박팽년 등의 사형에 찬성했던 것은 그들이 임금을 죽이려 했기 때문입니다. 임금을 죽이려 했던 자를 사형에 처하는 것은 너무나 당연한 일이옵니다. 송현수나 금성을 죽여야 하는 것도 마찬가지로 당연한 일이옵니다. 똑같은 이치로 노산군을 죽여야 하는 것도 당연한 일이옵니다. 신은 하늘을 우러러 한 점 부끄러움이 없사옵니다. 세상의 고지식하고 단순한 사람들이 신을 가리켜 배신자라고 지껄이고, 간신이라고 욕하는 소리도 여러 번 들었습니다. 심지어 절친한 사이였던 성삼문 등도 신을 손가락질하며 죽었습니다. 그들이 우매해서 순진해서 신을 욕하는 것은 모두 다 눈감아주고 참아 넘길 수가 있습니다. 하온데 지금 중전마마 께서 신 우의정 신숙주를 불러내시어 꾸중을 하고 계시옵니다. 중전마 마. 신에게 무엇을 물으시옵니까? 영월에 가 있는 사람을 죽이기로 했 다는 게 사실이냐고 물으셨습니다. 외람된 말씀이오나 왜 우의정 신숙 주가 내전에 불려 들어와서 그것이 사실입니다 하고 여쭈어야만 하옵 니까?"

그의 대답은, 인간적인 정리로 가슴 아파하는 여인인 중전 윤비의 비감을 조금이라도 위무해줄 생각은 전혀 하지 못하는, 일국의 정승으 로서뿐만 아니라 내로라하는 선비로서도 의당 지녀야 할 도량도 관용 도 자애도 전혀 없는, 참으로 유치한 졸장부의 잘난 체뿐이었다.

가슴이 저리도록 아파하는 여인 앞에서 자신의 양심마저 속여 가며 그저 벼슬 위상을 과시하고 고답한 논리를 강변하며, 신숙주는 구제할 수 없는 졸장부임을 스스로 증명하고 있었던 것이다.

이날의 장광설長廣舌은 어디까지나 자기합리화이며 교언영색巧言令色 일 뿐이었다. 이것으로만 보아도 신숙주는 참으로 한심한 소인배요 구 체지배狗彘之輩가 아닐 수 없는 위인이었던 것이다.

신숙주는 수양이 먼저 반심을 품고 있음도 알았고, 안평에게는 반심 이 없다는 것도 알고 있었고, 지금도 (지껄이는 당시도) 알고 있었다. 어느 쪽이 대세를 잡을 것인가를 영리하게 예측하고 있던 사람일 뿐이었다.

수양왕 신하들 중 가장 학식이 높고 재능이 뛰어나고 처신이 바르 다는 정인지나 신숙주가 이런 소인배였으니, 여타풍신(사람의 모양새를 갖춘 것)들이야 그 쪼잘머리들을 더 말해 무엇하랴.

"무엄하오. 신대감이 지금 누굴 훈계하는 것이오?"

윤비가 벌컥 화를 내는데 한명회가 끼어들었다.

"중전마마, 신 이조판서 한명회 한 말씀 주상奏上이옵니다."

"말씀하시오."

"여러해 전 잠저에 계실 때부터 저희들은 마마를 중전마마로 알고 숭앙하여 왔사옵니다. 또한 마마께서도 저희들을 허물없이 아껴주셨사옵니다. 오늘 부르심도 저희를 아끼고 믿으신 까닭임을 사무치게 느끼고 있사옵니다. 하오나 신 우상이 길게 여쭌 바는 신도……."

"똑같다 그런 말이오?"

"그러하옵니다. 중전마마."

한명회는 신숙주보다도 더 간악한 구체지배일 뿐인 것을…….

"이제는 내가 한마디 해야겠소. 그러니까 나라를 바로 잡기 위해서 친아우 금성대군, 사돈인 송현수도, 조카사위 정종도, 친조카 상왕도 죽일 수밖에 없다 이 말입니까?"

"그러하옵니다."

"치우시오, 한승지. 충신이 뭔지도 모르는 작자들이 충신인 척만 하는 게요? 그 임금을 바로 보필해서 후세에 욕된 이름이 남지 않도록 충간忠諫하는 것이 본분이거늘……. 자신들의 사욕과 출세를 위해서 임금으로 하여금 혈족을 죽이고 상왕을 죽이도록 하여 더러운 오명이 후세에 남도록 보필하고서도……. 뭐 어째…… 이제 와서는 나라를 위해서 불가피하다고?"

"아니옵니다. 중전마마."

한명회가 버티었다.

"아니옵니다. 마마."

신숙주도 뻣뻣했다.

"더 들으시오 두 분 대감. 명색이 이 나라 국모요 왕비로서 이제 단 하나 소원이 있어 두 분 대감에게 부탁드리는 바이니……. 아이고……, 제발 단 하나 소원이니…… 으흐흑……."

말을 하다 말고 윤비는 가슴 속에 복받치는 슬픔을 이기지 못하고 그만 울음을 터뜨리고 말았다.

"……?"

"단 하나 소원이니……으흑……, 제발 내 어린 조카요 상왕이셨던 노산군을…… 그 가엾은 내 조카 하나를 살려주시오. 내가 작은어머니로서 어미 없이 자라온 어린 조카를 생으로 죽이는 꼴을…… 으흑…… 차마 살아서 눈뜨고는 볼 수가 없으니……, 제발 살려 주시오. 내 저미는 가슴 속을 짐작도 못 하시겠소? 생때같은 세자가 죽은 것이 엊그제인데……, 아이고…… 자식을 죽여놓았는데……, 또 그 가련한 조카를 죽이다니……. 으흑 으흑……."

한명회가 중전 앞에 이마를 조아렸다.

"중전마마. 높으신 뜻은 알고도 남음이 있사오나 이미 때가 늦었사옵니다."

"예? 뭐라구요?"

"금부도사가 사약을 받들고 이미 떠났사옵니다."

"아이고, 저런. 그럼 발길을 돌리라 하면 되지 않습니까?"

"왕명은 되돌릴 수가 없사옵니다."

"무슨 소리? 왕명은 내리면 또 왕명이 아니오? 되돌리라 하시오."

"아니 되옵니다. 중전마마."

"왕명은 지중하옵니다. 아니 되옵니다."

신숙주도 중전 앞에 머리를 조아리고 엎드렸다.

"아니 되다니? 아니 된다고? 이 불한당 같은 놈들. 그래 좋다. 이 역적놈들아……, 내가 대전으로 갈 것이니라. 비켜라. 이놈들!"

두 사람은 엎드린 채 움직이지 않았다.

"임상궁. 게 있느냐? 어서 나를 부축해라. 대전으로 갈 것이니라. 대전으로……. 대전으로……."

중전은 일어서다 옆으로 쓰러졌다. 충격과 분격이 북받쳐 그만 혼절하고 말았던 것이다.

"아이고, 중전마마. 중전마마."

김상궁의 다급한 외침에 내관들이 몰려들었다.

넉 달 전 단종을 청령포에 부처하기 위해서 호송하고 올 당시, 왕방연王邦衍은 호송 책임자를 수행하는 일개 나장이었다. 그러나 사약을 들고 가는 이번에는 책임자인 금부도사였다. 의금부 나장 두 사람과 나졸 스무 명 남짓을 이끌고 있었다.

"잠시 멈추어라."

왕방연은 잠시 쉬고 싶었다. 나장과 나졸들도 뿔뿔이 흩어져 다리쉼을 했다. 왕방연은 냇가로 내려가 물속에 두 손을 담갔다. 이제 곧 동짓달인 산골의 냇물은 얼음처럼 차가웠다. 손이 얼얼했으나 왕방연은 손을 꺼내지 않았다. 시린 고통을 참고 있었다.

시린 것은 손뿐이 아니었다. 가슴 위에 커다란 얼음덩이를 올려놓은 것처럼 숨 막히는 냉기로 심장이 멎을 것만 같았다.

눈물이 주르륵 흘렀다. 담갔던 두 손으로 차가운 물을 가득 움켜내 푸푸하며 낯을 씻었다. 철릭(무관복의 하나로 당상관은 남색, 당하관은 홍색) 자락을 들어 올려 얼굴의 물기를 훔치고 나서 왕방연은 개울가 바윗돌에 걸터앉았다.

넉 달 전의 그 길을 다시 가는데, 이제는 마시고 죽으라는 사약을 말 등에 싣고 일행의 책임자로 가고 있는 것이 심히 한스러웠다.

"도사영감. 그만 일어나시지요."

"알았다."

행렬은 다시 움직였는데 왕방연은 마상에서 눈을 감았다. 오늘 자고 나면 내일은 영월 땅이었다.

'약사발을 상왕 앞에 내려놓고 어명이니 어서 드시고 저승으로 떠나시라고 말하면 상왕은 뭐라 하실까?'

그동안 여러 번 겪은 사약 호송이었다. 약사발을 집어 들던 죄인들의 떨리던 두 손의 모습들이 떠올랐다. 신체를 온전하게 보전해주는 가장 고상한 사형 방식이라는 사약 처형. 그러나 따지고 보면 가장 사악하고 모욕적인 사형 방식이기도 했다. 자살은 스스로 죽고 싶어서 죽는 것인데, 죽기 싫은 사람에게도 자살처럼 스스로 마시고 죽게 강요하는 것이기 때문이었다.

"어쿠!"

누군가 비명을 질렀다. 왕방연이 퍼뜩 눈을 뜨고 주위를 둘러보았다. 비명은 여기저기서 들려왔다. 골짜기를 가고 있는데 돌멩이가 여기저기서 날아왔던 것이다. 환도를 빼들고 길길이 날뛰는 나장, 손으로 머리통을 감싸고 납작 엎드리는 나졸, 주저앉아 얼굴을 가랑이 사이에 처박는 나졸, 이마가 터져 악을 쓰는 나졸 등 가지가지였다.

창을 곧추 잡고 돌멩이 날아오는 언덕배기로 몇 명 나졸들이 달려가자 돌멩이는 그치고 백성들이 달아났다.

"추격해서 잡아 오라."

나장이 외쳤다.

"아니다. 추격하지 말라."

왕방연이 외쳤다.

"도사영감. 왜 그러십니까?"

"어명봉행御命奉行이 시급하다. 대오를 갖추도록 하라."

상왕은 바로 엊그제 금성대군이 안동에서 사약을 받고 죽었다는 소식을 듣고 몹시 울었었다.

'금성 숙부마저 죽었으니 이제 나를 생각해주는 사람이 누가 있는고?'

성삼문 등의 의거사건 때도, 금성대군의 의거사건 때도 단종은 그 사건을 확실히 알지 못하고 있었다. 성삼문 사건 때는 성삼문이 사전에 단종을 문안차 뵈었을 때 '앞으로 좋은 일이 있을 것이옵니다'라고 한 말밖에는 짐작되는 바도 없었다.

권자신에게 단종이 칼을 내렸다는 등등의 이야기나, 금성대군과 이보흠의 사람들이 영월에 가서 단종과 상의도 하고 심지어 수결을 받아왔다는 이야기도, 수양 편 조사관들이 엮어낸 이야기들이었다.

왕방연이 영월에 들어오기 전날, 단종은 아주 유쾌하고 기분 좋은 꿈을 꾸었다.

친동생을 또 한 명 죽이고 난 수양이 몹시 후회를 한 나머지 요나라의 태조 야율아보기처럼 앞으로는 어떤 일이 있어도 조카 상왕은 끝끝내 죽이지 않고 용서하겠다는 결심을 만조백관 앞에서 선언했다.

"그러시면 영월에 부처된 노산군은 어찌 됩니까?"

누군가 묻자 수양이 대답했다.

"다시 상왕으로 올리고 창덕궁으로 모셔올 것이오."

이런 꿈을 꾸고 난 아침, 단종은 심신이 날아오를 것 같았다.

'그러면 그렇지. 처음부터 내가 다 양보한 것이요, 내 자신이 숙부를 죽이려고 한 일이 결코 없는데, 끝까지 나를 미워할 수야 없지. 나는 지금도 숙부를 밀어낼 마음이 없으니, 앞으로는 서로 화해하며 잘살 수 있을 것이야.'

단종이 점심을 먹고 관풍헌觀風軒 대청마루에 나와 교의交椅에 앉아 있을 때였다. 궁녀 자개가 밖에서 부르는 소리가 들렸다.

"마마, 마마……."

"나 여기 있다."

자개는 들어오면서 말했다.

"저, 한양에서……."

"오, 그래. 한양에서? 과연 왔구나!"

"마마, 아시고 계셨사옵니까?"

"그래. 내 잠깐……. 옷을 갈아입어야겠다."

"……?"

단종은 안으로 들어가 상왕 시절 입던 헌 곤룡포를 찾아오라 했다.

궁녀들이 금방 찾아다 단종에게 입혀드렸다. 단종은 상왕의 옷차림으로 다시 대청에 나와 앉았다.

"마마. 서울에서 금부도사가 왔다 하옵니다."

"뭐라고? 금부도사라니? 뭘 잘못 알았구나. 어영대장이 오는 것이야."

"마마, 기쁜 소식을 가지고 어영대장이 마마를 모시러 왔다는 말씀이시옵니까?"

"그렇다마다. 금부도사가 무슨 소용이 있단 말이냐? 처벌할 일이야 두었다 나중에 해도 되는데……."

중얼거리다가 단종은 말을 멈췄다.

'가만……, 아니, 정말로……, 금부도사가 왔단 말인가……?!'

2

돗개무리

가만히 앉아 있을 수가 없었다. 단종은 내려와 마당을 서성거렸다.

청명한 가을 하늘에 난데없는 먹구름이 지나가고 있었다.

'갑자기 웬 먹구름인고?'

고개를 갸웃하고 있는데 정말로 금부도사 일행이 들어섰다.

"소인 금부도사 왕방연 어명을 받들고 왔사옵니다."

왕방연이 공수拱手로 허리를 굽히고 인사말을 했다. 그리고 마당에
엎드려 절을 올리고 꿇어앉았다.

나장들이 왕방연 앞쪽 마당에 돗자리를 깔고 그 위에 약사발을 내려
놓았다.

"무슨 일로 왔느냐?"

단종이 왕방연에게 물었다.

왕방연은 말을 하지 못하고 꿇은 채 눈물을 뚝뚝 흘리고 있었다.

'……?'

"사약을 듭시라는 어명이오."

나장이 큰 소리로 외쳤다.

"유시酉時(오후 5~7시)를 넘기지 말라는 어명이오."

또 하나 나장이 큰 소리로 말했다.

단종은 하늘을 올려다보았다. 먹구름이 간간히 지나가긴 해도 하늘은 맑고 높았다.

"어명이오."

"어명이오."

나졸들이 외쳐댔다.

사약을 들어야 할 사람이 왕족이거나 당상의 높은 상신相臣이거나 일군一軍을 호령했던 이름 높은 장수일 때, '어명'을 외치는 소리는 특히 쟁쟁하고 단호했다. 외치는 자들은 자신이 임금의 신분이나 된 듯, 순간적으로 위세와 가학의 희열을 맛보는 것이었다.

단종은 화가 치밀었다.

"저 푸른 하늘이 이다지도 앎이 없단 말인가?"

왕방연이 황송하게 머리를 조아리며 울음 섞인 소리로 아뢰었다.

"상명上命이 내려 계시니 전지傳旨를 들으시고 약그릇을 잡으심이 옳으시나이다."

단종이 큰소리로 꾸짖어 나무랐다.

"이런……, 이런 돗개무리가, 어느 면목으로 차마 일월하日月下에 나타나 헛소리를 하느냐? 내 윗사람이 없거늘, 누가 내게 전지라는 것을 내리며 약그릇이란 것이 무엇이란 말이냐? 음……, 나를 영솔할 사람 없고, 나를 죽일 사람 없으니, 네 빨리 돌아가 내 명을 전하라."

"으흑……."

왕방연은 꿇은 채 그대로 흐느끼기만 했다.

"나는 선왕의 장손이요, 왕실의 적파嫡派이니라. 선왕의 교명을 받자와 한 나라의 임자 되었으니, 수양대군은 종실의 신하일 뿐이니라. 지친의 정을 두터이 하여 내 깊이 믿는 바이더니, 어찌 차마 이 지경에 이를 수 있단 말이냐?"

"……."

"나에게 이리 함은 만고에 없는 일인지라, 네 또한 사람의 마음일 텐데 능히 편안히 여겼더냐?"

"……."

"너는 지하에 가서 어느 면목으로 선조를 뵈려 하느냐?"

"……."

"그새 죽은 여러 신하는 그 빛남이 만고에 그치지 않으려니와, 일시에는 불쌍히 되었도다."

"으흑……."

"임금의 자리를 빼앗은 역적과 간신은 어서 빨리 물러가라."

"으흑……."

단종은 왕방연에게 말하고 있었지만 동시에 수양왕에게 말하고 있었다. 왕방연은 한마디도 대답할 말이 없었다. 그저 흐느낌만이 이어졌다.

단종은 말을 마치자 훌쩍 돌아섰다. 관풍헌 대청마루로 걸어가 마루 끝에 걸터앉았다. 그리고 왕방연에게 명했다.

"다 거두어 가지고 어서 떠나거라. 그리고 가서 네 주인에게 네가 들은 대로 다 일러주어라."

그때 공생貢生(향교의 사환)인 화득禍得이란 자가 활시위 만드는 줄로 올가미를 만들어 들고 마루 뒤쪽 문을 조용히 열고 마루로 살금살금 걸어 나갔다. 그리고는 마당을 보고 앉아 있는 단종의 목에 잽싸게 올가미를 씌워 걸고는 세게 잡아당겼다.

순식간에 당한 일이었다. 익선관은 마당에 내동댕이쳐졌다. 단종은 양손으로 목에 감긴 활줄을 잡아 풀려 버둥거렸으나 허사였다. 몸뚱이가 끌려가던 단종은 방문 문턱에 탁 걸려 더는 움직이지 못하면서 목은 더욱 옥죄어졌다.

무지막지한 공생은 방으로 들어가 힘을 다해 세게 잡아당겼다. 올가미 활줄이 목을 깊이 파고들었음인지 피가 흐르고 있었다. 활줄이 목을 벤 셈이었다.

전혀 예상치 못한 갑작스러운 사태에 사람들은 놀라서 멍하니 서 있었다.

"아코, 저런……."

"어, 어……."

안타까이 쳐다보고 있는 사이 단종은 그만 숨이 끊어지고 말았다.

어찌하랴. 참으로 허무한 일이었다. 만백성에게 숭앙을 받던 일국의 왕이 아무런 잘못도 없이 이렇게 어이없고도 비참한 최후를 맞았던 것이다.

이 공생은 가끔 와서 단종의 시중도 들고 심부름도 해서 단종이 고마워하던 젊은이였다. 그런 공생이 차마 이럴 줄이야! 참으로 기막히고 야속한 일이었다. 그리고 참으로 억울하고 한 많은 죽음이었다.

조선 나이 17세.

형과 동생에 대해 끓어오르는 적대감을 영걸다운 호협함으로 가장하면서 수양은 마침내 야비하고 잔학한 승리의 완성을 이룩했던 것이다.

형(문종)을 죽이고(형왕모살) 5년, 동생(안평대군)을 죽이고(계유정난) 4년, 어린 조카왕을 쫓아내고(단종양위) 2년, 조카왕을 귀양 보내고(영월유배) 4개월 만에, 마침내 이룩한 완벽한 승리였다.

단종 사사를 명하면서 수양왕은 말했다.

"내 이다지도 박덕한 사람이란 말인가?"

이 말 한마디는 겉으로는 호협한 대인인 척하나 속으로는 비열하고 사특하며 교활하기 짝이 없는 수양의 인간성을 영원히 웅변해주는 증언이었던 것이다.

공생은 대청마루로 나와 서서 왕방연을 보고 외쳤다.

"내가 해결했소. 내 공을 잊지 마시오."

그때 대청마루가 번쩍하는 뜨거운 섬광에 쏘이고 천지가 진동하는 굉음에 떨었다. 대청마루에 벼락이 떨어진 것이었다. 공생은 서 있는 그 자리에서 정면으로 벼락을 맞았음인지, 구규九竅(사람 몸에 있는 아홉 개 구멍)로 피를 쏟으며 쓰러져 죽었다.

이윽고 먹구름이 닥치고 소나기 장대비가 쏟아졌다. 왕방연과 그 일행은 비를 피해 객사로 달렸다.

'가만……, 상왕의 시신을 그대로 두면 안 되지……. 강물에 내던지고……, 누구도 수습치 못하게 하라 했으니…….'

객사에 앉아 생각하니 시신의 방치가 마음에 걸렸다.

"얘들아. 죄인의 시신을 들고 나를 따르라."

도사 일행은 단종의 시신을 거적에 싸 끌고선 금강정錦江亭 쪽으로 갔다. 따라오지 못하게 했으나 그동안 단종을 모시던 사람들, 궁녀들, 내관들, 기타 수종들, 동네 사람들이 빗줄기를 개의치 않고 멀리 줄줄 뒤따라왔다.

나졸들과 영월부 관속들이 따라오는 사람들을 다 쫓아버렸다.

"시신을 따르는 자는 모두 잡아 하옥시킬 것이니라."

역적의 시신을 돌보는 자는 삼족을 멸한다고 했다.

비는 계속 오고 있었다. 왕방연은 가다가 동강이 약간 굽어 도는 모퉁이 강물에 시신을 내던지게 했다. 영월부 중에서 가까운 곳이었다. 그리고 속으로 빌었다.

'제발 훼손되지 않게 흐르다 뜻있는 자의 도움을 받아 양지바른 언덕에 묻히시기를…….'

금부도사 일행이 다 떠난 뒤 몰래 찾아와 시신을 확인하는 자가 있었다. 영월의 동강, 서강의 물길을 잘 아는 사람이었다. 단종이 영월 청령포에 와 갇혀 있을 때 밤에 강을 헤엄쳐 건너가서 단종을 처음 찾아뵌 바로 그 사람, 고을 호장 엄흥도였다.

그는 시신이 어디쯤 가서 맴돌다 갈 것이며 또 어디쯤 가서 바위나

갯버들에 걸릴 것이라는 것을 다 알고 있었다.

다음 날은 거짓말같이 날이 맑게 개었다. 엄흥도가 다음 날 와서 암 암리에 살펴보니, 아니나 다를까 단종의 시신은 사람들이 잘 모르는 맴돌이 물굽이에 와서 더 떠내려가지 않고 맴돌고 있었다. 그는 깊은 밤을 기다려 아들들과 함께 잽싸게 시신을 건져 올렸다. 그리고 지게 에 지고서 집으로 갔다.

집에 돌아가 겉옷인 상왕의 용포龍袍를 벗겼다. 그리고 노모老母를 위해 마련해 놓은 염습포殮襲布로 용체를 잘 쌌다. 그런 뒤 마찬가지로 노모를 위해 마련해둔 관곽棺槨에 고이 모셨다. 그리고 서둘러 관곽을 지고 집에서 북쪽으로 5리쯤 떨어진 동을지산冬乙旨山으로 향했다. 그 렇게 양지바른 곳에 평토장平土葬으로 매장했다.

다음 날 엄흥도와 그 가족들은 집을 떠나 자취를 감췄다.

다음 해 엄흥도는 계룡산鷄龍山 동학사東鶴寺에 나타났다. 김시습, 조 상치 등과 함께 용포를 모셔 제단을 만들고 제사를 지냈다. 그리고 또 엄흥도는 어디론가 사라져 자취를 알 수 없게 되었다.

단종의 시신이 사라진 후 단종을 모시던 궁녀, 내관, 시종 등이 강을 오르내리며 여러 날 시신을 찾았으나 찾을 길이 없었다.

그들은 금강정에 올라가서 상왕전하를 불렀다.

"상왕전하……."

"상왕전하……."

목이 쉬도록 상왕전하를 부르며 통곡했으나 대답이 있을 리가 없었 다. 대답이 없을 줄 뻔히 알면서 계속 불렀다. 그건 상왕에 대한 그리

움과 통한을 호소하는 울부짖음이었다. 그들은 며칠 밤낮을 그렇게 부르다 결국은 모두 다 절벽 아래 강으로 몸을 던져 죽었다. 후세 사람들은 이 절벽을 낙화암이라 불렀다.

1742년(영조 18), 영월부사 홍영보洪英甫가 이곳에 낙화암落花巖이라 새긴 비석을 세웠다. 홍영보는 또한 낙화암에서 순절한 사람들의 넋을 위로하기 위하여 그 근처에 민충사愍忠祠라는 사당을 세우고 제사를 지냈다.

단종의 시신을 동강에 던지고 난 다음 날, 왕방연 일행은 되돌아가는 한양 길에 올랐다. 청령포 나루에서 조금 더 북서쪽으로 가면 소나무들이 옹기종기 모여 자라는 작은 언덕이 있었다. 강 건너로 청령포가 훤하게 잘 보이는 곳이었다.

넉 달 전 단종을 청령포에 안치하고 돌아갈 때 일행이 여기서 청령포를 한번 건너다보고 싶어 잠시 쉬어간 적이 있었다.

"참으로 기가 막힌 유배지입니다."

"맞소. 천연감옥이 아니오."

"여기를 찾아낸 사람이 누구요? 충심이 대단한 것 같소."

"……."

'어쩌다 저분이 이런 오지의 깊은 산속 감옥에 갇혀야 했단 말인가?'

왕방연은 그때도 단종의 신세가 너무나 처량하고 불쌍해서 가슴이 미어질 것 같았으나 여러 상관들이 있어 한탄 한마디 내뿜지 못하고 그냥 떠났었다.

왕방연은 이제 마지막이 되는 이 길을 또 그냥 떠날 수는 없다고 여졌다. 청령포를 건너다보던 그 소나무 언덕에 다시 앉아 한숨이라도 한바탕 깊이 쉬어보고 통곡이라도 한바탕 쏟아보고 싶었다.

아침을 먹고 영월부 객사에서 여기까지 반 시진쯤 걸어오는 동안 동네 아이들도 많이 따라왔다. 깊은 산골 동네 아이들에게 금부도사 일행은 아주 인상 깊은 구경거리였다.

왕방연은 넉 달 전에 앉았던 그 자리에 다시 앉았다. 청령포를 휘감아 돌며 흐르는 강물을 바라보며 그 고귀하고 무구無垢한 분을 자신의 손으로 강물에 던진 일을 생각했다.

그는 자신도 모르게 한마디 한마디 천천히 읊으며 한가락 토해내기 시작했다. 그러자 아이들이 앵무새처럼 똑같이 따라 읊었다.

천만 리 머나먼 길에 고운 님 여의옵고,

내 마음 둘 데 없어 냇가에 앉았으니,

저 물도 내 안(마음) 같아 울며 밤새 흐르는구나.

이 노랫가락의 노랫말은 아이들의 입을 통해서 어른들의 입으로, 또한 아낙들의 입으로 전해져 고운 님에 대한 연민과 추모의 정으로 오래오래 이어졌다.

1617년(광해군 9), 단종이 승하한 지 무려 160년이나 흐른 뒤, 당시 분병조참판이던 김지남金止男이 순시 도중 영월의 금강錦江(동강)을 지나다 고운 목소리로 들려오는 이 노랫가락을 듣게 되었다.

그 소리를 따라 가보니 강가의 금강정에서 어떤 여인이 아이들에게 그 노래를 들려주고 있었다. 김지남은 그 여인에게 양해를 구하고 그 노랫말을 들으며 한문漢文으로 적었다.

천리원원로 미인난별추千里遠遠路 美人難別秋
차심무소착 하마임천류此心無所着 下馬臨川流
천류역여아 오열거불휴川流亦如我 嗚咽去不休

노래의 사연을 물었더니 여인이 내력을 일러주었다.

천순년天順年(명나라 천순제의 연호로 천순제의 즉위년인 1457년)에 금오랑金吾郎(금부도사)이 노산군에게 사약을 내리고 돌아가는 길에 청령포 가에서 부른 노래라 했다.

이 한문의 노래 가사는 1697년(숙종 23)에 김지남의 외증손 이선부李善溥가 간행한 김지남의 유고집《용계유고龍溪遺稿》에 사연과 함께 등재되었다.

그 후 이 노래는 1728년(영조 4)에 김천택金天澤이 지은 조선 최초의 가집歌集《청구영언靑丘永言》에 왕방연이 지은 한글 시조로 등재되어 후세에 전하게 되었다.

1541년(중종 36), 박충원朴忠元이 영월부사가 되어 부임했다. 그가 부임하기 이전 영월부사가 세 명이나 부임 초에 의문의 죽음을 맞았다 해서 현지에서나 조정에서나 의아하게 여기던 때였다.

"노산군에 관한 이야기가 암암리에 퍼진 지 오래라 하오. 그대가 진상을 파악하도록 하시오."

부임하기 전 임금의 내밀한 부탁을 받은 박충원은 부임하자마자 현지의 이런저런 소문에 관한 것부터 관속들에게 알아보았다.

"노산군마마께서 억울한 일을 호소하고자 밤에 부사 앞에 나타나셨는데……, 부사가 놀라 기절해 죽었다 합니다."

대개 그런 이야기였다.

박충원은 부임 첫날 밤을, 수령의 복장으로 동헌에 정좌한 채 밤을 꼬박 새웠다. 그러나 노산군은 나타나지 않았다.

다음 날부터 노산군의 무덤에 대해 알아보았는데 근처 동을지산 어디에 무덤이 있다는 이야기를 듣게 되었다. 어른도 아이들도 같은 이야기를 했다. 역적에 관한 일을 입에 담았다가는 삼족이 멸하게 된다는 소문 때문에, 사람들은 오랫동안 알면서도 쉬쉬하고 지냈던 것이다.

박충원은 노산군이 묻혔다는 곳을 찾아가 묘를 봉축封築하고 제문祭文을 지어 제사를 지냈다. 그리고 사람을 사서 묘를 지키게 했다. 그 뒤부터는 사람들이 마음 놓고 노산군과 노산군의 시신을 수습한 엄흥도와 그 자손들의 이야기를 하곤 했다.

박충원은 5년 동안 영월부사로 지내면서 이런 사실을 조정에 알렸다. 그러나 조정에서는 아무런 조치를 취하지 않았다.

그러다 1585년(선조 18), 엄흥도의 종손인 엄한례嚴漢禮에게 호역戶役(가호마다 부과된 부역)을 면제 시켜주고 노산군 묘역을 지키게 했다.

1668년(현종 9), 여필용呂必容이 엄흥도 후손의 복호復戶(호역의 면제)를 주장했고, 송시열宋時烈의 건의로 후손들을 벼슬에 등용했다.

1743년(영조 19), 엄흥도는 공조참의에 추증되었고, 1758년(영조 34)에는 가선대부嘉善大夫 공조참판에 추증되었고, 영조가 친히 제문을 내려 사육신과 함께 제향祭享(국가가 제사지냄)토록 했다.

1759년(영조 35)에는 엄흥도의 정려각旌閭閣(효자·열녀·충신을 기리기 위한 비석과 비각과 부속건물)이 영월에 세워졌다. 1833년(순조 33)에는 공조판서에 증직되고, 사육신과 함께 영월 창절사彰節祠에 배향配享되었다.

1877년(고종 14), 엄흥도에게 충의공忠毅公의 시호諡號가 내려지고, 의금부사 오위도총부 도총관의 벼슬이 내려졌다.

노산군의 복권復權에 대한 건의는 중종 때부터 있어왔으나 받아들여지지 않았다.

1518년(중종 13), 78세의 대비 송씨가 재산 상속을 빌미로 상언上言(개인이 임금에게 올리는 글)을 올려 노산군에 대한 기억을 되살리게 했다.

사간원 정언正言 김정국金正國이 임금에게 주청했다.

"시양자侍養子인 정미수가 죽었기에 그 부인이 노산군 제사를 지내는데 부인마저 죽으면 제사가 끊기게 되니 대신들에게 노산군의 후사 문제를 논의하게 하소서."

대신들의 건의에 따라 중종은 정미수 후손들이 계속해서 노산군 내외에 대한 제사를 지내도록 허락해주었다. 송씨는 이를 계기로 노산군의 신주를 모실 사당을 세울 수 있었다.

1541년(중종 31), 영월부사 박충원이 노산군 묘를 찾아 묘를 북돋우고 제사를 지냈다. 그리고 자기 임기 동안 묘지기를 두었다.

1668년(현종 9), 노산군의 묘를 지키는 참봉 두 명을 두었다.

1681년(숙종 7), 노산대군으로 승격되었고, 1698년(숙종 24) 마침내 대비 송씨와 함께 복위 추존追尊되었다.

묘호를 단종端宗이라 하여, 종묘宗廟에 신위를 모셨고, 능호를 장릉莊陵이라 정하고, 묘소를 왕릉으로 조성했다.

3

정순왕후

한양 도성의 좌청룡左靑龍이 낙산駱山이었다.

그 한 봉우리인 산마루 아래쪽에 청룡사靑龍寺가 있었다. 동대문 밖 인창방仁昌坊에 있었다.

정업원淨業院은 그 청룡사 경내에 있었던 비구니들의 승원僧院이었는데, 불우한 왕가의 여인들이 만년晚年을 의탁하던 곳이기도 했다. 대비 송씨는 정업원에서 첫날 하루를 보낸 다음 정업원을 나가기로 마음먹었다.

정업원에서 흥인문興仁門으로 나갈 때 개울가에 초막이 있는 것을 보았다. 집 없는 백성들이 임시 거처로 그런 초막을 짓고 살았다. 지난겨울에 누가 살았었는지는 알 수 없었지만 당장 들어가 기거할 수 있을 법한 초막이었다.

대비는 대궐에서 따라온 상궁 나인들과 그 초막을 손본 다음 그 초막으로 거소를 옮길 작정이었다.

"김상궁."

"예, 대비마마."

"내가 그 초막으로 이사를 갈까 하는데……."

"아니, 대비마마께서 어찌 그런 누추한 곳에서 지내신단 말씀이옵니까?"

"멀고 먼 깊은 산속, 별빛이 들어오는 수수깡 지붕 아래, 흙바닥 위에 거적자리를 깔고 계실지 모르는 전하를 생각하니……."

대비는 말하다 말고 눈물을 글썽거렸다.

"대비마마……, 으흑……."

궁인들이 다 울음을 터뜨렸다.

그날부터 대비는 물론이요 궁인들도 모두 죄인의 행색으로 차림을 바꾸고 초막으로 내려와 살았다. 모두들 머리에 흰 두건을 두르고 흰 치마저고리를 입고 지냈다. 죄인으로 자처하는 것이었다.

궁벽한 곳에 갑자기 들어오다 보니 먹고사는 것도 문제였다. 당장 끼니를 때우는 것은 청룡사에서 도와주었지만 계속 얻어먹을 수도 없는 일이었다. 궁을 나올 때 지니고 왔던 몇 개 안 되는 패물들도 상궁들이 성안을 들락거리며 팔아 썼으나 그것도 다 떨어지고 없었다.

그런데 동대문 밖 시장을 들락거리다 상궁들이 좋은 돈벌이를 한 가지 알아왔다. 청룡사 인근 산곡에는 지초芝草가 많이 자생했는데, 그것을 캐다 찧으면 자주색, 보라색 물감이 되었다. 흰 베를 그 지초물에 염색하여 팔면 이문이 제법 나왔다. 대비 일행은 어느 사이 지초물 들이는 염색이 생업수단이 되어 그것으로 굶지 않고 근근이 살아가게 되었다.

대비는 날마다 따르는 궁인들과 함께 앞쪽의 산마루에 올라갔다. 올라가 동쪽으로 영월이 있는 쪽을 향하여 상왕의 평안강녕과 만수무강을 빌고 내려왔다.

대비가 이렇게 어렵게 살고 있다는 소문이 대궐에도 들어갔다.

어느 날 내관과 시종들이 이끄는 부담마負擔馬 두 필과 함께 어떤 궁인이 동대문을 나와 정업원 가는 길을 물었다.

"청룡사를 이쪽으로 갑니까?"

"예, 그리 멀지는 않습니다만……."

"무슨 말씀이신지?"

"길이 험합니다."

"절에 가는 것이 아니오. 절 부근 개울가에 사는 어떤 사람을 찾아가는 것이오."

"첩첩산중이라 개울까지도 험합니다. 조심해서 가서야 합니다."

"예. 고맙습니다."

길을 찾는 사람은 중전 윤씨가 보낸 임상궁이었다.

울창한 숲속에 난 좁고 가파른 길을 한참이나 더듬어 가니 저만큼 떨어진 개울가에 모두 흰옷을 입고 흰 두건을 쓴 여인들 몇이 보였다. 가까이 가서 맨 앞에 있는 소복 차림의 여인에게 임상궁이 물었다.

"대궐에서 나왔습니다. 대비마마는 어디 계시오?"

그러자 그 여인이 깜짝 놀라며 알은체를 했다.

"아니, 임상궁이 아니시오."

"예, 김상궁이셨군요."

"대비마마, 대궐에서 사람들이 나왔습니다요."

"뭐라고? 대궐에서?"

그때 임상궁이 대비에게 다가왔다.

"대비마마, 여기 계셨군요. 소인 문안드리옵니다. 내전 임상궁이옵니다."

"아니, 이런 산중에 웬일인가?"

"중전마마 분부 모시고 왔사옵니다."

"……."

"중전마마께서 늘 영월로 가신 상왕마마, 그리고 이곳에 계시다는 대비마마를 생각하시면서 자주 우셨사옵니다. 그리고 변변치 않은 것이지만 대비마마께 갖다 드리라 하시어 소인이 말에 싣고 왔사옵니다."

"……."

"오다가 초막을 보고 왔사옵니다."

"……."

"이 아래 절이 있다던데……. 대비마마께서 어찌 이런 초막에서 지내실 수 있사옵니까?"

"귀양 가신 분이 별이 보이는 한데서 주무시는지 모르는데 내 어찌 아늑한 방에서 잘 수 있겠는가?"

"망극하옵니다."

"……."

"하옵고 어찌 소복을 입으시고 계시온지……."

"죄인은 염색한 옷을 못 입는 게 국법 아닌가?"

"망극하옵니다."

"저, 김상궁, 가져온 물건들은 절에 양해를 구하고 거기다 내려두도록 하겠소."

"아닐세."

대비가 나섰다.

"예?"

"분에 넘치는 은덕이나 그대로 거두어 가시게."

"아니, 대비마마."

"나는 다행히 산골 백성들의 도움을 받아 연명은 하고 있으니 그것으로 충분하네. 그리 알고 그대로 돌아가게."

"대비마마. 너무 하십니다. 이 모두 중전마마의 높으신 은덕이 아니옵니까? 크게는 군신 간의 예의가 있고 작게는 숙모 질부 간의 예의가 있사온데, 온정의 선물을 가납치 않으심은 지나친 처사인 줄로 아옵니다."

대비 송씨가 목을 똑바로 세우며 정색을 했다. 머리에 쓴 대비의 흰 두건이 파르르 떨었다. 분개하고 있다는 뜻이었다.

"너 임상궁 듣거라."

엄숙한 목소리였다. 임상궁이 손을 맞잡고 고개를 숙였다.

"예."

"내 아직 나이 어리고 세상 물정 모르는 한낱 아낙에 불과하다만, 군신이나 숙질 간의 예의가 중한 것은 임상궁이나 임상궁이 모시는 상전들보다 더 잘 안다."

"……"

"나는 날마다 저 앞산에 올라 저 동쪽 영월 땅을 바라보는 것으로 족하다. 나라 잃고 대궐 잃고 죄인이 되어 쫓겨난 내가 이제 와서 선물이라는 것을 받으란 말이냐? 생각이 있는 사람이라면 생각을 해봐야 할 것이다. 나에게 무슨 비단을 주어 그 빛깔로 이 멍든 가슴을 가리라 하느냐? 나에게 무슨 과일을 주어 그 즙으로 이 말라붙은 간을 축이라 하느냐? 나에게 무슨 보패寶貝를 주어 그 반짝임으로 이 헝클어진 머리를 꾸미라 하느냐? 아무것도 소용되지 않느니라. 모두 가지고 당장 떠나거라."

대비는 돌아서 초막 쪽으로 걸음을 옮겼다. 돌아선 대비의 뒤통수에 대나무를 깎아 만든 비녀가 꽂혀 있는 것이 두건 밑으로 보였다. 그 대나무 비녀가 임상궁의 가슴을 찌르고 있었다.

임상궁 일행이 왔다간 이후 근방의 백성들에게 이상한 명령이 내려왔다고 했다. 누구든 송부인(대비 송씨)에게 먹을 것이든 입을 것이든 주는 사람은 엄벌에 처한다는 것이었다. 그렇든 말든 대비 송씨 일행은 염색 일을 열심히 하면서 시름도 덜고 생활비도 벌었다.

청룡사에서 반 마장쯤 직선거리로 올라가면 깨끗한 물이 많이 고이는 우물이 있었는데, 그 물로 염색을 해서 말리고 그 물로 빨아서 널면 색깔이 아주 선명하고 고왔기에 송씨 일행은 그 우물터를 매일 오르내렸다. 후세에도 그 샘터의 흔적이 자지동천紫芝洞泉이란 석각石刻과 함께 전해지게 되었다.

염색한 옷감은 흥인문 가까이 열리는 여인시장에서 인기가 있어서 완성되는 대로 잘 팔렸고, 이 염색 옷감을 사주기 위해서 여인들은 일부러 송씨 일행을 기다리기도 했다. 송씨 일행이 지초 염색을 시작하고부터는 여인들이 저고리의 깃, 소매 끝동, 겨드랑이, 옷고름과 치마의 말기, 끈 등을 자주색으로 다는 것이 유행처럼 번지기도 했다.

칠월 말, 늦장마에 개울물이 불어나더니 대비의 거처이던 초막이 다 쓸려 내려가 버렸다. 하는 수 없이 대비와 상궁 둘, 나인 셋까지 여섯 식구는 정업원 승방에 거처를 잡을 수밖에 없었다.

청룡사에서는 이 백의白衣의 여인들을 깍듯이 모셨다. 왜냐하면 이 여인들이 들어와 정착함으로써 참배객들이 훨씬 많이 늘었고, 그에 따라 시주가 훨씬 많이 들어왔기 때문이다. 고승高僧이나 진신사리眞身舍利나 황금 불상을 모시고 있는 것보다 효과가 훨씬 더 크다는 소문이 났다.

흥인문에서 청룡사에 이르는 길도 이들이 들어오기 전과는 판이하게 달라졌다. 전에는 지게 진 나무꾼 하나가 겨우 다닐 수 있는 길이었는데 이제는 남녀완보藍輿緩步(네 사람이 메는 덮개 없는 가마가 편히 다님)가 충분한 길로 바뀌었다.

이 길로 이제는 방물장수, 엿장수 등 여러 가지 장사꾼도 드나들었다. 절에서 앞산 산마루까지도 없었던 오솔길이 생겼다. 송씨 일행이 여기 온 이후 그들 여섯 명이 매일 산마루까지 오르내렸고 또한 그들 따라 백성들이 오르내렸기 때문이다. 원래 이름조차 없었던 산마루는 이제 너나없이 동망봉東望峰이라 부르게 되었다.

그 산마루에는 너럭바위가 하나 있었다. 여남은 명이 앉을 수 있을 만큼 꽤 큰 바위였다. 송씨는 매일 이 바위 위에 올라 동쪽을 우러르며 눈물짓다 내려오곤 했다.

　사약을 싣고 영월로 떠나가는 금부도사 왕방연 일행이 흥인문을 빠져나가자, 연도에서 그 행렬을 체읍涕泣으로 전송하던 백성들이 떼를 지어 정업원으로 몰려들었다.
　먼저 이 소식을 들은 상궁 둘이 송씨에게 달려가 알렸다. 절 뒤편의 정갈한 방 자신의 거처에서 이 소식을 들은 송씨는 믿으려 하지 않았다.
　"상왕마마를 시해弑害하러 갔단 말이냐?"
　"그렇다 하옵니다."
　"그럴 리가 없다. 상왕마마를 감히 어느 누가 죽인단 말이냐?"
　"어명이라 합니다."
　"그런 어명을 내릴 리가 없다. 아무런들 그런 끔찍한 명령을 내릴 리가 있겠느냐?"
　"순흥의 금성마마께서 상왕마마와 연통하여 반역을 꾀하다 탄로가 났다 하옵니다."
　"아니?"
　그때서야 깜짝 놀란 송씨가 파랗게 질려 문을 박차고 나갔다. 그때 송씨의 발밑에 와 몸을 던지며 백성들이 떼를 지어 엎드렸다.
　'아, 정말이구나.'
　송씨는 도로 방 안으로 들어갔다. 그리고 안에서 문고리를 잠갔다. '달그락' 소리가 안에서 나자 김상궁과 권상궁은 심상찮음을 직감하고 둘이 얼굴을 마주 봤다.
　문을 잠근 송씨는 동쪽을 향하여 사배를 올렸다.

"그래도 저 하늘 아래 마마께서 살아 계시기에 그 동쪽 하늘을 바라보는 보람으로 지금껏 살아왔사옵니다. 하오나 이제 모든 것이 수포로 돌아가고 마마께도 사약이 내려진다 하오니 신첩이 먼저 저승에 가서 마마를 영접하오리이다."

송씨는 은장도를 꺼내 가슴 위로 높이 들었다. 내려 찌르려는 순간 송씨의 팔은 그만 공중에서 멈추고 말았다. 문을 부수고 뛰어든 상궁들이 양쪽에서 송씨의 팔을 부여잡고 늘어진 것이었다.

"놓아라. 갈 길이 급하다. 먼저 가서 마마를 영접해야 한다."

"망극하옵니다. 죽어도 놓을 수 없사옵니다."

좌우에서 송씨의 팔을 잡은 상궁들은 송씨의 팔이 움직일 수 없도록 잡은 팔을 힘껏 감싸 안았다.

은장도가 방바닥으로 떨어졌다. 동시에 송씨는 몸에서 기운이 다 빠져나가는 듯 허탈에 빠지고 말았다.

"제발 나를 죽게 해다오. 마마를 만나게 해다오."

"망극하옵니다. 마마. 용서하시옵소서. 마마."

시월 스무나흗 날, 동망봉 일대는 사람들로 인산인해를 이루고 있었다. 도성 안팎 사람들은 이날이 상왕이 죽는 날이라는 걸 알고 있었다. 온 도성이 술렁거렸다.

백성들은 어디 가서 어떻게 해야 상왕의 명복이나마 빌 수 있는 것인지 알 수가 없었다. 그저 집에 들어앉아 있는 것이 송구스러워 의관을 정제하고 밖으로 나와 두리번거렸다.

그러다 마침내 목적지가 결정되었다.

"동망봉으로 갑시다."

누군가 말을 했고, 마땅히 그래야 하는 것처럼 사람들은 우르르 흥인문을 빠져나와 동망봉을 향해서 발길을 재촉했던 것이다. 도성 안의 하고 많은 백성들이 집을 텅텅 비우고 흥인문 밖으로 몰려나갔다.

아침나절에 동망봉은 이미 발 디딜 틈이 없었고, 청룡사 골짜기에도 사람들이 빼곡하게 들어차 있었다.

유시酉時(오후 5~7시)가 가까워지자 동망봉 근처의 다른 봉우리에도 사람들이 기어올랐고, 마침내는 흥인문에서 동망봉에 이르는 길은 거의 막히다시피 되어버렸다. 산속이라 정확한 시각을 알 수는 없었지만 해가 설핏하자 여기저기서 곡소리가 나기 시작했다.

동망봉 너럭바위 복판에는 대비 송씨가 오뚝하게 서서 동쪽을 바라보고 있었다. 흰옷을 입은 것은 평소와 같았으나, 머리를 풀어 산발하고 있었다. 송씨를 모시는 다섯 여인들도 똑같이 흰옷에 산발이었다.

석양 바람이 불어왔다. 그 바람에 산발이 되어 날리는 송씨 등의 머리카락은 당장 뇌성벽력雷聲霹靂에 소나기를 몰아올 것 같은 귀기鬼氣마저 풍겼다.

곡소리는 더욱 퍼지고 더욱 높아졌다. 영월의 상왕이 숨을 거두고 있을 시간이라 여겨지면서 곡소리는 격렬하게 울려 하늘로 솟았다.

"아이고……. 아이고……."

"아악……, 아악……."

"으흑……, 으흑……."

"엉엉……, 어어엉……."

곡성 사이로 기원하는 소리도 높게 섞여 나왔다.

"상왕마마, 만수무강하소서."

"상왕마마, 평안히 가시옵소서."

참으로 당치 않은 말들이었다. 그러나 위안의 말이든 기도의 말이든 아무튼 무슨 말이든 안타까움의 뜻을 전하지 않을 수 없는 심정에서 나온 말이었을 것이다.

입에서 입으로 이어지는 이 주문 같은 말을 외면서 백성들은 눈물을 하염없이 흘렸다. 늦가을 스산한 바람을 타고 이 주문 같은 묘한 말은 흥인지문 문루에서 멀뚱히 번을 서고 있는 군졸에게까지 전파되었다.

"상왕마마, 만수무강하소서."

"상왕마마, 평안히 가시옵소서."

단종이 죽던 날에 동망봉 일대를 뒤덮었던 백성들의 애절하고 분한 마음은 날이 바뀌어도 쉽게 가라앉지 않았다. 이튿날도 사흗날도 수많은 백성들이 청룡사와 동망봉 너럭바위를 다녀갔다.

대비 송씨는 그 많은 백성들에게 눈길 한번, 말 한마디 건네지 않았다. 그저 고마울 따름이지만 어렵게 살아가는 백성들이 자신들의 일을 제쳐놓고 달려오는 것이 송구스럽고 버거울 뿐이었다. 더구나 깜냥대로 무언가를 들고 오는 사람들에게는 오히려 마음이 무겁고 불편했다. 그래서 송씨와 시녀들은 아무것도 받지 않았다.

동짓달 초하룻날이 되자 대비 송씨는 소박하게나마 준비를 해 가지고 동망봉 너럭바위로 가서 삭망전朔望奠(매월 초하룻날과 보름날에 지내는 제사)을 지냈다.

따라온 많은 백성 중에는 대궐 쪽을 향해 욕설을 퍼붓는 사람들이 있었다. 눈에 보이는 것은 고개를 돌려 안 보면 되지만 귀에 들리는 것은 두 손으로 귀를 틀어막기 전에는 그저 들을 수밖에 없었다.

"동생들 죽이고 조카 죽이고……, 제명에 못 죽지……."

"용상 뺏고 목숨 뺏고……, 천벌을 피할 수 없지……."

"정작 능지처참하여 죽일 놈들은 정인지, 신숙주 그놈들이야."

"암, 제 놈들 사리사욕을 위해서 왕족들 죽이기를 복날 개 잡듯 한다니까……."

"거 모르는 소리. 원흉은 임금인지 살인마인지 모를 수양 그놈이지. 못난 송아지 엉덩이에 뿔이 난다고, 못난 것이 형과 아우 사이에 끼어 잘난 체를 할 수 없게 되자, 불한당 두목이 되어 멀쩡한 충신열사들을 생짜로 다 쳐 죽이고 용상을 차지한…… 그, 그놈이…… 지금의 임금 그놈이 때려죽일 놈이지."

"맞아. 따지고 보면 그게 야차夜叉지."

이런 흉한 욕설이 이 사람 저 사람 입에서 터져 나왔다.

관원의 감시가 없는 청룡사 일대로 들어서면, 누구나 한마디씩 속에 든 욕설을 조정이나 왕궁에 대고 하는 것이었다. 그리고 되도록 욕을 험하게 해야 대비 송씨에게 의리와 예절을 지키는 것으로 아는 것도 같았다.

이런 욕설은 이제 이 지역에서는 일상화가 되어가고 있었다. 물론 송씨는 이런 욕설에 대해서도 아무런 반응을 보이지 않고 있었다.

그저 묵묵히 조석으로 너럭바위에 올라 동쪽을 우러러 눈물을 흘리고 내려올 뿐이었다.

그러던 어느 날이었다. 송씨가 너럭바위에서 막 내려서는데 어떤 아낙이 미친 듯이 부르짖었다.

"아이고, 젊으나 젊은 우리 마마가 허고 헌 날 이 눈물이 웬 말이오? 어떤 벼락 맞을 놈이 이렇게 만들었단 말이오? 아이고, 아이고……."

너무도 구슬프게 부르짖었기 때문일까, 송씨가 자신도 모르게 그 아낙을 마주 붙들고 울어버렸다. 그러자 부근에 있던 사람들이 와아 모여들었다. 모여든 많은 사람이 송씨와 송씨의 시녀들을 붙들고 한바탕 크게 울었다.

청룡사와 동망봉 골짜기 일대가 일찍이 없었던 울음소리로 진동했다. 이때 울면서 송씨는 여러 사람들에게 붙들려 옷이 갈가리 찢겨나가게 되었다. 그러자 아낙 하나가 제 저고리를 벗어 내밀었다. 속살이 들여다보이도록 옷이 워낙 많이 찢어진지라 송씨는 사양치 못하고 받아서 껴입었다.

이 일이 있은 이후 백성들의 알현謁見 방식이 일변해버렸다. 그냥 멀찌감치 서서 절하고 눈물이나 흘리다가 가버리던 아낙들이 이때 크게 깨달았던 것이다. 뭘 좀 갖다 드려도 이제는 받을 수 있겠구나 생각한 백성들은 손에 무엇인가를 들고 오게 되었다.

송비는 여전히 아무것도 받지 않았으나 시녀들은 꼭 거절할 필요는 없다고 생각했다. 송비를 모시는 그들로서는 사실 여러 가지가 궁핍하기도 했다. 그간은 청룡사 주지 비구니 혜진惠眞스님의 배려로 굶지는 않고 지내왔었다.

동짓달 기망幾望(음력 열 나흗날 밤)이 돌아왔다. 제사를 지내는 날이었다. 몇 가지 제수를 준비해서 정업원을 출발하려던 참이었다. 머리가 하얗게 세고 허리가 꼬부라진 노인이 찾아왔다.

"대비마마, 황공하옵니다. 신은 이 아래 사는 백성이온데 집안이 가난해서 그저 마음뿐이라 진상드릴 물건이 변변치 않사옵니다. 여기……."

노인이 번쩍 치켜든 것은 보자기로 싼 닭이었다. 닭의 머리가 보자기 밖으로 나와 있었다. 외면하고 갈 수가 없었다. 시녀가 닭을 받았다.

어느 틈에 백성들은 줄을 서고 있었다. 다음 사람은 중년 사내였다. 쌀자루를 내놓더니 절하고 물러났다. 다음은 무명베. 다음은 보리쌀. 다음은 소지燒紙 종이. 다음은 북어 한 두름. 이렇게 남자들이 바치고 돌아갔다.

아낙들이 바치는 것은 더욱 다양하면서 그 정성이 눈물겨웠다. 간장, 된장, 고추장, 고사리, 버섯, 산나물, 호박고지, 시래기, 김장김치, 깍두기 등등. 콩나물을 시루째, 두부를 목판째, 도토리묵을 솥째 들고 왔다.

그뿐만이 아니었다. 미역 한 오리, 달걀 한 꾸러미, 마늘 한 다발, 생강 한 바구니, 그리고 소금, 참기름, 밀초. 그리고 옹기, 사기, 목기 등의 그릇들까지…….

어떤 사람은 사슴 가죽을 바치고 꾸러미를 내밀며 나직이 말했다.

"신이 직접 잘라온 녹용이옵니다."

오도 가도 못하고 내려놓는 물건들을 쳐다보고 있던 시녀들이 갑자기 한곳으로 우르르 몰려갔다. 앞에 쌓인 물건 때문에 가까이 오지 못하고 저만큼에서 한 사내가 목청을 높여 멀리에서도 알아들을 수 있게 말했을 때였다.

"대비마마께 아뢰오. 한 두어 해 쓰실 부엌칼, 찬칼, 가위, 인두를 손수 만들어 왔사옵니다."

이 물건들을 송씨가 먼저 집어 들지 못하게 하고자 시녀들이 달려갔던 것이다.

이렇게 정업원 앞뜰에 진상한 물건들이 수북이 쌓였는데 한 노파가 머리에 인 솥을 내려놓았다.

"저기……, 저……."

"왜 그러세요. 할머니."

"아이고, 항아님. 저기……, 우리 집에는 쌀밖에 없어서 밥을 한 솥 해 왔습니다."

"아이고, 할머니. 우리 밥은 벌써 다 지어놓았지요. 할머니도 참……. 고맙기는 하오나 도로 가져가시지요."

나이 어린 시녀였다. 노파는 죽을죄를 진 사람처럼 머리를 조아리고 서서 어찌할 바를 몰라 했다.

대비 송씨가 나섰다.

"애야."

"예, 마마."

"저 할머니께서 지어오신 밥을 우리가 오늘 저녁 끼니로 먹도록 하자."

"그러면 우리 밥은요?"

"그것은 저분들께 퍼서 드려라."

아직 가지 않고 줄레줄레 서서 구경하고 있던 사내들을 가리키며 말했다.

"예. 마마. 그런데 언제 퍼 드릴까요?"

"너 좀 남아서 퍼 드려라. 대여섯 분 분량일 것이다."

"예. 그럼 할머니가 가져오신 밥은……."

"그건 우리가 산에 다녀온 후 먹기로 하자."

"알았사옵니다. 마마."

차가운 석양 바람이 한줄기 지나갔다. 어느새 땅거미가 찾아오고 있었다.

등롱燈籠을 치켜든 시녀가 앞장섰다. 그 뒤를 대비가 따르고 그 뒤로 작은 소반, 술병, 북어, 나물 등등을 들고 시녀들이 따랐다. 그리고 그 뒤로 찾아온 백성들이 장사진을 이루어 따랐다.

너럭바위 위에 소반이 놓이고 술 따른 잔이 놓여졌다. 송씨가 무릎을 꿇고 앉았다. 시녀들도 그렇게 앉았다. 뒤따른 백성들도 그렇게 앉았다.

저녁 바람이 몰아쳤다. 어느새 삭풍朔風이었다. 동짓달 열 나흗날 저녁, 산봉우리에 모여 무릎을 꿇고 앉아 있는 이 백성들. 이 백성들 위로 불어닥치는 삭풍이 철 이른 싸락눈을 몰고 왔다. 싸락눈은 백성들의 머리와 얼굴을 때리고 할퀴었다. 오싹하는 한기가 옷깃을 비집고 들었다.

백성들 사이에서는 다시 욕설이 터져 나왔다.

"저희들만 호의호식하다니 개돼지만도 못한 놈들이다."

"정인지, 신숙주 이놈들이 육시戮屍를 할 놈들이다."

"원흉은 임금이야. 그놈이 입 다물었으면 상왕마마를 누가 죽이겠어?"

"그래 임금이 개돼지다."

"임금을 죽여야 한다."

"임금을 죽여라."

"와아……."

욕설의 함성이 산중의 밤 골짜기를 진동시켰다.

이 함성의 진동 속을 살며시 빠져나가는 자가 있었다. 개털 모자를 깊이 눌러 쓴 이 자는 동망봉을 내려와 흥인문 쪽으로 발길을 재촉했다.

다음 날 어전회의가 열렸다.

수양왕은 얼굴에 상처들이 생긴 이후로는 조회를 자주 생략했다. 요즘 며칠은 내불당에만 몇 번 들락거렸을 뿐 정사는 잊고 있는 듯했다.

편전便殿의 회의에는 항상 20여 명, 거의 2품관 이상이 모였다. 사실상 수양왕 파당의 핵심들이었다.

"그간 내 좀 불편하여 여러분들을 만나지 못했소. 그간 영상 이하 문무 제신들의 고충이 컸을 것이오. 그러나 이제 악몽은 모두 지났소. 이제부터는 왕궁이나 왕실의 분란에는 더 이상 신경을 쓰지 말고 바른 정치에만 진력해주기를 바라오."

"성은이 망극하옵니다."

"오늘은 몇 가지 간행사업에 관한 일과 전에 얘기가 있었던 호패법號牌法 그리고 상평창常平倉 시행에 관한 일들을 상의할까 하오."

이때 정인지가 한 걸음 앞으로 나섰다.

"신 정인지 전하께 긴히 한 말씀 드리고자 하옵니다."

"말씀하시오."

"악몽 같던 일들이 모두 처리가 되고 전하께서도 밝으신 빛을 보여주시니 신은 감격하와 당장 죽어도 여한이 없겠나이다. 하오나 악몽의 뒷수습 가운데 아직 해결되지 않은 사항이 있사옵기에 전하의 분부를 듣고자 하옵니다."

"무엇인지는 모르나 영상대감이 알아서 처리할 수는 없는 일이오?"

"하나는 영월 백성 20여 명의 목숨이 달린 일이오며, 또 하나는 이 제 노비가 된 전 대비 송씨의 목숨에 관한 일이오라, 친재親裁를 받고 자 하옵니다."

"그래요? 자세히 말씀해보시오."

"영월부 호장 엄흥도는 친자식 등 20여 명의 청년과 작당하고 노산 군의 시체를 몰래 훔쳐서 후히 장사지냄으로써 영월부 당국과 조정을 무시하는 죄를 범했사옵니다. 대간에서는 엄흥도의 사형과 그 수하들 의 장형을 주청하고 있사옵니다."

대사간과 대사헌이 한 발씩 나섰다.

"영상의 말씀과 같이 엄벌에 처하도록 윤음綸音(임금의 말씀)을 내려 주시옵소서."

"송씨 이야기도 들어봅시다."

노산군을 폐서인廢庶人하여 사사의 명을 내릴 때 송씨도 군부인郡夫人 에서 노비가 되었다.

"전하께서 이미 들으셨을 줄로 아옵니다만, 노산군 행형일行刑日에 동대문 밖에는 수많은 도성 사람들이 운집하여 곡성이 창만漲滿하였다 하옵니다. 그 이후로 그곳의 송씨를 보러 가기 위한 행렬이 끊이지 않 고 그 백성들 사이에서는 어떤 이유에서인지 궁궐을 비방하는 욕설과 저주가 비등沸騰하기 시작했다 하옵니다. 어젯밤에 염탐차 다녀온 사 람의 말에 따르면……."

정인지는 잠시 말을 멈췄다. 임금을 죽이라는 함성이 마구 터졌다는 말을 어떻게 표현해야 할지 난감해서였다.

"괜찮소. 무슨 말이든 해보시오."

"차마 입에 담을 수 없는 욕설을 용상에 대해서도 입 밖에 내는 사태가 벌어졌다 하옵니다."

"허허, 욕을 많이 먹으면 오래 산다 하지 않소?"

"전하, 그것은 용납할 수 없는 사태이옵니다. 그것은 마치 궁궐의 담 밑에다 독사를 기르는 것과 같은 것이옵니다. 맹독의 온상을 뻔히 알면서도 그냥 둘 수는 없사옵니다. 전하, 이 기회에 송씨도 마저 제거함으로써 나라의 위엄을 보임과 동시에 환부를 깨끗이 소독해야 할 줄로 아옵니다."

대사간이 나섰다.

"송씨의 사형을 주청하옵니다."

대사헌이 나섰다.

"사형을 주청하옵니다."

정인지가 못을 박듯 결론을 내렸다.

"그렇게 함으로써 국법의 추상열일秋霜烈日함과 지공무사至公無私함을 보여야 하옵니다."

"흠……. 영상대감."

"예, 전하."

"내 어찌할 수 없어 아우 둘을 죽이고 어린 조카를 죽여 국법의 준엄함을 보였지만, 내 자신도 자식 죽이고 내 몸에는 병이 생겼소. 몸뿐이 아니오. 내 마음에도 가을 동산의 쇠락한 단풍잎처럼 서글픈 병이 들어 있소."

"전하, 어찌 그같이 망극하신 말씀을……."

"아니오. 한무제漢武帝의 〈추풍사秋風辭〉에 따르면, '추풍기혜秋風起兮

백운비白雲飛로다, 초목황낙혜草木黃落兮 안남귀雁南歸로다(가을바람이 불어오니 흰 구름이 나는구나, 초목이 누렇게 떨어지니 기러기가 남쪽으로 가는구나)' 하였소. 나는 더 이상 피를 보기 싫소. 노산군을 끝으로 더 이상 왕족상잔王族相殘은 없소. 제경諸卿들도 그리 생각했을 것이오."

"전하, 이번에야말로 병폐의 근원을 자르는 것인가 하옵니다."

"영상대감, 병폐의 근원이란 어디에 따로 있는 것이 아니오."

"하오나……."

'어이구, 이 늙은이. 분란의 씨앗인 내 조카 상왕이 죽었는데 좀 떠들고 움직여 보았자 무슨 대수인가?'

"영상대감, 그 엄모嚴某는 실상 내 어린 조카의 시체를 거두어준 고마운 사람인 것이오. 그리고 송비宋妃는 노비로 만들어 내쫓은 일개 아녀자요. 이 나라의 여러 충신들은 과인의 마음을 더 이상 괴롭히지 않도록 조심해주기 바라오."

정인지는 두 가지 다 불문에 부치라는 친재親裁를 받은 셈이었다.

왕비 윤씨는 염불을 외우다 목탁 두드리는 것을 배우게 되었다. 목탁 소리는 쇠붙이가 내는 소리와는 다르게 친근한 정감이 느껴졌다. 또한 사람의 마음을 청정무구하게 만드는 묘한 감화력이 있는 것 같았다.

처음에는 자신과 나이가 비슷한 비구니가 단정히 앉아 목탁을 두드리는 소리에 귀를 기울이는 것이 취미처럼 되었는데, 손수 해보기를 좋아하는 성품인지라 그냥 듣고만 있질 못했다.

"스님, 나 그것 좀 가르쳐주시오."

"예. 중전마마. 그냥 두드리면 되옵니다."

"그래도 규칙이 있는 것 같은데……."

"우선 그냥 두드리면서 즐기시면 되옵니다. 규칙부터 따지는 것은 목탁 두드리는 본뜻에 맞지 않사옵니다."

"아, 그래요? 이리 좀 줘봐요."

윤씨는 아까부터 보아온 대로 흉내 내어 두드려보았다.

"중전마마께서는 참으로 영특하시옵니다."

"허, 그래요? 고맙소."

이렇게 해서 중전의 목탁 치기는 시작되었다.

윤씨는 비슷한 나이 또래의 비구니들을 좋아했다. 그들은 여염의 아낙들보다 몸이 대개 통통하고 얼굴에는 화색이 돌았다. 입가에는 아직도 수줍음이 남아 있고 장삼가사長衫袈裟를 입어서인지 손이 자그맣고 예뻐 보였다. 목소리 또한 평생 큰 소리 한 번 안 질러본 듯 나직하고 애교가 흘렀다.

비구니들이 그런 목소리로 경을 외우는 송경誦經을 할 때면 윤씨는 자신의 목소리가 매우 혼탁하다는 생각이 들었다.

"내가 일찍부터 너무 표독하게 언성을 높이는 버릇이 있어 목소리가 이 모양인가?"

윤씨가 중얼거리듯 말하자 비구니가 웃으면서 대꾸했다.

"아니옵니다. 마마께서 근래에 하도 우셔서 그러하옵니다."

"그렇다면 울지를 말아야 할 텐데……."

"이제부터는 우실 일이 없으실 것이옵니다."

"정말 그래야지요. 자 그럼 관세음보살모다라니觀世音菩薩姥陀羅尼를 같이 한번 욀까요?"

"예. 마마."

합석한 두 비구니와 함께 윤씨도 목탁을 제대로 잡고 불경을 외우기 시작했다.

"나모라 다나다라 야야 나막알야 바로기제 새바라야……."

길지 않은 경문經文이라 외우기 쉬웠다. 그 경문을 스물두 번 외우면 한 차례 송경이 되는 것이었다. 세 사람의 송경 소리가 꽤나 낭랑하게 울려 퍼졌다.

장지문이 살며시 열리며 상궁 나인들이 들어왔다. 다소곳이 절하고 물러앉아 귀를 기울였다. 똑같은 빠르기로 울리는 세 개 목탁의 소리, 똑같은 음조로 외워지는 세 사람의 목소리, 그 절묘한 일치가 듣는 이들에게 소리 없는 탄성을 자아냈다.

한 차례 끝나고 서로 바라보며 의미 있는 미소를 짓고 있을 때 임상궁이 들어왔다.

"중전마마. 기뻐하소서."

"그래. 무슨 좋은 소식이 있느냐?"

"어전회의에서 영월 호장과 정업원 송씨의 처벌을 논의하였사온데, 불문에 부치라는 어명이 계셨다 하옵니다."

"오오. 참으로 잘하셨구나."

중전 윤씨는 이루 말로 표현할 수 없는 감격에 싸였다.

"감축드리옵니다. 중전마마."

임상궁이 고개 숙여 감축 인사를 드렸다.

"궁궐에 봄이 들고 있사옵니다."

두 비구니도 절을 했다.

"고마워요. 두 분 스님."

윤비는 어전회의 소식을 듣고 있었다. 그리고 그 두 사람의 처벌이 이루어지지 않기를 계속 빌고 있었다. 그리고 남편 임금이 그 처벌을 윤허하지 않기를 또한 빌고 있었다.

윤비는 임상궁을 와락 껴안았다.

"임상궁, 고맙다."

윤씨는 임상궁을 안고 울고 있었다. 윤씨는 남편 임금이 고마워 울고 있는 것이었다.

'이제야 진실로 임금이 되셨습니다.'

"임상궁, 고맙다."

임상궁도 함께 울었다.

수양은 단종을 죽인 뒤 대비 송씨의 신분을 노비로 만들었다. 송씨는 정업원에서 시녀들과 동망봉에 오르고 삭망전朔望奠을 지내는 일을 보람으로 여기며 살고 있었으나, 그들 중에는 누구도 머리를 깎고 비구니가 되지는 않았다.

방년 18세의 송씨는 용모가 빼어나고 유식하며 행실과 예모禮貌가 단정했다. 대역죄인에 연좌되어 이제 노비의 신분이 되었기 때문에 송씨를 욕심내는 중신들이 많았다.

병자사화 때 역신들에 연좌된 부녀들을 이미 노비로 셋씩이나 받은 윤사로尹師路가 대비 송씨를 은근히 욕심냈다. 그뿐이 아니었다. 신숙주는 대비 송씨를 자신의 노비로 삼고 싶어 내관들에게 뇌물을 주어 수양왕의 마음을 움직여보도록 부탁까지 했다.

수양왕은 대비 송씨를 노비로 삼고 싶어 하는 사람들이 있음을 알고 한동안 고민했다. 그러나 아무래도 그렇게는 할 수 없을 것 같아 다음과 같은 왕명을 내렸다.

"전 대비 송씨는 신분이 비록 노비이나 노비로 사역할 수 없게 하라."

1470년(성종 1) 송씨는 영양위 정종과 경혜공주의 아들이자, 단종과 자신에게는 생질甥姪이 되는 정미수鄭眉壽를 시양자侍養子로 삼고자 조정에 청원을 올렸다. 조정에서는 반대했으나 당시 수렴청정을 하던 정희왕후貞熹王后(세조의 비)의 뜻으로 임금의 허가를 받았다.

정미수는 1473년(성종 4) 돈녕부직장敦寧府直長(종7품), 형조정랑刑曹正郎(정5품) 등으로 관직에 종사하기 시작했다. 한명회 등 훈신들이 정미수의 공직 출사를 반대했으나 정희왕후가 그들을 억눌렀다.

그해 정미수는 어머니 경혜공주가 병석에 눕자 극진히 병간호를 했고, 그해 말 어머니가 죽자 고이 장사지냈다. 이후 정미수는 외숙모인 대비 송씨를 모셔와 시양자로서 극진히 봉양하며 효도를 다했다.

정미수는 1501년(중종 1) 우찬성右贊成(종1품)에 올랐으며 해평부원군海平府院君에 봉해졌다. 1512년(중종 7) 시양자 정미수가 병석에 눕자 송씨는 상속문기相續文記를 만들어주었다.

> 문종대왕의 유일한 손자인 자네에게 나는 특별한 은혜를 입었네. 나는 자네를 바라보는 것만도 큰 기쁨이었네. 자네도 나를 극진히 보살피며 늘 보호해주었기에 그 정이 친 골육과 같네. 앞으로 나의 모든 것은 자네와 자네의 후사에게 다 넘겨줄 것이네.

정미수는 자손이 없어 조카 정승휴鄭承休를 후사로 들이고 그해 죽었다. 1518년(중종 13), 노산군의 제사를 허락받아 사당을 지어 신주를 모셨고 사람을 시켜 노산군의 묘를 찾았다.

1521년(중종 16), 대비 송씨는 82세의 나이로 한 많은 세상을 마감했다. 경기도 양주에 있는 해주 정씨海州鄭氏 사가의 묘역 시양자 정미수의 곁에 묻혔는데, 중종은 대군부인大君夫人의 예로 장사지내고 묘를 조성하도록 도와주었다.

1698년(숙종 24), 단종 복위와 함께 정순왕후定順王后로 복위되어 신주가 종묘에 모셔지고, 능호를 사릉思陵(경기도 남양주시 진건읍 사릉리)이라 하여 이전의 묘를 옮기지 않고 왕후의 능으로 조성했다.

4

경혜공주

수양은 계유정난 이후 왕실을 회유하고 지지를 받고자 왕실 사람들에게도, 이른바 난신亂臣(황보인, 김종서 등)들의 재산을 몰수하여 전지田地, 노비 등을 나누어주었다. 혜빈 양씨, 경혜공주 등은 물론이요 궁녀, 내시 들에게도 다량 분배했다.

이러한 선심은 종국적으로는 자신의 왕위 찬탈을 위한 공작의 일환이었다. 그러나 단종의 양위가 수양 마음대로 되지 않자 갖가지 죄를 뒤집어씌워 선심으로 대접하던 사람들을 벌주고 유배를 보냈다.

단종은 자신이 물러나면 이러한 핍박과 학대가 줄어들까 하여 왕비와 혜빈 양씨 등의 극력 반대에도 불구하고, 결국 1455년(단종 3, 세조 1) 윤유월, 수양에게 양위讓位하고 허울 좋은 상왕으로 물러났던 것이다.

이런 와중에 경혜공주의 남편인 영양위 정종은 강원도 영월로 귀양가 있었다.

"정정하시던 아버지가 돌아가신 것도 한스러웠는데, 멀쩡한 동생 임금을 몰아내고 뭐 숙부가 임금이라고……. 애초부터 숙부는 그걸 노리고 사람들을 못살게 핍박했던 게지……. 내 살아서 무슨 꼴을 더 보랴."

경혜공주는 화병火病으로 드러눕고 말았다. 이 소식을 들은 수양은 당일로 어의와 약을 보내주고, 의금부에 연락하여 영월에 있는 정종을 경기도 양근楊根(양평)으로 옮기라 했다.

누님이 화병으로 드러누웠다는 소식을 들은 단종은 더럭 겁이 났다. 누님이 혹시 자결自決할지도 모른다는 생각 때문이었다.

"이 판국에 매부마저 유배지에 있으니 누님이 걱정됩니다."

내관을 통해서 뜻을 전했다.

수양이 의금부에 명했다.

"경혜공주가 병이 심하니 정종을 놓아 보내라."

양근에서 정종은 서울 집으로 돌아왔다. 경혜공주의 병은 차차 차도를 보이며 나아갔다.

추석이 지나자 언론삼사言論三司(사헌부, 사간원, 홍문관)가 왕을 압박하기 시작했다.

"죄인 정종이 방가放暇(일정한 시간 동안 쉬는 일)를 받은 것만도 과분한 일인데 공주의 병이 다 나았으니 마땅히 다시 유배지로 돌아가야 합니다."

하는 수 없이 정종을 다시 경기도 수원으로 유배 보냈다. 그러면서 경혜공주가 함께 가는 것을 허락했다.

다음 해 1456년(세조 2)이 되자 대간臺諫(사헌부와 사간원의 벼슬아치)에서 다시 떠들었다. 중죄인의 유배지가 도성에서 너무 가깝다는 것이었다. 결국 정종 내외는 그해 봄 김포의 통진通津으로 옮겨갔다.

그해 6월 성삼문 등의 상왕 복위 사건이 터지자 수양의 마음은 확 변해버렸다.

"상왕도 사전에 이 사건을 알고 있었다 합니다."

의금부의 보고를 받은 수양은 상왕과 정종과의 내통을 의심하여 정종의 재산과 노비를 몰수하고, 정종을 전라도 광주로 이배移配시켰다.

공주가 따라나서자 그것을 막지는 않았다. 공주는 그곳 귀양지의 매우 궁핍한 환경 속에서 아들 정미수(1456~1512년)를 낳았다.

1457년(세조 3), 금성대군의 상왕 복위 사건을 기회로 수양은 단종을 사사했다. 이 소식을 들은 정종 내외는 이를 갈았다. 수양은 정종 감시를 더 강화하라고 광주 목사 유곡柳轂에게 지시했다.

유곡은 정종 내외가 거처하고 있는 집을 위리안치圍籬安置나 다름없는 귀양살이 환경으로 만들었다. 집 담장 밖에 높이가 두 길이나 되는 목책을 빙 둘러 설치했다. 이중으로 울타리를 설치한 셈이었다. 그리고 목책의 끝은 새도 앉을 수 없게 뾰쪽하게 깎아놓았다. 담장 안에 우물을 파게 해서 죄인이 밖으로 나올 기회를 아예 차단해버렸다.

경혜공주는 귀양처를 빠져나가 암자에 불공을 드리러 다녔다. 유곡은 그것마저 막을 수는 없었다. 경혜공주는 귀양처의 사립문으로 드나들었지만, 목책의 한곳에 사람이 빠져나갈 수 있게 벌려놓은 곳, 말하자면 개구멍도 있었다. 목사는 그것을 못 본 체했다.

목책이 둘러진 이후 경혜공주는 가슴이 더욱 아파왔다. 동생(단종)을 낳자마자 세상을 떠난 어마마마의 생각이 더 자주 났고, 어린 아들을 음흉한 맹수들이 우글거리는 어두컴컴한 수림 속에 방치한 채 갑자기 떠나버린 아바마마에 대한 원망도 더욱 커졌다.

아무런 잘못도 없이 야수 같은 자들의 농간에 쫓겨나 겨우 17세 어린 나이에 비참하게 생을 마감한 동생을 생각하면 그저 죽고 싶은 생각만 들었다. 안평 숙부나 금성 숙부가 살아있다면 삶이 이렇게 외롭고 쓸쓸하지는 않을 것 같았다. 가엾고 불쌍한 동생을 보낸 지도 벌써 3년이 지났다.

경혜공주는 사립문을 열고 나와 집을 나섰다. 암자를 찾아가는 길이었다. 지난 일들이 떠올라 가슴 속에서 울화가 타오를 때면 암자를 찾아 기도하는 일밖에 할 수 있는 일이 없었다.

규봉암奎峰庵이라는 암자까지는 꽤나 높은 오르막을 올라야 하는 산길이었다. 늘 다니던 길이었는데 공주는 숨이 턱까지 차올라 애를 먹었다. 둘째를 임신한 탓이었다.

"출산 때까지는 규봉암 나들이를 그만두는 게 좋겠소만……."

영양위가 걱정이 되어 말렸다.

"거기도 못 가면 속이 뜨거워서 타버릴지도 모르오니……."

그러니 더 말릴 수도 없었다.

경혜공주가 암자에 가는 동안 첫째 미수는 영양위가 돌봐야 했다. 안기도 하고 업기도 했다.

암자에 다 올라왔을 때 공주는 땀으로 멱을 감고 있었다. 시원한 숲속 그늘이 그나마 땀을 좀 식혀주었다. 법당 안에 드니 매미 소리의 가락에 묻어 싱그러운 숲 냄새가 풍겨왔다.

공주는 먼저 부모님의 극락왕생을 위해 기도했다. 다음은 동생 홍위를 위해 기도했다. 다음 생애에는 세자로 태어나지 말기를 기도했다. 다음은 안평 숙부와 금성 숙부를 위해 기도했다. 금강산 신선이 되기를 기원했다. 마지막으로 영양위를 위해서 기도했다. 영양위가 고역苦役을 벗어나 공주 자신이 웃음을 되찾는 날이 하루라도 빨리 오기를 기원했다.

선방禪房은 늘 녹차 향으로 그윽했다. 주지 성탄性坦스님의 품성을 느끼게 했다.

"안색이 힘들어 보이십니다. 아이를 가지셨기 때문이지요?"

주지가 살며시 공주의 손을 잡고 위로의 말을 했다.

"그보다는 마음이 아파서 힘이 들어요. 돌아가신 분들 생각이 떠나질 않습니다."

"잊으셔야 합니다. 잊도록 노력하셔야 합니다. 마음에 담아두시면 건강에도 해롭지만 고인들에게도 좋지 않사옵니다."

"요즘 들어 더 생각이 납니다."

"그렇다면 추도법회라도 열어드리는 게 어떨는지요? 극락왕생을 빌어드리지요."

"아니, 스님, 상왕전하를 말씀하시는 것인가요?"

"당연하지요. 열일곱 이른 나이에 돌아가신 것도 원통한데 시신조차 찾지 못하지 않았습니까? 이승을 떠나지 못한 채 구천을 맴돌고 계실지도 모르지요."

"스님, 왜 그 생각을 진즉 하지 못했을까요? 이런 천치 같은 누나가 이 세상에 나 말고 또 누가 있을까요? 이제 보니 얼마나 누나를 원망했을까요? 아이고, 얼마나 한탄을 했을까요?"

경혜공주는 눈물을 주르륵 흘렸다.

"공주님, 너무 자책치 마시옵소서. 이제 소승이 힘닿는 데까지 준비하겠습니다."

"스님, 참으로 고맙습니다. 가슴에 늘 무거운 것이 얹혀 있었는데 스님 말씀 한마디에 씻은 듯 사라졌습니다."

경혜공주는 합장하며 고마움을 표시했다.

성탄스님은 추도법회에 근처의 선비들도 초청하기로 했다. 계유정난 때문에 관직에서 쫓겨나 낙향한 선비들, 자발적으로 벼슬을 버리고 귀향한 선비들도 여럿 있었다.

법회 날 진시辰時(오전 8시경)가 지나자 법당 안이 손님들도 가득 찼다. 계속 오는 손님들을 위해서 마당에 멍석을 깔아 자리를 마련할 수밖에 없었다.

'사람들이 이렇게 많이 오다니……'

성탄스님 또한 너무 많은 사람이 모이는 것에 놀라 어찌할 줄을 몰랐다.

사시巳時(오전 10시경)가 되자 스님은 놀라 까무러칠 뻔했다. 광주목사 유곡이 경혜공주와 함께 정종을 모시고 들어오고 있는 게 아닌가?

정종은 가끔 배소를 빠져나와 성탄스님을 뵈러 왔었기에 이날도 오리라 짐작은 했지만, 광주목사 자신이 나타나리라고는 전혀 예상할 수 없었기 때문이었다.

공주가 법당 안에 좌정하자 젊은 유생 하나가 공주 앞으로 다가오더니 법당 앞 토방에서 무릎을 꿇고 절을 올렸다.

"소생 콩주님께 인사 올리옵니다."

"선비님 그만 일어나세요. 이 사람은 절을 받을 자격이 없습니다."

"듣잡기 민망하옵니다. 문종대왕의 적통 공주님이 아니시옵니까? 금성대군 나리께서 공주님을 조선 제일의 공주라고 자주 말씀하셨사옵니다."

"아니, 금성 숙부를 아시옵니까?"

"소생은 순흥에서 올라온 순흥 안가 안순모安純模라 하옵니다. 정축지변丁丑之變에 순흥 안가가 멸족의 처지가 되었사온데 겨우 달아나 목숨을 부지했사옵니다."

정축지변은 정축년(1457)에 금성대군과 이보흠이 단종 복위 운동을 하다가 실패하여 수양왕에 의해 순흥부 주민도 무자비하게 학살된 사건이다. 이때 순흥 안씨들이 멸족이 될 만큼 거의 다 처형되었던 것이다.

"그럼 고향이 순흥일 텐데 어찌 여기까지 오시게 되었소?"

"전국을 떠돌며 숨어 살고 있었지요. 그런데 광주를 지나다 공주님 소식을 들었습니다. 그래서 여기까지 오게 되었습니다."

"아이고, 그대를 보니 금성 숙부님을 뵙는 것 같아요. 제겐 참으로 특별한 분이셨는데……."

공주는 목이 메는지 말을 제대로 잇지 못했다.

"소생, 공주님을 뵈오니 이제 죽어도 여한이 없을 듯합니다."

잠시 후 안순모가 긴 종이에 무엇인가를 써 가지고 와서 문지방 위에 붙였다.

조선 제6대 대왕 추모제朝鮮 第六代 大王 追慕祭

경혜공주 그리고 여러 사람들이 그것을 바라보며 흐뭇한 표정을 지었다. 지금 제6대 임금은 노산군으로 강등되었다가 폐서인이 되어 사사되고 그 시신조차 행방을 모르는 기막힌 처지에 있었다.

그날 규봉암에서는 원통하게 죽은 단종의 원혼을 달래는 위령제慰靈祭를 먼저 지내고 뒤이어 그 혼령의 극락왕생을 비는 천도제薦度祭를 지냈다.

"관자재보살觀自在菩薩 행심반야바라밀다시行深般若波羅蜜多時 조견照見 오온개공도五蘊皆空度 일체고액一切苦厄……."

반야심경般若心經을 독송하는 스님의 목소리가 온 하늘에 닿을 듯 여느 때와 다르게 특히 낭랑했다.

그런데 하필 이날, 전라감사 함우치咸禹治가 형리 등 수행원들을 데리고 예고 없이 광주에 나타났다. 이에 광주관아가 발칵 뒤집혔다.

감사가 물었다.

"목사는 어디 가셨는가?"

이방이 대답했다.

"멀리 출타하셨습니다."

"멀리 가셨다고? 어, 이를 어쩌나?"

"무슨 연유이신지……, 소인이 대신할 수는 없으신지요?"

"그간 일이 바쁘다는 핑계로 영양위 유배소 점고點考를 소홀히 한다는 소문을 들었기로, 오늘 목사와 함께 가서 확인해보려고 왔느니라."

아주 난처한 일이 벌어지고 말았으니 이방은 난감하지 않을 수 없었다.

관찰사가 새로 부임해 오거나 또 필요할 때는 죄인을 감영(전주)으로 불러 점고하는 것이 예사였고, 방문점고가 꼭 필요할 때는 형리를 보내 확인해보도록 했었다. 관찰사가 유배소를 직접 찾아와 점고하는 일은 전에는 전혀 없던 일이었다.

"감사나리. 날씨가 너무 덥소이다. 서늘한 바람이 불 때 적당한 날을 잡아 가보심이 좋을 듯합니다만……."

이방은 다급한 대로 구차하지만 날씨 핑계를 대보았다.

"아니야. 이방 자네가 안내해주어야 하겠네."

하는 수 없었다. 이방은 함우치를 안내하여 영양위 유배소로 향했다. 형방도 나졸들을 데리고 뒤따라갔다.

가는 도중에 이방은 아무리 머리를 굴려보아도 이 점고를 면해볼 방법이 전혀 생각나지 않았다. 현장에 당도하면 바로 들통이 날 일이었다. 이방은 차라리 이실직고하는 게 낫겠다는 생각이 들었다.

"저, 사실은……."

이방은 이마에 흐르는 땀을 손으로 씻어내며 감사를 쳐다보았다.

"왜 그러는가? 그렇게도 더운가?"

"사실은 오늘 목사님께서 무슨 행사가 있다고 거기에 가셨습니다."

"무슨 행사라고 했던가?"

"소인이 그것까지는 모릅니다."

목사가 단종의 추모제에 갔다는 것을 다 알고 있었지만 차마 그것까지는 말할 수가 없었다.

"하여튼 일단 배소配所까지 가보세."

배소에 도착해보니 죄인을 지키고 있어야 할 나졸들도 보이지 않고 배소 집 안에도 아무도 없었다. 목책 출입구에 자물쇠는 채워져 있었으나 출입구가 느슨하여 사람이 드나들기에 충분한 틈이 나 있었다.

"형방, 이게 도대체 어찌 된 일인가?"

함우치는 어이가 없었다.

"아니, 산책을 나간 것인가? 그거참……."

형방이 혼잣말처럼 중얼거렸다.

"이런 고얀, 산책을 나가다니……. 당장 찾아오게."

형방은 호루라기를 꺼내 세차게 불었다. 호루라기 소리는 골짜기로 멀리 퍼져나갔다.

오래지 않아 나졸 두 사람이 숲속에서 달려 나왔다.

"어디 있다가 나오는 것이냐?"

형방이 야단을 치자 나졸들이 형방 앞에 무릎을 꿇었다.

"죽을죄를 지었습니다. 아무도 없어서 그늘에서 쉰다는 것이 그만……. 다시는 그러지 않겠습니다."

"죄인은 어디 갔느냐?"

함우치가 무거운 목소리로 물었다. 나졸들은 이미 정신이 나가 있었다.

"암자에, 그 규봉암에 갔습니다요."

"목사는 어디 계시냐?"

"목사님도 거기 가셨습니다요."

"음, 그래? 알았다. 나도 가보아야겠다. 앞장서라."

규봉암에서는 영양위 정종이 추모사追慕辭를 한창 읽고 있는 참이었다.

"세종 이래로 조선은 태평성대를 맞이했는데 전하께서는 간교하고 사악한 무리들에 의해 결국은 죽임을 당하셨습니다. 참으로 원통하고 참담한 일입니다. 친동생임에도, 사특한 무리들과 야합하여 임금인 친형을 모살하고, 또한 친동생들을 죽이더니, 이어서 정통왕인 친조카를 위협하여 내쫓고 스스로 왕위에 오르고 나서는, 자신을 위해 왕위를 선선히 물려준 조카 상왕을 궁벽한 오지奧地에 몰아넣고, 마침내 그에게 사약을 내려 죽일 줄이야 어찌 알았겠습니까? 하오나 오늘 충정심이 변치 않은 여러분을 만나서……."

바로 그때에 들이닥친 함우치가 벽력霹靂같은 소리를 내질렀다.

"역모를 꾀하는 현장이다. 저 역도들을 모두 포박하라."

갑자기 현장은 일대 혼란의 도가니가 되었다.

그때 안순모가 나서서 함우치 못지않은 큰 소리로 외쳤다.

"빨리 몸을 피하시오. 저들에게 잡히면 개죽음당합니다."

함우치를 따라온 나졸들과 대치하고 있던 유생들이 재빠르게 뒷걸음질을 치고 있었다.

"순흥의 백성들도 다 죽인 놈들이오. 제발 잡히지 말고 어서 달아나시오."

나졸들은 여남은 명밖에 되지 않았다. 거기 모인 많은 사람을 포박하기에는 어림없는 숫자였다. 나졸들은 창을 겨누는 시늉만 내고 있을 뿐 달아나는 사람들을 뒤쫓아 포박할 엄두를 내지 못했다.

"저놈을 포박하라."

함우치가 안순모를 가리키며 나졸들에게 명령했다. 나졸들이 모두 안순모에게 덤벼들어 그를 포승줄로 묶어버렸다.

이어서 영양위 정종과 성탄스님도 묶였다.

"나도 묶어라."

광주목사 유곡이 나서며 소리쳤다. 나졸들이 영문을 몰라 어리둥절하자 함우치가 말했다.

"그자도 포박하라."

포박한 자들을 데리고 광주관아로 돌아온 함우치는 보초를 제대로 서지 않은 나졸들을 먼저 심문했다.

"똑바로 대답해라. 그렇지 않으면 너희들도 역모죄로 다스릴 것이다."

"예, 예. 목숨만 살려줍쇼. 나리."

나졸들의 울음 섞인 대답이었다.

"평상시에도 오늘처럼 자리를 비운 적이 있느냐?"

"죄인이 외출을 하면 그냥 비웠습죠."

"그런데도 목사는 아무 말도 하지 않더냐?"

"예."

"목사가 평소에도 죄인을 자주 만났더냐?"

"며칠 전에 만난 적이 있었습니다요. 그날 죄인이 스님께 무슨 종이를 넘겨주었는데 적힌 글이 어찌나 길던지 한 발은 넘었을 것입니다요. 그 자리에 목사님도 있었는데 서로 귓속말을 해서 무슨 말인지 알아듣지는 못했습죠."

신나게 말하고 있는 젊은 나졸을 멀뚱히 쳐다보고 있던 나이든 나졸이 고개를 돌리며 어이가 없다는 듯 한숨을 내쉬었다.

그러자 함우치가 그 나이든 나졸에게 물었다.

"자네도 보았는가?"

나이든 나졸은 하는 수 없이 고개를 끄덕였다.

"죄인이 또 다른 사람들과 내통하는 것을 보았는가?"

"없습니다요. 암자에서 만난다면 소인들이야 알 길이 없습죠."

"다른 일은 생각나는 게 없느냐?"

젊은 나졸을 향해 물었다.

"있는 뎁쇼."

젊은 나졸이 생기 있게 대답했다.

"말해보아라."

"죄인과 스님이 말하면서 주상전하를 가리켜 수양이라고 말했습니다요."

나이든 나졸이 또 한숨을 푹 내쉬었다.

"알았다. 또 차후라도 생각나는 것이 있으면 바로 아뢰어야 하느니라."

다음 날 감사 함우치는 목사 유곡을 형틀에 앉혔다.

"목사는 어찌하여 그렇게 죄인 감시를 소홀히 했소?"

"소홀히 했다면 잘못입니다만……, 이런 분들이 귀양을 오면 눈치껏 돌봐주는 게 관례가 아니었습니까?"

사실 높은 위치에 있던 사람들이 귀양을 오면 지방 관리들은 접대를 소홀히 하지 않았다. 그것은 후일을 위해 좋은 인연을 맺어두려 했기 때문이었다. 그래서 음식을 대접하는 일은 보통의 일이었고 기생을 불러 술 접대를 하는 일까지도 있었다.

"관례라니요? 저 사람들은 일반적인 죄인이 아니오. 역적逆賊이란 말이오. 역적을 편드는 것은 역모逆謀라는 것을 모른단 말이오?"

"우리는 모두 전대 임금께서 주시는 녹을 먹고 살아왔던 사람들입니다. 세종임금 이래로 그 손자임금에 이르기까지 그 임금들께서 내리신 은혜를 입지 않은 사람들이 없지요. 그 은혜에 보답하지는 못할망정 외출 좀 눈감아주었다고 역모라고 하시니 참 서운합니다. 대감."

"그렇다면 어째서 추모회에는 참가하셨소?"

"역모를 일으키는 일도 아닌데 무엇이 잘못되었소이까? 돌아가신 상왕전하의 극락왕생을 위해서 기도를 드리고자 모인 것이 역모란 말입니까? 내 잘못이 있다면 아직도 상왕전하를 잊지 못하는 어리석음일 것입니다만, 충절을 굽히지 않는 여러 선비들과 함께 있는 것만으로도 나는 배가 부른 것 같소이다. 그러니 마땅찮으면 길게 끌지 말고 나를 죽이시오."

유곡은 눈을 감고 고개를 숙였다.

"목사는 눈을 뜨고 이것을 보시오."

함우치는 영양위가 읽다 만 그 추도문 종이를 들어 보였다.

"상왕을 찬양하는 내용이 극히 불온하단 말이오. 이런 내용으로 사실은 역모를 선동하고 있는데, 목사는 그래도 역모가 아니라고 주장할 것이오? 그리고 친형인 임금을 죽였다는 거짓 주장까지 하고 있는데 그것을 목사는 믿는단 말이오?"

"형왕 죽인 것을 감사께서만 모르시는 모양인데 알 만한 사람들은 다 알고 있는 사실이고……. 그리고 또 그 추도문 내용이 상왕을 추모하고 넋을 위로하는 내용이지, 어디 한성으로 쳐들어가자는 내용입니까? 아니면 쳐들어가자고 선동하는 내용입니까? 또는 금상을 죽이자고 선동하는 내용입니까?"

함우치는 더 이상 심문해야 소용없는 일이라고 생각했다. 그래서 목사의 심문을 그만두고 영양위와 안순모를 심문했다. 그러나 그들은 한마디도 대답하지 않았다. 그래서 감사는 성탄스님을 심문했다. 성탄스님은 대답 대신 불경만 암송했다.

다음 날 함우치는 사건의 내용을 정리하여 조정으로 장계를 올렸다.

광주에 안치한 정종이 자숙하기는커녕 여러 외인들을 끌어들여 역모를 논의한 바 있어 긴급히 장계를 올리나이다.

정종은 유봉암에 기거하는 승려 성탄을 연락 책임자로 삼아 외부 세력을 끌어들이는 한편, 직접 외부 세력들과 만나기도 했습니다.

이렇게 외부와 끊임없이 소통하며 역모를 도모할 수 있었던 것은 광주목사 유곡과 함께 거사를 도모할 수 있었기에 가능했던 것입니다.

유곡은 죄인의 문밖출입을 엄격히 통제해야 함에도 불구하고, 죄인과 하나가 되어 움직였느니, 조정의 녹을 먹는 관료로서 사상이 지극히 불온不穩한 자라 아니 할 수 없습니다.

또한 이들은 하나같이 주상을 수양이라고 부르면서 임금을 임금이라 여기지 않으니, 역심逆心이 골수에까지 박힌 자들입니다.

청컨대 한양으로 압송하여 국문케 하고, 이들의 죄를 낱낱이 밝혀 다시는 이런 불미스러운 일이 일어나지 않도록 벌하옵소서.

장계를 받은 조정에서는 또 한바탕 광풍이 일어났다.

"짐을 수양이라고 부른다고? 고얀 놈들."

수양왕은 이를 부드득 갈았다.

5

영양위 정종

여름이 다 갈 무렵 한양에서 금부도사가 영양위를 압송하기 위하여 내려왔다. 금부도사 일행이 배소에서 영양위가 나오기를 기다리고 있었다.

"시각이 바쁘니 빨리 나오셔야 합니다."

마당에서 도사가 재촉했다.

"알았네. 조금만 더 말미를 주시게."

영양위는 차마 공주의 손을 놓지 못하고 있었다. 둘째를 임신한 배는 눈에 띄게 불러 있었다.

그는 공주의 배에서 눈을 떼지 못하며 말했다.

"또 미안하게 되었소. 부인. 정말 미안하오. 전하를 지켜드리지 못했고, 당신을 지키지도 못하고, 미수를 지켜주지 못해 미안하오."

영양위는 공주의 손을 잡은 그 손 위로 눈물을 뚝뚝 떨어뜨렸다.

"그런 나약한 말씀 마세요. 다시 안 볼 것처럼 말씀하시면 싫어요."

"내가 죽어야 끝날 싸움이었소. 그 길이 당신과 우리 아이를 구하는 길이라면 난 지금이라도 기꺼이 죽을 것이오."

"안 돼요. 굽히세요. 한 번만 굽히세요. 저쪽도 서방님이 굽히고 나오기를 기다리고 있을 거예요. 죽으면 내일이 없을 거 아녜요. 살아남아야 내일이 있고 그래야 싸울 수 있지요."

"알겠소. 나도 살아나고 싶소. 돌아서면 당신 얼굴이 보고 싶은데 어찌 당신을 두고 죽을 수가 있소?"

영양위는 가만히 공주의 어깨에 손을 얹어 다독였다. 그때까지 참고 있던 공주의 눈물이 한꺼번에 왈칵 쏟아졌다.

"지금 출발하셔야 합니다."

밖에서 독촉하는 소리가 들려왔다.

공주는 옷매무새를 여미며 미수에게 말했다.

"미수야, 아버지께 큰절을 올리도록 해라. 먼 길을 떠나신다."

미수가 영양위 앞에 엎디어 큰절을 했다.

"오냐, 미수야. 어머님 말씀 잘 듣고 열심히 학문을 닦아야 한다."

"명심하겠습니다. 아버님."

학문이 무엇인지 아직 모르는 미수였지만 아버님 말씀은 명심하겠다는 의지였다. 영양위는 흐뭇한 시선으로 미수를 보다가 성큼 방문을 열고 마루로 나섰다. 공주가 미수의 손을 잡고 따라 나왔다.

영양위가 마당으로 내려서자 물색 모르는 나졸들이 버릇대로 굵은 포승줄을 들고 달려왔다.

"무례하구나. 공주님 앞이시다. 물러나 있으라."

금부도사는 영양위를 앞세우고 사립문을 나섰다.

영양위가 뒤를 돌아보았다. 그러나 눈물이 핑 돌아 공주의 모습을 제대로 볼 수가 없었다. 손등으로 눈물을 씻어냈다. 그리고 다시 돌아보았다.

가슴에 똑바로 묻어두고 싶은 얼굴. 분명 마지막일 것 같아 제대로 보고 꼭 간직하고 싶은 그 얼굴을 제대로 보지 못한 채, 그만 발길을 옮기고 말았다. 계속 솟아나는 눈물 때문이었다.

도성 형조에서 고문이 진행되었다.

며칠 동안 심한 고문을 받아 영양위는 몸을 제대로 가누지 못한 채 형틀에 묶여 있었다.

"죄인은 아직도 역모를 부정하는가?"

형조판서 박원형朴元亨이 큰 소리로 물었다.

"나는 역모가 무엇인지 모른다."

몸은 축 늘어졌으나 목소리는 카랑카랑했다. 정신은 살아 있다는 증거였다.

"너희 역당들은 전하를 감히 수양이라 불렀다. 임금을 그렇게 부른 것이 역심이 아니고 무엇이냐?"

"흥, 웃기지 마라. 불한당들과 야합하여 임금 자리를 도둑질한 수양을 내가 어찌 임금이라 여기겠느냐?"

"정말 아둔하고 어리석도다. 역모를 인정하고 진정으로 반성하면 전하께서는 그대를 용서해주시려 하신다고 누누이 말했건만, 굳이 죽으려고만 하는 그대를 정말 이해할 수가 없구려."

"잔소리 하지 마라. 내게 임금은 오직 한 분, 상왕전하 한 분뿐이시다. 이 몸이 전하께 너무 큰 은혜를 입어 충성으로 보답고자 하는 것이니 여러 소리 말고 빨리 죽여라."

형조판서는 더 이상 국문할 필요가 없다고 생각했다. 영양위가 절의를 꺾지 않을 사람이라는 것을 안 이상 그를 더 이상 욕보여서는 안 된다고 여겼다.

"전하, 역모를 일으킨 자들을 극형으로 다스리는 것이 마땅한 줄로 아뢰오."

수양왕은 곧 교지를 내렸다.

> 역모를 모의한 정종은 능지처참하고, 그 시신을 팔도에 보내 본보기로 삼도록 하라.
> 나머지 가담자는 참형에 처하고, 광주목사 유곡은 직접 가담하지 않았기에 목숨은 살리되, 그와 그의 가족 모두를 춘천관아의 노비로 보내라.
> 또한 정종의 처는 고신告身(경혜공주라는 신분 지위)을 거두고 순천관아의 관노로 삼으라.

교지가 내린 당일 영양위는 군기감 앞에서 능지처참되었다.

사지를 찢어 죽인 다음 그 시신을 토막 내어 소금에 염장鹽藏했다. 부위별로 나누어 상자에 담은 다음 각 지방으로 내려 보내고, 머리는 광통교 앞 저자거리에 효수梟首했다.

사흘째 되던 날 새벽, 아직 어두운 때에 겸사복 병사가 재빠르게 움직이고 있었다. 그는 영양위의 머리를 끌어내려 보자기에 싸 묶었다. 그리고 파루가 울리기 전에 말을 몰아 광화문을 빠져나갔다. 그는 한 강 가에 이르러서야 말에서 내려 수급을 강물에 던져 넣고 사라졌다.

수양왕은 전라도 관찰사 함우치에게 명하여 경혜공주를 관할 고을 의 노비로 배속시키라 했다. 함우치는 경혜공주를 전라도 순천부의 관 비로 배속했다. 이를 조정과 순천부에 통보하자 경혜공주를 압송할 금 부도사가 나장들을 데리고 전주 감영에 도착했다.

공주에게 가마를 내주라 할 수는 없었다. 공주는 여섯 살 어린 아들 을 데리고 광주에서 순천까지 걸어서 가야 했다. 거기다 공주는 또한 임신한 몸이었다.

함우치는 고민했다. 공주를 함부로 다룰 수도 없었지만 그렇다고 죄 인에게 호의를 베풀 수도 없었다.

'어찌하나? 노비이긴 하나 금지옥엽의 공주가 아닌가! 가마를 태워 보낼 수는 없지만 그렇다고 막되게 끌고 갈 수도 없지 않은가?'

함우치는 감영의 관속 두 사람을 더 붙여주며 금부도사에게 은근히 한마디 했다.

"그거참, 죄인은 어린애가 딸려 있고 또 지금 임신 중이라 하니 도 사는 그 점 참작하기 바라오."

금부도사는 여러 가지 생각을 했지만 별 뾰쪽한 수가 없었다. 가마 를 태울 수도 없고 자기의 말을 태울 수도 없었다. 일단 걸어가게 했 다. 그러다 광주목을 벗어나게 되자 곧바로 어린애를 관속 하나가 등 에 업고 따라오도록 지시했다.

화순현和順縣을 지날 때였다. 금부도사는 한 주막에서 우연히 당나귀 한 마리를 구할 수가 있었다. 돌아오는 길에 돌려주기로 하고 당나귀를 세내어 공주를 태웠다. 관속에게 시켜 당나귀 고삐를 단단히 잡고 따라오게 했다.

순천부사 여자신呂自新은 무관 출신으로 금부도사의 영접을 어떻게 해야 하는지 잘 몰랐다. 그래서 향교鄕校(지방에 설치한 국립 교육기관)의 연로한 교수敎授(향교의 지도를 맡은 관리, 종6품)를 불러 물었다.

"교지敎旨가 있을 때에는 관원과의 인사에 앞서 절을 하고 교지를 받아야 합니다. 교지가 없을 때에는 금부도사에게 과공過恭하지 않게만 대하면 됩니다. 부사는 정3품이고 도사는 종5품이니까요."

"예, 잘 알겠습니다만……."

여자신이 정작 궁금한 것은 도사의 영접이 아니었다. 그것은 이번에 관비로 내려오는 죄인에 대한 것이었다.

"……?"

"사실은 말이오. 이번에 내려오는 죄인을 어떻게 다뤄야 할지 그걸 모르겠소."

"다른 관비와 똑같이 취급하면 됩니다. 공연히 특별 취급을 했다가는 조정의 노여움을 사서 부사가 죄를 받을 수도 있단 말입니다."

"하지만 죄인이 다른 사람이 아니라 금상今上의 친조카가 아니오? 문종대왕의 친딸이며, 전 상왕의 친누님이 아닙니까? 그러니 어찌……."

"그런 것은 염두에 두지 않는 것이 신상에 좋을 것이오. 친형제를 죽이고 친조카인 상왕을 죽이고……. 그리고 친형수를 부관참시까지 한 판에 그까짓 조카딸이 무슨 대수겠습니까?"

"아, 알겠소."

순천부에 금부도사가 도착했다.

"순천부사는 어명을 받드시오. 죄인 인치引致요."

'교지가 없으면 과공할 필요가 없다고 했지…….'

"안으로 들라."

데리고 온 죄인을 보니 노독인지 과로인지 모르겠으나 몹시 지쳐 있었다. 부사는 차라리 잘되었다고 생각했다.

"죄인이 너무 지친 것 같으니 관비처소로 가서 우선 하룻밤 쉬도록 하라."

그렇게 죄인을 처소로 들여보내 놓고 부사 여자신은 도사 일행을 데리고 주막으로 갔다. 그러잖아도 술 생각이 간절하던 참이었다.

무거운 몸에 초라하기 짝이 없는 그녀가 경혜공주라는 것을 이미 다 알고 있던 사람들은 보는 이마다 눈물을 흘렸다. 돌쇠어멈이라는 관비가 먹을 것을 챙겨 그녀에게 올렸다.

다음 날 아침, 부사는 동헌 마루에서 교의에 앉아 어제 온 죄인을 불러들이라 했다. 경혜공주는 어린 아들의 손을 잡고 동헌 앞마당에 섰다.

"죄인은 오늘부터 이 동헌의 청소를 맡아 하시오. 티끌 하나 없이 깨끗이 걸레질하시오."

경혜공주는 대답도 없이 움직이지도 않고 부사를 빤히 올려다보았다.

"뭘 빤히 쳐다보는 거요? 어명을 모른단 말이오?"

부사는 서슬이 파래지며 교의에서 일어섰다. 대청마루 끝으로 나섰다.

그러나 경혜공주는 부사보다 더 파랬다.

"뭐라 했소? 나더러 천역賤役 일을 하라 그랬소?"

"아아니, 그러면 놀고먹으라는 관천노비官賤奴婢인 줄 알았소?"

"너, 이 역적 놈!"

"억!?"

공주는 아이를 데리고 빠른 걸음으로 대청으로 올라가더니 부사가 앉았던 교의에 버티고 앉았다. 놀란 관속들이 눈을 휘둥그레 뜨고 어쩔 줄 몰라 했다.

엉겁결에 멍하니 바라보는 부사를 향해 칼날 같은 고성이 터져 나왔다.

"나는 이 나라 공주다. 임금의 딸이란 말이다. 이 나라의 일개 지방 수령인 네가 어찌 감히 나를 능멸한단 말이냐? 이 못 배워먹은 부사 들어라. 너는 선대왕 때부터 녹을 받아먹고 살아온 신하가 아니냐? 내가 문종대왕의 유일한 공주라는 것을 뻔히 다 알면서도 그따위 돼먹지 못한 짓을 한단 말이냐? 이 무지몽매無知蒙昧한 역적 놈아!"

부사 여자신은 아무 대꾸도 못한 채 얼굴이 벌게져 가지고 멍하니 서 있었다. 공주는 일어서서 아들을 데리고 총총히 안으로 들어가 버렸다.

부사는 마당가 관속들 앞에 임석해 있는 향교 교수를 힐긋 쳐다보았다. 교수는 부사의 시선이 닿자 고개를 푹 숙여버렸다.

그날 이후 부사는 공주가 일을 하든 말든 내버려두었다.

밤이 되면 공주는 가녀린 여인이 되었다. 남편을 생각하며 울었고 어린 아들을 생각하며 울었다. 밥벌레로 밖에 보이지 않는 자신의 처지를 생각하며 울었다. 더 이상 살고 싶은 생각이 없었다. 그러나 어린 아들 때문에 그냥 죽을 수도 없었다.

가을이 깊어가는 어느 날, 청천벽력과도 같은 소식을 들었다. 영양위 정종이 능지처참을 당하고 광주 관아에 그의 시신 일부가 걸려 전시될 것이라는 소식이었다. 공주는 정신을 잃고 말았다.

한참 후 겨우 정신을 차린 공주가 부사를 찾아 애원했다.

"나리. 광주에 잠시 다녀오도록 허락해주시오."

"관노 처지에 가긴 어딜 간단 말이오?"

감정이 좋지 않기도 했지만 관노를 함부로 외지에 내보내는 것도 마땅한 일이 아니었다.

"남편의 시신을 거둘 사람이 없습니다. 그러니 제발 잠시 다녀오도록 승낙해주시오. 이 은혜는 결코 잊지 않을 것이오."

공주는 땅바닥에 꿇어 엎드려 빌고 있었다. 굵은 눈물방울이 계속 떨어져 땅바닥에 자국을 내고 있었다.

"안 된다 했으니 물러가시오."

공주는 포졸에 끌려 관비들의 거소인 행랑채로 끌려왔다. 문을 잠그고 울고 또 울다 정신을 잃고 말았다. 새벽녘에 겨우 정신을 차린 공주는 미수를 돌쇠어멈에게 맡겼다. 날이 새기 전 야음을 틈타 광주로 내달렸다.

날이 새자 공주가 달아났다는 것을 이방이 알아챘다.

"병사들을 풀어 잡아 올까요?"

부사에게 물었다.

"가만 놓아둘 수야 없지. 하지만 뒤쫓는 척 시늉만 내다가 돌아오너라."

광주까지는 300리 길이었다. 임신한 몸이 아니라면 달려서 사흘이면 갈 수도 있었다. 그러나 무거운 몸으로 걸어가자니 그 고달픔은 말로 다 할 수가 없었다. 곡성谷城을 지날 무렵에는 발이 부르터서 제대로 걸을 수가 없었다.

그뿐이 아니었다. 배가 고파 쓰러지기도 하고 정신을 잃어 넘어지기도 했다. 농가의 헛간에 숨어들어 잠을 자기도 하고 때로는 음식을 훔쳐 먹기도 했다. 그러면서 순천을 출발한지 닷새 만에 광주관아에 도착했다.

공주는 새로 부임한 광주목사를 찾았다. 그러나 그는 공주를 만나주지 않았다. 종일 관아 앞에서 기다렸으나 목사를 만나볼 수가 없었다.

공주는 밖으로 나와 주막을 찾았다.

"주모, 요 며칠 사이 한양에서 죄인의 시신이 내려왔었지요?"

"아니, 뉘신데 이제사 묻는당가요?"

"순천에 사는 사람인데 소문이 너무 기괴해서……."

"기괴하다마다요. 팔 하나가 걸렸었지라. 오른팔이요. 듣자하니 임금님의 사위라 허든디요. 쩌그 규봉암 아래서 오랫동안 귀양살이를 했다든디……. 글씨, 역모를 했다등가? 그 일로 여러 사람이 상했뿌렀따고 헙디다요. 쫏 쫏……."

주모는 혀를 차며 말했다.

"지금은 어디 가면 볼 수 있을까요?"

"무신 좋은 귀경거리라고 오래 매달어두겠소? 치운 지 벌써 메칠 되었땅게요."

"어디다 치웠답니까?"

"글쎄, 얻다 내뿌렸든지 태워뿌렸든지 그랬을 틴디……."

경혜공주는 말아놓은 국밥을 그냥 놓아둔 채 주막을 나왔다.

밤공기가 차가웠다. 눈물이 앞을 가려 제대로 걸을 수가 없었다. 순천으로 돌아가는 길은 멀고도 멀었다.

낙엽이 떨어져 뒹구는 늦가을 오후였다. 수양왕 내외가 모처럼 오붓이 차를 마시고 있었다.

"가려움증은 좀 우선하신지요. 전하."

"이번 온천은 별 효과가 없는 것 같소."

"이틀이 멀다하고 연회를 베푸니 피부병이 나을 틈이 없는 게 아닙니까? 공신들 챙기는 일은 이제 그만하시고, 핏줄들이나 보살피심이 어떻는지요?"

"내가 핏줄을 학대하는 사람인 걸로 들립니다그려."

"경혜를 저렇게 내팽개쳐 두니 답답해서 하는 소리지요."

"그 아이 이야기라면 꺼내지도 마시오. 중전."

"그 먼 곳에서 고생할 모습이 떠오르면 가슴이 아파요. 죽은 우리 세자를 무척이나 예뻐했는데……."

"불경스러운 말이오. 듣기가 불편하오."

"하오나 전하. 다시 한번 생각해보세요. 경혜를 그런 시골구석에 박아둔들 전하께 무슨 도움이 되겠어요? 백성들 여론만 나빠질 게 아니에요? 차라리 궁으로 데려와 거두심이 어떻는지요? 거기다가 어린아이까지 딸려 있다지 않습니까? 전하께서 조카를 내팽개쳤다는 것으로 보이는 날엔 어느 백성이 전하를 임금으로 섬기겠는지요?"

수양왕은 중전의 말에 가슴이 좀 찔렸다. 하지만 궁에 데려오면 그 조카를 마주할 일이 참으로 난감했다. 자신이 없었다.

"중전이 알아서 처리하시구려."

다행히 허락이 떨어진 셈이었다.

다음 날 바로 중전은 내관 임용林用을 순천으로 내려 보냈다. 곧 겨울이 다가옴을 알리듯 귓불을 스치는 바람이 꽤나 차가웠다. 임용은 어서 가고 싶어 잠자는 시간을 줄여가며 말을 몰았다.

내관 임용은 순천관아에 도착하자마자 부사와 함께 공주의 처소를 찾았다. 이미 어둠이 내린 마당에 임용과 부사가 방문을 향해 엎드렸다.

닫힌 방문을 향해 임용이 소리 높여 공주에게 말했다.

"소인 중궁전 내관 임용이라 하옵니다. 소인이 공주님을 모시러 내려왔습니다."

곧 방문이 열렸다. 소복 차림의 공주가 차가운 목소리로 말했다.

"무슨 일이더냐?"

"중전마마께옵서 공주마마를 바로 모셔오라 하셨습니다."

"나는 가지 않을 것이다."

공주는 주저 없이 거절의 뜻을 전했다.

순천부사가 머리를 조아리며 말했다.

"소인이 죽을죄를 지었나이다. 공주님을 하대했으니 어찌 용서를 바라겠습니까? 하오나 감히 청컨대 어린 아드님을 위해서라도 올라가셔야 하옵니다. 아드님을 어찌 이런 궁벽한 시골에서 썩히시려 하십니까?"

임용이 또 떨리는 목소리로 말을 이었다.

"소신은 문종대왕을 모셨던 내관입니다. 그런데 지금은 공주님을 공주님이라고 마음대로 부르지 못하는 못난 놈입니다. 하오나 천릿길을 마다하지 않고 내려올 때는 얼마나 발걸음이 가벼웠는지 모릅니다. 공주님을 모실 수 있는 영광이 소인에게 주어졌기 때문이지요. 그런데 아니 가시다니 억장이 무너지옵니다. 여기 계시는 동안 공주님은 영원히 관노이어야 합니다. 이제 문종대왕의 따님으로 당당히 서시옵소서. 공주마마. 흑흑……."

내관은 울고 있었다.

부사가 다시 머리를 조아렸다.

"숙고해주시옵소서."

그러자 경혜공주는 마음이 흔들렸다. 순천관아에 파묻혀 아무리 왕의 딸이라고 절규한들 들어줄 사람이 누가 있겠는가. 수양왕을 다시 본다는 게 죽기보다 더 싫었지만 내관의 말마따나 아이를 순천관아의 관노로 썩힐 수는 없는 노릇이었다. 왕의 딸로 비참하게 무너질 수는 없었다.

"내 생각이 좁았네. 잠시나마 생각을 잘못했던 내가 부끄럽네. 올라가겠네. 잠시 정리할 시간을 주시게."

공주는 방에 들어와 면벽을 하고 마음을 정리했다. 그리고 다짐하듯 마음속으로 남편 영양위에게 고했다.

"서방님, 저는 오늘부터 서방님을 버리려 합니다. 당신이 제 가슴속에 들어 있는데 어찌 저들이 주는 밥을 먹고 저들이 주는 옷을 입겠습니까? 하오나 미수를 위해서라면……, 당신이 저에게 주신 소중한 선물을 온전히 키우려면 저는 저들에게 웃어주어야 할지도 모르겠습니다. 원수와는 불구대천不俱戴天(한 하늘을 이고 살 수 없음)이라 했는데 저는 한 지붕 아래에서 원수와 살지도 모르겠습니다. 그래서 당신을 잊을 것입니다. 먼 훗날 당신의 품에 안길 그날까지 당신을 가슴 깊은 곳에 숨겨두겠습니다."

이렇게 기도를 마치고 공주는 임용에게 말했다.

"먼 길을 오시느라 수고가 많았는데 오늘은 쉬고 내일 아침 일찍 떠나도록 하세."

다음 날 아침, 공주는 소복을 벗고 평복으로 갈아입었다. 방문을 열고 뜰에 나서자 임용과 부사가 바삐 움직이고 있었다.

"준비가 끝났느니라."

말을 마치기가 무섭게 가마가 달려와 공주 앞에 엎드렸다.

"오르시지요. 마마."

"가마에는 아이를 태워라. 나는 걸어갈 것이니라."

"두 분이 타시도록 큰 가마로 준비했사옵니다."

"아니다. 가마에 타면 몸이 불편해서 그러니라."

와신상담臥薪嘗膽, 사실은 그것이었다. 몸을 고단케 하여 결코 원한을 잊지 않으려는 공주의 독한 결심이었다.

임용은 공주의 뜻을 꺾을 수 없어 갈 때까지는 가기로 하고 출발했다. 구경 나온 백성들은 만삭이 된 공주가 힘겹게 걷는 모습을 보며 북쪽을 향해 손가락질을 해댔다.

"상감인지 땡감인지 공주를 구박하는 꼬락서니를 봉께로 차마 눈 뜨고는 볼 수가 없당께."

공주를 구박한다는 소문은 공주의 행차보다 몇 배나 빨리 북쪽으로 날아갔다.

세조의 둘째 아들 황晄이 머무는 동궁東宮에 경사가 난 지 나흘이 지났다. 세자빈(한명회의 셋째딸, 훗날의 장순왕후)이 아들을 낳아 세조는 원손을 얻었고, 한명회는 외손자를 얻었다. 훗날 조선을 이끌어갈 외손자여서 한명회는 입을 다물지 못했다.

그런데 수양왕은 어쩐지 마음이 편치 못했다. 원손을 낳은 세자빈이 산후 후유증으로 자리보전한 채 일어나지 못하고 있기 때문이었다. 불현듯 형수 생각이 났다. 상왕(단종)을 낳고 죽은 그 불길함이 바로 옮겨 오는 것 같았다.

그때 중궁 내관이 아뢰었다.

"전하, 정종의 처를 모시고 왔나이다."

차마 경혜공주라 하지 못하고 이렇게 아뢴 것이었다.

"엉, 경혜가 왔단 말이냐?"

"예, 그러하옵니다."

세조는 형수의 악령이 경혜를 통해서 세자빈에게 전해질 것만 같은 불길한 생각에 몸을 떨었다.

"안 된다. 입궁하지 못하게 하라."

"아뢰옵기 황공하오나 이미 중궁전에 들어계십니다."

"뭐라? 앞장서거라. 급하니라."

수양왕은 내관을 앞세우고 단걸음에 중궁전으로 건너갔다. 내관이 아뢸 새도 없이 수양왕은 내전의 문을 벌컥 열고 들어갔다.

세조가 털썩 앉자마자 경혜공주가 다소곳이 엎드려 인사를 올렸다.

"그동안 강녕하셨는지요?"

수양왕은 무엇이라 고함이라도 칠 참이었는데 엉뚱하게도 딴 말이 나오고 말았다.

"몰골이 많이 상했구나."

"긴 여정 탓일 겁니다."

노비 신세로 살았기 때문이라고는 말하지 않았다.

"이런 모습으로 걸었으니 내가 너를 구박한다는 소문이 났지. 앞으로는 그러지 말아라. 먼저 생각해보고 행동해야 한다는 말이다. 그리고 중전은 이 아이를 당분간 궁밖에 거처를 마련해주시구려."

수양왕은 볼멘소리로 이같이 말한 다음 횅하니 내전을 나가버렸다.

공주 옆에 없는 듯이 앉아 있는 미수에게는 눈길 한 번 주지 않았다.

"전하께서 무슨 생각이 있으신가 보다. 허니 조금만 참자. 내가 네 처소를 마련해보마."

"걱정 마시옵소서. 마마."

공주가 내전을 나서려는데 중전이 말했다.

"어디 갈 곳은 있는 게냐?"

공주는 고개를 끄덕거리는 것으로 대답을 대신했다.

뜰에 내려서니 이미 소문을 듣고 있었던 옛날의 유모가 대기하고 있다가 길을 잡았다.

"누추하지만 소인의 사가로 모시겠습니다."

"어딘들 대궐만 못하겠는가?"

유모의 집은 황화방皇華坊 쪽에 있었다. 집은 궁에서 멀지 않았다. 유모가 미수를 업었다. 경혜공주는 맨몸으로 따라가도 숨이 가빴다.

"집이 마련될 때까지 불편하시더라도 조금 참으셔야 합니다."

집에 도착하자 유모는 빠른 손놀림으로 미수 잠자리를 마련해놓고 공주와 마주 앉았다.

"유모는 그동안 어떻게 살았어?"

"잘산군乫山君(후일의 성종)의 유모로 살아왔답니다. 그러니까 돌아가신 의경세자懿敬世子의 둘째 아드님이지요."

"그럼 아직 대궐에 사나?"

"세자께서 돌아가셨으니 세자빈이셨던 수빈粹嬪께서도 궁을 나올 수밖에 없었지요. 돌도 지나지 않은 잘산군을 안고 쫓겨나듯 나왔답니다. 중전께서 그때 소인을 유모로 정해주셨지요."

공주가 좀 난감한 표정을 지으며 말했다.

"유모, 그럼 어떡하지? 난 말이야. 유모한테 우리 미수와 새아기를 맡길 생각이었는데……."

"아이구. 염려마세요. 소인도 미리 생각해둔 바가 있습니다."

"그렇다니 다행이구면. 아무래도 난 궁에서는 살 수가 없을 것 같아. 해서 말인데 나는 절에 들어가 불공이나 드리며 살까 해."

"예, 그것은 천천히 생각해보기로 하고 오늘은 우선 주무세요. 여독을 빨리 풀어야 아기한테도 해롭지 않습니다."

공주는 자리에 눕자 곧 잠들어버렸다. 유모는 서둘러 다시 궁으로 향했다. 내친김에 경혜공주의 거처를 매듭짓고자 함이었다.

"무슨 일이 있던가?"

중궁전을 나간 지 얼마 되지 않아 다시 나타나자 중전은 놀란 표정이었다.

"중전마마. 소인 마마께 드릴 말씀이 좀 있어 다시 달려왔습니다."

"그래? 뜸 들이지 말고 어서 말해보게."

"소인이 마마께 받은 은혜 다시 태어난다 해도 다 갚지 못할 만큼 크옵니다. 그런데 저렇게 공주님께서 힘들어하시는 것을 보니 소인이라도 모셔야 할 것 같아 이렇게 달려왔습니다. 그러니 이제 소인을 놓아주실 수는 없으신지요."

"유모, 자네는 원래 현덕왕후 소유였네. 이제 남은 핏줄이 경혜뿐인데 그 아이에게 자네를 돌려주는 것은 당연한 일이지. 헌데 수빈이나 잘산군이나 자네가 또 꼭 필요하단 말이네. 자네만큼 지혜로운 유모는 이 세상을 다 뒤져도 없을 것이야."

"아이구. 과찬이시옵니다."

"경혜는 궁에서 거둘 것이니 자네는 염려 안 해도 되지 않는가?"

"아뢰옵기 황공하오나 공주는 절에서 살고 싶어 하십니다."

"아이는 어떡하고? 또 태어날 아이는 어쩌고?"

"그래서 소인이 거두어 키웠으면 합니다."

중전은 난감한 표정으로 한동안 고개를 떨군 채 말이 없었다. 그러더니 무엇이라도 생각난 듯 갑자기 얼굴에 화색이 돌았다.

"그 아이 올해 몇 살이더냐?"

"미수 말이옵니까?"

"그렇다네."

"올해 여섯 살이옵니다."

"그것 잘되었네. 잘산군이 다섯 살이니 자네가 같이 키우면 되겠네. 그 아이도 총명해 보이니 함께 키우면 서로 좋은 벗이 되지 않겠는가?

수빈과 상의해서 결정하겠네."

유모가 집으로 돌아오니 공주는 깊은 잠에 빠져 있었다. 여월 대로 여위고 지칠 대로 지친 모습이었다. 무릎 위에 재우던 어렸을 적 모습이 떠올라 유모는 눈물이 솟았다.

한명회는 술잔을 거푸 들이켰다. 열일곱, 우연치 않은 나이였다. 원손을 낳고 산후병으로 죽은 것까지 우연이라고 치부하기에는 너무도 두려운 원혼의 앙갚음 같은 일치였다. 딸의 죽음이 비록 현덕왕후의 저주라 할지라도 산 사람은 좌우간 살아야만 한다고 한명회는 마음을 다잡았다.

그러기 위해서는 원손을 지켜야 한다고 한명회는 생각했다. 원손의 운명이 노산군을 닮은 운명이 될지도 모른다는 불길한 생각을 수양왕이 하지 못하도록, 다른 화제로 바꾸는 게 좋겠다고 생각했다. 그런데 그때 수양왕이 말했다.

"어째 이게 끝이 아니라는 생각이 들어요. 어제는 말이오, 경혜가 왔소. 세자빈 죽기 전날 하필이면 그 애가 왔단 말이오. 나는 그 아이가 무서워 내쫓아버렸단 말이오. 형수의 저주를 그 아이가 가지고 왔다는 생각이 들었단 말이오. 아, 지금도 그 생각엔 변함이 없소. 하지만 지금이라도 경혜를 잘 거두어주면 형수의 노여움이 조금이라도 감해지지 않을까, 혹시라도 저주를 풀어주지 않을까, 그런 생각이 든단 말이오. 한공은 어찌 생각하오?"

나약해지려는 왕의 마음을 다잡는 일이라면 무엇이든 못할 일이 아무 것도 없었다.

"옳으신 생각이십니다. 공주의 신분도 되돌려주시고, 몰수한 재산도 모두 돌려주시옵소서."

"알겠소. 기꺼이 그렇게 하겠소."

자리에서 일어나는 한명회에게 수양왕은 한마디 더 붙였다.

"내 악업이 끝나야 한공에게서도 끝날 것이오."

세자빈의 장례 절차가 마무리될 무렵 수양왕은 경혜가 딸을 순산했다는 소식을 들었다.

수양왕은 지난 며칠 동안 술을 너무 많이 마신 탓인지 가려움증이 심해져 견딜 수가 없었다. 긁은 곳에서 피가 나와 적삼을 적셨다. 잠을 제대로 잘 수 없어 얼굴이 푸석푸석하고 눈도 퀭해졌다.

온천을 다녀왔는데도 효험이 없어 이번에는 오대산 상원사上院寺 행차를 마음에 두었다. 상원사 부처님에게 빌어볼 작정이었다. 효험이 있기로 유명한 상원사 부처님은 수양왕이 기댈 마지막 언덕인 셈이었다.

날을 잡아 상원사로 행차했다. 참선을 하고 부처님 앞에 엎드려 참회의 기도를 올렸다. 긁어도 긁어도 끝이 없는 가려움의 고통을 없애 달라고 또 엎드려 빌었다.

틈나는 대로 계곡에서 흐르는 맑은 물을 길어다 목욕을 했다. 여러 날 기도하고 목욕하고 했더니 마음이 한결 가벼워지고 가려움도 많이 가셨다.

다시는 악업을 짓지 않겠다고 부처님께 맹세했다. 그리고 문수동자상文殊童子像을 만들어 부처님께 바치기로 했다. 그리고 피 묻은 적삼을 고이 접어 상자에 담고 참회의 마음을 담아 그 상자를 동자상 안에 봉안하게 했다.

경복궁으로 돌아오자마자 수양왕은 경혜를 찾았다. 하루도 미룰 수
가 없었다.

"딸을 출산했다고 들었다. 산후조리는 잘했느냐?"

"예, 전하. 그동안 강녕하셨는지요?"

경혜공주는 처음으로 전하라는 말을 했다. 참으로는 하고 싶지 않은
말이었지만 자식들을 생각하며 할 수 없이 입에 담은 말이었다. 자식
들을 위해서라면 천만번이라도 불러줄 작정이었다.

"사실은 몸이 좋지 못해서 상원사에 다녀왔다. 그러느라 널 일찍 찾
지 못해 미안하구나. 일전에 네게 약속한 것도 있는데 말이다. 영양위
寧陽尉로 복위시키고 네 신분도 회복시켜주겠다고 약속했는데 말이다."

"전하, 저의 유일한 소원입니다."

"그래서 오늘 편전에서 네 문제를 중신들과 상론했느니라. 정선방貞善
坊에 있는 옛집과 통진通津에 있는 논과 밭 모두를 네게 되돌려주도록 조
치했다. 그리고 네 공주의 신분도 오늘 이후 회복시키도록 하였느니라."

"전하. 성은이 망극하옵니다."

"그런데……. 그런데 말이다. 아이들의 신분은 회복시키지 못했다."

"예에? 그건 왜요?"

"중신들의 반대가 너무 심했단다. 역도의 자식은 안 된다고……."

"아이들이 관노인데 어미가 공주이면 무얼 합니까? 재물이 있으면
무얼 합니까? 집도 땅도 주지 마세요. 저는 받지 않겠습니다."

"오냐. 입이 열 개라도 할 말이 없구나. 결자해지라고 했는데 여태까

지 해결하지 못해 민망하구나. 역모에 관한 일이라면 내 말이 중신들에게는 먹히질 않는구나. 미수 이야기를 올리기만 해도 벌떼처럼 덤벼든단 말이다. 상소도 빗발처럼 쏟아지고…….”

경혜공주는 어이가 없었다. 그리고 화도 치밀었다.

“영양위대감이 역모를 했다고 여전히 주장하시는 건가요?”

“형조에서…… 다 밝힌…… 사실이니라.”

수양왕은 가려운 데를 긁으면서 말했다.

“동원된 군사가 한 명도 없는 그런 역모를 본 적이 있나요? 병장기 하나 없는 스님과 역모를 도모했다는 것이 말이 되나요? 그분은 저를 사랑한 죄밖에 없어요. 제가 동생을 비명에 보내고 괴로워할 때 그이가 함께 울었고 제가 전하를 원망할 때 그이도 함께 괴로워했어요. 그런 사람을 역모로 몰아 죽였고……, 으흑…… 능지처참이라니……. 그게 말이 되기나 한 건가요?”

“후우…….”

수양왕은 답답한지 한숨을 내쉬었다.

“많이 약해지셨네요. 안평 숙부님, 금성 숙부님 그리고 영양위대감을 역모로 몰아 죽일 때의 그 위세는 어디 가고 어찌 이렇게 약해지셨나요? 그 불한당 같은 공신들만 배불려주시고 전하께 남겨진 거라고는 한 맺힌 사람들의 원한밖에 없잖아요?”

수양왕은 넋 나간 사람처럼 초점 잃은 눈으로 먼 곳을 보고 있었다.

“숙부님을 원망할 수밖에 없어요.”

경혜공주는 자리를 박차고 일어섰다.

“앉아라.”

"모두를 잃었는데 무슨 미련이 있겠어요? 차라리 저를 죽이세요. 모든 걸 다 잊을 수 있게요."

"그러지 마라. 살 날도 얼마 남지 않았는데 내가 용서를 구해도 모자란 판에 어찌 너를……."

공주는 털썩 무릎을 꿇었다.

"전하, 제가 마지막으로 숙부님께 빌겠어요. 제가 전하께 무엇을 해드리면 되겠어요? 무엇을 해드려야 우리 아이를 구제할 수 있나요? 사라지라면 사라지겠습니다. 죽으라면 죽겠습니다. 아이들만 구제할 수 있다면 제가 다시 관노가 되겠습니다."

"그래서야 되겠느냐? 다만……."

"남편의 시신 한 조각도 수습치 못한 못난 사람입니다. 아이들을 위한 일이라면 무엇인들 못하겠습니까?"

공주는 무릎을 꿇고 두 손 모아 빌었다. 얼굴 가득 눈물이 넘쳐났다.

"여봐라. 게 내관 있느냐?"

내관이 달려와 대령했다.

"내관은 속히 가서 세자를 데려오라."

얼마 있다 세자 황晄이 들어왔다.

"세자는 잘 들어라. 경혜공주의 자녀에 관한 문제이니라. 혹여 내가 죽기 전에 공주의 아이들을 면천免賤해주지 못하면 훗날에라도 세자가 반드시 면천해주어야 하느니라."

수양왕이 매듭을 지어주었다.

"예, 아바마마. 명심 거행하겠나이다."

마침내 아이들 문제가 해결된 셈이었다.

"고맙습니다."

경혜공주는 돌아서 강녕전 문을 나섰다. 돌아선 공주의 등 뒤로 수양왕의 힘없는 목소리가 들렸다.

"내가 너무 잘못했느니라."

정선방 옛집으로 이사를 와 여러 날이 지났는데 남의 집에 온 것처럼 모든 게 눈에 서툴렀다.

방문을 열고 마당을 내다보니 복숭아꽃들이 봄 햇살을 받아 화사하게 피었다. 신혼집을 차리던 날 영양위가 심어놓은 그 나무였다. 두 그루의 그 복숭아나무는 이제 아름드리로 자라 풍성한 꽃을 피워 뜰을 온통 연분홍 색깔로 물들이고 있었다.

'연분홍……. 사랑과 희망의 색깔이건만…….'

경혜공주는 이후 정희왕후 윤씨의 배려와 후원으로 별 탈 없이 지냈다. 아들 정미수는 잘산군과 함께 유모 백어리니白於里尼의 돌봄을 받으며 궁중에서 자랐다. 경혜공주는 수양왕과 맞닥뜨리는 게 싫어서 궁중엔 전혀 들어가지 않았다. 공주가 유복자인 딸을 낳았을 때도 정희왕후가 그 딸을 궁중으로 데려오라 했으나 공주는 딸만 보내고 들어가지 않았다.

1465년(세조 11) 수양왕의 문둥병과 같은 피부병이 심히 악화되었다. 수양왕은 자신의 악업을 속죄하고 부처님의 가피加被를 받아 병마에서 벗어나고자 하는 마음이 간절하여 불교에 더욱 매달리게 되었다.

지난해부터 흥복사興福寺(고려시대부터 종로 파고다공원 터에 있었던 절) 터에 원각사圓覺寺를 짓기 시작했다. 거기에 안치할 부처, 거기에 세울 탑을 조성하고,《원각경圓覺經》을 간행하고, 고승을 초빙 대접하는 등 불사에 온갖 정성을 다했다.

그 해 정미수는 열 살이 되었다. 열 살이 되면 궁중에서 나가 살아야했다. 그 해 4월, 경혜공주는 아들과 딸을 데리고 꼴도 보기 싫고 생각조차 하기 싫은 수양왕을 다시 보러 갔다. 아직도 정종의 자식이기 때문에 노비의 신분을 벗지 못하고 있는 어린 아들과 딸의 면천을 부탁하기 위한, 오로지 그 한 목적 때문이었다.

수양왕의 몰골은 말이 아니었다. 누가 보아도 동정심이 일어날 만큼 비참했다. 어찌 되었든 수양왕도 오랜만에 형왕의 딸인 경혜공주를 만났다. 수양왕도 눈물을 흘리며 반가워했다.

그리고 드디어 두 아이들을 면천해주고, 둘째아들인 세자 황晄에게도 이들의 면천을 보장해주도록 다시 일깨워주기까지 했다.

아들 정미수는 1473년(성종 4)부터 출사하여 관직을 가지게 되었다. 정미수는 여러 차례 죄인의 자식이라 하여 탄핵을 받았으나 수렴청정을 하는 정희왕후와 성종의 보호로 무사했다.

1473년(성종 4) 섣달 그믐날, 경혜공주는 아직 죽기에는 이른 나이인 39세에 한 많은 세상을 하직했다. 친아우인 수양대군의 모살로 한스럽게 일찍 죽은 아버지 문종과 똑같은 나이에 죽었다.

남편 정종의 집안 해주 정씨의 세천世阡(선산 지역)에 묻혀 그 분묘墳墓(경기도 고양시 덕양구 대자동)가 후세에 전해졌다. 그러나 남편 정종은 능지처참 후 그 시신의 행방이 묘연하여 분묘는 없고, 공주 묘의 곁에 조성한 제단과 제단비만 후세에 전해졌다.

6

고굉지신

1458년(세조 4) 봄이 되었다.

그 사이 노산군 사사로 분분했던 여론도 그럭저럭 가라앉고, 둘째아들 황晄을 세자로 책봉하는 명나라의 허락도 이미 받았다.

왕비 윤씨는 엄홍도와 송비의 처형을 임금의 뜻으로 불문에 부치기로 한 뒤부터 기분이 좋아져 삶에 활기를 되찾고 있었다. 윤씨는 식욕도 좋아지고 마음도 너그러워져 상궁 나인들의 웬만한 실수 또한 그냥 눈감아주었다.

윤비는 조정에도 새 기운을 불어넣고 싶어서 자신의 주관하에 관원들에게 새봄맞이 잔치를 베풀어주었다. 물론 수양왕의 허가를 받고서였다.

아직 미적거리는 겨울의 한기가 남아 있었다. 숯불이 빨갛게 핀 화로가 구석구석에 놓여서 어느 정도 한기는 누그러졌지만 합문閤門 틈새로 스며드는 바람은 임석한 50여 명 신하들의 어깨를 옹송그리게 했다. 그 한기를 이기려는 것인지 다들 술잔을 부지런히 기울이는 것 같았다.

임금의 왼편에 윤씨가, 오른편에 세자가 앉아 있었는데 임금도 연거푸 잔을 비웠다.

"커어, 오랜만에 술을 마셔보니 사는 맛이 아늑히 느껴지는 것 같소. 여보 중전."

수양왕은 온몸에 난 부스럼 자리 때문에 그 좋아하는 술을 마음대로 마시지 못하고 있었다.

"예, 마마."

"그런데 어째서 과인의 앞에만 이렇게 조그만 잔을 놓았소?"

"옥체 보중하시라는 뜻이 아니옵니까?"

"아무리 그렇기로 이거야 원……. 아, 이렇게 손을 오므리면 잔이 안 보일 지경이니 이거 감질나서 되겠소? 주발만한 술잔을 과인에게도 갖다 주시오."

"아니, 마마?"

"왜 그리 놀라시오? 도연명이 귀거래사에서 말했듯, 각금시이작비覺今是而昨非(지금이 바르고 지난날이 잘못되었음을 깨달음)라 했소. 정신없이 살아온 지난날이 후회스럽소. 이제 감회가 새로운데 술 몇 잔 가지고 뭘 그리 인색하시오?"

"아이구, 마마께서는 다른 중신들과는 다르시지 않사옵니까? 용체의 환후도 고념顧念하셔야지요. 어찌하시려고 그렇게 큰 잔을 청하시옵니까?"

"그동안 전의청에서 시키는 대로 약주는 입에 대지도 않았잖소? 그렇게 했는데도 얼굴과 온몸에 난 종처腫處는 그대로이니 차라리 오늘은 공신들과 함께 술이나 실컷 마시는 게 좋을 것 같소."

윤씨는 큰 누님이 보채는 막내 동생을 내려다보듯 지그시 임금을 바라보다가 살며시 웃음 지으며 말했다.

"마마, 이 자리는 신첩이 주관하여 연 좌석이오니 용훼容喙(말참견)를 어여삐 보아주시옵소서."

그리고 주발만한 술잔을 받쳐 들고 옆에서 머뭇거리는 나인을 불렀다.

"얘야."

"예, 중전마마."

"상감마마께서는 약주를 더 진어하시지 않으시리니 그 술잔은 저쪽에 계신 예판 홍윤성대감에게 갖다 드려라."

나인은 왕비의 분부대로 움직이자니 임금의 시선에 마음이 쓰여 멈칫거렸다. 홍윤성은 나인이 가져올 그 잔을 받을 것인지 받지 말 것인지 미리 결정하느라 퉁방울 같은 눈을 뒤룩뒤룩 굴렸다.

그러다 목청을 가다듬어 큰 소리로 임금께 여쭈었다.

"전하께 아뢰오. 저 여관女官이 잔을 신에게 가져오면 신이 그 잔으로 마셔도 되옵니까?"

임금은 파안대소를 했다.

"허허, 예판이 심히 난처한 모양이구려. 아암, 마셔도 되고말고. 너는 어서 그 잔을 갖다 드려라."

나인은 쪼르르 그쪽으로 갔다.

수양왕은 세자를 불렀다.

"세자야."

"예, 아바마마."

"올해 나이가 몇인고?"

"아홉 살이옵니다."

임금이 고개를 끄덕끄덕했다.

"고진감래苦盡甘來라. 겨울이 가면 봄이 오는 법. 이제 네가 왕통을 이어갈 왕세자로구나. 세자야."

"예, 아바마마."

"이 자리의 어른들은 나의 보좌인輔佐人인 동시에 너의 보좌인이니라. 내가 가고 나면 세자는 이 자리의 어른들과 나라의 큰일을 상의해야 하느니라. 세자는 자리에서 일어나 이 술병을 잡으라."

세자가 일어나 아버지 수양왕이 내미는 청자 호리병을 받아 들었다.

"한 바퀴 돌면서 여러 어른들께 술을 따라 드려라. 한 분도 빠뜨려서는 안 된다."

"예, 알겠사옵니다. 아바마마."

세자는 먼저 영의정 정인지 앞으로 다가갔다.

막 술을 따르려 하는데 임금이 세자를 다시 불렀다.

"잠깐, 세자야."

"예, 아바마마."

"오늘은 뜻 깊은 날이니 사기 술잔에다 술을 칠 것이 아니니라. 여보 중전. 금잔을 하나 내오게 하시오."

"예, 마마."

이윽고 금잔이 왔다. 세자는 금잔을 정인지 앞 상에 놓고 잔이 가득 차게 술을 따라놓고는 빤히 이 노대신의 얼굴을 쳐다보았다. 순간 정인지의 얼굴에는 난처한 빛이 얼핏 스치고 지나갔다.

서 있는 세자 앞에 앉아 있는 정인지. 나이로 따지자면 할아버지와 막내 손자와 같은 처지였다. 다른 때 같으면 노인 예우를 해서 깍듯이 꿇어앉아 술을 따라야겠지만 이 경우는 전혀 달랐다.

"정인지 정승."

"예. 세자저하."

"부명 모시와 약주를 따랐으니 잔을 비우시지요. 유충한 저를 잘 가르쳐주시기 바랍니다."

"황공하옵니다. 세자저하."

어찌됐든 공손히 마실 수밖에 없었다.

세자는 차례로 술을 따랐다. 오공신五功臣이라 부르는 사람들에게 먼저 따랐다. 정인지, 신숙주, 권람, 한명회, 구치관을 비롯하여 배석해 있던 모든 신하들이 모두 다 금잔의 술을 한 잔씩 받아 마셨다.

금잔이 한 바퀴 돌고 나자 세조가 다시 입을 열었다.

"세자의 잔을 받는 여러분들의 표정이 매우 진지합니다그려. 자 이제부터는 모두 파탈擺脫하고 마음껏 쭉쭉 들어 마시기를 바라오."

주량이 큰 호주가들이 매우 좋아했다. 홍윤성, 황수신, 홍달손, 양정 등이 경쟁이나 하듯 큰 잔을 기울였다. 문틈으로 새어 들어오는 합문 밖의 추위는 이제 아랑곳없었다. 임금도 작은 잔을 탓하지 않고 부지런히 부어 마셨다.

윤비가 슬그머니 일어섰다.

"신첩은 그만 물러갈까 하옵니다."

"왜 어디 불편하시오?"

"아니옵니다. 제신들이 정작 파탈하시려면 신첩이 물러가는 게 좋을 것 같사옵니다."

"허어. 그보다는 목탁을 두드리고 싶어 좀이 쑤시는 게 아니오?"

"그 이유도 있사옵니다."

"듣자 하니 중전 목탁 치는 솜씨가 여느 중보다 낫다는데 이 자리에서 한번 들어봅시다."

"원, 마마도……."

윤비는 임금의 그 말에 살짝 웃으며 좌중을 힐끗 쳐다보았다. 우연히 정인지가 눈에 들어왔다. 그 순간 윤씨는 웃음이 싹 가시고 말았다. 정인지가 윤씨를 무서운 눈으로 쏘아보고 있었기 때문이었다.

그 기색을 눈치 채고 임금이 끼어들었다.

"영상대감. 이 자리에서 중전의 목탁 솜씨를 한번 보고자 하는데 영상대감은 어떻게 생각하시오?"

"황공하옵니다. 전하."

"반대를 하시는 것이오?"

"……."

좌중이 갑자기 조용해졌다. 임금의 의사에 찬동하지 않는 것은 바로 항명抗命을 뜻하는 것이었다. 영의정 정인지가 묵비黙秘로써 임금의 의사에 항명하고 나선 것이었다.

임금은 잠시 안색이 굳어지는 듯했으나 이내 너털웃음을 웃으며 얼 버무렸다.

"허허허, 하긴 그렇지. 파탈하고 노는 자리에서 목탁 소리는 영 안 어울리겠구먼. 자, 그럼 중전은 들어가 보시오. 세자도 피곤할 테니 들어가 보아라."

임금의 좌우에 앉아 있던 왕비와 세자가 자리를 떴다. 임금은 손아귀에 감춰지는 작은 잔의 술을 천천히 마시더니 딱 소리가 나도록 세차게 그 잔으로 상을 치며 내려놓았다.

"영상대감."

임금 수양의 목소리는 침중했다.

"예, 전하."

정인지의 목소리는 담담했다.

"고기를 씹지 않고 그냥 넘기는 것 같아 안 되겠소. 이 기회에 아주 툭 털어놓고 이야기해봅시다. 영상은 내불당의 존재 자체에도 이견을 말해왔고, 중전의 호불好佛에 대해서도 매우 못마땅한 것 같은데……."

"황공하옵니다. 전하."

황공하다고 말하면서도 정인지의 기색은 전혀 황공해하는 게 아니었다. 고개마저도 까딱하지 않고 그저 입술만 놀린 황공이었다.

"과인이 서두르고 있는 여러 가지 불경 간행에 대해서도 내심 반대하고 계시겠습니다그려."

"전하, 그것이 사실이옵니다."

"그 까닭이 무엇이오? 기탄없이 이야기해보시오."

"분부 받잡고 신의 소견을 아뢰고자 하옵니다. 불경 간행은 일절 중지하는 것이 가한 줄로 아옵니다."

"그러니까 그 이유가 뭐냐 그 말이오?"

"어주를 하사하시는 이 자리에서 여쭙기는 난감하옵니다만, 전하께서 불경 간행사업을 벌이시는 성념의 근저根底에 신은 의혹을 가지고 있사옵니다."

"과인은 그게 무슨 얘긴지 잘 모르겠소."

"전하, 전하께서는 언젠가 고려 《팔만대장경》 간행이 참으로 한심하다고 말씀하신 적이 있사옵니다. 엄청난 오랑캐의 환란을 불경 간행의 정성으로 막으려 했던 것은 한심하고 우둔한 일이었다고 말씀하신 적이 있사옵니다. 신은 이 자리에서 그것이 우둔한 일이었는지 현명한 일이었는지 따지려는 것이 아니옵니다. 다만 그 거대한 사업에는 확실한 목적이 있었다는 것을 일깨우고자 하는 것이옵니다. 그런데 근래에 진행되어온 각종 불경 간행의 목적은 무엇이옵니까?"

"그것은 누차 과인이 밝히지 않았소? 첫째는 국인들의 정서를 발양發揚시키고자 하는 것이며, 둘째는 간행 제조기술의 개량을 위해서이며, 셋째는 민심의 순화를 위해서라고 했소."

"하오나 그보다 더 큰 이유는 전하의 죄책감 때문인가 하옵니다."

"죄책감? 그렇소. 죄책감이 크오. 죄책감이 크게 작용한 것이 사실이오만 그것이 지탄 받을 이유라도 된단 말이오?"

좌중에는 기침 소리 하나 없었다. 모두 다 숨을 죽이고 임금과 영상과의 이 숨 가쁜 대결을 주시하고 있었다.

"신이 감히 전하를 지탄하려는 것은 결코 아니옵니다. 하오나 국사란 과거의 수습보다는 미래에 대한 예비를 더 우선하는 것이 아니옵니까? 산파産婆는 문상問喪 가는 것보다 산모를 돌보러 가는 것이 우선인줄로 아옵니다."

"그러나 과인의 과거에 대한 죄책감에서 유발된 불경 간행사업이라 해도, 그것이 국가에 해악보다는 공헌이 더 큰 것이라면 무슨 시빗거리가 될 까닭이 없지 않소?"

"신필종주臣必從主라 했으니 전하께서 죄책감에 잠기시면 신하된 자 마땅히 죄책감에 잠겨야 할 줄로 아옵니다. 하오나 불행하게도 신등은 떳떳하고 당당하게만 생각되오니 황공하오나 이것은 군신 간의 모순이 아니옵니까?"

수양왕은 잠시 고개를 숙이고 생각해보았다.

'그럴 수도 있을 것 같구나. 어쨌든 나는 내 손으로 형제와 조카를 죽였지만, 너희는 너희 손으로 형제와 조카를 죽이지 않았으니 당당하단 말인가? 그래서 이놈이 어찌하겠단 말인가?'

"영상은 계속하시오."

"전하께서는 일찍이 역적 안평대군, 금성대군, 노산군 등등에게 사약을 내리셨음을 마음 괴롭게 여기시와《법화경法華經》,《대장경大藏經》을 비롯한 많은 불경을 간행하셨습니다. 이번에 또다시 불경과 같은 《석보상절釋譜詳節》의 중간重刊을 위시해서 여러 불교 전적의 간행을 서두르고 계심은, 도를 지나친 불교 용납이 아니신가 여겨지옵니다. 또한 전하의 지나친 참회는 백관들의 사기를 저상沮喪케 하는 일이 아닌가 여겨지옵니다."

"그러니까 아우 죽인 일, 조카 죽인 일은 다 잊어버리고 정무에나 힘을 쓰라 이거요?"

"그러하옵니다."

"그러니까 내가 죽인 자들의 명복을 빌기 위해서 불경을 간행하는 것은 부당하다 그런 뜻이 아니오?"

"바로 보셨사옵니다. 부당하옵니다."

순간 임금은 주먹으로 술상을 세차게 내리쳤다. 상 위의 그릇이 떨어져 깨지는 소리가 났다.

"허, 나더러 부당하다고?"

수양임금의 눈썹이 곤두섰다. 정인지는 눈을 질끈 감고 어깨를 잔뜩 움츠렸다. 다음 순간 왕비가 달려 들어왔다.

"상감마마, 고정하시옵소서."

윤비는 눈물을 흘리고 있었다.

"중전은 왜 또 나온 거요? 물러가시오."

"예, 물러가겠사옵니다. 하오나 한 말씀만 드리고 물러가겠습니다. 오늘 이 자리는 신첩이 모처럼 정신을 가다듬고 마련한 자리이옵니다. 군신이 다 같이 화목하고 합심하기를 기원하며 마련한 자리이옵니다. 그런데 어찌 내 수족과 같은 신하들, 다시 말해 고굉지신股肱之臣인 이 신하들과 이 자리에서까지 다투시옵니까? 이 자리가 어떤 자리이옵니까? 아우님들 죽고 조카님 죽고 아들도 죽고 나서 비로소 꽃피는 봄을 기약해보고자 영춘迎春의 뜻으로 마련한 자리가 아니옵니까? 소원이오니 그만 고정하시옵고 밝은 날에 다시 말씀하시옵소서."

"허 참, 알겠소."

수양왕은 천천히 일어섰다.

"여러분들 앞에서 실태失態을 보여 미안하오. 오늘은 이만합시다."

어찌하랴. 모두 일어섰다.

임금은 서둘러 안으로 들어가 버렸다.

다음 날 정인지는 병을 구실로 입궐하지 않았다.

거의 하루를 우울하게 지낸 임금은 해 질 녘이 되자 승전색承傳色(왕
명 전달을 전담하는 내시)을 정인지 집으로 보냈다.

"병이 심하지 않으면 즉시 입궐하라 일러라."

내시가 다녀온 지 한 식경도 안 되어 정인지가 입궐했다.

"어서 오시오, 영상. 어제는 술 때문에 공연히 격했던 것 같소."

"황공하옵니다."

"가끔 벌컥 하는 게 아직도 내게 젊은 혈기가 좀 남은 것 같소. 허허."

"그런가 보옵니다. 허허."

정인지의 웃음소리는 힘이 빠져 있었다. 정말 아픈 것도 같았다.

"기왕 결정한 《석보상절》 중간이니 이번 일만은 협조를 좀 해주시
오. 영상은 전에 《용비어천가》의 서문, 흠경각의 기문記文 등을 쓰신 석
학이시니 이번 《석보상절》 중간본重刊本의 서문을 좀 맡아주시오."

"……."

정인지는 눈을 내리깔고 아무런 대답이 없었다.

"영상은 대답을 하시오. 답답하오."

"……."

버릇처럼 하던 '황공하옵니다'란 대답도 안 했다.

"싫다 그 말이오?"

"……."

"혹세무민惑世誣民의 망국지교인 불교에 관한 서적이라서 서문을 못 쓰겠다는 것이오? 가부간 대답이나 하시오. 영 답답해서 참……."

"……."

석상처럼 도대체 움직임이 없는 정인지였다.

"이런 고얀……, 별안간 벙어리가 되었단 말인가? 아니면 임금 말이 말 같잖다는 건가? 여봐라. 무감 들라 하여라."

합문閤門 밖에 무감들이 와 대령했다.

수양왕은 어떻게 해서든지 정인지의 승복을 받아 보고자 언성을 높였다.

"이보시오. 영상. 대답할 가치도 없는 헛소리를 내가 하고 있단 말이오? 아니면 이제 이씨 왕조와는 작별을 하겠다는 거요? 좌우간 대답을 하시오. 어서 대답을 하란 말이오."

정인지는 시종여일 입을 다물고 있었다. 그러나 그것은 임금 앞에 선 신하로서는 아무래도 지나친 것이었다.

"여봐라. 무감."

"예. 전하."

"이 죄인 정인지를 당장, 당장……."

내관도 무감도 숨을 죽였다. 당장 잡아 꿇리라 할 것인지, 당장 끌어내 참수하라 할 것인지…….

"당장, 당장……, 제집으로 끌고 가 근신토록 하라."

겨우 자택 부처付處였다.

무감들에게 부축되어 정인지는 물러나왔다. 대궐을 나서기 전에 그는 맨땅에 엎드려 북향사배北向四拜를 했다. 그러고 나서 대궐문을 나섰다.

퇴궐행차는 평시와 같았다. 사인교四人轎에 30여 명의 구종별배驅從別陪가 따르는 것이었다. 그러나 평시와는 약간 다른 점이 있었다. 무예별감武藝別監 4인이 앞에 서고 금부나장禁府羅將 4인이 뒤에 따랐던 것이다. 이들 여덟 사람은 다음 어명이 있을 때까지 정인지의 자택 부처를 감시하는 사람들이었다. 정인지가 문밖을 나오지 못하게 하고, 문객 내방과 음률 가무를 금하도록 하는 조치였다.

정인지는 평시처럼 후원의 별채로 가 서안書案 앞에 앉았다. 그는 자택 부처가 오히려 좋게도 여겨졌다. 핑계 김에 아무런 방해 없이 앉아서 평소 보고 싶던 고서들을 마음껏 뒤적일 수가 있기 때문이었다.

정인지의 항명抗命 사건은 대관들 사이에 금방 전해졌다. 알고서야 가만히 있을 수 없는 사건이었다.

신숙주, 권람, 한명회 등이 어전으로 몰려갔다.

"항명은 대역죄입니다. 마땅히 베어야 할 것이옵니다."

신숙주가 입을 열었다. 혁명거사의 동지요 존중하는 상사인 정인지를 죽여야 한다는 것이었다. 이유여하를 막론하고 항명은 사형이었다.

어전에 모인 대관들은 아무런 주저도 동정도 보이지 않았다.

"죽여야 하옵니다. 엄정지공嚴正至公해야 하오니 즉시 사형에 처해야 하옵니다."

한명회는 더욱 강경했다.

세조는 한명회를 똑바로 응시했다.

"영상을 죽여야 하는 이유를 말해보시오."

"사사로이는 신 한명회와 죄인 정인지는 친형제와 같사옵니다. 하오나 《석보상절》 서문 하나를 쓰지 못하겠다고 어명을 거절하다니 그것은 작게는 군명을 어긴 것이요, 크게는 종묘사직을 거부한 망동妄動이옵니다."

"그러하옵니다."

"그러하옵니다."

이구동성으로 동조하고 있었다.

"종묘사직을 걱정해주는 제경들의 충심에 감사드리오. 속결만이 정도는 아니니 과인에게 하루쯤 생각할 여유를 주시오."

임금은 대신들을 내보내고 무감 하나를 비밀리에 불렀다.

"너는 가서 양녕대군을 모셔오너라."

수양왕에게 양녕대군은 마음의 지주요 기운의 원천과 같은 존재였다. 걱정이 있을 때 시원하게 풀어주고 비틀거릴 때 바르게 부축해주는 부형과 같은 어른이었다. 아무것도 요구하는 것이 없고 원망이나 지탄하는 일도 없는 이 백발노인 혈족을 수양왕은 오늘도 보고 싶었다.

양녕대군이 곧 나타났다.

"어서 오십시오, 양녕 백부. 이미 들으셨겠지만 영상 정인지가 내게 항명을 했습니다. 대관들이 일제히 일어나 정인지를 처벌하라 합니다. 어찌하면 좋겠습니까?"

"자세히 듣지 못했습니다만 만일 항명을 했다면 벌을 주어야 하지요."

"내가 영상에게 《석보상절》 중간본의 서문을 써달라고 부탁했는데 입을 꾹 다물고는 대답을 하지 않았습니다. 아무리 달래고 윽박질러도 입을 열지 않았습니다."

"이유는 여하간에 임금에게 그런 태도를 보였다면 처벌하는 게 마땅하지요."

"대관들 얘기로는 영상을 죽여야 한다는 겁니다. 내가 영상을 죽일 수 있을까요?"

"그야 물론 죽일 수 있지요. 또 안 죽일 수도 있고요."

"백부님. 술 하시겠습니까?"

"허허허, 이 사람이 언제 술 사양하는 거 보셨습니까? 하오나 전하께서는 술이 해로우실 텐데요."

"조카는 안 할 테니 백부께서만 드십시오."

"그렇다면 사양하겠습니다."

"아이구, 송구스럽습니다. 하온데 백부님."

"예, 전하."

"임금 노릇도 어렵지만 신하 노릇도 여간 어렵지 않은 것 같습니다. 오늘 신숙주, 한명회 같은 사람들이 영상의 처형을 주장했는데 그것도 참 괴로운 일이었을 것입니다."

"하지만 그들이 조정의 유신儒臣인 이상 가장 주요한 게 명분이었을 것입니다."

"명분이라……. 그렇게 말씀하시니 생각이 납니다. 아까 영상 사형을 주청하는 이유를 물어보았습니다. 사적으로는 친형제 같은 사이이나 이번 일은 종묘사직을 거부한 일이라 했습니다."

"신하로서 같은 신하의 항명을 묵과할 수 없다는 명분이지요."

"백부님."

"예, 전하."

"영의정을 자주 경질하는 것은 바람직한 일이 아닐 것 같습니다만……."

"하지만 세종대왕 때의 황희 정승 같은 사람은 실수 없는 장기 영상이었으나, 그 바람에 유능한 재상들이 좌상 우상에 그치고 말았지요."

수양왕은 눈앞이 확 밝아오는 것 같았다. 임금 앞에서 눈을 내리깔고 입을 꾹 다물다니, 제 놈 안중에 내가 없다면 내 안중에도 제 놈이 없는 게 아닌가.

"백부님, 지금 조정에서 누가 진정으로 영상감이겠습니까?"

"허어, 이 시랑豺狼 같은 늙은이가 어찌 조정 일을 알겠습니까? 그거야 전하의 전결 사항에 속한 일이 아닌가 합니다. 허허."

언제나 시원하게 들리던 백부의 웃음소리였다. 그런데 오늘은 그런 웃음소리가 아니었다. 어딘가 공허한 느낌이 들었다. 노산군 제거 때는 명확하게 찬성을 했다. 그런데 오늘은 회피하는 것 같았다.

"백부님. 회피하지 마시고 일러주십시오."

"허어. 회피하는 게 아닙니다. 그리고 조정 인재야 전하께서 더 잘 아시지 신이 어찌 전하보다 더 잘 알겠습니까? 신이야 그저 건달 같은 사람들이나 좋아한다는 것을 전하께서도 잘 아시지 않습니까?"

"그렇다면 좋아하는 건달이라도 말씀하시지요."

"세상이 다 아는 건달, 홍윤성이 아닌가요? 결코 영상감은 아니지만……."

"홍윤성 말입니까?"

'원, 그런 불한당을 거명하시다니…….'

세조는 입맛을 쩍쩍 다셨다. 동시에 세상 사람들이 양녕대군을 부르는 호칭 몇 가지가 떠올랐다. 방탕태자放蕩太子, 해동한량海東閑良, 기생

사냥꾼, 백수동안白鬚童顔, 호리건곤壺裏乾坤(술병 속에 천하가 있음, 늘 술에 취해 있는 사람), 목낭청睦郎廳(자기 소견이 없는 자).

이 별명들은 모두가 욕설에 가까운 것들이었다. 한마디로 건달이란 뜻이었다.

'건달이 건달을 알아본다더니……, 참.'

수양왕은 오늘따라 이 백부의 허랑虛浪이 싫어졌다.

"백부님, 오늘 정말 고마웠습니다. 덕택에 오늘 밤은 발을 쭉 뻗고 잘 것 같습니다."

"거, 다행입니다."

양녕대군이 물러가자 수양왕은 뒷짐을 지고 사정전 안을 오락가락하며 상념에 잠겼다.

'건달이라서 좋다는 홍윤성……'

그가 건달이라는 것은 수양왕도 잘 알고 있었다. 호방한 성품만이라면 걱정 없이 그냥 좋아할 수도 있겠으나, 그의 호방은 횡포와 같은 뜻이었다. 적지 않게 민폐를 끼친다는 것도 잘 알고 있어 그냥 좋아할 수만은 없는 호방함이었다. 자신이 비록 전제왕권을 가진 절대군주라 해도 그를 두둔할 수밖에 없는 자신의 처지도 잘 아는 수양왕이었다.

무서운 반감을 숨긴 채 복종하는 백성들의 해일海溢 속에서, 불안감과 죄책감을 안고 살아가야 하는 수양왕에게 없어서는 안 될 사람이었다. 홍윤성의 그 과인한 용력이 든든한 방파제가 되었던 것이다.

수양이 홍윤성을 처음 알게 된 것은 한강 남쪽의 노들나루에서였다. 관악산 사냥에서 돌아오는 길에 나루에 도착해보니 놀랄 만한 소동이 벌어져 있었다. 제때에 강을 건너려면 대기하고 있는 나룻배가 필요했다. 그래서 미리 나룻배를 확보하고자 가복 십여 명을 먼저 보냈는데, 와서 보니 나룻배는 없고 보낸 가복들이 물속에 빠져 허겁지겁 헤엄쳐 나오고 있는 것이었다.

"이게 웬일이냐?"

물에 흠뻑 젖어 기어 나온 가복들에게 물었다.

"대감께서 타실 나룻배를 구해놓고 기다리고 있는데 저기 저 사람이 다가왔습니다."

"저기 저 사람?"

가복들은 강 건너 쪽을 가리켰다. 이쪽에서 건너간 나룻배가 건너편 강 언덕에 거의 닿아가고 있었다. 그 배는 어떤 사내 한 사람이 타고 노를 저어가고 있었다.

"저 사내가 다가와 배 좀 빌리겠다고 그러기에 '이 배는 아주 귀한 분이 타실 배이니 얼씬도 마시오' 했더니 그럼 언제 타는 거냐고 다시 물었습니다."

"그래서?"

"한 식경쯤 지나 타실 것이라고 했더니 막무가내로 배에 올라서서 한 식경 후에 돌려줄 테니 비키라고 하고는 저희들을 집어 던지기 시작했습니다. 저희가 대항해보았습니다만 힘이 어찌나 장사인지 저희 모두가 잡혀 물속에 곤두박이고 말았습니다."

가복들의 말을 듣고 나자 여기저기서 새된 목소리가 터졌다.

"잡아서 혼을 내야 합니다."

"본때를 보여주어야지요."

사냥에서 잡은 사슴, 노루, 토끼, 꿩 등을 잔뜩 짊어진 말들의 고삐를 잡은 채 수행원들이 흥분하고 있었다.

그러나 당시 수양은 딴 생각을 하고 있었다.

'장사 하나를 얻을 수 있겠구먼.'

도성에 들어온 수양은 수소문해서 그 장사를 불러들였다.

"나리 댁 사람들인 줄 전혀 몰랐습니다."

꾸중 대신 큰 은잔에 부은 술을 내밀었다. 젊은이는 꿀꺽꿀꺽 순식간에 은잔의 술을 다 비우더니 그 은잔을 요모조모 뜯어보는 것이었다.

"번쾌樊噲 같은 젊은이를 만나 내 기분이 아주 흐뭇하네. 그 잔은 자네를 만난 기념으로 줄 테니 가지고 가게."

젊은이는 어린애처럼 좋아하며 돌아갔다. 그가 지금의 형조판서 홍윤성이었다.

세조는 그 홍윤성이 갑자기 보고 싶었다. 허우대만 멀쩡했지 도무지 위아래 앞뒤를 모르던 건달장사가 이제는 판서급의 중신이 되어 있었다. 그는 숭례문 밖에 큰 저택을 짓고 살며 1만 석쯤의 미곡米穀을 상비하고 있다는 소문이 돌았다.

"무감 게 있느냐?"

"예. 상감마마. 대령해 있사옵니다."

"내가 지금 궐 밖 잠행潛幸을 하고자 하는데 네가 안내를 좀 해야겠다. 홍판서 댁을 아느냐?"

"예, 상감마마. 경기 백성치고 홍판서 댁을 모르는 사람은 없을 것이옵니다."

"모르는 사람이 없다고?"

"예, 항간에서는 그 집을 남대궐이라 부른다 하옵니다. 집이 아주 웅장하고 또 매일 큰 잔치를 벌이기 때문에 모르는 사람이 없사옵니다."

"음, 알겠다. 이제 저녁 어스름이 내리고 있으니 지금 나가보자."

"하오나 용포 그대로 납시겠사옵니까?"

"아참, 갈아입고 나오마."

수양왕은 이내 일반 선비 모양으로 평복에 갓을 쓰고 나왔다.

"가깝지 않사오니 교여輔輿를 타심이 좋을 것이옵니다."

"가만, 말을 타는 게 낫지 않을까?"

"이목이 번다하오니 교여 쪽이 나을 듯하옵니다."

"그럼 가마 중 제일 작은 것이 무엇이냐?"

"2인교입니다만 상감마마께서 어찌……."

"궁 안에 그런 가마가 있느냐?"

"예, 무수리들이 타는 것이 있는가 하옵니다."

"그럼 등대시켜라."

무감이 작은 가마 한 채와 교군輔軍 두 사람을 데리고 왔다. 그러는 사이 수양왕은 안으로 들어가 은장도 하나를 간직하고 나왔다.

수양이 등대된 가마를 보자 웃음이 절로 나왔다.

"이건 웃음소리만 크게 나도 부서지게 생겼구나. 그리고 이렇게 좁아서야 원……."

"그럼 4인교를 등대하오리까? 상감마마."

무감의 말에 교군 두 사람이 그 자리에 납작 엎드렸다. 가마를 부른 사람이 임금일 줄은 상상도 못했던 그들이었다.

"아니다. 그냥 가자. 너희 두 사람은 일어나라. 그리고 과인의 거둥을 일체 비밀로 해야 하느니라. 그리고 무감은 다시 이 자리에 돌아올 때까지 상감마마란 말이 나와서는 안 된다. 알겠느냐?"

"예."

세조는 몸을 잔뜩 움츠리고 가마 속에 들어가 앉았다. 생전 처음 임금을 모셔보는 가마꾼은 신이 나서 바람같이 달렸다. 숭례문까지는 한달음에 달려왔는데 숭례문을 나서자 자꾸 길이 막혀 제대로 나아갈 수가 없었다.

"왜 이리 더디냐?"

"형판 댁에서 막 잔치가 끝나 성안으로 들어가는 사람들이 밀려서 막히옵니다."

"무슨 잔치냐?"

"날마다 여는 그냥 잔치이옵니다. 그런데 오늘은 기생과 광대가 여러 명 동원된 것 같사옵니다. 행하行下(아랫사람들에게 주는 수고비)로 보이는 물건들이 수레에 그득그득 실려 나오고 있사옵니다."

이때 벽제辟除(일반인의 통행을 금하는 외침) 소리가 앞에서 났다.

"에라, 물렀거라."

호기 있는 외침에 이어 말방울 소리가 들렸다. 어느 당상관의 행차인 듯했다. 멀리서 들려오던 벽제 소리가 금방 코앞에 다가온 것 같았다. 앞에 섰던 무감이 머뭇거리는데 휘익 소리가 나며 말채찍이 날아들었다.

"행차를 만나면 얼른 비켜야지, 뭘 꾸물대고 있느냐?"

별배의 호통 소리에 무감은 기가 막혀 우뚝 버티고 서서 마주 호통을 쳤다.

"네 이놈. 어느 안전인지도 모르고 어디 함부로 손찌검이냐?"

그러나 허술한 구종 차림의 무감 말이 그들에게 먹힐 리가 없었다. 서로 맞닥뜨린 저쪽 구종 별배들은 들고 있는 방망이로 임금이 탄 가마를 탕탕 두드렸다. 무감은 하는 수 없이 임금의 가마를 길 한켠으로 비켜서게 했다.

"누구의 행차냐?"

수양이 물었다.

"구치관대감의 행차이옵니다."

비좁은 가마 안에서 세조는 빙긋 웃음 지었다.

홍윤성의 대저택에 당도했다. 집 앞 공터에서는 걸었던 커다란 가마솥을 떼 내느라 부산하였고, 수백 명을 먹인 모양으로 먹고 버린 갈비뼈며 생선뼈들이 여기저기 수북수북 쌓여 있었다.

문에 들어서기 위해서는 문지기들과 한바탕 또 겨뤄야 했다. 웬만해선 귀찮아하는 그들에게 쫓겨나기 일쑤였다. 무감은 우선 엽전 꾸러미를 내밀고 한눈을 찡긋했다.

"하인들에게 보여서는 안 되는 경국지색傾國之色께서 타셨으니 그리 알고 안내를 좀 해주게."

그들 중 하나가 무감 앞에서 안내를 했다. 집은 듣던 대로 어마어마하게 넓었다. 홍윤성은 특이한 습관을 가진 듯했다. 정원 안에 커다란 연못을 파고 그 안에 섬을 만들었는데 그 섬 가운데에 높고 화려한 누정樓亭을 세웠던 것이다. 홍윤성은 지금 거기 들어 있다는 것이었다. 날아갈 듯 맵시 좋게 지은 누정 주변에는 수십 개의 등촉이 매달려 있었다.

누정 밑에 이르자 수양은 가마에서 내렸다.

"수옹守翁(홍윤성의 자), 수옹 있는가?"

누정 아래서 세조가 불렀다.

"누군가?"

위에서 홍윤성의 소리가 들렸다.

"옛 친구라네. 고개를 좀 내밀어보게."

난간 위에 언뜻 사람이 보이는가 싶더니 층계를 구르듯 내려온 것은 바로 홍윤성이었다.

"전하."

홍윤성은 그대로 땅에 엎드렸다. 가마를 인도해온 가복도 땅바닥에 엎드렸다.

"전하. 이 누옥에 어찌 이리 늦은 시각에 행차하셨사옵니까?"

"일어나게. 몰래 나온 길이니 내 본색을 드러내지 말고 술이나 한잔 내게. 궁중에서야 중전 감시 때문에 술 한잔 어디 제대로 마실 수가 있어야지."

"예. 전하. 한강물이 마를지언정 소신 홍윤성의 집에 술이 마르겠사옵니까?"

말을 마치면서 홍윤성은 누각 위를 힐끔 올려다보았다.

"누가 있는가?"

"황공하옵니다. 신이 새로 데려온 계집을 마악 감상하려던 참이었사옵니다."

"허어, 예판의 봄맞이 풍류가 가히 일격逸格일세."

"불편하신 대로 오르시옵소서."

"그러세. 헌데, 내가 여기 온 것을 비밀로 하고 싶네만……."

홍윤성은 잠시 뒤룩거리던 눈을 무감에게 돌렸다.

"저 무감은 내 심복이네."

그러자 그는 가마를 인도해온 노복을 손짓해 부르더니 누각 뒤로 데리고 갔다. 곧 돌아 나온 그는 다시 교군 두 사람을 데리고 뒤로 갔다가 혼자 돌아 나왔다.

"오르시옵소서."

무감은 먼저 궁으로 돌려보내고 세조는 홍윤성의 뒤를 따라 누각으로 올라갔다. 홍윤성의 노복 하나와 교군 두 사람이 뒤꼍에서 홍윤성의 손아귀에 의해 간단히 목 졸려 죽은 뒤였다.

누각에 올라간 홍윤성은 크게 손뼉을 쳐서 청지기를 불렀다.

"뒤늦게 내 죽마고우 한 사람이 찾아오셨다. 제일 좋은 술과 제일 좋은 안주를 올려 보내라."

청지기가 누각 밑에서 분부를 받고 물러가자 구석에 쪼그리고 앉아 벌벌 떨고 있는 여인을 불렀다.

"이분은 상감마마이시다. 사배를 올려라."

여인은 몸을 가누지 못할 정도로 떨면서 겨우 사배를 올렸다. 참으로 보기 드문 미색이었다.

"내력이 어찌 되는 사람인가?"

"전주의 관비이온데 잠시 빌려왔사옵니다."

'관비를 빌려? 그게 무슨 소린가?'

그런 눈치로 홍윤성에게 눈길을 보냈지만 그는 뻔뻔하게 고개를 쳐들고 시치미를 뗐다. 수양왕은 여인에게는 더 이상 관심을 갖지 않기로 했다.

수양왕은 아무튼 이번 잠행이 재미있어 기분이 즐거워졌다. 고관 행차를 만나 자신이 탄 가마가 텅텅 얻어맞을 때 여느 악기 소리보다도 더 재미나는 소리여서 기분이 아주 유쾌했었다.

"전하, 저 여자를 전하게 바치고자 하옵는데 의향이 어떠시옵니까?"

"관비를 내가 데려갈 수야 없지. 여기 있는 동안 술 시중이나 들게 하지."

"예, 알겠사옵니다."

술상이 들어왔다. 술상을 들여놓고 가려는 시비들에게 새로운 분부를 내렸다.

"양주부인을 들라 이르라."

"그는 또 누군가?"

"우선 목을 축이시옵소서. 말씀드리면 바로 아실 것이옵니다."

"이 잔은 좀 작네. 보시기(작은 사발)만한 것으로 주게."

보시기만한 잔으로 바뀌어 놓았다. 홍윤성의 앞에는 소래기 정도 되는 커다란 잔이 놓였다. 전주 관비가 청자 호리병을 기울여 수양의 잔에 열심히 따랐다. 그러나 홍윤성은 술이 담긴 사기 동이를 옆에 놓고 스스로 소래기 잔으로 연방 퍼마셨다. 과연 호주가豪酒家였다. 허나 지금 보니 술고래라고 하는 게 더 어울릴 것 같았다.

누각 아래서 인기척이 나더니 양주부인이 올라왔다.

"소원을 풀게 되었소. 상감마마시오."

"예에?"

부인이 깜짝 놀라더니 다음 순간 자세를 바로잡고 단정하고 정중하게 임금께 사배를 올렸다.

"상감마마, 성은이 망극하옵니다."

"전하. 그때 소신에게 정실부인이 있는데 사정이 특이해서 또 하나 정실부인을 둘 수밖에 없으니 허가해주시라 간청하여 윤허를 받은, 바로 그 부인이옵니다. 늘 상감마마께 고마운 인사를 드리게 해달라고 졸랐는데, 마침 오늘 천운이 있어 이 사람이 소원을 풀게 되었사옵니다."

"오, 이제 생각이 나는구먼. 그때 도순문출척사로 나갔을 때 얘기가 아닌가. 허허."

"그러하옵니다. 전하."

양주부인 또한 보기 드문 미색이었다.

"허어, 형판은 참으로 염복艶福이 많도다. 이 저택에 이 꽃들이라, 늙는 줄을 모르겠구려."

"전하, 관현을 곁들이면 더욱 좋을 것이옵니다. 악사를 부르오리까?"

"그만두게. 예판의 얼굴만 보아도 주흥이 절로 돋네그려. 헌데 이 누각에는 이름이 없는 것 같은데 아직 미정인가?"

"예, 아직……."

"여기 문방사우는 없는가?"

"아니오. 있사옵니다."

양주부인의 말이었다. 홍윤성은 '없는데' 하는 표정으로 부인을 힐끗 쳐다보았다.

"아침나절에 진상 들어온 게 있어서 소첩이 곳곳에 배치해놓았사옵니다."

부인은 문갑에서 지필묵을 꺼내 놓고서 무릎을 꿇고 단정히 앉아 먹을 갈았다.

수양은 붓을 들었다. 그리고 먹물을 듬뿍 묻혀 세 글자를 썼다.

'경해루傾海樓'

"무슨 뜻이옵니까?"

홍윤성이 물었다.

"바다가 와서 엎드린 누각이란 뜻이네."

"아이고, 그것참 기발하고 웅장하옵니다. 성은이 망극하옵니다."

"이건 다른 뜻으로 해석할 수도 있네. 바다를 뒤엎는 힘을 가진 천하장사의 누각이란 뜻도 되네. 또한 바다를 기울이듯 엄청난 주량을 마시는 호걸이란 뜻도 있지. 명나라에도 이런 호주가는 찾아보기 힘들 것이네."

"아아, 참으로 영광스러운 뜻이옵니다."

홍윤성은 고개를 끄덕이며 한바탕 감탄하더니 양주부인에게 일렀다.

"부인, 내 잔을 들여오시오."

"아니. 형판, 여태 마시던 잔이 아니고 무슨 특별한 잔이 있는가?"

"예, 전하. 실은 얼마 전에 좌찬성 황수신黃守身(황희의 아들) 어른께서 신에게 잔 하나를 보내주셨습니다. 잔이라기보다는……, 허허, 보시면 아시옵니다."

이윽고 잔이 술상 위에 놓였다. 그것은 요강만한 은방구리였다.

"이게 자네의 전용 잔이란 말인가?"

"찬성 어른의 선물이고 해서 요새는 이 잔으로 자주 마시옵니다."

"어디 한번 마셔보겠는가?"

양주부인이 술동이를 들어 그 잔에 따랐다. 홍윤성은 그 술잔을 두 손으로 들더니 벌컥벌컥 단숨에 마셔버렸다.

"꼭 고래가 들이키는 것 같군."

"으허허허……."

"어허허허……."

홍윤성이 저팔계처럼 웃자 세조도 너털웃음을 터뜨렸다. 두 여인도 따라 웃었다.

"형판."

"예. 전하."

"아까 내가 필묵을 찾으니까 오늘 들어온 필묵이 제꺽 나타났지. 하늘이 알고 시킨 일 같지 않은가? 나라 다스리는 일이 이처럼 손발이 척척 맞으면 좋으련만……."

"아, 그렇지요. 그렇게만 되면 좋다마다요."

'아니. 이 곰 같은 놈이 취했나?'

수양은 홍윤성을 똑바로 쳐다보며 기색을 살폈다. 취기에 긴장은 좀 풀어진 듯했으나 아직은 제정신인 것 같았다.

"영상 정인지가 말이네."

"그 이야기를 들었습니다."

"그래, 형판은 어찌 생각하는가?"

"전하. 정인지를 죽일 작정입니까?"

'어, 이놈 봐라. 언사가 아주 막되어가는군.'

"죽일 수도 있지. 왜 그러는가?"

"전하, 똑똑히 들으시오."

'허. 이게 아주 반말 지경이구먼.'

"일등 공신 정인지가 좀 비위에 거슬리게 행동했다 해서 극형으로 다스리고자 한다면……."

"그럴 수도 있지."

홍윤성의 숨결이 거칠어지는 것 같았다.

"일등 공신 정인지를 죽이시겠다면……."

홍윤성의 눈에서 불꽃이 튀는 것 같았다.

"신이 이 자리에서 전하를 타살하겠습니다."

"뭐라? 타살? 나를 타살하겠다고?"

수양은 품속의 은장도를 생각했다.

'허나 그 은장도 하나로 이 천하 역사力士를 상대할 수 있을까. 내가 사지死地를 내 발로 찾아온 게 아닌가?'

"공을 몰라주는 임금은 죽어야 합니다."

"……!?"

수양은 놀라서인지 몸이 굳어버렸다. 홍윤성은 그걸 아는지 모르는지 은방구리에 따라 놓은 술을 들어 또 벌컥벌컥 마셨다.

'저걸 마시는 사이에 도망을 갈까? 가다가 시해弑害를 당할 수도 있지. 허나 그냥 여기서 시해를 당하는 게 임금다울 것 같다.'

"전하께서 이 지당누각池塘樓閣에 오신 것도 다 운명이지요."

'허, 이놈 봐라. 뭐 운명이라고? 정말 날 죽일 셈인가?'

"여보게. 형판. 내가 오늘 여기서 죽어야 할 운명이란 말인가?"

"아니, 무슨 황송하신 말씀을 하십니까? 사리가 그렇다는 것이지요. 일등 공신들이 있어 전하가 건재하시고, 전하께서 계시어 일등 공신들이 건재하는 게 아닙니까? 전하께서 아니 계시면 이 나라 꼴이 어찌 되겠습니까? 바로 이런 까닭으로 우리가 목숨을 걸고 전하를 용상에 모신 게 아닙니까?"

술김에 나온 횡설수설이지만 틀린 말은 아니었다.

'흠, 나를 정말 죽이려는 것은 아니었구먼.'

수양은 몸이 풀렸다. 잔을 들어 한 모금 마셨다.

"전하, 신의 소원이니 정인지의 목숨을 살려주십시오."

'그래, 나도 죽일 생각까지는 없었다만 신숙주, 한명회, 권람 등이 다들 죽이라 해서…… . 오늘 보니 멧돼지 건달 같은 홍윤성 네놈이 정말로 의리가 있는 놈이구나.'

"알았네. 실은 나도 죽일 생각은 없었으니 걱정 말게."

"전하, 공신을, 특히 일등 공신을 죽이시면 아니 됩니다. 일등 공신은 제명에 죽을 때까지 호강하며 살게 해주어야 마땅하지 않겠습니까?"

"그래, 맞아. 염려 말게."

'그래 맞다. 내가 어디 임금이 될 몸으로 태어났던가? 다 너희들 덕으로 임금이 된 게 아니냐?'

"전하, 신은 공신의 반열에 오른 날 밤 스스로 생각했습니다. 이제부터 죽을 때까지 호강하며 살 운명이로구나 하구요."

수양은 삐져나오려는 실소를 참으며 대답했다.

"맞았네. 자네는 죽을 때까지 호강하며 살 운명이네."

"전하. 신은 운명을 믿습니다."

"나는 사실 운명에 대해서 잘 모르네."

"신도 잘 모르긴 합니다만 한 가지는 압니다."

"한 가지? 그게 뭔가?"

"제 운명입니다."

"죽을 때까지 호강하며 산다는 것 말인가?"

"제 운명은 10여 년 전에 알게 되었습니다. 그러니까 스물 몇 살 때입니다만, 신이 과거를 보러 올라왔었는데 그만 낙방을 했잖습니까? 기운이 빠져 낙향하려던 참인데 친구 따라 점쟁이한테 가게 되었습니다. 그런데 그게 홍계관洪繼寬이라는 장님 점쟁이였습니다. 신의 차례가 되어 사주를 듣고 난 점쟁이가 청맹과니 눈을 한참 껌뻑거리더니 탁 무릎을 꿇고 제게 말하는 게 아닙니까?"

"뭐라고?"

"공께서는 사람의 신하로서는 극히 귀한 운명을 타고났습니다. 그러는 거였어요."

"그래서 자신의 운명을 안다는 건가?"

"아닙니다. 제가 여쭈려는 것은 사람의 운명이라는 게 어디 천서天書라든지 옥황상제의 기록이라든지 하여튼 어딘가에 낱낱이 적혀 있다는 것입니다."

"어딘가에 적혀 있다? 거 재미있는 얘기군."

"제 운명을 죽 이야기하고 난 홍계관은 '앞으로 몇 년 몇 월에 공께서 반드시 형조판서가 될 텐데, 그때 소인의 아들이 죄를 지어 죽게 될 것입니다. 부디 소인을 생각해서 꼭 살려주시오' 하는 것이었습니다."

"그래서?"

"어리둥절하고 있는데 홍계관은 제 앞에 아들을 불러다 놓고, '네가 10년 후에 옥에 갇힐 텐데, 그때 나의 아들이라고 크게 외치거라' 하는 것이었습니다. 그런데 바로 사흘 전에 옥사로 국문하던 중 갑자기 한 죄수가 소리를 높여 외쳤습니다. '제가 바로 소경 점쟁이 홍계관의 아들입니다' 하더군요. 그래서 무조건 방면해주었습니다."

"오, 희한稀罕한지고."

세조는 당장에 그 점쟁이를 불러 자신의 운명을 물어보고 싶었다.

"그 사람이 아직 살아 있는가?"

"몇 해 전에 죽었다 합니다."

"허, 아까운지고. 아까워."

두 사람은 한 잔씩 더 마셨다.

"아까 그 교군을 죽였지?"

"예."

"아까 그 가마로 돌아가고 싶네만……."

"원. 전하께서도. 그 가마로 가시면 숭례문을 열어주겠습니까?"

"허, 그렇군. 생각해보니 아까 인경소리가 난 것도 같군그래."

"염려 놓으십시오. 신이 대궐까지 호송해 드리겠습니다."

홍윤성은 비틀거리지도 않고 누각 계단을 내려왔다. 그 뒤를 세조는 비틀거리며 조심조심 내려왔다.

수양은 다음 날 승정원에 일렀다.

"영의정 정인지는 그 고신告身을 거두고 보직 없이 조정에 출사토록 하라. 새 영의정에 정창손을 서임敍任하노라."

정창손은 기복출사起復出仕하게 되었다.

1458년(세조 4), 4월 12일이었다.

7

세자

정인지는 태연한 얼굴로 조례에 꼬박꼬박 참석했다. 임금이 이미 그에 대한 조칙을 내렸건만 그를 사형에 처하라는 상소가 끊임없이 올라왔다.

수양은 홍윤성의 말이 상기되었다.

'일등공신들이 있어 전하가 건재하시고 전하가 계시어 일등공신들이 건재한 게 아닙니까?'

상소를 올린 면면들이 다 공신들이었다.

'건달만도 못한 놈들······.'

수양은 더 이상 정인지에 관한 상소는 올리지 말라 했다. 상소가 멈췄다. 정인지도 이제는 항명이 없었다. 조정이 꽤나 안정되었다.

윤비는 단정히 앉아 목탁을 두드리며 불경을 외웠다. 이제 불경 간행에 반대하는 사람이 없었다. 임금은 현세든 후세든 자신에 대한 오명을 씻기 위해서 훌륭한 업적을 남기고 싶어 열심히 일거리를 찾고 만들었다.

군제軍制를 개편하고 각도에 거진巨鎭을 두었다. 각 역로驛路를 개정하고 찰방察訪을 신설했다. 전에 폐기했던 호패법號牌法을 다시 실시했다.

남부 하삼도下三道에 고르게 상평창常平倉(물가 조절 기관)을 두고 운용했다. 예문관藝文館의 장서를 간행하고 대장경大藏經 50건을 인쇄했다.

간경도감刊經都監을 설치하고 《경국대전經國大典》 상편을 간행 반포頒布했다. 《동국통감東國通鑑》, 《역학계몽요해易學啓蒙要解》, 《기정도보속편寄正圖譜續編》, 《잠서蠶書》 등을 새로이 간행했다.

동망봉 일대에서 비등하던 백성들의 욕설도 잦아들고 있었다. 임금은 국기國基를 튼튼히 하고 국위를 떨치고 왕권을 바로 세워서 자신이 불한당, 파륜자破倫者, 대역도大逆徒로 왕위에만 욕심이 있었던 것은 결코 아니란 것을 보여주려고 애를 썼다.

그러나 이제 몸이 제대로 따라주지 않았다. 종창이 온몸으로 퍼졌는데 전의들, 특히 전순의全循義의 피나는 노력에도 별로 차도가 없었다. 그래도 아무튼 전의들의 노력으로 더 악화가 되지 않는 것만은 다행인 것도 같았다.

임금의 전신 종창으로 인한 병은 결코 문둥병은 아니었다. 오늘날로 말하면, 괴저성농피증壞疽性膿皮症이란 것으로, 전신에 퍼지는 작은 종창의 가장자리가 움푹 파이고 화농化膿이 되며 궤양潰瘍이 빠르게 진행되는 일종의 피부질환이었다.

이 병은 정신적인 압박, 사회적 긴장, 노심초사 등이 원인이 되어 생기는 병이었지만, 그 당시에는 전의도 세조 본인도 그 누구도 그 원인을 잘 모르는 병이었다.

정인지와의 대화에서도 그랬듯 세조는 마음 깊이 심한 죄책감에 시달렸다. 스스로 언급하는 그 죄책감은 아우들과 조카를 죽였다는 죄책감일 것이라고 대부분의 사람들은 여기고 있었다. 그러나 수양 자신의 내심에서는 아버지 못지않은 성군인 형왕兄王을 죽였다는 죄책감이 가장 무겁게 작용하고 있었다. 세상 사람들이 모르는 자신의 죄도 하늘만은 알고 있을 것이라 여겼기에 내심은 늘 매우 불안했다.

그리고 또 아버지 세종대왕도 알고 있을 것이라고 여기고 있었다. 비록 지금은 혹 모를지라도 자신이 죽어 저승에 들어가면 알게 될 것이고, 그러면 틀림없이 엄청난 벌을 받게 될 것이라고 여겨서 내심 몹시 불안했다. 자기 생전에도 혹 아버지가 알게 되어 언제 무슨 큰 벌을 내리지 않을까 해서 그런 불안감에도 시달렸다.

그것뿐이 아니었다. 자신이 죽인 수많은 사람이 나타나 자신을 원망하고 욕하고 해코지하는 꿈 때문에도 늘 시달렸다. 그래서 그의 병은 시원하게 낫지를 않고 있었다. 수양은 자신의 당대에 빛나는 업적을 이루어보려고 애를 썼지만 그러면 그럴수록 병은 더 심해졌다.

세자가 된 둘째 아들 황晄은 이제 열 살이 되었다. 세자는 나이보다 성숙해 보였다. 외롭게 자라는 아이들이 흔히 그렇듯 세자 황도 이른 나이에 스스로 깨우치는 것이 많았다. 그의 유년 시절은 즐거운 것보다는 서글프고 불안한 것들이 더 많았다. 어머니의 눈물, 아버지의 고함, 궁인들의 초조, 노신들의 근엄 등을 주로 보아오며 자랐다.

그가 일찌감치 깨달은 것은 눈물과 한숨에 젖어 사는 어머니와, 그리고 노심초사와 고름투성이 병고에 시달리는 아버지에게 웃음을 선사해야겠다는 것이었다. 그래서 세자는 어떻게 하면 부모가 자기 앞에서 웃음을 지을 수 있을까 늘 고민했다.

나름대로 재롱도 떨어보고 재미나는 이야기도 해보았다. 어머니도 아버지도 웃어주었다. 그러나 재롱도 이야기도 똑같은 것은 다시 해보았자 효과가 없었다. 매번 새로운 것을 하자니 밑천이 딸렸다.

어느 날은 밑천이 없어 미안하고 무료해서 그냥 웃기만 했는데, 자신의 웃는 얼굴을 보며 어머니도 아버지도 웃음을 짓는 게 아닌가?

'오라. 그냥 웃기만 하면 되는구나.'

그 뒤부터 황은 언제 어느 때나 웃음 짓는 미소세자微笑世子가 되었던 것이다. 그래서 부모에게도 하나의 관성이 붙게 되었던 것이다.

'세자만 보면 그래도 시름을 잊고 마음이 편해진단 말이야.'

윤비가 방실방실 웃고 있는 세자를 보며 말했다.

"우리 세자에게 어떤 세자빈을 데려다줄까?"

세자는 대답은 않고 그저 웃기만 했다.

"아니, 웃지만 말고 어떤 색시가 좋은지 말을 좀 해보아라."

"어마마마. 소자는 아직 어리옵니다. 이제 겨우 아홉 살이옵니다."

"곧 열 살이 되지 않느냐?"

"어마마마. 그래도 어리옵니다."

"호호호, 말하는 것을 보니 전혀 어리지 않구나. 당장 세자빈을 맞아도 되겠는 걸.”

“어마마마. 놀리지 마시옵소서.”

“하하하. 어이구, 내 아들 세자.”

윤비는 아들을 꼭 껴안아주었다.

그날 밤 윤비는 임금에게 진지하게 세자의 혼인 이야기를 꺼냈다.

“동궁에 세자빈이 들어올 때가 되어가는 듯하옵니다.”

“벌써 그렇게 되었소?”

“곧 열 살이 되지 않사옵니까?”

“허어, 어느새 그리되었소? 하기야 내 나이가 벌써 마흔을 넘기고도 곧 마흔 세 살이 되는구려.”

“빈궁부터 골라야 하지 않겠어요?”

“내 진즉부터 마음먹은 데가 있긴 있소만…….”

“예? 어느 집안이옵니까?”

“문열공 집안에 참한 딸이 있는 것으로 알고 있소. 몇 해 전부터 내가 며느리를 삼겠다고 농담 삼아 말했었지요.”

“그럼 혹 한공의 딸이 아니옵니까?”

“그렇소.”

윤비는 고개를 끄덕였다. 임금이 먼저 언급을 한 이상 다음의 일은 윤비가 해야 할 것이라는 것을 윤비는 잘 알고 있었다.

다음 날 윤비는 임상궁을 조용히 불러 그 규수의 집에 다녀오도록 일렀다.

“전혀 내색하지 말고 네가 스스로 들린 듯 들려서 규수를 넌지시 잘 살펴보아라. 을축생乙丑生(1445년생)이라 하니 올해 열다섯 살이구나.”

"마마, 안심하시옵소서. 바로 가서 생김생김이며 예의범절이며 여러 가지를 꼼꼼히 살피고 돌아와 보고 드리겠사옵니다. 하온데 정난, 좌익공신에다 현임 병조판서 댁을 찾아가면서……."

"오라, 선물이 필요하다 그 말이구나."

"예, 마마."

"가만있자. 그렇지. 그게 좋겠다. 사향낭麝香囊을 하나 가지고 가는 것이 어떻겠느냐?"

"괜찮은 것 같습니다."

사향낭은 사향노루나 사향고양이의 배꼽 뒤에 붙어 있는 작은 주머니인데, 그것의 짙은 향기가 심신을 상쾌하고 온유하게 해준다는 방향제였다.

사인교 가마를 탄 임상궁은 병조판서 한명회의 집 솟을대문 앞에 이르렀다.

"뉘신지요?"

가복이 대문을 열며 물었다.

"내전의 지밀상궁이옵니다."

가복은 뛰어가 내당 마님께 알렸다.

"아니, 내전 항아님이 나오셨다고?"

깜짝 놀란 한명회의 부인은 당황하여 한참 쩔쩔맸다. 집안이 한바탕 소동을 벌인 뒤에야 겨우 안방으로 안내되었다.

"항아님, 이게 웬일이십니까? 지밀 높으신 항아님께서 이런 누추한 집에 행차하시다니요."

"갑자기 결례가 크옵니다. 본가에 나갔다가 환궁하는 길에 들렸습니다."

　마침 수양이 언급했던 규수가 안방에 함께 있었다. 지밀상궁이 공식 업무도 없이 민가를 방문했다는 것은 대개 의미하는 바가 있었다. 한명회의 부인도 그 의미가 짐작되어 그 딸을 굳이 내보내지 않았다.

　"따님이신가 봐요?"

　"예. 내일모레면 열다섯 살이 되는데 미거하기 짝이 없어 부끄럽습니다."

　임상궁이 유심히 딸의 위아래를 살피는 것을 보자 부인은 내심 '그렇구나' 했다.

　"얘야."

　"예, 어머니."

　"항아님께 인사 올려라. 중궁 일을 도맡고 계시는 항아님이시다."

　규수가 몸을 일으키더니 살포시 큰절을 올렸다.

　"막 피어나는 해당화처럼 눈이 부십니다."

　상궁은 너스레를 떨다 얼른 일어서 맞절을 했다.

　"아이구, 항아님, 아이에게 맞절을 하시다니요. 과분하십니다."

　"호호호, 예부터 늙은이 괄시는 해도 소년 괄시는 하지 말라는 말이 있잖습니까? 앞일을 알 수 없으니까요."

　임상궁이 보기에 이 규수는 얼른 보아도 보기 드문 미모를 갖추고 있었다. 임상궁은 미리 이 규수의 환심을 사두는 게 좋겠다고 생각했다. 이 규수가 세자빈이 되는 날엔 상전과 시종의 관계가 되는 것이었다. 그리고 그럴 가능성이 농후한 이상 굳이 그런 암시를 감출 필요도 없었다.

그러면서 또한 지금 자기 역할의 막대함도 암시하고 있었다.

'네 팔자는 지금 내 손안에 있다.'

동시에 그녀는 또한 여자가 남자보다 과연 팔자의 변수가 엄청나다는 사실에 재삼 감탄하고도 있었다. 이 처자는 이대로 혼사가 이루어지면 하룻밤 사이에 정1품 세자빈이 될 것이었다. 남자들이 30여 년 공들여서도 오르기 힘든 품계였다.

어디 그뿐이랴. 세자가 용상에 오르면 이 여인은 국모가 되는 것이었다. 자기는 그 앞에 엎드려 칭신해야 하며 생사여탈의 권한을 맡겨놓고 복종해야 하는 신세가 되는 것이었다.

현기증이 날 만큼 아찔한 성취를 임상궁은 앞에 앉은 자그마한 처자에게서 현실로 느끼고 있었던 것이다.

"수정과 맛이 어떨지 모르겠습니다."

부인이 화채 그릇을 밀어놓았다. 임상궁은 수정과 한 모금을 마시고는 가져온 선물 꾸러미를 풀었다.

"과분하신 접대를 받으니 참으로 광영이옵니다. 이것은 기념으로 드리는 것이오니 해당화 처자님께서 간수해주시렵니까?"

소녀가 발그레해지는 얼굴로 제 어미를 바라보자 부인이 대꾸를 가로맡았다.

"아니, 들려주신 것만도 감읍感泣한데 웬 선물을 다 주시옵니까? 아가, 어른이 주시는 선물이니 어서 공손히 받으려무나."

소녀가 받아 내려놓은 그 선물에서 금방 짙은 향내가 났다.

"아이구, 이것은 사향낭이 아니옵니까? 이런 귀한 선물을 주시다니요. 애야, 어서 감사드려야지."

소녀는 어쩔 줄 모르다 입을 열었다.

"고맙습니다."

"참, 목소리가 또렷하고도 곱구려. 자태도 움직임도 요조숙녀 그대로입니다."

사향낭을 요모조모 뜯어보던 부인이 갑자기 탄성을 질렀다.

"항아님. 이것은 중국 사천성四川省 사향낭 같군요."

"예, 안목도 높으십니다. 바로 그렇습니다. 궁중 지존들께서나 간직하시던 최상품이지요. 어떻게 하나 구해두었던 것을 해당화 처자께 드리는 것입니다."

부인이 임상궁 말의 의미를 모를 리가 없었다.

"이 은혜를 결코 잊지 않겠습니다. 항아님. 참으로 감사하옵니다."

임상궁은 본격적인 탐문을 시작했다.

"경서經書는 어느 정도 읽었는지요?"

"《중용中庸》을 읽는 중이옵니다."

《중용》이라면 대개 《대학大學》, 《논어論語》, 《맹자孟子》를 읽은 다음에 읽는 것이었다.

"그럼 《대학》, 《논어》, 《맹자》를 다 뗀 다음 《중용》을 읽는다는 말입니까?"

부인이 끼어들었다.

"예, 그렇습니다. 어려서부터 총명해서 애 아버지도 매우 신통하게 여기신답니다. 애를 두고 일람첩기一覽輒記(한 번 보고 기억함)라 하신답니다."

임상궁의 놀람은 대단했다. 부인의 태도로 보아 결코 허풍을 떨 사람으로는 보이지 않았다.

"오호, 참으로 대단하십니다. 해당화님."

부인은 사천성 사향낭을 받으면서부터 벌써 짐작하고 있었다. 이것이 세자빈 간택을 위한 방문이란 것을! 그러기에 부인은 딸의 자랑거리가 될 만한 것을 굳이 숨기지 않고 다 털어놓았다.

부인은 마지막으로 다시 한 번 힘주어 말했다.

"항아님. 찾아주신 은혜는 결코 잊지 않겠사옵니다."

임상궁이 입궐하자 윤비는 한꺼번에 이것저것 질문을 쏟아냈다.

"그래 어떻게 생겼더냐? 얼굴은 어떻고, 목소리는 어떻고, 혈색은 어떤가, 머리카락은……, 공부는 얼마나 했다더냐?"

"아이구, 중전마마, 무엇부터 여쭈어야 할지 모르겠습니다. 한 가지씩 말씀하시옵소서."

"여태 별의별 상상을 다 하면서 좌불안석이었느니라."

"마마, 그만하면 나무랄 데가 없는가 하옵니다."

"얼굴은 어떤고?"

"관음보살이라고나 할까요? 글쎄, 흠을 잡을 데가 하나도 없는 얼굴인가 하옵니다."

"이런 답답한……, 좀 자세히 말을 해야지……. 눈은 어떻더냐?"

"초롱초롱하고 티 없이 깨끗하고 서늘하면서도 온화하고……, 맑은 호수에 비친 별 같다고나 해야 하올지……."

"거 원, 내가 보기나 해야 알 것인지, 도통 모르겠구나. 입은 어떻더냐?"

"자그마한 장미꽃 이파리같이……, 빨갛고 모양 좋고……."

"코는 어떤고?"

"오뚝하지만 날카롭지 않고…… 콧구멍도 모양이 좋습니다."

"호호, 귀는?"

"도톰하면서도 투박하지 않고 오므라지지도 않고 헤벌어지지도 않고 크기도 알맞고요."

"머리카락은?"

"목소리는?"

"뺨은?"

끝도 없이 묻는 윤비의 질문에 임상궁은 재주껏 듣기 좋은 말을 다 동원하여 대답하는 수밖에 없었다.

"응, 그래. 고맙구나. 글도 읽었겠지?"

"그 나이에《중용》을 읽는답니다."

이른바 글(한문 교양서)이라는 것을 읽지 않은 윤비로서는 수준이 어느 정도인지는 모르지만 읽는다 하니 다행이었다.

"오, 알겠느니라. 아이고 부처님, 감사하옵니다. 감사하옵니다."

윤비는 두 눈을 감고 염주를 가슴에 대고 낮은 소리로 외우기 시작했다.

"관음을 염하는 그 힘으로 불구덩이가 변하여 연못이 되며 관음을 염하는 그 힘으로 시원스레 풀림을 받을 것이며……."

'좀 지나면 목탁을 두드릴 것이니…….'

임상궁은 경대 위에 놓인 목탁을 조용히 가져다 윤비의 무릎 앞에 놓고는 소리 없이 물러나왔다.

다음 날 임금은 병조판서 한명회를 편전으로 불렀다.

한명회를 독대하자 그를 만남으로 해서 겨우 5년여 만에 천하를 완전히 장악한 감회가 새삼스러웠다.

"신 병조판서 한명회 입시 대령이옵니다."

"하하, 어서 오시오. 천하재사 한공이 오늘 소환된 까닭을 모를 리 없을 것이오."

"황공하옵니다. 짐작하고 있사옵니다."

"허, 정말이오? 어디 말해보시오."

"아마도 오늘의 부르심은 세자빈 간택에 관한 일이 아닌가 여겨지옵니다."

"맞았소. 한공의 딸을 달라고 부탁하려던 참이었소. 헌데 어떻게 아셨소?"

"어제 임상궁이 사향낭을 선물로 내놓고 갔다 했으니, 어찌 짐작되는 바가 없겠습니까?"

"허, 그렇군. 그렇다면 군이 운韻자를 띄울 필요도 없이 바로 도장을 꾸욱 누르도록 하시겠소?"

"아뢰옵기 황송하오나 신의 딸은 진즉에……."

"진즉에? 아니, 그게 무슨 말이오?"

임금이 몹시 황당해하는 것 같았다.

"신의 딸은 이미 허혼許婚을 한 데가 있음을 삼가 아뢰나이다."

"무엇이라? 응?"

깜짝 놀라 임금의 얼굴이 처참하게 일그러졌다.

노산군을 죽인 후 쟁기를 끄는 황소처럼 열심히 땀 흘려 일한 두 해 동안 조정 백관 어느 누구도 어떤 일에도 엇나가지 않았다. 정인지가 묵비黙

秘로 항명한 일이 한 번 있었으나 그저 그것뿐이었다. 이제 또 한 해(1459년, 세조 5)가 시작되는데 딴 사람도 아닌 한명회가 항명을 하다니…….

분명히 항명이로되 탓할 수 없는 항명이니 더욱 속 터지는 일이었다.

'젠장, 거절을 할 것이면 어제 임상궁이 들렀을 때 거절해야 할 일이 아닌가? 왕비가 보낸 사향낭은 넉살 좋게 받아놓고 이제 와서 면전 거절이라니 이런 실례가 있단 말인가?'

수양은 한명회의 소행이 몹시 괘씸했다. 그러나 한편으로는 몹시 서글프기도 했다. 이 소리를 들으면 중전도 얼마나 속이 상할 것인가? 꼴도 보기 싫어 물러가라고 하려던 참이었다.

"전하께서는 신 한명회의 사정을 자세히 모르시니 사돈을 맺고자 하셨습니다만, 신의 여식이 어렸을 때부터 허혼을 한 총각이 있다는 것을 전하께서도 잘 아시리라 믿고 있사옵니다."

"아니, 내가 잘 알다니?"

"예, 그러하옵니다. 어느새 7년이 지났는가 합니다만 그때 신의 누추한 집을 찾아오신 금지옥엽金枝玉葉이……."

"뭐? 금지옥엽?"

수양은 자기도 모르게 버럭 큰 소리를 질렀다.

금지옥엽이라면 왕족을 말하는 것인데 그렇다면 세조의 아우들 중 누구의 아들이란 말인가? 헌데 한명회는 송구스러운 기색은 조금도 없고 오히려 뻔뻔스러운 태도로 말을 하고 있었다.

"그 금지옥엽께서 강보에 싸인 자제가 있다 하시며 신의 딸을 언급하시어 덜컥 허혼을 하였던 바, 남아일언중천금이라 비록 7년여의 세월이 지났다 해도 어디 딴 데는 고려조차 하지 않았사옵니다."

"……!?"

"그 금지옥엽의 자제 분 이름은 황㫅이요, 그 금지옥엽의 손님은 지금 바로 제 앞에 계시옵니다."

"예끼, 이 사람. 사람을 놀려도 분수가 있지. 으하하하하."

"하하하하."

"공연히 이야기를 돌렸다가 전하께서 너무 놀라시니 신은 석고대죄 하겠나이다."

"하, 그럴 필요 없소. 이제 생각하니 내가 말을 잘못한 것 같소그려. 갑자기 딸을 달라는 식으로 말했으니……. 때가 되었으니 딸을 내놓으라고 했어야 옳았을 것인데 말이오. 허허."

"황공하옵니다."

"하하하하."

8

야인 입구

느닷없는 봉화烽火가 한밤중에 한양에 당도했다. 1460년(세조 6) 여름이 다가오는 시기였다. 함길도에 야인이 쳐들어왔음을 알리는 봉화였다.

날이 밝자 오위진무소五衛鎭撫所에서 이 다급한 사태를 임금께 보고했다.

"함길도에 야인이 침범했다는 봉화이옵니다."

"뭐라? 야인이? 언제 봉화 연락을 받았느냐?"

"자정이옵니다."

바로 어전회의가 열렸다. 3정승, 6판서, 오위의 장, 의정부의 좌우찬성, 좌우참찬 등만이 참석한 긴급회의였다. 함경도에 야인들이 쳐들어왔다는 것을 이미 듣고 온 사람들이었다.

"장계가 아직 도착하지 않아 소상한 것은 모르지만 야인의 입구入寇
는 분명하니 오위는 오늘로 비상대기령을 내리도록 하라."

"예, 전하."

다섯 장수가 한 목소리로 힘차게 대답했다.

"병판은 최근의 함길도 사정을 말해보시오."

한명회가 한 걸음 나섰다.

"야인들은 성은을 모르는 파렴치한 행동을 자행해온 자들입니다.
면종복배面從腹背의 기질이 몸에 밴 자들인 고로……."

"최근의 동정만 말해보시오."

"예, 전하. 선왕(단종) 때부터 두만강 육진에 여진족의 내습이 자주
있었습니다. 허나 그것은 큰 규모의 침입은 아니었습니다. 그저 2, 30
여 명 정도가 추수철에 들어와 마을을 약탈하고 방화하는 것이었는데
최근에도 그런 정도의 침입은 여전했습니다. 그래서 우리 방백들은 추
수철이면 경계와 수비를 엄히 하여 방어에 주력했지만 강을 건너 쳐
들어가지는 않았습니다. 헌데 지금은 추수철도 아닌데 갑자기 봉화가
올랐으니 아무래도 대규모 침공이 아닌가 염려되옵니다."

"건주위建州衛(명나라에서 남만주에 설치한 지방행정 단위)로 쫓겨 갔던 야인
들이 대거 침입한 것 같소만……."

"신도 그리 여기옵니다."

예상대로였다. 세종 때 김종서에게 쫓겨 건주위로 물러갔던 야인들
이 이번에 대거 침입해왔던 것이다. 조선에서도 잘 알고 있는 올량합兀
良哈, 알도리斡都里 등이 이끄는 무리가 대거 두만강을 넘어왔던 것이다.

고려와 조선이 앓아온 커다란 지병持病이 두 가지 있었는데, 그것은

여진의 침공과 왜구의 출몰이었다. 그들은 쳐들어오면 집들을 샅샅이 훑은 뒤에 챙길 것을 챙기고 집은 불태워버리고 여자들은 납치했다. 그들의 무지막지한 횡포는 치를 떨게 했다. 특히 여진족들의 횡포가 더욱 심했다.

납치한 사람들을 조기두릅처럼 한 줄로 묶어 세우고는 맨 앞줄의 끝을 말에 묶고 그 말을 달리게 했다. 묶인 사람들은 숨이 턱에 차도록 달려야 했다. 엎어지거나 자빠지면 무지막지한 채찍을 맞고 일어나야 만 했다. 이렇게 끌려간 남녀 백성들은 야인들의 조악한 띠 풀 집에서 노예로 살아야 했다.

잡혀간 여자들은 그 더럽고 무지한 놈들의 첩이 되어야 했다. 밤낮 으로 그들에게 시달리고 또 그들의 아이를 낳아야 했다. 부부가 함께 끌려가 한곳에서 아내는 되놈의 아이를 배고 남편은 마소처럼 부려지 는 목불인견目不忍見의 비극도 적지 않았다.

그간 그들 야인들에 대한 조선의 주 정책은 교린交隣이었다. 토벌보 다는 친화를 도모하고자 했던 것이다. 김종서의 야인 정벌 내지는 굴 복 이후 그동안 하삼도下三道(충청도·전라도·경상도) 백성들의 이주정책이 꾸준히 계속되어 왔었다.

몇 십 리를 가도 인적이 없던 허허벌판에 집들이 세워지고 개와 닭 의 소리가 들렸다. 밭뙈기와 논마지기를 무상으로 받는다는 것에 희망 을 걸고 이 땅의 저 남단에서 먼 북단까지 멀리 이사 온 백성들도 적 지 않았다. 그들이 피땀으로 일구고 가꾼 자기 땅에서 얻은 보석 같은 쌀이며 감자를 야인들에게 약탈당하자 목을 매 죽는 자가 한둘이 아 니었다.

야인들이라고 다 그런 건 아니었다. 조선에 항복하여 예물을 바치고 벼슬을 청하는 자도 있고, 귀화하여 조선인으로 사는 자도 적지 않았다.

그로부터 이틀 뒤, 함길도 관찰사의 장계가 도착했다. 장계는 변방의 사정이 화급함을 전했다. 오랑캐 기병대와 보병대 수천 명이 두만강 너머 깊숙이 쳐들어와 그 일대가 아비규환이 되었다는 것이었다.

함길도 도체찰사인 신숙주는 야인정책에 대하여 수양에게 건의한 바가 있었다.

"그들을 후하게 무마하여, 귀화하려는 마음을 실망시키지 않도록 하시옵소서."

신숙주의 마음이 몹시 우울해졌다. 자신의 혜민慧敏치 못함이 부끄러웠고, 야인에 대한 자신의 기대가 배신당한 것 같아 울화도 치밀었다.

장계는 내침來侵 상황을 자세히 전했다.

여진 추장 올량합, 알도리가 4월 11일 새벽에 회령과 고령 일대에 쳐들어와서 크게 유린했으며, 부령과 경성 등에도 쳐들어와 크게 피해를 입혔습니다.

그들은 5백의 기병대와 3천여 명의 보병대로 구성되었으며, 비록 대오는 정연하지 못했으나 흉맹凶猛과 과감하기는 전례가 없을 지경이었습니다.

아국我國은 줄잡아 5백여 양민이 학살되고 5백여 남녀가 납치되었으며, 소실된 가옥이 2백이 넘습니다.

그들이 유린하고 돌아간 자리에는 유혈이 낭자하고 곡성이 애잔하고 검은 연기가 자욱하여 가위可謂 생지옥입니다.

그들이 무리를 규합하기 위해 조선 침공에 앞서 돌렸다는 격문이 입수되었기에 여기 동봉합니다.

동봉된 격문은 조선 조정의 분노를 사기에 충분했다.

우리가 시랑豺狼(승냥이와 이리)이 떼처럼 방랑하게 된 원인은 조선인들에게 있다.
원래 원산 이북인 함흥, 길주, 북청 등 조선 함길도 땅은 전부 다 우리 여진 땅이
었는데, 조선인들이 우리를 내쫓고 자기들 관아를 지었으니 복통할 일이다.
현재 조선은 자중지란自中之亂이 일어나 경황이 없으니 지금이야말로 실지회복
失地回復할 절호의 기회다.
여진 남아들은 병기를 들고 모여라. 옥토를 되찾고 선산을 되찾아 천세千歲를 누
리자.

"변방 조선 사람들의 피맺힌 통곡이 들리는 것 같소. 이놈들을 도저
히 용서할 수가 없소."
수양의 노성이 사정전을 울렸다.
"토벌군 진발을 윤허하시옵소서."
영의정 강맹경姜孟卿이 주청했다.
"그렇소. 토벌군을 보내야지요. 단숨에 오랑캐 놈들을 궤멸시킬 토
벌군을 보내야지요."
어전회의가 파한 후 좌상이며 함길도 도체찰사인 신숙주에게만 따
로 어찰을 보냈다. 야인정벌군의 총사령관을 맡기고 싶은데 생각해보
라는 것이었다.
다음 날 저녁, 신숙주 혼자 임금 앞에 앉았다.

"고령부원군高靈府院君."

"예, 전하."

"생각해보셨소? 경은 일찍이 김종서를 따라 사군육진을 개척한 전력도 있고, 비록 문관이지만 용병 전략에도 뛰어나고 또한 임기응변의 지혜와 담력 또한 남다른 바 있으니, 이 일에는 적임자인 것 같소. 대장이 되어주시오."

"전하, 성은이 망극하옵니다. 신 신숙주 갈충보국竭忠報國 견마지로犬馬之勞를 다할 것이오니 성념을 편안히 하시옵소서."

"고맙소. 이제야 마음이 좀 놓이오."

함길도 도체찰사가 토벌군 사령관이 되는 것은 당연한 일이기도 했다.

신숙주는 김종서와 닮아 있었다. 유능한 문신이지만 또한 훌륭한 장재將材였다. 외국어에도 특출한 재능을 가진 그는 서른의 나이에 왜국에 가는 사절의 서장관에 지명되었다. 그때 신숙주는 병을 앓고 난 사람이어서 세종은 다른 사람을 보내려고 여러 사람을 꼽아보았으나 마땅한 사람이 없었다. 할 수 없이 신숙주에게 물었다.

"그대가 병후라서 이렇게 여위었으니 갈 수 있을지 염려되노라."

"이미 병이 나았으니 가지 못할 까닭이 없사옵니다."

그는 그대로 왜국에 가 임무를 마치고 포로로 잡혀갔던 남녀 수십 명을 돌려받아 데리고 귀국길에 올랐다. 도중 대마도를 떠나 뱃길을 가는데 갑자기 무서운 돌개바람을 만났다. 배가 방향을 잃고 표류하니 배에 탄 사람들이 놀라서 어쩔 줄을 몰라 했다.

그런데 신숙주는 태연자약하게 버티고 앉아서 웃으며 말했다.

"대장부란 마땅히 멀리 사방을 유람하여 견문을 넓히고 호연지기浩

然之氣를 길러야 할 것이다. 만약에 이 배가 동으로 끝없이 흘러간다면 해 돋는 나라에 이를 것이니 그 또한 새로운 장관이 아니겠는가? 만일 이 바람이 우리를 금릉金陵(중국 남경의 옛 이름)으로 데려간다면 거기 산청 경개를 마음껏 즐길 수 있으리니 이 역시 장쾌한 일이 아니겠는가?"

그러나 신숙주의 호쾌한 언사와는 상관없이 배는 거의 전복될 위기를 겪고 있었다. 그런데 그때 뱃사공들이 한 여자에게 몰려가 욕지거리를 해대고 있었다.

"애를 뱄으면 물길을 삼가야지 누구를 물귀신 만들려고 배는 탄 게야?"

"긴말할 짬 없네. 번쩍 들어다 수장을 시켜야 하네."

"이 난리를 일으킨 것은 저 아낙이니 원망은 못 하겠지."

이윽고 뱃사공들이 여자에게로 가 팔다리를 잡고 여자를 들어 바다에 던지려했다.

신숙주가 깜짝 놀라 소리쳤다.

"그 손을 당장 놓으시오. 인륜은 천륜이오. 다른 사람을 죽여서 자기가 살려 하는 것은 천벌을 받을 일이오. 당장 그 손을 못 놓겠소?"

그러나 억척스러운 뱃사공들이 일개 서장관의 말을 들을 리가 없다. 신숙주는 얼른 여자의 몸을 자기 몸으로 가로막고 끝까지 버티었다. 사공들의 눈길이 험악해졌다. 이 서장관도 함께 수장할 수밖에 없구나 하는 살기 어린 눈초리였다.

그런데 이때 이 광경을 굽어본 하느님의 조화인 듯 하늘이 걷히고 바람이 잔잔해졌다. 그래서 배는 무사히 조선 포구에 도착했다. 배가 포구에 닿자 사공들이 일제히 신숙주 앞에 무릎을 꿇고 사죄했다.

"나리께 무례하게 군 죄를 용서해주십시오."

"허허허, 괜찮네. 허나 앞으로는 인륜이 천륜임을 절대로 잊지 말게."

이 소문은 조정에 널리 퍼졌고 신숙주의 위상이 높아지는 계기가 되었다.

신숙주는 혼자서 중국어, 왜어, 몽고어, 여진어를 두루 구사할 수 있어 일찍부터 여러 나라를 방문할 기회를 가졌는데, 그는 거쳐 가는 곳마다 산천과 요해처를 기록하고 지도를 작성하기도 했다.

일본에 다녀와서는 그곳의 관제, 풍속, 대신들의 가계家系, 토호土豪 (지방의 세력가)들의 세력분포 등을 자세히 조사해 임금께 바침으로 해서 신숙주는 군략가의 자질도 드러냈다. 이러한 여러 가지를 감안해서 세조는 신숙주를 사령관으로 삼았던 것이다.

토벌군 사령관을 배수拜受한 신숙주는 임금께 한마디 여쭈었다.

"신에게 한 가지 특청이 있사옵니다."

"말해보시오."

"체찰부사로 형판 홍윤성을 임명하여 주시옵소서."

"뭐요? 홍윤성? 신대감, 내가 얘기했잖소. 내가 그 집을 방문한 어느 날 밤, 나를 맞대놓고 타살하겠다고 하던 얘기 말이오. 그런 사람에게 군권을 맡긴다는 건 아무래도 불안하오."

"전하, 후한 말 삼국시대 제갈량 같은 이는 장수 위연魏延에게 반골反 骨 기질이 있음을 알면서도 그를 중용했습니다. 홍윤성이 비록 난폭한 점은 있으나 역심이 있는 것은 아니며, 또한 지휘하는 사람 여하에 따라 호랑이로 부릴 수도 있고 고양이로 만들 수도 있사옵니다. 그의 장재將材를 고려하시와 윤허하시옵소서."

"알겠소. 데려가시오."

광화문 앞 광장에 단壇이 설치되었다. 임금이 황금갑주 차림으로 단에 올랐다. 갑옷, 투구 등으로 무장한 신숙주가 1만 5천 명 장병들의 맨 앞에 섰다. 임금이 신숙주에게 장령기將領旗를 내리고 이어서 부월斧鉞을 내렸다. 부월은 은으로 만든 한 쌍의 도끼인데 이는 왕권의 상징이었다. 이 도끼를 쥔 자가 내리는 명령은 바로 어명이 되는 것이었다.

이어서 어주御酒가 내렸다. 임금이 친히 따라주는 술이었다. 세 사람, 도체찰사 신숙주, 부사 홍윤성, 장수 대표로 강순康純이 앞으로 나아가 차례대로 잔을 비웠다. 세 장수는 진지하고 숙연했다. 어쩌면 이 잔이 마지막 잔이 될 수도 있기 때문이었다.

임금이 일장훈시를 내렸다.

"여러 장병은 잘 들으라. 창생蒼生의 영복永福을 도모하고자 태조대왕께서 이 나라를 건국하신 지 어언 예순 여덟 해. 이제 나라의 기반이 안정되고 민생이 돈후敦厚해지고 있는데, 불의한 야인의 내습을 받아 동포들이 아비규환에 떨어져 있다 하니 과인은 통분痛憤을 금치 못하겠노라. 선고先考 세종대왕께서 살기 좋은 곳으로 이루어놓으신 함길도 일대가 야인 오랑캐에게 짓밟혀 생지옥으로 변했으니, 이제 우리 장병들에게는, 한번 창검을 휘둘러 이 나라의 위광威光을 널리 선양하고 가련한 창맹蒼氓(모든 사람)을 도탄에서 구휼할 막중한 책무가 맡겨진 것이니라. 부디 용약勇躍 분투하여 간악한 오랑캐들을 섬멸하여 대공을 세우고 개선하기를 바라노라. 여러분의 무운장구武運長久를 기원하노라."

임금 면전에 나란히 섰던 세 장수는 동시에 허리를 굽혔다.

"황공하옵니다."

이어 총사령관 신숙주가 짤막한 맹세로 다짐했다.

"국궁진췌鞠躬盡瘁(몸을 굽혀 최선을 다함) 사이후이死而後已(죽은 후에야 그만 둠)이옵니다."

이윽고 영돈녕부사가 앞으로 나서서 출정 장병들의 무운장구 천세 千歲를 두 손 들며 선창했다.

"출정 장병 천세!"

"천세!"

"출정 장병 천세."

"천세."

떠나는 자 보내는 자 모두 힘껏 소리 높여 천세를 불렀다.

이제 적을 죽이지 않으면 내가 죽어야 하는 피비린내 나는 전쟁터로 떠나는 것이었다. 아버지가, 아들이, 지아비가 전쟁터로 떠나는 것이었다. 남녀노소, 빈부귀천 구별 없이 천세 소리는 온 도성을 진동시켰다.

천세 소리가 끝나자 군고軍鼓가 울렸다.

"둥 둥 둥둥둥······."

북소리에 맞춰 행렬은 선두부터 움직이기 시작했다. 이 또한 장관이었다. 임금은 선 채 이 장관을 감회 깊게 쳐다보고 있었다. 등극 후 대군 환송은 처음이었다.

'이 대군이 혹시라도 오랑캐의 말발굽 아래에서 허무하게 궤멸된다면······.'

수양은 머리를 흔들었다.

'아, 그러면······, 오랑캐들이 한양까지 밀어닥칠 수도 있지 않은가?

그럴 수는 없다. 그것은 생각조차 할 수 없는 끔찍한 일이다.'

임금은 고개를 돌려 옆에 있는 어린 세자를 보았다. 세자 역시 군복을 입고 오뚝하게 서 있었다. 장엄한 광경에 넋을 잃은 듯 정병들의 움직임에 시선을 박고 서 있었다.

'어서 자라 영용英勇한 군주가 되어야지.'

임금은 고단함을 느꼈다.

'할 일이 태산 같은데 벌써 몸이 이 지경이란 말인가?'

세조는 눈앞이 흐려짐을 느꼈다. 눈물이 고이고 있었다.

'내 마음이 왜 이리 허약해졌는가?'

임금은 햇빛을 가리는 척 손을 올려 눈물을 훔쳤다.

장병들 행렬의 후미가 육조거리를 빠져나가고 있었다. 임금은 현기증이 나서 교의에 주저앉았다. 팔걸이에 기댄 오른손에 머리를 숙여 이마를 얹었다.

세자는 갑자기 퉁탕거리며 단을 내려갔다. 세자는 어머니 윤비에게 달려가는 것이었다. 매사에 관심이 많은 윤비는 출정 광경을 보고 싶었으나 길거리에까지 나와 구경할 수는 없어 내전에 줄곧 있었다. 그러자니 좀이 쑤셨다. 광화문 밖의 북소리가 들려오자 윤비는 방을 뛰쳐나와 뜰을 서성거렸다. 그때 세자가 달려들었다.

"오, 세자야. 그래 모두 떠났느냐?"

"예, 어마마마. 아주 굉장했습니다."

대답하는 품이 갑자기 의젓해졌다. 절도 있는 장병들의 광경을 보고 온 탓인 것도 같았다.

"어유. 우리 세자의 군복이 어쩌면 이렇게도 잘 어울리느냐?"

세자는 으레 잘 짓는 그 미소를 보이며 손에 쥔 작은 채찍으로 제 바지를 찰싹 때렸다.

"오, 그 채찍도 그렇고 영락없는 소년장군이로구나."

"예, 어마마마. 두고 보십시오. 소자가 커서 임금이 되면 사해팔방四海八方을 다 정토征討할 것입니다."

"암, 암. 그래야지. 아바마마보다 더 담력도 크고 더 도량도 크고…… 그렇게 되어야지."

말하면서 윤비는 내심 깜짝 놀랐다. 남편 임금에 대하여 뭔가 불만이 있어 내뱉는 말처럼 스스로에게 들렸기 때문이었다.

그러면서 윤비는 생각해보았다. 생각해보니 남편 임금에게 대놓고 불만을 털어놓은 적은 없지만, 사실은 불만이 많다는 것을 자인할 수밖에 없었다. 좀 더 너그럽고 좀 더 침착하고 좀 더 자비롭고 좀 더 건강하고……. 따지고 보니 아쉬운 면이 많았다.

윤비는 늘 세종대왕을 떠올리곤 했다. 조정백사朝廷百事에 늘 바쁘면서도 얼마나 여유만만 하셨던가. 항상 온화한 용안으로 신하나 궁인들을 대했고 좀처럼 진노하는 일이 없으셨다. 그렇다고 결코 녹록하시지도 않았고 우유부단하시지도 않았다. 죄인을 다스릴 때나 영을 어기는 기미가 있을 때는 일을 매섭게 처리 일도양단一刀兩斷하시곤 했다.

윤비는 또한 문종대왕도 떠올리곤 했다. 문종대왕 역시 흡사 세종대왕이었다. 그래서 윤비는 세종이나 문종에 대하여 왕이란 저런 분들이구나 하고 무한한 존경심을 갖고 있었다.

그런데 남편 임금은 같은 핏줄이면서도 전혀 그렇지 못했다. 공연한 일에 열화를 내고, 공연한 일에 우유부단하고, 공연한 일에 앞뒤가 맞지 않았다.

'내가 임금이었으면 나도 세종대왕이나 문종대왕처럼 그렇게 했을 것이야.'

윤비는 새삼스럽게 자신을 알아가고 있는 것 같았다. 그래서 세자가 어서 자라 임금 되기를 내심 바라고 있었는지도 모르는 일이었다.

"어마마마."

"응? 참. 내가 넋을 놓고 서 있었구나. 그래 아바마마는 환궁하시지 않았느냐?"

바로 이때 봉도별감奉導別監(왕의 거둥에 시위를 맡은 관원)의 기운찬 시위 소리가 들려왔다. 임금의 환어還御를 알리는 소리였다.

시위 소리는 점점 가까이 들렸다.

"시위(모셔라). 뵈시위(조심히 모셔라). 반듯이 안가安駕시위(반듯하게 대가를 편안히 모셔라)."

"충옥지(까불지) 말고 반듯이 안가시위."

"가전가후駕前駕後 충옥지 말고 반듯이 안가시위."

세자가 대전으로 달려갔다. 상부를 꾸미지 않은 교여轎輿에서 임금이 천천히 내렸다.

내관이 임금을 부액하려는 순간 임금은 비틀거리더니 죽 늘어서 허리를 굽히고 있는 옥교배玉轎陪(옥교를 모시는 자) 한 사람을 갑자기 꽉 껴안았다. 그리고 얼굴을 그 옥교배의 목덜미에 푹 떨어뜨려 거기에 대고 있었다.

옥교배는 깜짝 놀라 와들와들 떨고 있었다. 임금은 현기증으로 눈을 감고 있었다. 그래서 임금은 옥교배를 얼른 놓아주지 못했다.

"아바마마, 웬일이시옵니까?"

세자가 달려왔다.

"괜찮다. 잠시 현기증이 나서……."

임금은 잠시 후 옥교배를 풀어주며 몸을 일으켰다. 옥교배는 벌벌 떨고 있을 뿐만 아니라 물바가지를 뒤집어쓴 것처럼 땀을 뻘뻘 흘리고 있었다.

임금은 그런 옥교배를 잠시 쳐다보다가 물었다.

"너는 왜 그렇게 땀을 흘리느냐?"

"화, 화, 황공하옵니다. 황공해서 그, 그런가 하옵니다."

옥교배는 이제 얼굴이 백지장처럼 하얗게 변해버렸다.

임금의 눈에서 퍼런 불빛이 뿜어져 나왔다. 임금은 수그린 옥교배의 벙거지에 시선을 꽂은 채 손을 들어 진물 나는 자신의 얼굴을 쓰다듬었다. 돌연 간에 이루어진 이 광경에 어안이 벙벙해진 내관들은 비로소 뭔가를 알 것 같았다. 그래서 그들도 몸을 떨었다.

임금이 현기증으로 끌어안은 자가 저 옥교배가 아니고 자신들이었다면 어찌 되었을 것인가를 생각하자 몸이 저절로 떨린 것이다. 전의들만 빼놓고는 누구나 다 임금의 병은 문둥병이라고 알고 있었다.

'아, 나도 문둥이가 되는구나.'

임금이 고름투성이 얼굴을 자기의 목덜미에 떨구어 대고 자기를 꽉 부둥켜안고 있었다면, 자기 역시 그 옥교배처럼 사색이 되어 부들부들 떨며 진땀을 흘리지 않을 수 없었을 것이었다.

"승전색承傳色은 듣거라."

승전내시가 다가와 대령했다.

"호련대扈輦隊(국왕이 거둥할 때 호위하는 군대)를 전원 교체하도록 병판에게 전하라. 내금위 중책을 담당하는 병사들은 정병 중의 정병이어야 한다. 이따위 허약한 놈들은 절대 안 된다고 전하라. 가장 강건한 놈들만 모아서 조직하라고 해라. 알겠느냐?"

"예, 명심거행이옵니다."

승전색이 물러가자 임금은 안으로 들어갔다.

수양은 자기의 병에 대해서, 특히나 얼굴 모습에 대해서 낭패감 내지는 열등감을 가지고 있었다. 전의들은 문둥병이 아니라고 했지만 수양 자신은 자신이 문둥병 환자라고 확신하고 있었다. 수양이 볼 때 자기의 병과 문둥병과의 차이를 발견할 수가 없기 때문이었다. 아직은 눈썹도 그대로이고 코나 귀나 손가락도 그대로 남아 있지만, 좀 더 세월이 가면 그것들이 문드러져 나갈 것이라고 여기고 있었다.

현기증 때문에 어지러워 붙들고 있었던 옥교배가 심하게 떨고 땀을 뻘뻘 흘린 것은 자기의 문둥병이 옮을까 싶어 놀라서 그랬다고 수양은 여기고 있었다.

교의交椅에 앉은 임금은 심기가 착잡했다. 내시 상궁들이 겁에 질린 눈길로 힐끔거리는 것을 못 본 체하며 수양은 자기 얼굴을 자꾸만 어루만졌다. 손에 묻어나는 희고 누른 고름 같은 진물을 수건에다 문지르다 말고 수양은 긴 한숨을 내쉬었다.

되살아나는 기억들이 있었다. 소년기에 들은 기억들이었다. 봄이 되면 진달래 피는 동산에 문둥이들이 숨어 있다가 꽃 따러 오는 아이들을 붙잡아 간을 꺼내 먹는다는 끔찍한 이야기였다. 문둥이들이 아이들을 죽일 때는 간지럽혀서 죽인다고 했다. 간질여서 아이들이 웃다가

지쳐서 죽으면 그때 간을 꺼내 먹는다고 했다.

'그래, 나는 임금이다. 아이들 간을 몇 백 개인들 못 꺼내 먹으랴. 하지만…… 하지만……'

수양은 다시 시야가 흐려졌다. 하염없이 흐르는 눈물을 닦으려 하지도 않았다.

'이건 분명 죄 다짐이야. 내가 벌을 받는 것이야. 부왕의 말을 듣지 않고 내 성깔대로 살아온 죄 다짐이야. 형님 죽이고 동생 죽이고 조카 죽이고…… 또 얼마나 많은 사람을 죽였는가 말이다. 그저 야차夜叉같이만 살아왔으니……'

수양은 부인 윤씨에게도 내비치지 못한 자신의 양심을 들여다보고 있는 것이었다.

모르는 사이 바로 앞에 흰 얼굴이 다가왔다. 왕비 윤씨였다. 왕비는 그 께름칙한 진물이 묻은 임금의 두 손을 부여잡고는 왕 앞에 엎어졌다. 그리고는 오열을 삼키며 울기 시작했다. 얼마를 울었을까. 왕비는 울음 섞인 목소리로 말했다.

"마마, 신첩이 마마를 잘 모시지 못한 죄 크옵니다. 신첩을 벌하여 주소서."

왕비에게 무슨 죄가 있을 것인가만은 달리 위로할 말이 없음에랴.

"……"

"마마, 얼마 동안만이라도 전좌殿座(옥좌에 나와 앉음) 납시지도 마시고 옥체 보중하시옵소서."

사령관 신숙주는 매우 신중했다. 반드시 이기는 싸움을 해야 한다는 게 신숙주의 지론이었다. 그러한 신숙주와는 달리 홍윤성은 용맹약진勇猛躍進 주의였다. 두 사람은 그래서 초장부터 의견이 대립하였다.

신숙주는 하루 행군 속도를 80리(약 31킬로미터)로 정했다. 그래서 함흥에 도착한 것은 도성을 떠난 지 보름째 되는 날이었다. 그리고 함흥 관찰사 본영에서도 사흘이나 머물렀다.

홍윤성의 불만이 드디어 터졌다.

"상장군, 이 함흥부에서 도대체 무엇 때문에 이렇게 꾸물대는 것이오?"

장수들만 모인 관찰사 본영의 한 넓은 회의실에서였다. 신숙주는 홍윤성의 불손한 언사를 개의치 않고 부드럽게 대답했다.

"꾸물대는 게 아니고 지체하고 있는 것이오."

"대기라고요? 오랑캐가 이쪽으로 오기를 기다린단 말이오?"

"오랑캐를 기다릴 리가 있소? 오랑캐를 섬멸할 승기勝機가 무르익기를 기다리는 것이오."

"사흘이나 기다렸는데 또 얼마나 더 기다리겠다는 것이오?"

"아마. 한 달 이상은 걸리지 않을 것 같소."

"예에? 한 달이라고요? 아니 정신 나갔소?"

홍윤성이 버럭 성질을 냈다.

"부사는 무슨 말을 그리 함부로 하시오?"

신숙주가 화안和顔을 거두고 정색을 했다. 배석한 제장들도 정색을 했다.

그러나 홍윤성은 흥분된 어조로 대들듯 언성을 높였다.

"상장군. 파발마가 여기서 사흘이면 한양에 도착하는데, 우리는 여기까지 보름이나 걸려서 오고 또 사흘을 여기서 묵었소. 그런데 또 한 달을 더 기다려야 한다고요? 이건 굼벵이보다 더 느린 행군이 아니겠소?"

신숙주는 그래도 차분했다.

"파발 속도와 행군 속도를 비교하는 것은 합당하지 않소."

"상장군, 동병動兵은 신속을 위주로 한다는 게 병법이오."

"부사, 지피지기知彼知己 백전백승百戰百勝도 병법이오."

"허 참, 사람 답답하게 만드는구면. 여보시오, 상장군. 유생기질儒生氣質 가지고는 싸울 수가 없는 것이오."

"뭐라?"

순간 신숙주는 자리에서 벌떡 일어나 은도끼를 집어 들더니 앞에 놓인 탁자를 꽝 내리쳤다. 탁자가 두 쪽으로 쩍 갈라졌다.

홍윤성은 눈썹을 찡긋했을 뿐 꿈쩍도 하지 않았다.

"부사는 언사를 삼가시오. 어명의 상징인 이 부월이 하극상을 용납하지 않을 것이오."

그래도 홍윤성은 뻣뻣하게 서서 신숙주를 얕보며 오만하게 대꾸했다.

"대사를 앞둔 마당에 상장이 되어서 우두커니 식충이 노릇만 하고 있으니 부아통이 터져서 그러오."

"뭐라, 식충이?"

신숙주가 입을 열자 옆에 있던 장군 강순이 가로막고 나섰다.

"상장께서는 잠시 참으시오, 여보시오 홍윤성대감."

"말하시오. 강장군."

"대장에게 그런 말버릇이 어디 있소?"

"야, 이놈 봐라, 뭐가 어쩌고 어째?"

강순장군은 홍윤성보다 서른다섯 살이나 더 위였다. 아버지뻘 되는 노장이었다.

"허, 이런 불쌍한 놈이⋯⋯."

강순장군이 무서운 시선으로 홍윤성을 쏘아보았다.

홍윤성 또한 금방이라도 달려들듯 입을 앙다물고 강순장군을 뚫어져라 쳐다보았다. 일촉즉발의 위기였다.

그때 신숙주의 엄한 호령이 떨어졌다.

"자리로 돌아가 앉으시오. 군령이오."

명령은 결코 서생의 것이 아니었다. 위엄이 넘치는 대장의 엄명이었다. 두 장수는 자리를 찾아 앉았다.

신숙주는 일어선 채 일장 훈시에 들어갔다.

"상장은 나 신숙주요. 군령을 어기면 용서 없이 군법으로 다스릴 것이오. 군막을 소란케 하여도 마찬가지요. 이 부월 앞에서 우리끼리 다투는 것은 참으로 부끄러운 불충이오. 나 자신이 이 자리에서 전하께 크나큰 죄를 지은 것 같소. 홍윤성 부사에게 자세한 나의 복안을 미리 말하지 못한 점도 자책하는 바이오."

신숙주는 홍윤성을 똑바로 보며 말했다. 홍윤성은 잠자코 다음 말을 기다리는 것 같았다.

"내 비록 집현전 학사 출신이지만 용병의 대강은 알고 있소. 이번 출병의 목적은 제장들도 잘 알고 있을 것이오. 이 나라 조선의 강토를 무엄하게도 함부로 짓밟고 다니는 저 여진족을 섬멸하여, 민생을 도탄에서 구하고 국가의 위험요소를 근절하는 것이 그 목적이오. 그런데 이번의 여진 정벌은 보통의 병법이나 공격으로는 불가능하다는 것을 나는 미리 파악했소. 우선 여진족 전부를 비로 쓸듯 모조리 섬멸할 수는 없소. 모두 다 알다시피 만주 땅은 조선 전체보다 몇 배 더 넓습니다. 그리고 단일민족인 우리 조선과는 달리 그들은 왕통이 없고 지역마다 추장들이 자기 권력을 갖고 있어 그 횡적 유대나 결속은 일사불란하지는 못한 형편입니다. 그래서 어떤 지방의 부족은 조선과 화친을 맺고 어떤 지방의 부족은 조선과 적대시하고…… 그런 분포를 전에는 우리가 비교적 잘 알 수 있었는데 근래에는 그들의 분포를 잘 알지 못하고 있었습니다."

신숙주는 말을 잠깐 멈추었다. 그러면서 은도끼가 박힌 채 두 쪽으로 갈라진 탁자를 발로 툭 밀었다. 엉거주춤 서 있던 탁자가 좌우로 갈라져 바닥에 떨어지며 은도끼가 빠져나왔다.

장수 복장을 한 신숙주가 다시 손에 쥔 은도끼는 유난히 희게 보였다.

"만주 야인들의 조선국에 대한 화친 또는 적대의 분포 상태를 그래서 나는 미리 조사해두었소. 그런데 이번 올량합, 알도리의 선동에 의해 그 분포가 완전히 바뀌어버렸습니다. 지금 나는 2백여 명의 첩보원을 보내 그 분포를 재조사하는 중입니다. 그러니까 시일이 좀 걸리는 것은 당연한 일이 아니겠습니까? 그리고 또 하나의 문제는 이 적들이 항상 분산 이동한다는 점입니다. 그들이 만일 한양 도성을 목표로 대오를 갖춰 몰려오는 경우라면 문제는 간단할 것입니다. 그때는 병법의 각종 공식을 참고하여 전략을 세우면 됩니다. 그러나 이번 우리의 싸움은 이리저리 몰려다니는 들개 떼를 사냥하는 것과 같아서 여기에 맞는 특별한 조사와 작전이 필요한 것입니다. 우리 관군은 잘 훈련된 강군이고 적들은 오합지졸이기 때문에 승패는 이미 정해진 것이지만, 자칫 서두르다가 그 들개들이 만주 밀림 속으로 들어가 숨어버리면 우리는 속수무책이 될 수밖에 없습니다. 그래서 그들을 집결시키고 도망갈 길을 차단하여 마치 방 안에 들어온 참새 떼를 방문 닫아걸고 잡아내듯 그렇게 옭아 잡아야 합니다. 나는 지금 그들의 집결을 기다리고 있는 중이오. 그러니 시일이 좀 걸리는 것은 당연한 일이 아닙니까?"

거기 모인 장수들은 신숙주의 논리 정연한 갈파喝破에 모두 탄복해 마지않았다. 홍윤성은 고개를 푹 숙이고 있었다.

"아까 부사의 망동은 마땅히 의법 처단할 것이나, 이번만은 없던 일로 하여 불문에 그칠 것이오. 이번 출정에서 부사 홍윤성을 강력히 추천한 사람은 바로 나 신숙주요. 그 점 부사는 잊지 말기를 바라는 바이오."

홍윤성은 숙인 고개를 더 푹 숙였다.

한 달이 지나자 모든 것은 신숙주의 말대로 분명해졌다. 적지에 들어간 첩보 대원들이 자세한 사실들을 알아왔던 것이다. 올량합, 알도리의 세력은 두만강 그리 멀지 않은 모련위毛憐衛에 머물고 있었다. 병력도 장계에서 말한 5백 기병과 3천 보병보다 훨씬 더 많았다. 기병이 2천이요 보병이 8천이었다. 7월 12일이 올량합의 생일인데 그날에 그들의 전 병력이 모련위에 집결한다고 했다.

신숙주는 진군 명령을 내렸다. 6월 12일에 함흥을 떠난 부대가 북청北靑, 이원利原, 길주吉州, 명천明川, 경성鏡城, 부령富寧을 지나 회령會寧에 도착한 것은 6월 그믐날이었다.

모든 것이 다 불타버린 폐허에 장맛비가 쏟아졌다. 모든 장병이 군막을 세우고 들어갔다. 신숙주는 관아 터전에 세운 군막에서 장수들을 모아 놓고 군령을 내렸다.

"강순 장군은 들어라. 보병 3천을 이끌고 먼저 무산茂山 방면으로 내려가서 도강하라. 모련위毛憐衛 서쪽으로 들어가 저들의 퇴로를 차단하라. 선봉은 홍윤성이 맡아서 동북쪽으로부터 쳐들어간다. 적이 동북쪽으로 달아나지 못하게 해야 한다. 적이 도주하면 바짝 쫓아간다. 단 별도의 군령을 준수하라."

종사관 강효문이 신숙주가 내리는 군령을 그대로 받아 적었다.

신숙주는 이어서 전군 1만 5천 장병들에 대한 군령을 하달했다.

주장의 지시와 명령을 위반하는 자는 군법에 따라 처리된다.

1. 전투에 임해 지휘에 응하지 않는 자
2. 장수를 구출하지 않는 자
3. 군사의 비밀을 누설하는 자
4. 요망한 말을 퍼뜨려서 군심을 흐리게 하는 자

이런 자들은 대장에게 고한 후 참수된다.

5. 패牌를 잃고 다른 패를 따르는 자
6. 장長을 잃은 자
7. 시끄럽게 떠드는 자
8. 항오行伍 중에서 세 사람을 잃은 자

이런 자들은 해당되는 벌을 받는다.

9. 패두牌頭를 구출하지 않은 자

10. 적의 동리에 들어가서 명령 없이 재물, 보화를 거둔 자

이런 자들은 참수된다.

11. 적의 동리에 들어갔을 경우 노유老幼는 치지 않는다.

12. 장정도 투항하면 치지 않는다.

13. 개, 소, 말 등을 죽이지 않는다.

14. 건물에 불 지르지 않는다.

어기는 자는 해당되는 벌을 받는다.

15. 험한 곳에서 행군하다가 별안간 적을 만났을 때는 대항하면서 각角을 불어 자기 소속군대에 알리고, 이렇게 알리면 소속군대에서는 주장에게 알려야 한다.

이럴 때 물러서거나 도망하는 자는 참수된다.

적을 토벌하는 것은 정의로써 불의를 치는 것이되, 공심攻心(마음을 치는 것)이 만전을 기하는 것이다.

16. 노유와 중국인을 죽여서 군공을 낚으려 하는 자

17. 강을 건널 때 다섯씩 혹은 열씩 순서 있게 오르고 내리지 않는 자

이런 자들은 해당되는 벌을 받는다.

종사관 강효문이 전령傳令들을 불러놓고 군령을 일일이 일러주었다. 전령들은 군령을 일일이 적어 간직하고 나서 흩어졌다. 전령들은 장대비가 퍼붓는 속을 부산하게 뛰어다니며 군령을 전했다.

9

구문로

강순의 별동대가 떠나기 전날 도성에서 싣고 온 열 수레의 어주御酒가 도착했다. 장대비 속의 장막 안에서 주연이 벌어졌다.

주흥이 무르익을 무렵 별시위別侍衛 구문로具文老가 웬 커다란 물건을 걸머지고 장막 안으로 들어섰다. 그리고 그는 그 물건을 바닥에 부려놓았다.

"엇, 호랑이가……."

장수들이 다 놀랐다. 엄청나게 큰 호랑이였다.

"연회에 늦어서 죄송합니다."

구문로가 상장군에게 허리를 굽혀 사과했다.

그러나 좌중은 일제히 환호성을 올렸다.

"괜찮소. 호랑이 사냥을 하다 늦었으니 말이오. 노루나 꿩 사냥이었으면 벌을 받았을 것이오."

구문로는 대답 대신 패도佩刀를 꺼냈다. 웬일인가 했더니 호랑이의 혀를 썽둥 잘라냈다. 그리고 시종에게 주며 말했다.

"잘 구워서 상장군께 바쳐라."

"아니, 하필 혀란 말이오?"

껄껄 웃으며 신숙주가 물었다.

"들개들이 제일 무서워하는 것이 호랑이의 포효咆哮입니다. 이번 들개 사냥에 장군의 호령이 만주벌판에 뜨르르 울려 퍼지기를 바라는 바입니다."

"음, 참으로 기발한 발상이오."

시종이 구워온 호랑이 혀를 신숙주는 패도로 찍어 씹어 삼켰다. 그리고 큰 잔을 들어 단숨에 들이켰다.

홍윤성이 저쪽에서 큰 소리로 제안했다.

"여보게, 구시위. 그 호피는 나에게 주게. 톡톡히 사례하겠네."

구문로 역시 큰 소리로 대답했다.

"이 호피는 상감마마께 바치려는 것이오."

"하아, 그렇다면 그만두겠네. 난 그걸 상장군께 바치려 하는 줄 알고 하하하."

신숙주가 웃으며 홍윤성에게 한마디 했다.

"난 호피에는 관심이 없소. 허허, 혹시 홍부사가 잡은 호랑이의 호피라면 모르겠소만……."

소리장도笑裏藏刀의 한마디였다.

'네놈이 힘깨나 믿고 자꾸 기어오르려 한다만 너만 역사가 아니다. 이 구문로를 위시해서 천하장사가 수두룩하니라. 섣부른 짓은 아예 집어치워라.'

홍윤성은 머쓱하여 고개를 숙였다.

두만강을 건너기 시작했다.

강을 건너면 바로 타국 땅이었다. 말이 다르고 습속이 다르고 산천이 달랐다. 도강에 임해서 신숙주는 다시 한번 군기軍紀를 상기시켰다.

도강 장면을 보다 보니 한 배에 우르르 몰려 타는 일단의 군졸들이 눈에 띄었다. 군령대로 질서를 잡지 못한 그 단위의 장교를 불러 왔다. 그리고 많은 장병이 보는 가운데서 그 장교를 참수했다.

이 전례 없는 광경에 1만 5천의 전 장병이 아연 실색했다. 이후로는 질서정연, 군기엄정軍紀嚴正, 용약분전勇躍奮戰이 그 유례가 없을 정도였다.

조선군은 비로 쓸어내듯 야인 부락을 휩쓸어나갔다. 그러면서 그들에게 잡혀와 노예 생활을 하던 많은 동포를 구출할 수 있었다. 구출된 남자들은 공격군에 입대하기를 원했다. 신숙주는 처음에 그들을 받아들였으나 곧 중지시켰다. 노예로 있던 한이 서려서인지 그들은 야인들에 대한 보복행위를 일삼으려 했기 때문이다. 진격 과정에서 가끔 그들 별동대의 저항을 받았지만 순식간에 격퇴시키며 순조롭게 나아갔다.

모련 위에서의 접전은 피바람이 휘날렸다. 여기서 홍윤성의 진면목이 드러났다. 그가 팔을 휘두르며 말을 달려 지나간 자리에는 적들의 시체가 강둑처럼 쌓였다. 홍윤성은 철퇴鐵槌를 썼다. 무술도 무술이려니와 그는 천하장사의 힘으로 50근 철퇴를 바람개비 돌리듯 휘두르며 종횡무진 내달아 적을 쓰러뜨렸다.

또 홍윤성 못지않게 놀라운 성과를 보인 사람은 호랑이를 맨손으로 때려잡은 8척 거구의 구문로였다. 그는 처음에는 말을 타고 전투에 임했으나 이윽고 말을 버리고 도보로 걸으며 싸웠다. 말은 신속하게 달리는 이점이 있지만, 방향전환이 신속하지 못해 백병전에서는 불리한 점이 있기 때문이었다. 구문로는 말을 타고 말을 모는 데 명수이지만 그런 점 때문에 말을 버리고 싸웠다.

그는 처음에는 창검을 썼지만 나중에는 그것도 버리고 맨손으로 싸웠다. 창검을 쥔 손은 맨손만큼 신속하게 움직일 수가 없기 때문이었다.

그는 지나가면서 번개같이 적들의 목을 한 번에 둘씩 잡아 내쳤다. 그에게 목이 잡힌 적들은 잡힌 순간 목뼈가 부러지며 숨이 끊어지곤 했다. 더욱 신기한 것은 적들이 마법에라도 걸린 듯 병장기 한 번 제대로 휘두르지 못하고 죽어 자빠진다는 것이었다.

전투란 기세를 타는 법이었다. 선봉장 홍윤성이 이끄는 선봉부대는 홍윤성 등 천하장사들의 기세를 타고 용맹을 떨치며 적을 휩쓸어 하룻밤 사이에 모련위를 점령해버렸다.

모련위를 공타한 신숙주군은 계속해서 부근의 요새들을 공격 점령해 조선인들을 구출해냈다.

9월의 북방에 첫서리가 내렸다. 가을을 호지胡地(오랑캐 땅)에서 맞은 신숙주는 감회가 깊었다.

문신의 몸으로 출정하여 승리를 쟁취했다는 것, 오만하게 불퉁거리는 홍윤성을 승복시켰다는 것, 개국 이래 난제였던 여진 정벌을 이룩하여 국기國基를 다졌다는 것.

이 모든 성취를 이룬 감회가 겹치면서, 첫서리 내린 날을 기념하여 표주박 잔에 따른 일배주一杯酒는 그 맛이 가히 황홀경이었다. 이날의 표주박 일배주는 임금이 한양에서 2천여 리(약 780킬로미터)나 떨어진 모련위까지 이조참판 구치관을 시켜 보내준 것이었다.

신숙주는 한양을 떠나오기 전날 임금과 단둘이서 편전에 앉아 합문 밖을 내다보고 있었다. 두 사람의 시선은 담장 밑에 심어져 담을 타고 자라는 덩굴 박에 머물렀다. 그 덩굴은 진초록의 성성한 덩굴이 아니었다. 곧 말라 죽을 것 같이 시들시들한 덩굴이었다.

"경이 보기에 열매가 맺어질 것 같소?"

"저렇게 튼실하지 못한 덩굴이 열매를 맺겠습니까?"

신숙주가 웃으며 대답하자 임금은 고개만 끄덕끄덕했었다.

4개월이 넘는 그때의 기억을 되살리며 신숙주는 표주박에 적어 보낸 어필御筆을 다시 읽었다.

경수소아卿雖笑我 아표기성我瓢旣成

(경은 내 말에 웃었으나 내 표주박이 익었소.)

부이위배剖以爲杯 이시지정以示至情

(쪼개서 잔을 만들어 보내니 그지없는 정의 표시요.)

신숙주는 사모하는 정이 치솟아 눈물이 글썽거렸다.

'이 임금이 아니고 노산군이 계속 임금을 한다 해도 내가 이같이 인정을 받으며 승승장구할 수 있을까?'

다음 순간 그는 엄숙해졌다. 그리고 마음을 가다듬고 반성해보았다.

'아니다. 집현전이 건재하고 성삼문, 박팽년 등 수재들인 동료 학사들이 그대로 엄존해 있는 판국이라면 결코 쉬운 일이 아니었을 것이다.'

따지고 보면 계유정난이니 병자사화니 해서 그들 유능한 인사들을 울타리 밖으로 다 내몰아 죽이고, 울타리 안쪽 마당에서 혼자 날뛰고 있는 셈이었다.

'어, 맞아, 딱 그 꼴이야. 깔아놓은 멍석 위에서 혼자 북 치고 장구 치는 꼴이 아니냐 말이야.'

신숙주는 이렇듯 가끔 남모르게 내심의 자상刺傷을 앓곤 했다.

'하지만······. 어차피 지난 일이야.'

이럴 때면 늘 자신을 억눌러 진정시키는 요법 또한 익혀가고 있었다.

야인 토벌이 일단락되자 신숙주는 장문의 장계를 올렸다.

(···) 적병 살해 1만여 명, 군마 포획 7천여 필, 동포 구출 7천여 명. (···)

장계를 받은 임금은 너무나 기뻐서 찢어지는 입을 다물 수가 없었다. 덩실덩실 춤을 추고 싶었다. 입궐하는 대관들마다 붙잡고 신숙주 자랑을 해댔다.

"경하드리옵니다."

"감축하옵니다."

대관들은 하나같이 무덤덤하게 그저 허리를 굽힐 뿐이었다.

한나절이 지나자 수양은 우울해졌다.

'이럴 때 한명회가 있어야 하는데, 공연히 내보냈어······.'

신숙주가 떠나자 병판 한명회를 출정군의 후원을 위하여 또 지방의 순무巡撫를 위하여 평안도 도체찰사로 내보냈던 것이다.

무표정한 신하들을 보며, 그중에서도 특히 정인지를 보며 수양은 울화통이 터지려 했다.

"신좌상의 승첩을 들었지요?"

"예. 들었사옵니다. 참으로 천행인가 하옵니다. 모두가 지극한 성덕의 소치인가 하옵니다."

눈을 내리깔고 표정 없이 메마른 대답을 할 뿐이었다.

'어유, 저걸 그냥……'

이 신하들을 맞대고 경복궁에 그냥 앉아 있기가 싫었다.

임금은 대전을 나와 중전으로 갔다.

"중전 들었지요? 좌상의 대승 소식 말이오."

"듣고말고요. 마마. 그 소식을 듣고 가만 앉아 있을 수가 없어 이렇게 왔다 갔다 서성이고 있는 중이옵니다."

활짝 웃고 있는 윤비였다. 지켜보는 상궁, 내관들을 아랑곳하지 않고 임금은 왕비를 왈칵 끌어안았다.

"중전."

"예. 마마."

"펄펄 뛰면서 실컷 웃으면서 마음껏 떠들면서 그렇게 승리를 축하하고 싶소."

"마마. 이렇게 하면 어떨까요?"

"어떻게?"

"넓은 벌판의 시원한 바람도 쐴 겸 멀리멀리 마중을 나가시는 거예요. 평양쯤으로 순유巡遊를 나가시는 것이지요. 개선군의 귀로를 그쪽으로 돌리라 하면 되니까요."

"하하, 그래, 그래요. 역시 중전밖에 없소. 정말 그래야겠소. 이번에 바람 쐬러 나가는 김에 후련하게 깃발을 한번 날려보아야 하겠소. 임금의 존엄을 제대로 한번 보여주어야겠소."

"예, 마마."

수양은 예조에 특명을 내렸다.

"세종대왕 때 허조許稠가 시작한 바 있는 국조오례의國朝五禮儀의 골격에 맞추어 노부鹵簿(임금의 거둥 때 갖추는 여러 가지 의장)를 편성하라. 동시에 이 기회를 타서 국조오례의의 도식圖式을 확정하여 그 편찬을 서둘도록 하라. 이 일에 강희맹姜希孟을 그 책임자로 명한다."

수양의 특명이 떨어지자 예조는 발칵 뒤집혔다. 태조 때도 태종 때도 세종 때도 없었던, 역사상 초유의 거대하고 장엄한 행행行幸(임금의 궐 밖 행차)의 차비差備였으니 그럴 수밖에 없었다.

예조는 판서判書, 참판參判, 참의參議는 물론이요 정랑正郎, 좌랑佐郎들까지 모두 한자리에 모여 밤샘 숙의熟議까지 거듭하며 국조國祖 이래 최대의 행행 차비를 서둘렀다.

마침내 1459년(세조 5) 10월 4일, 노부의 행렬은 광화문을 빠져나오기 시작했다.

기치창검旗幟槍劍으로 번쩍이는 전시위前侍衛 2백 명, 장용대壯勇隊 1백 명을 앞세우고, 맨 처음의 도가導駕(임금이 갈 길을 미리 정리하는 사람)로 한성판윤漢城判尹이 말을 타고 육조거리를 지나간 이래, 장장 한 시진時辰(두 시간) 동안 의장대열이 지난 다음에야, 전후좌우 중무장한 호군護軍들이 둘러싼 가운데, 천하장사들로만 이루어진 홍양산紅陽傘 주위 40명 별감을 대동하고, 역시 천하장사들로만 이루어진 60명의 호련대扈輦隊가 멘 육중한 어가御駕가 지나갔다.

그리고 또 한 시진 동안 의장대열이 지나간 후, 후시위後侍衛 2백 명, 내금위內禁衛 2백 명 등이 지나가고, 마지막으로 바리바리 치중輜重(짐)을 실은 수레와 우마들이 지나갔다.

장장 네 시간이 넘는 행렬이었다. 유례가 없었던 이 장엄하고 화려하나 지루한 노부를 대하며, 육조거리를 메운 도성 사람들은 꿇어 엎드린 채 힐끔힐끔 훔쳐보며 소리 낮춰 투덜거렸다.

"어휴, 엄청 요란하고 길기도 하구먼. 태조대왕, 세종대왕도 하지 않던 행행 아닌가? 똥 싼 놈이 매화타령 한다더니……."

"그러게 말이야. 동생도 죽이고 조카도 죽이고 임금 자리 강도짓 한 놈이 뻔뻔하기도 하구먼."

"흉년이 아닌 가을철인데도 백성들은 허기를 메우지 못해 죽을 지경인데 임금이란 자가 저렇게 정신이 나갔으니 큰일이구먼."

"그러니 빨리 죽으라고 문둥병이 걸린 게 아닌가?"

"여보시오. 목소리 낮춰요. 누가 듣겠소."

"정신 나가 들뜬 놈들이 들을 새가 어디 있겠소?"

"노산군 죽인 다음부터는 정신 차려 많은 일을 한다지 않소. 두고 보면……."

"흥, 섣달이 열아홉이라도 시원찮소."

"그나저나 구경 좀 하려다 배고파 죽겠네. 어서 돌아가야지⋯⋯."

돈의문敎義門에서 홍제원弘濟院 쪽으로 5리(약 2킬로미터) 길에 수십 개의 장막이 쳐져 있었다. 임금의 행렬이 잠깐 쉬면서 점심 겸 전별주餞別酒를 먹을 장소였다.

이번 행행은 세조의 등극 이래 최초이자 최대인 행사로 여러 가지 의미가 있었다. 수양의 등극은 매우 복잡한 투쟁을 거쳐 얻은 것이며, 또한 계속되는 반정의 파란을 겪었기 때문에, 수양은 대궐 비우는 것을 꺼렸었다. 그러므로 이번의 평양 행차는 수양이 자신의 용상에 대한 안심을 드러내는 증좌이기도 했다. 더는 반정反正이나 시역弑逆의 음모가 없을 것이라는 확신의 증거이기도 했다. 그러기에 이번 행행에는 왕비 윤씨와 세자 황도 데리고 갔다. 그래도 혹시 알 수 없다는 일말의 불안감은 여전히 마음속에 남아 있었다.

장막 안에 들어앉은 임금은 영의정 강맹경과 우의정 권람을 가까이 불렀다.

"과인이 없는 동안 궁중, 부중 그리고 막중한 국사를 잘 부탁하오. 두 분만 믿고 떠나오."

강맹경이 대답했다.

"성념을 편히 하시옵소서. 신등은 오늘 밤부터 궁에서 숙직하기로 이미 약조했습니다. 제반 국사 가운데 신등이 결정치 못할 일이 있을 때는 파발을 올려 품신稟申하겠사옵니다."

"고맙소. 잘 부탁하오. 그리고 우상."

"예. 전하."

"과인이 즉위 이전부터 막역지우였던 사람들 가운데 신정승과 한정 승은 외지에 나가 있고 또 내 친속親屬들이 대개 이 행차에 동행하는지 라 친구로서 또 허물없는 신하로서는 경만 도성에 남는다 해도 과언 이 아닌 것 같소. 뒷일을 잘 보살펴주시오."

"전하, 여부가 있겠사옵니까? 쾌히 방념放念하시옵소서. 전하의 지 우知遇 하심에 간뇌도지肝腦塗地로 보답고자 하오니 천리 행행에 무사 왕반往返 하시옵기만을 엎드려 기원하겠나이다."

그러면서 권람은 맨땅에 이마를 대고 엎드렸다.

"일어나시오. 자, 두 분이 계시기에 과인은 안심하고 천리역정千里歷 程에 오를 수 있는가 하오."

전에 없이 호화스러운 장관의 임금 행차를 위해서 근처 지방 수령 들은 백성들을 동원하여 길을 닦느라 목이 쉬고 허리가 휠 지경이었 다. 행렬이 지나갈 때는 또 백성들이, 평생 한 번 볼까 말까 한 구경거 리를 놓치지 않고자, 남녀노소를 막론하고 미리미리 나와 기다렸다.

백발 노모를 수레에 신고 나온 사람, 거동 못 하는 노부를 지게에 얹 고 나온 사람, 아이들 허리춤에 띠를 묶어 잡고 나온 아낙네 등등, 구 경 나온 백성들도 전에 없는 볼거리였다.

끝이 보이지 않을 정도로 길고도 다채로운 행렬의 장관을 보면서 놀라고 탄식하는 사람들은 있어도, 참 잘하는 일이라고 칭찬하는 사람 은 하나도 없었다. 남들 눈치 봐가며 욕설을 퍼붓는 사람들이 많았다. 민망해서 듣기 난감한 욕지거리를 큰 소리로 품어대는 사람도 있었다.

"문둥이는 아이들 간을 내먹으면 낫는다 하니 세자인지 차자次子인지 그놈 잡아먹으면 딱 맞겠구먼."

"세종대왕이 감탄할 정도로 앞날이 촉망되던 조카왕을 죽이고, 수없이 많은 동생들과 조카들을 죽이고, 별 재주도 없고 그저 심지 비뚤어진 불한당 괴수라고나 해야 할 강도 놈이 임금 자리를 차지했으니, 하늘인들 그냥 놓아두겠어? 문둥병도 싸지, 뒈질 때는 더 험한 꼴을 당할지도 모른다고…….'"

"뭐가 잘났다고 저런 지랄이야. 그 많은 공신들인지 공범자들인지 그놈들(정공신, 원종공신, 그들의 권속과 친척, 도합 약 1만 명)이야 사철 잘 먹고 살 테니까 뭘 모르겠지만……, 추수철에도 끼니를 굶어야 하는 수두룩한 백성들 생각한다면 저런 호화판 행차를 꼭 벌여야 하겠냐고, 응? 돌대가리도 시궁창에서 수십 년은 썩은 돌대가리지."

아무튼 칭찬은 안 들리고 욕설만 분분하게 들렸다.

임금이 멀리 순행巡幸 겸 승전군의 환영에 나섰다는 소식을 신숙주는 개선 도중 함길도 중간쯤인 성진城津에서 듣게 되었다. 10월 4일 경복궁을 출발한 어가는 10월 12일에 평양에 도착할 것이라는 전갈이었다.

어가의 평양 도착에 맞춰 개선군도 평양에 도착할 수 없을까 하고 신숙주는 지도를 짚어가며 궁리해보았다. 한양에서 평양까지는 550리(216킬로미터), 9일간의 여정으로는 별 무리가 없을 것이었다. 하루에 60여 리를 가면 되었다.

그러나 성진에서 평양까지는 무려 900리(약 354킬로미터)인 데다 위쪽으로는 낭림산맥을 넘어가야 했고 아래쪽으로는 언진산맥을 넘어가야 했다. 거기다 산더미같이 싣고 가는 노획물에다 여진 포로들도 많이 데려가고 있었다.

신숙주가 지도 위의 지점을 짚어가며 행군의 길을 잡아보았다. 함흥, 영흥, 고원을 거쳐서 언진산맥을 넘고 양덕, 성천, 강동을 지나 평양으로 가는 것이 무난할 것 같았다. 그런데 그길로 가서 임금이 도착하는 날에 맞추려면 하루에 100리를 달리는 엄청난 강행군을 해야 했다. 그건 불가능한 일이라고 생각하며 신숙주는 장수들에게 의견을 물었다.

"그동안 적과 싸우느라 많은 고생을 한 군사들을 강행군시키는 것은 아무래도 무리입니다. 어가가 평양에 도착한 후 2, 3일 정도 늦게 도착하는 게 좋을 듯합니다. 전하께서도 우리들의 사정을 잘 아실 것입니다."

강순의 의견이었다.

구문로가 찬성하고 나섰다.

"우리가 2, 3일 늦게 도착한다 해도 하루에 80리 정도의 강행군을 해야 합니다. 우리는 귀환군이고 저쪽은 환영군이니 환영군이 먼저 나와서 귀환군을 기다리는 것은 결코 이상한 일이 아닙니다."

그러자 홍윤성이 반대하고 나섰다.

"우리는 신하들입니다. 신하가 임금을 기다리게 하는 것은 예에 어긋나는 일입니다. 임금을 향해서 달려가는 길이 하루에 백리면 어떻고 천리면 어떻습니까? 인마가 모두 쓰러질 때까지 한사코 달려가는 게 도리일 것입니다."

구문로가 반박했다.

"인마가 다 지쳐서 쓰러지게 되면 그 꼴을 보신 전하께서 마음이 편하시겠습니까? 개선군 다운 활기찬 모습을 보여드려야지요."

강순이 나섰다.

"대장이신 신숙주대감께서 적의適宜하게 결정하실 일인가 합니다."

신숙주가 입을 열었다.

"여러분 의견을 잘 들었소. 나는 홍부사의 의견을 따르고 싶소. 내가 그동안 정벌군의 행군 속도를 가급적 여유롭게 잡은 것은 행군에 이어 전투를 해야 하는 처지였기 때문이었소. 그러나 이제 전투는 끝났소. 우리 행군의 끝에는 환호와 은상恩賞과 휴식이 기다리고 있소. 그러니 서둘러 가도 좋은 행군입니다. 그렇지만 강순 장군이나 구문로 장군의 말씀 또한 고려치 않을 수 없소."

홍윤성이 버럭 소리를 질렀다.

"뭣이요? 이것저것 다 좋다는 말 아니오?"

그러나 신숙주는 차분히 말을 계속했다.

"그러므로 나는 다음과 같은 방법을 취하고자 합니다. 전군을 선발군과 후발군의 두 군으로 나누겠습니다. 기병을 중심으로 한 선발군은 전하께서 평양에 도착하시는 12일에 맞춰 당도하도록 서둘 것이며, 노획물과 포로를 거느린 보병 중심의 후발군은 그 3일 뒤에 당도하도록 할 것입니다."

"하하, 그거참 좋은 생각이십니다. 하하하."

홍윤성의 웃음소리가 꽤나 컸다. 신숙주가 반겨주듯 빙긋 웃어주었다.

"그런데 우리는 선발군보다는 후발군에 훨씬 더 큰 비중을 두어 배려도 하고 독려도 해야 합니다. 그것은 이번 정벌에서 성과를 거둔 모든 것들이 후발군에 속해 있기 때문입니다. 그러므로 나는 그 중요한 후발군의 통솔을 부사이신 홍윤성 장군에게 부탁드리고자 합니다."

순간 홍윤성의 얼굴이 소태를 씹은 듯 쭈그러들었다. 그러나 감히 불평은 하지 못했다. 신숙주에게 이미 기가 죽어 있었기 때문이었다.

신숙주가 통솔하는 선발군은 촌각의 지체도 없이 달리기 시작했다. 11일 오후, 선발군은 평양 지척인 강동에 이르렀다. 거기서 신숙주는 어가가 평양 남방 50리 지점인 중화에서 하룻밤 행궁을 잡는다는 소식을 접했다.

소식을 접한 순간 신숙주와 강순, 구문로가 그냥 중화로 달렸다. 뒤따라 선발군도 달렸다. 땅거미가 들 무렵 신숙주 등 세 사람은 임금의 행궁 앞에 모습을 드러냈다.

임금이 뜰로 튀어나오듯 내려왔다. 뿌옇게 흙먼지를 뒤집어쓴 장수 한 사람이 뛰어 들어와 임금 앞에 털썩 꿇어 엎드렸다.

"전하."

"오, 신정승."

수양은 두 팔을 벌리고 다가왔다. 얼싸안고 싶어서였다. 그러나 신숙주는 땅바닥에 엎드려 부복사배俯伏四拜를 올렸다.

수양은 사배가 미처 끝나기도 전에 신숙주를 껴안아 일으켰다.

"전하, 신 신숙주 문안이옵니다. 그간 옥후제절玉候諸節(임금의 제반 건강상태) 강녕하셨사옵니까?"

"고맙소. 경이 국경 지역을 튼튼히 다진 덕택에 이렇게 멀리 순수巡狩(나라 사정을 살피고 다님)를 할 수 있소. 전쟁터에서 그래 얼마나 고생이 많았소? 얼굴이 몰라볼 지경으로 여위었구려."

"황공하옵니다."

이어서 강순과 구문로가 부복사배를 올렸다.

"오, 강장군, 구장군. 그동안 얼마나 고생이 많았소?"

임금은 그들의 손을 굳게 잡아주었다.

"성은이 망극하옵니다."

"홍부사는 아니 왔소?"

"예, 전하. 후발대를 거느리고 사흘 뒤 올 것이옵니다."

"오, 그렇구려."

임금이 고개를 끄덕이고 있을 때 땅을 진동시키는 수많은 말 발굽 소리가 들려왔다. 또한 말 울음소리도 여기저기서 들려왔다. 선발대 군사들이 도착한 것이었다.

"자, 세 사람 다 같이 안으로 들어갑시다. 궁금한 게 너무나 많소."

세 사람은 갑옷에 뒤덮인 흙먼지를 대충 털고 임금을 따라 안으로 들어갔다. 들어가 앉자마자 임금의 궁금증이 터졌다. 신숙주는 설명하기 바빴다.

"으흠, 그러니까 홍윤성이 솜씨를 뽐낼 좋은 기회를 잡은 셈이로군."

"예. 전하, 그가 힘센 것은 진즉에 알았지만 병장기 다루는 솜씨가 그렇게 비상한 경지에 들어 있는 줄은 정말 몰랐습니다. 철퇴든 장검이든 기분 내키는 대로 가졌는데 그가 한번 지나가면 문자 그대로 시산혈하屍山血河였으니 가위 무적장군無敵將軍이었습니다."

"아, 그래서 신정승이 그를 부장으로 데려가려 했구먼."

"황공하옵니다."

세 사람은 물에 젖은 솜처럼 몸이 지쳐 있었고 쫄쫄 굶으며 달려온 터라 배가 몹시 고팠다. 그러나 임금이 마냥 전쟁 얘기만 재촉하는 바람에 밤이 깊어가는 줄도 몰랐다.

평안도 체찰사 한명회가 밤늦게 도착해서야 얘기가 그쳤다. 한명회는 전복은 입었으나 갑옷을 입지 않은 몸이었다. 신숙주와 한명회는 만나자마자 얼싸안았다.

"신정승, 언제 왔소?"

"초저녁에 도착했습니다."

구문로가 틈을 탔다.

"이른 아침 먼동이 틀 무렵부터 한시도 쉬지 않고 달려왔습니다."

"아니, 점심도 안 먹고?"

"예. 점심도 저녁도 아직……."

"아니, 새벽밥 먹고 여태까지 굶으셨단 말이오?"

임금이 그제서야 생각이 난 모양이었다.

"황공하옵니다."

"허어, 내 이 정신 좀 보게. 허기진 개선장군들을 데리고 자꾸 얘기만 시켰소그려. 여봐라."

이윽고 주육酒肉이 갖추어진 상들이 들어왔다.

"자, 어서들 듭시다."

세 사람은 어전임에도 불구하고 게걸스럽게 먹어치웠다. 한바탕 먹어치운 다음 강순, 구문로는 물러가고 신숙주, 한명회가 남아 다시 주연이 시작되면서 전승 얘기가 계속되었다.

밤이 늦었는데 임금은 세자를 불러내 두 사람에게 술을 권하게 했다.

"빙장어른, 잔 올립니다."

세자는 한명회에게 먼저 술을 권했다.

"예. 황공하옵니다. 세자저하."

이미 술이 거나해진 신숙주가 한마디 농을 걸었다.

"허어, 한공처럼 예쁜 딸을 두지 못한 게 천추의 한이로군."

"허. 질투를 한다 이건가? 실은 신공의 전승 얘기에 내가 질투가 나서 속이 끓는 판이네. 허허허."

"그런가. 허허허."

"허허허. 두 분 정승, 자자, 어서 술들을 더 듭시다. 이거 몸이 이렇게 가볍고 마음이 이렇게 기쁘기는 처음인 것 같소. 허허허."

혈맹의 동지들은 이 한 밤 천국에 와서 객수客愁를 달래고 있는 듯 무한의 열락悅樂에 묻히고 있었다.

세 사람은 웃고 또 웃었다. 멀쩡한 사람들, 애먼 사람들 다 쳐 죽이고 도둑질한 세상이지만, 이제는 온전히 자신들의 세상을 튼튼히 만들어놓은 게 아니던가. 세 사람은 끊임없이 웃고 또 웃었다.

다음 날, 어가는 평양 대동문大同門에 들어섰다. 평생 한 번 볼까 말까 한 어가 행차를 보기 위해 평양 사람들, 인근 사람들이 구름같이 모여들었다. 어가와 호위군이 합쳐 3천여, 신숙주의 선발군이 5천여, 한명회 수하 갑사가 1천여, 도합 9천여 명의 장사진이 대동문을 지나고 있었다.

임금이 평양에 들어 제일 먼저 한 일은 제사였다. 영숭전永崇殿(조선 태조의 어진을 모신 전각), 단군묘檀君廟, 기자능箕子陵 이렇게 세 군데에 크게 제사를 지내고 선조의 음덕을 빌었다. 그다음 임금은 80세 이상 노인들을 대동관大同館(중국사신 접대용 객관)에 초치하고 경로연敬老宴을 베풀었다.

왕비 윤씨가 세자와 함께 나와 노인들에게 직접 술을 따랐다.

"부디 오래오래 사셔서 부강한 나라의 복을 누리십시오."

윤비는 또 노인들에게 명주와 베 두 필씩을 선사했다.

어가는 부벽루浮碧樓에 올랐다. 강이 잘 보이는 자리에 교의를 놓고 앉아 강줄기를 내려다보았다. 멀리 탁 트인 강줄기를 보자 가슴이 시원해졌다.

구경꾼들이 구름처럼 모였는데 필묵을 든 젊은이들이 눈에 많이 띄었다.

"전하."

"신정승, 무슨 일이 있소?"

"이곳에서 친시親試(임금이 직접 관장하는 과거)가 있으리라 예상했음인지 필묵을 갖춘 선비들이 많이 모인 것으로 아옵니다."

"오, 참 그렇구려. 당장 과거를 시행합시다. 신정승이 책문策問(문과 시험과목의 일종)을 두엇 내리고, 저쪽 석탑 아래에 문장文場(문과 과거장)을 열도록 하시오. 그리고 저쪽 동쪽 석벽 밑에다 무장武場(무과 과거장)을 열고 한공이 시관試官을 맡아주시오."

부벽루 일대는 곧바로 시험장으로 변해버렸다.

임금의 전지傳旨가 내렸다.

"평안도민만이 응시할 수 있다. 평안도민이 아니면서 응시하는 자는 베일 것이다."

임금은 문장, 무장을 두루 엿보며 교의에 앉아 작은 잔으로 국화주菊

花酒를 마셨다. 교의에는 두 장의 호피가 걸쳐져 있었다. 두 장의 호피는 다 구문로가 바친 것이었다. 구문로는 이번 정벌에서 두 마리의 대호를 맨손으로 때려잡았던 것이다.

석양 무렵이 되자 신은新恩(과거 급제자)들의 알현이 이루어졌다. 문과 장원은 생원 유자한柳自漢이란 사람이었다.

어주를 부어놓고 임금이 미소를 머금고 물었다.

"그대는 어디 사는고?"

"상감마마. 황공하옵니다. 신은 사실 서도 사람이 아니옵니다."

"무어라? 그럼 어디 사람이더냐?"

"남도 사람이옵니다."

"네 이놈. 평안도민이 아니면 목 베인다는 통고를 못 들었느냐?"

임금이 대노하며 언성을 높였다.

그러나 유자한은 놀라지 않고 조용히 무릎을 꿇고 차분하게 말했다.

"으레 이리될 줄 알았사오나, 공자님께서 조문도朝聞道(아침에 도를 들어 깨달을 수 있다면)면 석사가의夕死可矣(저녁에 죽어도 괜찮다)라 하셨기에, 신이 감히 죽음을 멀리하지 못하였사옵니다."

임금이 금세 누그러졌다.

"허허, 이 젊은이 제법 기상이 훤칠하구먼. 신정승."

"예. 전하."

"이 친구 쓸 만하니 죄를 사하고 상을 주도록 하시오."

"예. 그리하겠사옵니다."

"자. 이제 내려가자."

누워 있던 깃발들이 우중우중 일어섰다. 일어나 어가에 오르려던 임금이 한곳에 시선을 꽂더니 동작을 멈추었다.

"전하, 무슨 일이시옵니까?"

신숙주가 묻자 임금이 손가락으로 시선 방향을 가리켜 보였다.

"저기 좀 보시오."

"그쪽은 한공 부대의 군기 쪽이옵니다."

"저기 저쪽 세 번째 깃발을 이리 가져오도록 하시오."

그 깃발이 곧 어전에 당도했다.

임금이 그 깃발의 깃대를 찬찬히 훑어보았다. 깃대는 꽤 굵은 대나무였는데 그 줄기가 용틀임을 하면서 뻗어 있었다.

"고적대鼓笛隊에 사람을 보내 피리 잘 만드는 사람을 데려오도록 하시오."

잠시 후 늙수그레한 군졸 하나가 어전에 부복했다.

"너 이 대나무를 보아라. 어찌 생각하느냐?"

군졸이 대나무를 찬찬히 훑어보았다.

"예사 대나무가 아닌가 하옵니다."

"너는 이걸 가지고 가서 적笛을 하나 만들어보아라."

"예, 어명 받자옵고 물러가옵니다."

어가는 부벽루를 내려와 평양부 관아로 향했다.

얼마 후 평양부 관아로 막 들어가려던 참이었다. 동편으로 흙먼지를 자욱하게 일으키며 다가오는 한 떼의 인마가 보였다. 저녁 어스름 속에서 하얗게 반짝이는 은 투구가 맨 앞에서 달려오고 있었다. 분명 홍윤성이었다. 드디어 후발대가 도착한 것이었다.

달려오던 홍윤성이 어가를 보자 말에서 뛰어내려 임금 앞에 부복했다.

"전하. 늦었사옵니다."

"오오. 홍장군."

"전하, 전하……."

홍윤성은 울음을 삼키었다.

뒤따라오던 1만의 장졸들이 큰바람에 억새풀 쓰러지듯 그 자리에 엎드렸다. 길 가득히 아득하게 죽 엎드렸다.

임금은 눈시울이 뜨거워졌다. 환영의 북소리가 힘차게 둥둥거렸다. 그러자 홍윤성의 뒤에서도 응답의 북소리가 기운차게 울렸다. 홍윤성이 천천히 일어서자 뒤따라 장졸들이 주욱 일어섰다. 홍윤성이 두 팔을 번쩍 들어 올리며 천둥 치듯 소리쳤다.

"천추만세."

뒤따라 모든 장졸이 소리쳤다.

"천추만세."

임금 세조도, 왕비 윤씨도, 세자도 그리고 수행원 모두가 양손을 올려 소리쳤다.

구경 나온 백성들도 소리쳤다.

"천추만세."

1459년(세조 5) 11월 4일, 사상 유례없이 대규모로 꾸며 왕의 위엄을 한껏 과시한 어가가 개선군을 맞이하여 이를 대동하고 도성으로 귀환했다. 백관이 홍제원까지 나가 어가를 봉영했고 광화문에 와 개선군의 해산식을 마쳤다.

수양의 마음은 어느 때보다도 평안하고 상쾌해서 감회는 마치 우화

등선羽化登仙(날개 돋은 신선이 하늘에 오름)이었다.

'한명회, 신숙주는 함께 어울려 돌아왔는데 권람은 돌아와서도 만날수 없다니……. 이 고굉지신들과 회포풀이를 아니할 수 있으랴…….'

권람은 신병으로 인해 관직 사퇴서를 제출한 상태였다. 하는 수 없이 권람의 사임을 받아들여 병 치료에 전념하도록 하고 대신 구치관을 우의정에 임명했다.

임금은 내관을 시켜 술상을 등대시키라 했다. 잠시 후 주연이 베풀어졌다. 한명회, 신숙주, 구치관 이렇게 세 사람만 남게 되었다.

"내 교여轎輿에 깔았던 호피는 어디 있느냐? 이리 가져오너라."

호피가 오자 임금은 두 장의 호피를 겹쳐서 깔고 앉았다.

"구문로, 이 사람 대단한 장사야. 맨손으로 그 덩치 큰 북국의 호랑이를 두 마리나 때려잡았으니 말이오."

"아니, 맨손으로 잡았습니까?"

이 얘기를 처음 듣는 구치관이 놀란 모양이었다.

"하하, 그렇소. 홍윤성 부사가 아마도 꽤나 속앓이를 했을 것이오. 힘으로는 자기를 당할 자가 없다 하고 오연傲然했는데 자기는 한 마리도 못 잡고 구장군이 두 마리나 잡았으니 말이오."

임금이 은연중 고소함을 나타냈다.

"전하, 실은 신도 그 일로 홍윤성에게 멋지게 한 방 날렸습니다."

"멋지게?"

"예, 전하. 홍윤성이 그 호피를 자기에게 선사하라고 구장군에게 부탁하니까 구장군이 전하께 진상할 것이라고 대답했습니다."

"그랬더니?"

"아, 그렇다면 자기가 포기하겠다고 하면서……, 군이 한마디를 더 했습니다. 자기는 상장군에게 선사할 줄 알고 달라 했다는 것이었습니다."

"허, 그래서."

"신도 한 방 먹었습니다."

"어떻게?"

"나는 호피에는 관심이 없으나 혹시 홍윤성이 잡은 호피라면 모르겠다고 했습니다."

"오라, 그러니까 '너도 장사라면 한 마리 잡아보아라' 이 말이었구먼. 하하하."

"하하, 그렇사옵니다. '너보다 더 힘센 장사가 얼마든지 있으니 까불지 말라' 그런 뜻이었습니다."

"허허, 호피 깔고 앉는 기분이 훨씬 더 좋소그려. 허허허."

그러면서 임금은 한명회 앞으로 가 호리병을 들이댔다.

"이제 앞으로 할 일은 기쁜 일뿐이오. 사돈이 있어 기쁜 일이오. 내가 한 잔 따르겠소."

"전하, 아니옵니다. 전하께서 몸소 따르시다니요. 토함산 표주박(《삼국유사》속 입에 붙은 표주박 이야기)처럼 어주 잔이 신의 입에 달라붙으면 어찌하라고 이러십니까?"

"무슨 소리요? 이제 나라의 경사인 가례嘉禮가 있을 것인데 친사돈이 사양만 하실 게요? 기쁜 마음은 피차 마찬가지 아니오? 자, 잔 받으시오."

"황공하나이다."

한명회는 기쁜 마음으로 잔을 받아 마셨다.

"전하."

신숙주였다.

"왜 불렀소? 신정승."

"사돈끼리 좋아하시는데 신등이 자리를 피하는 게 예의가 아닌가 하옵니다."

"뭐라고? 자리를 피해? 예끼 이 사람. 이 기쁨이 모두 신정승의 오랑캐 토벌 덕분인데 자리를 피해? 그럼 이 기쁨도 사라지라 이 말이오? 허튼소리 말고 자, 신정승도 잔 받으시오. 자."

"황공하옵니다. 어명이 지엄하신데 소신이 피하기는 어디로 피하겠습니까? 북지의 찬바람에 거칠어진 이 살갗이 보들보들해지도록 마셔볼까 합니다."

"암, 암, 그래야지. 오늘은 완전히 파탈擺脫이오. 10년 전의 그날로 돌아가 친구처럼 마셔봅시다. 여봐라. 풍악을 울려라."

이윽고 악사들이 자리 잡더니 신명 나는 음률이 치솟기 시작했다.

10

신정승 구정승

술잔을 기울이다 말고 세조는 한명회를 가까이 불러 귓속말을 했다.
세조의 말을 들으며 한명회는 키득거렸다.

"그러니까 사돈은 촌각도 지체치 말고 바로바로 실시하는 거요. 알
겠소?"

"예, 명심 거행이옵니다."

세조는 다시 바로 앉아 큰기침을 한번 했다. 그리고는 신숙주와 구
치관을 불렀다.

"오늘 여기서 내가 신숙주 정승과 구치관 정승에게 질문을 할 것인
데 제대로 대답을 하면 괜찮겠지만, 잘못 대답을 하면 벌주를 한 잔씩
마셔야 하오."

"예. 알겠습니다."

"자, 그럼 시작하겠소. 대답할 준비를 하시오."

신숙주, 구치관 두 사람은 술기운이 약간 오르긴 했으나 박학다식한 사람들인지라 표정들이 당당했다.

"신정승!"

임금이 불렀다.

"예, 전하."

신숙주가 명쾌하게 대답했다.

"아니오. 나는 새로 임명된 신新정승을 불렀는데 경이 대답을 잘못했소."

"하오나, 그게……."

신숙주가 뭐라 변명하려고 할 때 한명회가 지체 없이 큰 잔에 채운 술을 디밀었다.

"어전에서 무슨 잔말이오. 자. 벌주요."

어쩔 수 없이 신숙주는 술을 받아 마셨다.

"그럼, 다시 불러보겠소. 구정승!"

"예, 전하."

구치관이 대답했다.

"아니오. 나는 전에 이미 정승이 된 옛 구舊정승을 불렀는데 경이 대답을 잘못한 거요."

할 수 없이 구치관도 벌주를 받아 마셨다.

"자 그럼, 다시 불러보겠소. 구정승!"

"예, 전하."

신숙주가 대답했다.

"아니오. 틀렸소. 나는 구씨 성姓을 불렀소."

나는 듯이 한명회가 벌주 잔을 디밀었다. 신숙주는 또 한 번 당했다.

"자, 또 하겠소, 신정승."

"예."

"예. 전하."

신숙주와 구치관이 동시에 대답했다.

"이번에는 성을 부른 것이오. 구치관 정승이 틀렸소."

구치관이 벌주를 마셨다.

"자, 계속 부르겠소. 정신들 차리시오."

그러나 이게 정신 차려서 될 일이 아니었다. 임금 마음대로 술을 퍼먹이겠다는 일종의 사술詐術이었다.

"구정승!"

"……."

"신정승!"

"……."

신숙주와 구치관은 취기로 얼굴이 벌겋게 달아오르고 눈망울이 우왕좌왕하면서 대답을 못 하고 말았다.

임금은 한명회를 재촉했다.

"이보시오 사돈. 임금이 부르는데 대답을 하지 않다니 그런 예는 없소. 마땅히 벌주요. 두 사람 다 벌주요. 어서."

하는 수 없이 두 사람은 또 벌주를 받아 마셨다. 계속 이렇게 임금의 사술에 걸려 신숙주, 구치관은 만취가 되도록 받아 마셔야만 했다.

"전하께 아뢰오. 벌주 시행에…… 에…… 촌각도 지체치 말라는…… 어명을 에…… 한명회가 고이 어겼사오니…… 또한 벌주를 내리심이 옳은가 하옵니다."

"오, 그 말이 옳소. 신공은 한공에게 벌주를 먹이시오."

이렇게 벌주 향연은 한참을 더 계속되었다.

신숙주와 구치관이 대취했다. 임금도 한명회도 대취했다. 신숙주가 취기에 못 이겨 눈을 감고 고개를 숙이고 비몽사몽의 지경을 헤맸다. 수양이 비틀거리며 다가와 신숙주의 팔을 잡아 흔들었다. 그러나 반응이 없었다. 수양이 신숙주의 옆구리를 꼬집었다.

"아야야."

신숙주가 눈을 뜨더니 알아본 모양이었다.

"너무 심하십니다. 전하."

"허어, 파탈한 자리인데 심하긴 뭐가 심해? 자 한 잔 더……."

수양이 술잔을 들어 신숙주의 입에 부었다. 신숙주는 고개를 설레설레 흔들었다. 그 바람에 술이 임금의 옷에 줄줄 흘러내렸다. 수양은 신숙주의 귀를 잡아챘다.

"아이구 아야아야…… 너무 하십니다. 전하."

"파탈한 자리라 했잖나. 자, 한 잔 더 마셔야지?"

신숙주는 비틀거리며 일어나 도망치려 했다. 그러나 금방 따라잡은 수양이 신숙주의 몸 아무 데나 마구 꼬집었다.

"아이구 아야야…… 아야아야."

신숙주가 수양의 손을 붙잡았으나 손에서 이내 풀려나 계속 꼬집었다.

"아이구 아야. 전하, 이러시면 신도 전하를 꼬집겠습니다."

"그거 좋구면. 몸도 근질근질한데 어디 한번 꼬집어보라고."

신숙주는 서슴없이 두 손으로 임금의 옆구리를 사정없이 꼬집었다.

"어. 시원하다. 시원해."

보고 있던 한명회와 구치관이 배꼽을 잡고 웃고 있었다.

"여보시오. 신숙주 정승."

날카로운 외침이 들렸다. 돌아보니 세자가 들어와 서 있었다.

"예. 세자저하."

"정신 나갔소? 세상에 신하가 임금을 꼬집었다는 말은 들어본 적이 없소. 이럴 수가 있소?"

수양이 가로막고 나섰다.

"어허허. 아니다. 아니야. 오늘은 파탈한 자리니 달리 생각 마라. 그리고 마침 잘 왔다. 빙장어른께 술 한 잔 따라 올리거라. 그리고 신정승, 구정승에게도 한 잔씩 따라 올리고 들어가거라."

열 살짜리 세자는 잠시 우뚝하게 뻗지르고 서 있다가 어명대로 다가와 술을 따르고 한 번 머리 깊이 숙여 예를 표하고는 총총히 들어가 버렸다. 신숙주 등 세 사람은 몸을 가눌 수 없을 만큼 대취했지만 한 잔씩 더 마시지 않을 수 없었다.

언제 어떻게 들어와 잤는지 알 수 없지만, 새벽녘에 잠이 깬 임금은 몸소 자리끼 물 대접을 들어 벌컥벌컥 들이마셨다. 누웠다가 돌아누우려는데 양쪽 옆구리가 아팠다. 엎드려 옆구리를 만져보았다. 통증이 심했다.

"아구구구."

저도 모르게 비명이 터졌다. 그 통에 옆에서 자던 윤비가 잠을 깨어 물었다.

"마마. 웬일이십니까?"

"옆구리가 좀 아파서……."

대수롭잖게 말하며 돌아누우려고 하는데 걷잡을 수 없는 비명이 터지고 말았다.

윤비가 일어나 불을 켜고 이불을 들쳤다.

"마마, 어디예요?"

"양쪽 다 아픈데……."

"아니. 이게 웬일이십니까? 양쪽 다 시퍼렇게 멍이 들었어요."

"음, 신숙주 정승에게 꼬집힌 자리인 것 같소."

"예에? 꼬집혔다고요?"

"간밤에 술을 마시다가 주흥이 올라 뒤얽혔었소."

"아무리 그렇기로 임금을 꼬집어 멍들게 하다니요? 취중을 빙자해서 일부러 꼬집었는지도 모르지요."

"내가 먼저 파탈하자고 했소."

"열 길 물속은 알아도 한 길 사람 속은 모른다고 하더니 평소의 유감이 손끝에 단단히 실리지 않았으면 이렇게 멍까지 들었겠어요?"

"음……."

평소 윤비는 임금이 어떤 신하에게 혐의를 둘 때면 그것을 변명하며 혐의를 벗기고자 애썼다. 그런데 이번은 정반대였다. 왕비가 오히려 물고 늘어졌다. 왕비로서야 그럴 만도 했다. 임금의 몸을 퍼렇게 멍이 들도록 꼬집다니 이것은 분명 악감정이 없고서야 있을 수 없는 일이라고 윤비는 여겼던 것이다.

그런데 문제는 수양에게 있었다. '그럴 일 없으니 잊어버리시오' 하고 일축하면 될 일이었다. 수양은 이마를 잔뜩 찌푸리고 뭔가 골똘히 생각했다.

'이놈이 이기고 돌아왔다고 잘난 체를 하는 겐가?'

벼락같은 소리를 질렀다.

"여봐라. 내관 게 있느냐?"

"예. 상감마마."

승전내시가 달려왔다.

"입직 무감을 불러라."

무예별감이 달려왔다. 임금은 그를 불러 귓속말로 몇 마디 했다.

"너 지금 바로 신숙주의 집으로 가거라. 신숙주의 방에 불이 켜지지 않고 잠잠하면 그냥 돌아오고, 만일 방에 불이 켜지고 책을 펴놓았다면 곧장 끌어다 의금부에 가두고 오라."

무예별감은 새벽어둠 속으로 사라졌다. 파루罷漏가 친 뒤 얼마 안 되어서였다.

이름난 명신名臣들, 이름난 거유巨儒(학문과 덕행이 높은 유학자)들에게는 공통점이 있었다. 바로 생활의 절도節度였다. 그들의 절도는 극기克己에 의해 성취되는 인격의 상징이었다.

신숙주도 절도 있는 사람이었다. 그는 아무렇게나 행동하는 사람이 아니었다. 침식, 출입, 문객 접대 등에서부터 구체적인 행동거지에 있어서까지 고루 일관하여, 보는 사람들로 하여금 자연스럽고 우아한 율

격律格을 느끼게 할 정도였다.

지난밤 임금과 얽혀 붙들고 벌인 촌극은 신숙주로서는 크나큰 파격이 아닐 수 없었다. 따지고 보면 그것은 도덕성의 결핍이 심한 임금이 자행한 횡포의 결과였다. 어명이라는 신성불가침의 권능 앞에 신하의 모든 것은 물론 심지어 주량까지도 무시되었던 것이다.

반년 만에 북방 원정에서 돌아온 바로 그날, 힘과 주량에 버거운 술을 마시고 대취해버린 신숙주였다. 그렇더라도 신숙주는 다음 날 새벽에 서안書案 앞에 단정히 앉아 서책을 펴들고 있었다. 새벽 책 읽기는 소싯적부터 들여온 습관이요 전쟁터에서도 잃지 않은 습관이었다.

이날 새벽, 그는 심한 두통에 머리를 체머리 흔들 듯하면서 아직 제대로 움직이지 않는 혀를 움직여 당시唐詩를 읽고 있었다.

파조귀래불계선罷釣歸來不繫船

(낚시 거두고 돌아와 배는 매지 않네)

강촌월락정감면江村月落正堪眠

(강촌에 달 지니 딱 잠들기 좋은 때라)

종연일야중취거縱然一夜風吹去

(비록 밤새 바람이 불어간다 한들)

지재노화천수변只在蘆花淺水邊

(배는 기껏 갈대꽃 핀 물가에 있겠지)

— 사공서司空曙의 <강촌즉사江村卽事>

"대감마님."

장지문 밖에서 하인이 조용히 불렀다.

"무슨 일이냐?"

"상당부원군上黨府院君(한명회) 댁에서 하인 하나가 찾아왔습니다. 어찌할 까요?"

"데려오너라."

찾아온 하인이 내놓은 것은 밀봉 서찰이었다.

보한당保閑堂. 어젯밤 일 기억나오? 술에 너무 취하여 성상에게 장난이 심했었소. 팔을 비틀고 서로 꼬집었으니 말이오. 지금 내가 하인을 보내는 것은 혹시 보한당이 벌써 깨어 독서를 하지나 않을까 염려해서요. 불을 켰다면 어서 끄고 늦잠을 자시오. 내 말 알아들을 줄 믿소.

"고맙다고 전해 드려라."

신숙주는 밀초 촛불을 훅 불어 껐다.

자리에 누워 생각하니 등골이 오싹했다. 한명회의 하인이 막 돌아가고 나자 무예별감이 신숙주의 집 담장 밖에 나타났다. 별감은 이리저리 집 안을 다 살펴보았다. 그러나 불이 켜진 방은 하나도 없었다. 별감은 돌아가 그대로 보고했다.

"알았다. 가보아라."

수양도 신숙주의 새벽 독서 버릇을 잘 알고 있었다.

임금은 편전 뜰에 교의를 내다 놓고 나른한 봄빛을 즐기고 있었다. 임금 앞 조금 떨어진 저만큼에서 악사 세 사람이 앉아 횡적橫笛을 들고 있었다. 그 악사 옆과 뒤로도 많은 감상객이 모여 있었다.

그 횡적은 평양 순행을 갔을 때 부벽루에서 임금의 눈에 띄어 고적
대鼓笛隊 병사에게 내주었던 그 깃대로 만든 악기였다. 대나무 하나에
서 세 개의 횡적이 탄생한 셈이었다.

세 사람이 한 사람씩 각자 가지고 있는 횡적을 불어보았다. 적笛마
다 소리가 약간씩 다르긴 해도 소리가 다 절묘했다. 음률에 조예가 있
는 사람들은 무릎을 치며 찬탄을 금치 못했다. 그리고는 임금의 혜안
에 대한 칭송 또한 자자했다.

그날 이후 임금은 틈나는 대로 악사들을 불러 그 횡적을 불게 했다.
모르는 사이 임금은 독실한 음악 애호가가 되었다. 그 음률 속에서 수
양은 전에 겪지 못한 새로운 세계를 터득하고 있었다.

그 새로운 세계는 세속적으로 겪는 어느 희열의 경지로는 겪을 수
없는, 말하자면 미녀로, 미식으로, 미주美酒 같은 것으로는 겪을 수 없
는, 영육靈肉 가득히 사무쳐오는 신비하고 신선한 희열의 세계였다. 동
시에 평양 순행 때의 즐거움이 또한 미증유의 새로운 희열로 엄습해
왔다. 그런 희열들로 온 몸뚱이에 퍼져 있는 종처腫處의 고통도 잊을
수 있었다. 친족살상으로 상처가 생긴 마음속 종처의 고통도 잊을 수
있었다.

갑자기 아버지 세종임금이 떠올랐다. 관습도감慣習都監 제조인 박연
朴堧과 늘 가까이 앉아 임금은 허구한 날 악기 제조에 골몰했었다.

수양대군이 열 살쯤 되던 때였다. 부왕의 뒤를 따라 왕자들도 모두
종묘참배에 참례했었다. 종묘 영녕전永寧殿 앞마당에는 악기들이 마당
가득히 놓여 있었다. 종鍾, 경磬, 소簫, 우竽, 생笙, 관管, 거문고玄琴(현금),

가야금伽倻琴, 비파琵琶 이런 악기들이었다. 228개나 되는 편경編磬의 경석磬石을 하나하나 만져보며 세종임금은 한 바퀴 돌았다.

세종임금은 박연의 어깨를 다독이며 노고에 치하하고 제사에 임했다. 절을 하다 말고 세종임금은 가만히 서 있었다. 연주되고 있는 아악雅樂의 소리에 귀를 기울이고 있는 것이었다. 왕자 대열에 서 있던 수양대군이 임금의 옆얼굴을 슬쩍 쳐다보았다. 임금은 매우 흐뭇한 표정을 짓고 있는 것 같았다.

'절을 하다 말고 저렇게 우두커니 서 있으면 어떡해. 아무래도 주책이시구먼.'

수양대군은 그때 그렇게 생각했었다. 그런데 지금 생각해보니 그 당시 아버지 임금의 그 흐뭇한 표정을 알 것 같았다.

옛날의 회상 속에 빠져 있던 수양왕은 음악 소리가 뚝 그치는 바람에 퍼뜩 현실로 돌아왔다. 수양왕은 그날 잠자리에 들면서 깊은 생각에 빠져들었다. 신숙주에게 꼬집힌 양쪽 옆구리가 움직이면 아직도 뜨끔뜨끔 아파 괴로웠다.

'가만있자. 세자가 이제 열두 살이겠다. 상왕도 그 나이 때 즉위했었지. 상왕 때야 억센 상왕 반대파가 세를 불려 결국 상왕이 쫓겨났지만, 지금이야 그런 세력은 싹도 자라지 못하지…… 그래, 임금 자리를 세자에게 물려주고 풍악을 즐기며 산천경개 구경하며 유람이나 다니는 게 좋겠어. 그래, 아무래도 그래야겠어.'

수양왕은 그렇게 마음먹고 잠을 청했다.

11

천인공노할 죄인

임금의 전위傳位하겠다는 뜻의 말은 조정에 파다하게 퍼져 큰 관심 거리가 되었다. 가타부타 왈가왈부로 봄이 다 가고 있었다.

용상에 올라앉은 지 겨우 8년, 무엇 때문에 내려앉고자 하는가. 수양은 용상에 올라앉기 위해 피비린내 나는 간난신고艱難辛苦를 겪은 임금이었다. 참으로 힘든 역정을 거쳐서 왕위에 오른 사람이었다.

조정 밖에서도 고개를 갸우뚱거리는 사람들이 많았다. 놀라 펄쩍 뛰는 사람들도 많았는데, 수양의 심복 고굉지신뿐만이 아니었다. 수양 덕에 한자리 차지하게 되고 그 덕에 살맛 나는 많고 많은 공신들, 원종 공신들, 그리고 그 권속들은 다 펄쩍 뛰었다.

김종서, 황보인, 안평대군 등을 잡아 죽이는 데 목숨 걸었던 정난공신인 한명회, 정인지, 신숙주를 비롯해, 이 사람이 아니면 안 된다고 하여 신왕을 몰아내고 수양을 임금으로 추대하고자 발 벗고 나섰던 좌익공신인 이사철, 강맹경, 계양군, 익현군 등등은 더 펄쩍 뛰었다.

그중에서도 홍윤성의 반대는 격렬했다.

"절대 아니 되옵니다, 전하. 그 무슨 무책임하신 말씀이시옵니까?"

조례를 하다 말고 상기된 홍윤성은 섬돌에 이마를 짓찧어 얼굴에 선혈이 낭자하게 흘렀다.

신숙주는 침착하게 양위의 불가함을 상주했다.

"전하, 예로부터 양위는 왕정의 혼란을 초래했습니다. 더구나 세자 저하의 보령이 이제 겨우 열두 살이옵니다. 아무리 섭정을 하신다 해도 상감의 춘추가 열두 살이어서야 기강을 염려치 않을 수가 없사옵니다. 신등은 선왕(단종)이 유약하시다 하여 불만을 표명했었는데 그 첫째 이유가 바로 연치가 어리시다는 것이었습니다. 이제 전위하신다면 선왕의 등극 연치와 똑같은 보령이옵니다. 절대 아니 되옵니다."

그동안 입을 봉하고 지내던 정인지가 출반주出班奏했다.

"전하가 아니면 할 수 없는 많은 일이 기다리고 있습니다. 이제 전하께서 무리하게 양위하신다면 그것은 이제 막 걸음마를 배우는 어린 아이의 손을 잡아주다가 갑자기 놓아버리는 것과 같습니다. 안으로는 경국의 틀이 이제 바르게 짜이고 있는 중이며, 밖으로는 명나라와의 관계가 비로소 원만해지기 시작했으며, 야인들의 침탈은 격퇴는 되었으나 근절되지는 않았습니다. 이 중대한 시기에 어찌 용상을 어린 세자에게 물려주실 수가 있습니까? 뜻을 거두옵소서."

임금은 정인지의 말을 경청했다. 희미하나마 미소도 짓고 있었다. 그것은 정인지를 아직도 존경하고 있다는 표현이기도 했다. 정인지의 말이 끝나기 무섭게 크게 외치면서 앞으로 나오는 사람이 있었다. 바로 영의정 정창손이었다. 강맹경이 죽은 다음 다시 영상을 맡고 있었다.

"여러분, 아닙니다. 결코 아닙니다."

"아니라고요?"

정인지의 날카로운 반응이었다.

"양위하심이 옳다 이거요?"

버럭 소리를 지른 것은 홍윤성이었다.

"그렇소이다. 금상의 양위 결정은 지극히 합당한 처사입니다."

좌중이 수런거렸다.

"그 무슨 소리."

"원, 말도 안 되는……."

"이런 고약한 말이 있나?"

그러나 정창손의 말은 계속되었다.

"날마다 모셔왔으니 잘 알거니와 전하께서는 환후가 여전하시어 국사에 시달리심이 과중하십니다. 신하된 우리의 욕심으로서만 생각하여 언제까지나 용상을 지켜주십사 간언諫言하는 것은 성상의 수壽를 재촉하는 불충입니다. 마땅히 성상의 높은 뜻을 받들어 양위의 단안을 보필해야 합니다. 전하께서는 상왕이 되시어 경국의 중대사는 재결하시며, 평시에는 명승고적名勝古蹟의 청풍서기清風瑞氣(맑은 바람과 상서로운 기운)를 만끽하심이 가한 줄로 아옵니다."

정창손의 말이 끝나기 무섭게 아우성이 터졌다.

"아닙니다."

"아니 되옵니다."

"그렇지 않사옵니다."

"양위는 불가하옵니다."

임금은 정창손을 빤히 쳐다보다가 시선을 바꾸어 정인지, 신숙주, 홍윤성을 차례로 훑어보았다. 홍윤성의 이마에서는 여전히 피가 흐르고 있었다. 임금의 시선이 다시 정창손에게 돌아가 한참 머물자 다시 아우성이 터졌다.

"아니 되옵니다."

임금이 이마를 찌푸리다 입을 열었다.

"제경들, 좀 조용히 합시다."

소란이 사라지고 조용해졌다.

용안에 묘한 웃음이 감돌더니 갑자기 엉뚱한 말이 튀어나왔다.

"영의정 정창손은 내가 용상에서 물러나지 않은 일이 골수에 사무친 모양……."

정창손이 망연자실하여 사색이 되었다. 임금의 말이 너무 엉뚱하여 정인지, 신숙주, 그리고 이마에 피를 흘리고 있는 홍윤성까지도 실색失色했다.

"과인은 거듭되는 종실 참변에 심상心傷하여 양위를 마음먹은 것은 사실이오. 그러나 여러 신하가 세자의 나이 어림을 들어 양위의 부당함을 깨우쳐주니 임금으로서도 고집만 부릴 수는 없는 일이오. 양위하겠다는 앞서의 말은 취소하겠소. 아울러 영의정 정창손은 오늘로 파직이오."

'억쿠, 이 무슨 변덕이란 말인가.'

"전하!"

"신숙주를 다음 영의정에 임명하는 바이오."

"윽, 으 응……!"

비장한 목소리와 함께 정창손의 얼굴에는 낭패의 빛과 함께 분노의 빛이 이글거렸다. 병중의 남편에게 금주를 당부하다가 발길에 차인 아낙처럼 어이없는 참담에 가슴을 앓을 뿐, 그러나 자신이 임금이 아닌 바에야 어찌하랴.

"오늘은 이만 제경들은 물러가시오."

수양왕은 교의에서 일어나 안으로 들어가 버렸다. 뒤따라 백관들도 줄레줄레 물러가 버렸다. 마지막 남은 정창손은 하도 허망하여 멍하니 있다가 입 벌리고 천장 한 번 쳐다보고는 밖으로 나갔다.

아무튼 정창손의 파직은 일종의 폭거라고밖에 달리 말할 수가 없었다. 이는 임금 수양왕 내지는 인간 수양의 한 부분임이 틀림없었다. 그러기에 언제고 이런 야릇한 사건은 또 터질 것이었다.

양녕대군이 언젠가 술자리에서 이 임금을 평하여 한 말이 있었다. 세상 사람들이 다 알게 된 말이었다.

"난세에는 영주가 될 수도 있지만, 태평성대에는 폭군이 될 천성이야."

집으로 돌아가면서 신하들은 이 말을 상기해보곤 했다.

그해(1462년, 세조 8년) 9월에 양녕대군이 죽었다.

수양왕은 자신의 세상 한쪽이 부서졌다는 생각에 정신이 허허로웠다. 세자빈 며느리 죽음 못지않은 죽음이었다. 그 옛날 양녕 백부에게서 얼운이를 받으면서부터 자신의 야망은 시작되었던 것이다. 그 뒤

백부는 늘 자신에게 용기를 내도록 격려해주었고 결단을 내리도록 분별을 주었다. 실로 성채城砦의 보루堡壘와 같은 후원자요 배후 세력이었던 것이다.

양녕대군이 죽은 허망과 비감을 잊기 위해서였는지는 모르지만 수양왕은 국책사업에 많은 신경을 쓰는 것 같았다. 국가의 교통통신 수단인 기간도로의 원활과 발전을 위하여, 역참驛站에 찰방察訪(문관 종6품 벼슬)을 신설하고, 역승驛丞(종9품 외관직 벼슬)을 많이 증설했다. 군량 충당을 위해서 각 도의 둔전屯田을 넓히도록 독려하고, 호패號牌 체제를 재정비했다. 평안, 강원, 황해 삼남의 여력 있는 지역민을 이주시키는 정책을 실시하고, 군자감軍資監의 창고를 키우고 증설했다.

수양왕은 특히 불사佛事를 행하고 불경을 간행하는 데 많은 노력을 기울였다. 이는 아무래도 죄 많은 임금 자신에 대한 부처님의 자비나 가피加被와 무관치 않았다. 지난해 간경도감刊經都監을 설치한 이래 《법화경法華經》등 불경 간행이 많아졌다.

왕실의 원찰인 흥천사興天寺(현 서울 돈암동)에 범종을 만들어 기증하고, 옛 흥복사興福寺(현 파고다 공원) 터에 원각사圓覺寺를 창건하고자 원각사조성도감圓覺寺造成都監을 설치했다.

임금은 또 사옹원司饔院(대궐의 음식 재료 관리청) 별좌別坐 한백륜韓伯倫의 딸(후일의 안순왕후)을 동궁의 후궁인 소훈昭訓으로 간택하여 들이고(1463년, 세조 9) 세자빈의 자리를 대신하게 했다.

그러나 수양의 병은 쾌유의 기미도 없이 점점 더 악화되어 가는 것 같았다. 왕비 윤씨는 고민이 깊어갔다. 고민이 점점 깊어지던 왕비 윤씨는 어느 날 갑자기 깨달은 바가 있어 깜짝 놀랐다. 남편 임금이 저러다 그냥 죽을 수도 있다는 깨달음이었다.

남편 임금이 죽어버린다는 것은 무엇을 의미하는가? 그것은 왕비에게도 자기 한 생애의 종말을 함께 의미하는 것도 되었다.

'안 되지. 절대 그래서는 안 되지.'

임금이 오래오래 살아야 자신도 오래오래 왕비로 살 수 있는 게 아닌가. 윤비는 대비大妃가 아닌 왕비로 오래오래 살고 싶었다. 윤비는 남편의 치병治病에 전념하기 시작했다. 궁중에서의 정상적인 치료는 물론이요 민간의 사사롭고 진기한 처방에 이르기까지 발 벗고 나서서 구했다. 미신이라고 치부할 수밖에 없는 갖가지 치성의식도 할 수 있는 것은 다 했다.

그러나 한 해가 다 가도록 아무것도 효험이 없었다. 지쳐서 주저앉은 윤비는 발병 이후의 병세를 다시 꼼꼼히 돌이켜 훑어보았다. 돌이켜 보니 병이 크게 차도가 있었던 때가 있었다. 바로 평양 순행 이후였다.

'옳지, 또 어디론가 떠나도록 하는 것이다.'

왕비가 이렇게 마음먹자 왕비 자신이 설레기 시작했다.

"마마, 아무리 국사 다망하시더라도 용체의 안위가 먼저 아닙니까? 전에 평양에 다녀오신 후 신병에 차도가 있었던 것 기억나시지요?"

"그래서 나더러 또 평양 순행을 다녀오라는 것이오?"

"아니옵니다. 평양이 아니라 이번에는 남행을 한번 하시길 바라는 것이옵니다. 신첩이 알아본 바에 의하면 행차 편안하고 공기 좋은 곳으로 이름난 속리산이 있다 하옵니다. 속리산은 영산靈山 중의 영산이고 또 온양 온천에 가 온천욕을 하실 수 있다 하오니, 용체 강령에 큰 도움이 될 것이옵니다. 또한 남도민 순수巡狩도 할 수 있사오니 명분도 있사옵니다."

"음, 하기야 아버님께서도 온양에 행행하시어 요양을 하셨지요."

"마마. 부지런한 농부는 자기 전답을 자주 돌아본다고 합니다. 그처럼 군왕도 자기 영토를 자주 돌아보는 게 좋지 않겠사옵니까?"

"좋소. 그럼 이번에는 남쪽으로 떠나봅시다."

임금의 순행이니 준비가 없을 수 없었다. 1464년(세조 10) 2월에 말이 나왔는데 3월 말에서야 남쪽 순행을 떠나게 되었다. 열다섯 살 세자를 도성에 남겨놓고 임금 부부는 남행길을 나섰다.

봄이 완연했다. 갯버들 늘어진 먼 강둑 위로 아지랑이 어른거리고, 길가 푸른 숲 위 하늘에서는 종달새들이 지저귀고 있었다.

평양 순행 때와 비교하면 매우 단출한 행차였다. 그렇더라도 어가는 어가였다. 임금이 줄여라 줄여라 했지만 행차에는 1천여 명의 인원이 동원되었다.

임금을 본다는 것은, 어떤 임금이든 평판이 좋든 나쁘든, 백성들에게는 평생에 한 번 있을까 말까 한 희귀한 사건이었다. 임금의 존재라는 것은 사실 전설 속의 신장神將과도 같은 것이었다. 때문에 임금이 지나가는 시골길에는 백성들이 악머구리 끓듯 모여들었다.

"상감마마……."

"상감마마……."

백성들은 남녀노소를 불문하고 소리 높여 불러보는 것이었다. 백성들과는 멀찍이 떨어져 보련寶輦 위에 높이 앉아 있지만 임금은 그 소리를 들을 수 있었다.

'그래, 떠나오기를 잘했어.'

온양 땅에 막 들어섰을 때였다.

"상감마마, 23년 만에 뵈옵는 상감마마……."

사방에서 들려오는 '상감마마' 함성 속에서 잠깐 특별한 말소리가 들렸다. 임금은 그 소리의 임자를 찾아오게 했다. 이윽고 허리가 유난히 구부러진 한 노인이 어가 앞으로 걸어와 부복했다. 중치막을 입고 갓을 썼는데 나이가 많이 들어 보였다.

"어디 사는 노인이시오?"

"황공하옵니다. 상감마마. 신은 천안골 근처의 방아다리 마을에서 왔사옵니다."

"천안이면 여기서 30리(약 12킬로미터)가 넘을 텐데 그 늙은 몸으로 일부러 여기까지 나왔소?"

"예, 그러하옵니다. 이 광영된 배알拜謁을 어찌 외면할 수 있사옵니까?"

"오, 고맙소. 그런데 아까 23년이라고 말한 것 같은데 그게 무슨 뜻이오?"

"예. 23년 전에 세종 나라님을 먼발치에서 뵈온 적이 있사옵니다. 그러니까 나라님을 뵈옵는 것이 23년만이옵니다."

"오, 참 오랜만이군요. 노인 춘추는 지금 몇이오?"

"예, 상감마마. 1백 살 하고도 4년이 지났사옵니다."

"아니, 그럼 백네 살이란 말이오? 아……."

세조는 벌린 입을 다물지 못했다. 104년 전이라면 고려 말 홍건적紅巾賊이 날뛰던 때에 태어나 30대에 이태조의 등극을 맞았을 것이다. 그

후 일곱 임금이 바뀌는 것을 겪었을 것이다.

"이 노인을 온양행궁으로 모셔오너라."

노인은 교여에 모셔졌다. 이 노인은 온양행궁에서 격식 갖추어진 궁중음식을 대접받았고, 의복 한 벌과 비단 세 필을 선물로 받았다.

어가가 온양 관아 입구에 들어섰을 때였다. 꽹과리 소리와 함께 다급하고 처절한 여인네의 목소리가 들려왔다. 상감마마를 연달아 부르고 있었다. 소리 나는 쪽을 쳐다보니 소복 차림의 여인 하나가 길가의 밤나무 위에 올라가 소리치고 있었다.

"상감마마, 상감마마, 이 절통切痛한 사연을 아뢰게 해주소서. 상감마마……."

단단히 벼르고 별러 상감마마의 눈에 띄도록 행동하고 있었던 것이다.

"무슨 곡절이 있을 것이다. 이리 데려오너라."

여인이 어가 앞으로 안내되었다. 쉰 남짓의 아낙이었다.

배행하던 영의정 신숙주가 말했다.

"여인은 사연을 아뢰어라. 상감마마께서 친히 들으실 것이다."

여인이 소리 높여 말했다.

"상감마마, 홍윤성은 천하역적이옵니다. 처벌해주시옵소서."

대뜸 홍윤성을 거론했다.

"이리 가까이 오너라."

홍윤성을 거론하는 소리에 놀라 임금이 더 가까이 불렀던 것이다.

"듣자 하니 홍윤성을 비난하는 말을 하는데, 홍윤성은 과인의 골육지친骨肉之親과 같은 신하이며 국가 공신이니라. 여인은 왜 그를 천하역적이라고 하는지 말해보아라."

임금은 여인의 사연을 들어보기도 전에 자기도 모르는 사이 홍윤성을 두둔하고 있었다.

"예, 상감마마. 신은 그 홍윤성의 숙모叔母이옵니다."

"아니, 숙모라고?"

"예, 그러하옵니다."

"숙모라면 그에게 비록 허물이 있더라도 덮어주어야 할 텐데 어찌 이렇게 나섰느냐?"

"황공하옵니다. 상감마마. 실은 저희 부부에게 아들 하나가 있사옵니다. 그 아들 하나를 벼슬길에 내보내기 위해서 기름진 옥답沃畓 20두락斗落(마지기, 1두락은 대개 200평)을 홍윤성에게 주면서 부탁을 했었습니다."

"아들이라면 홍윤성과는 사촌 형제로구나."

"그렇사옵니다. 다른 대감들 같으면 땅 스무 마지기는커녕, 그냥 말한마디로 종제從弟 벼슬 하나 안 시켜주었겠습니까마는, 홍윤성이야 원체 탐욕한 자라서……, 땅 스무 마지기를 먼저 요구했사옵니다. 그래서 주었사옵니다. 철석같이 믿고 주었는데, 글쎄 3년이 지나도 영 소식이 없었사옵니다. 그래서 신의 바깥양반이 한양에 찾아가서 이야기했더니 시치미를 뚝 떼었다 하옵니다. 그래서 우리 바깥양반이 하도 화가 나서 몇 마디 듣기 싫은 소리를 했다 하옵니다. 어이고……, 사실 홍윤성이는 젊었을 때 저희 집에서 먹여 살렸사옵니다. 그러니 왜 싫은 소리가 안 나오겠사옵니까? 몇 마디 했더니만 아 글쎄, 아 글쎄, 아이고……."

차근차근 얘기하던 여인은 갑자기 무엇에 복받쳤는지 통곡을 터뜨리고 말았다.

신숙주가 주의를 주었다.

"어전이니라. 이 무슨 망측한 짓이냐? 어서 눈물 거두고 마저 고하라."

"아, 글쎄. 그 자리에서 많은 사람 다 보는 데서 홍윤성이 주먹으로 제 삼촌을 후려 패 죽였사옵니다. 아이고…….."

"뭐라? 패 죽여?"

임금이 깜짝 놀랐다.

"그렇사옵니다. 주먹으로 패 죽였사옵니다. 타살했사옵니다. 아이고, 그 역적 놈이……, 아이고, 상감마마…….."

"친삼촌을 더구나 저를 먹여 살린 삼촌을 많은 이들이 에워싸고 있는 그 가운데에서 패서 죽이다니……. 허, 이런 능지처참할 놈 같으니…….."

"그뿐이 아니옵니다. 상감마마. 홍윤성이한테 억울한 일 당한 사람들이 그 수를 헤아릴 수가 없이 많사옵니다. 유부녀 겁탈에, 남의 재산 탈취가 부지기수이옵니다. 그런데도 어디 고발을 할 수가 있어야지요. 고발하면 고발한 사람만 매를 맞고 나오니……. 아이고, 오늘이 있기를 그 얼마나 기다렸는지 아시옵니까? 상감마마."

"음, 알겠느니라. 물러가거라."

여인이 물러갔다.

"여봐라. 무감."

"예. 전하."

"당장 한양으로 올라가거라. 가서 홍윤성의 목을 베어 효수하도록 하라."

"전하!"

영의정 신숙주가 강경하게 부르며 다가섰다.

"……?"

"홍윤성을 죽이시면 아니 되옵니다."

"무슨 소리요? 그런 천인공노할 대죄인 놈을……."

"전하, 홍윤성이 지난번 전하께서 양위 운운하셨을 때 섬돌에 이마를 찧으며 만류했던 일이 생각나시지 않으시옵니까? 부디 통촉하시옵소서."

"비록 그렇더라도 이건 안 돼. 그런 천인공노할 죄인은 안 돼."

"전하!"

거의 호령에 가까운 신숙주의 큰소리였다.

"듣기 싫소."

"전하, 홍윤성은 제명에 죽어야 할 사람입니다. 그는 자기가 제명대로 부귀영화를 누리다 죽는다는 것을 믿어 의심치 않고 있사옵니다."

"듣기 싫소."

"전하, 그가 천인공노할 죄인이라고 말씀하셨지만……, 세상에 천인공노할 죄인 아닌 사람이 어디 있사옵니까? 신 또한 천인공노할 죄인이옵니다."

"아니, 뭐요?"

임금이 무서운 눈으로 신숙주를 쏘아보았다.

신숙주는 고개를 숙였으나 두 손을 꽉 움켜쥐고 빳빳이 서 있었다.

'전하 또한 천인공노할 죄인이옵니다.'

신숙주는 그렇게 주장하고 있는 것 같았다.

신숙주는 '우리가 살기 위해서는 우리끼리 반드시 똘똘 뭉쳐야 한다'는 사실을 은연중 확인시키고 있었던 것이다. 영의정 신숙주 역시 어쩔 수 없는 불한당의 한 패거리요 변함없는 반도叛徒의 무리였다.

"으으음……."

임금은 무거운 신음소리를 냈다.

임금은 무감을 돌아다보았다.

"그만 물러가거라."

"예에."

무감은 물러갔다.

임금은 마음이 무거웠다. 신숙주의 만류로 홍윤성의 처벌은 미루었지만 어가를 막던 여인의 하소연이 가슴에 서늘하게 남아 있었다.

'아, 이 일을 어찌할꼬?'

또한 신숙주의 말, 즉 '세상에 천인공노할 죄인 아닌 사람이 어디 있사옵니까? 신 또한 천인공노할 죄인이옵니다'라는 말이 폐부肺腑에 예리한 가시로 박혀서 몹시 뜨끔거리고 있었다. 임금은 시간이 좀 지나자 신숙주의 말뜻을 확연히 깨달을 수 있었다.

'우리 다 같이 천인공노할 죄인입니다. 그러니 더욱 똘똘 뭉쳐야 합니다.'

바로 그런 뜻의 말이었다.

임금은 불쾌했다. 그리고 후회스럽기도 했다. 왜 마음 내키는 대로 무감을 상경시키지 못했는가? 왜 신숙주를 꾸짖어 물리치지 못했는가? 임금은 그날 밤 온양 온천의 뜨거운 물 속에 들어앉아서야 겨우 마음을 진정시킬 수 있었다. 뜨거운 물의 감촉이 잡다한 고민과 우울한 감회를 녹여 없애는 것 같았다. 뜨거운 물 속에 들어앉아 있자 홍윤성에 대한 생각도 달라지고 있었다. 그를 처벌하지 않은 것이 잘한 일인 것도 같았다. 그 큰 체구로 웅크려 앉아 섬돌에 이마를 짓찧어 낭자하게 피를 흘리던 그 홍윤성이 고마운 놈으로 여겨지기 시작했다.

그의 집을 찾아갔던 어느 저녁이 떠올랐다. 수중 누각 뒤에서 임금의 내방을 비밀로 하기 위해 교군들을 소리 없이 목 졸라 죽이고 올라오던 그 작자. 아수라阿修羅(싸움을 일삼는 악귀)와 같이 무서운 놈이지만, 그만큼 믿음직하기도 한 작자가 아니던가.

턱수염 언저리에 찰랑거리는 뜨거운 물의 감촉을 한껏 즐기면서 임금은 차차 평상심을 찾아갔다. 그러나 생각해보니 홍윤성은 물론 기타 공신들에 관계된 이런 하소연은 계속될 것 같았다. 그러나 해결을 제대로 해줄 수 없다면 그런 하소연은 아예 듣지 않는 게 상책이었다.

임금은 다음 날 바로 격쟁擊錚(억울한 일이 있을 때 꽹과리를 쳐 임금께 호소하던 일)을 금지하라는 명령을 내리고 말았다.

온양 곳곳에서는 질탕한 주연이 벌어지고 있었다. 대관들은 몸에 밴 근신의 습성으로 일찌감치 잠을 청하고 있었지만, 혈기 방장한 4, 5품 관들이야 모처럼의 지방 나들이에 흥취가 올라 끼리끼리 외진 주막이나 기생방을 찾지 않을 수 없었다.

이들은 평소 교여에 타고 입퇴궐할 때에도 골목길만 빙빙 돌기 일쑤였다. 대로에서는 여기저기서 '물렀거라', '비켰거라' 하는 호기 어린 당상관들의 행차 등쌀에 이리저리 밀쳐지던 그들이었다.

어디 거리에서뿐이던가. 조례 때에는 내로라하는 원로 상신相臣(정승)들, 문형文衡(홍문관, 예문관 수장)들 같은 사람들의 고담준론高談峻論에 감히 끼어들지도 못하고 어물거리던 그들이었다.

그러나 일단 지방으로 나오면 군수郡守(종4품), 현령縣令(종5품), 현감縣監(종6품)들은 모처럼의 어가 행차에 혹시나 무슨 실수라도 있을까 봐 전전긍긍했던 것이다. 이렇게 되니 어가 호송에 따라온 첨정僉正(종4품), 별좌別坐(종5품) 좌랑佐郎(정6품), 판관判官(종5품)들이 기승을 부릴 만했던 것이다.

이 기고만장한 한양 벼슬아치들을 주막 어멈이나 지방 기생들이 마다할 리가 없었다. 때아닌 감투 홍수를 만난 그들은 신바람이 났다. 아무나 골라잡아도 밑질 리 없는 한양 감투들이었다.

여기서 저기서 술타령이었다. 가가대소呵呵大笑요, 호언장담이요, 음담패설이요, 장단맞춤이요, 갖은 춤판이요, 교성과 교태 판이었다. 그런데 어디서든 처박혀서 어멈이나 기생들과 희롱이라도 하고 지냈으면 문제가 아니 되었으련만, 뛰쳐나와 거리를 휩쓸며 칼을 빼 들고 큰소리로 호령하며 떠들다가 문제를 일으킨 자도 있었다.

충찬위忠贊衛(중앙군 충좌위에 소속된 군대로 원종공신 자제들로 이루어짐) 소속 이세정李世禎이란 자가 있었다. 술에 취해 이리 비틀 저리 비틀거리면서 환도를 빼 들고서 고래고래 소리를 질렀다.

"나서라. 썩 나서라. 어느 놈이고 상대해주마. 한양 거리에서도 거칠 것 없는 이 충찬위 이세정 영감이 나가신다. 주먹으로 덤비건 칼로 덤비건 두 놈이 덤비건 세 놈이 덤비건 좋다. 나서라. 나서보란 말이야. 여봐라. 게 아무도 없느냐? 온양 땅에는 대장부가 하나도 없단 말이냐?"

동네 젊은이들은 배알이 뒤틀려 노려보기는 했지만 막상 가로막는 자는 없었다. 옛날 장판교長坂橋를 막아선 장비張飛처럼 우뚝 뻗지르고 서서 소리 지르다가 아무도 덤비는 자가 없자 제풀에 시들어져 술 트림만 하다가 돌아섰다. 그러더니 자기 집 안방에라도 들어선 것처럼 겉옷 속옷 다 활활 벗어 던졌다. 홀랑 다 벗은 맨몸에 벙거지만 쓰고는 환도를 들고 두리번거렸다. 길가에 나무가 보이자 그곳으로 걸어가 환도를 걸고 벙거지를 벗어 걸었다. 그리고는 나무 밑에 벌렁 눕더니 금방 코를 드르렁거리며 깊은 잠에 빠져들었다.

실오라기 하나 걸치지 않은 알몸으로 맨땅에 누워서 태평하게 잠든 용사는 닭이 울고 별빛이 사라지고 먼동이 트고 해가 솟아오를 때까지도 단잠에 빠져 있었다. 사람들이 일어나 움직이기 시작하면서부터 그는 그의 알몸 전체를 온양 사람들에게 송두리째 전시하는 진객珍客 병사가 되고 말았다.

사람들이 바글거리고 소문은 퍼져 임금의 귀에까지 들어갔다. 임금은 승지를 불러 자초지종을 알아 오라 했다.

"군기시 별좌 이길보李吉甫, 예조좌랑 이수남李壽男은 기생방에서 밤을 새웠사오며, 충찬위 이세정은 알몸으로 대로에 누워 아침을 맞았다 하옵니다."

신숙주가 듣고 분기탱천憤氣撐天하여 임금께 아뢰었다.

"전하, 그들은 전하의 위엄을 흐리게 한 파렴치한 죄인들이옵니다. 당장 참수하여 거리에 효시하도록 어명을 내리시옵소서."

대간들이 기를 썼다.

"성상을 모시고 지방 순수에 나섰으면 스스로 자중자숙할 일이거늘 이 전대미문의 추태를 부렸으니 재고의 여지가 없사옵니다."

임금은 묵묵부답이었다.

"전하, 이는 미루어둘 일이 아니옵니다. 이들은 성위聖威(군주의 위엄)를 훼손한 자들이옵니다. 즉시 엄형嚴刑을 시행토록 어명을 내리시옵소서."

신숙주가 보채고 있었다.

임금은 묵묵부답인 채 속으로 웃고 있었다.

'친삼촌을 때려죽인 천인공노할 죄인도 용서해주었거늘⋯⋯.'

나라가 망할 일이라도 생긴 것처럼 대간들도 보채고 있었다.

임금이 마침내 입을 열었다.

"잘 들었소. 내 알아서 엄벌에 처할 터이니 제경들은 더 이상 말하지 마시오."

임금은 의정부 사인舍人(정4품) 성윤문成允文을 불렀다.

"저들을 당장 포박하여 책임지고 한양으로 압송하여 의금부 옥청에 가두고 다음 명을 기다리라."

성윤문이 청명聽命하고 떠나려 하자 임금은 손짓으로 그를 가까이 다가서도록 지시했다. 그리고 귓속말로 일렀다.

"잘 듣게. 그놈들을 끌고 가다가 천안 근방에 가서 다 풀어주게. 대감들이 알면 낭패가 될 테니까 감쪽같이 살려주란 말이네. 알겠는가?"

"명심 거행이오⋯⋯."

성윤문은 기운차게 큰 소리로 말꼬리를 끌어 대답하고 물러났다. 물러나오며 성윤문은 고개를 갸웃거렸다. 도대체 영문을 알 수가 없기 때문이었다.

'임금이 불교에 심취해 마음이 인자해진 건가? 아니면 늙어서 심약해진 건가? 허참, 연작안지홍곡지지燕雀安知鴻鵠之志(제비나 참새처럼 작은 새

가 기러기나 고니처럼 멀리 나는 큰 새의 뜻을 어찌 알 수 있으랴)로다. 분부대로 시행하는 수밖에 없지.'

임금 수양왕이 왕실의 원찰인 속리산 복천사福泉寺에 왔다. 존경하는 스님들인 신미信眉, 학열學悅, 학조學祖 세 대사가 임금을 위하여 복천사에서 법회를 열고 있기 때문이었다. 복천사는 법주사法住寺의 말사로서 조용하고 자그마한 암자였다.

대웅전에 들어선 임금은 부처 앞에 서서 고개를 숙이고 합장을 했다. 만감이 교차하면서 이승을 떠난 사람들이 머리에 떠올랐다. 먼저 세자 장暲의 명복을 빌었다.

'부처님. 우리 큰아들 세자 장이 저승에서 영겁토록 즐겁게 지내게 돌봐주십시오. 이승에서는 단명하여 부모 처자에게 큰 회한을 남기고 간 그 불쌍한 아들을 잘 좀 보살펴주십시오.'

마음속으로 빌고 있는 임금의 기원은 간절했다.

빌다 보니 큰아들만 빌고 더는 말수가 없었다.

'부처님, 우리 작은 며느리, 세자빈으로 있다가 죽은 그 아이가 극락에서 영생하도록 돌봐주십시오.'

임금은 세자빈 한씨의 명복도 빌고 나서 돌아서려 했다. 그러나 또 생각나는 사람이 있었다. 얼마 전에 돌아가신 백부 양녕대군이었다.

'부처님, 그분의 명복을 또한 비옵니다. 그분이야말로 언제까지나 훨훨 날아다니며 온갖 복락을 다 누려야 할 분입니다. 그분을 돌봐주소서.'

이렇게 빌다 보니 저승이란 곳에는 극락과 지옥이 있다는 것이 상기되었다. 극락은 일체의 고통과 근심이 없는 청정과 평안의 세계라 했다. 아프지도 않고 죽지도 않으며 늘 즐거움만 이어지는 곳이라 했다. 지옥은 생전에 자기가 지은 죄에 맞추어 그에 해당하는 형벌을 받는 곳이라 했다. 그리고 그 형벌의 고통이 영원히 지속되는 곳이라 했다.

이런저런 생각을 하다가 임금은 몸을 부르르 떨었다.

비열卑劣, 적개敵愾, 음란淫亂, 난폭亂暴, 시기猜忌, 사특邪慝, 음험陰險, 이기利己 등이 자신의 심신 도처에 기생하고 있다는 것을 부인할 수가 없기 때문이었다.

'나는 죽으면 지옥에 갈지도 모른다.'

임금은 지옥에 떨어져 있는 자신을 상상해보았다. 염라대왕이 자신을 번쩍 들어 어디론가 던졌다. 누가 자기를 받아들었다. 그자가 빙긋 웃고 있었다. 자세히 보니 김종서였다.

김종서가 자기를 다시 어디론가 던졌다. 혹한이 계속되는 지옥의 한 칸에 떨어졌다. 추위로 몸이 떨리고 뼈가 시리며 위아래 이가 마구 부딪혀 딱딱 소리가 났다.

누군가 또 자기를 번쩍 들어 어디론가 던졌다. 불이 이글거리는 불화로 속에 떨어졌다. 발바닥이 탔다. 피부가 오그라들며 기름이 배어나왔다. 머리카락과 눈썹이 타 없어졌다. 눈도 코도 귀도 목덜미도 뜨거워 고통스러웠다.

문득 목탁 두드리는 소리가 났다. 번쩍 정신이 들었다. 합문 밖에서 햇살이 비쳐들며 신미스님의 목소리가 들렸다.

"상감마마, 오늘은 명복을 비시는 시간이 유난히 긴 듯하옵니다."

임금은 이제 돌아서야겠다고 생각하며 부처님을 쳐다보았다. 그런데 이게 웬일인가. 부처님의 얼굴이 김종서의 얼굴로 변해 있었다.

임금은 눈을 질끈 감아버렸다. 그리고 속으로 빌며 말했다.

'김대감, 이제 와서 내 앞에 나타난들 무슨 소용이 있겠소? 다 지나간 일이오. 이제 제발 극락왕생하시오. 나는 늘 당신의 명복을 빌 것이오.'

김종서의 명복을 빌 것이라 생각하니 뒤미처 다른 망자들에게도 명복을 빌어주어야 할 것 같았다. 전과 달리 요즘은 문득문득 형님 임금이 떠올랐다.

'형님, 극락왕생하십시오. 제가 형님만은 못해도 열심히 하고 있습니다. 조카도 형수님도 극락왕생하시오. 어차피 지나간 일입니다.'

자기가 형님을 모살했다는 것을 세상 사람들은 비록 모를지라도 부처님만은 다 알고 있다고 믿었다. 저승에서도 다 알고 있을 것이었다. 전과 달리 나이 들고 병약해지자 형님에 대한 두려운 생각으로 가끔 불안해지곤 했다.

'어린애 앞에서 그 무슨 못난 짓인가? 어른답게 처신해야지.'

어린 세손이 후궁의 자식이라 여겨 절을 받지 않으려 하다가 형왕에게 꾸중을 듣고서야 앉아서 절을 받은 일이 상기되었다. 형왕을 죽이고 동생들을 죽이고 정통의 왕인 조카왕을 죽인 그 크나큰 죄다짐을 저승에 가면 반드시 받을 것 같았다.

'반성하고 있으니 너그러이 보아주십시오.'

수양왕은 그들의 명복을 간절히 빌었다.

수양왕은 또 자신 때문에 죽은 집현전 학사들, 성삼문, 박팽년, 이개, 유성원 등의 명복도 빌어주었다. 수양왕은 명복을 빌어주는 김에 누구든 생각나는 사람들 모두의 명복을 빌어주고 싶었다.

심성이 진정으로 착해지고 있는 것일까. 그러나 자신의 죄다짐 때문에 아무래도 저승에서는 지옥에 떨어질 것만 같아 사실은 그것이 두려워, 그것을 면해보려고, 내심으로 떨면서 뭔가 용서받을 일을 해보고 있는 것일 뿐이었다. 수양왕은 그래서 또 홍윤성 집에 갔을 때 홍윤성에 의해 죄 없이 조용히 죽어간 교군들의 명복도 빌었다.

그리고는 눈을 천천히 떠보았다. 다행히도 부처님은 빙그레 웃고 있는 것 같았다. 임금은 비로소 발길을 옮겼다.

대웅전 법회장을 나온 수양왕은 절 뒤쪽 언덕으로 산책을 나갔다. 앞에 높다랗게 올려다보이는 기암괴석의 영봉靈峰들이 감탄을 자아냈다.

"오, 과연 천하의 기관奇觀이로다. 소금강이라 해서 경개景槪가 어느 정도인가 했는데 과연 명불허전이구먼."

발아래로 흐르는 냇물이 졸졸졸 유쾌한 소리를 냈다. 허리를 굽혀 두 손으로 물을 움켜 올렸다.

"시원하십니까? 마마."

윤비의 목소리였다.

"어느새 따라왔소그려."

"당연하지요. 부창부수 아닙니까?"

"중전."

"예, 마마."

"내 아까 대웅전에서 죽은 사람들의 명복을 빌었소. 극락왕생하라고요."

"잘하셨습니다. 잘하셨어요. 다들 극락왕생하라고 빌어야지요. 우리 아이 장은 극락에 가 있을 것입니다. 그 아이야 무슨 죄 지은 일이 있어야지요."

"중전, 나는 아까 그 아이만을 빈 게 아니오. 며느리도 빌었고……, 백부님, 그리고 형님, 조카, 그러다 보니 아버님, 어머님, 아우들, 그리고 또 김종서, 성삼문, 박팽년 등등 다……."

"암요. 정말 잘하셨어요."

왕비는 놀라고 기뻤다. 왕비는 감격하고 있었다. 왕비의 속눈썹이 바르르 떨리더니 눈물이 맺혔다.

"마마, 마마는 부처님만큼이나 대자대비하시고 요순임금만큼이나 높으신 성군이십니다."

"허어, 그 무슨 과분한 칭찬이오?"

"마마, 신첩도 들었습니다. 온양에서 추태 부린 신하들을 방면하신 일이 있지요? 그 사람들 모두가 눈물을 흘리면서 성수만세聖壽萬歲를 불렀다 합니다."

"허참, 아무도 몰래 방면하라 했는데……, 들통이 나버렸구면."

임금 부부는 아늑한 산속 길을 거닐고 있었다. 병풍처럼 둘러선 영봉들, 청량하게 들리는 시냇물 소리가 과연 세속世俗과 별리別離된 속리산俗離山의 영기와 운치가 서려 있는 듯했다.

임금 부부는 손을 마주 잡고 걸었다.

"양위마마."

뒤에서 임상궁이 불렀다.

임금 부부가 슬며시 손을 놓으며 뒤돌아보았다.

"……?"

"양위마마, 만병통치가 되는 신비한 샘이 있다 하옵니다."

"뭐? 만병통치?"

왕비가 먼저 대답했다.

"예, 요 너머에 지하로 쏟아져 들어가는 폭포가 있다 하옵는데 그 아래편에는 지하에서 솟아나는 샘이 있다 하옵니다. 그 샘물에서 목욕한 사람은 무슨 병이든 안 나은 사람이 없다 하옵니다."

"오, 누가 그러더냐?"

"비구니들에게 들었사옵니다. 그러니 그곳에 커다란 차일을 치고 상감마마께서 목욕을……. 삼가 바라옵나이다."

"허허허, 그래, 한번 해볼 만하구나. 차비를 일러라."

임금이 웃으며 승낙했다.

그곳은 특이한 샘이었다. 폭포에서 지하로 쏟아져 들어간 물이 지하를 흐르다가 그곳에서 용출되는 것이었다. 물이 조금씩 솟아나는 그런 샘물이 아니라 풍풍 솟구치는 그런 샘물이었다. 그 샘물이 흘러 다시 계류가 되었다. 그 물은 지하에서 무슨 조화를 부렸는지 상류의 물보다 훨씬 맑고 깨끗했다.

흰 차일이 세워졌다. 차일 속에 들고 보니 병풍처럼 둘러섰던 기암영봉들이 다 보이지 않았다.

옷을 하나씩 벗다가 임금이 한마디 했다.

"이거 아무래도 차일을 치워버리는 게 좋겠는데……. 그래야 훨씬 더 흥취가 날 것 같소만."

왕비가 펄쩍 뛰었다.

"원, 마마도, 성스러운 용체를 산간의 초부樵夫들에게 보이시다니요?"

"성스러운 용체를……."

피식 웃으며 임금이 물속으로 풍덩 뛰어들었다.

"어어, 시원하다. 시원해."

"호호호……."

중전과 임상궁이 웃었다.

"자, 중전도 들어오시오."

"아유, 망측하게……. 원, 마마도……."

왕비는 고개를 갸웃하더니 무슨 생각에서인지 차일 밖으로 총총히 걸어 나갔다. 임상궁도 일어서 따라 나가려다 발길을 멈추었다.

'가만, 벌거벗은 임금을 혼자 두고 나갈 수야 없지 않은가?'

임상궁은 바위에 쪼그리고 앉아 임금으로부터 눈길을 피했다.

"어어, 어어, 시원하다. 시원해."

임금은 시원하여 참으로 기분이 좋은 것 같았다.

"마마, 그렇게도 시원하시옵니까?"

"그래, 정말 시원하다. 저, 요堯임금 때 말이야. 허유許由라는 거사居士가 있었는데 대궐로 초빙되어 갔다가……, 임금이 되라는 말을 듣고는 기산箕山 영수潁水로 피신하여 귀를 씻었다고 한다. 나도 귀나 한번 씻어봐야겠다."

임금은 이쪽저쪽 귀에다 마구 물을 끼얹었다.

"어어, 시원타. 어어, 시원타."

임금은 그러다 귀에 송충이라도 들어간 것처럼 고개를 털며 진저리를 쳤다.

"호호호. 마마, 임금 되라는 소리가 뭐가 싫어서 귀를 씻었을까요?

그렇게 고귀한 자리를 말입니다요."

임상궁도 허유의 고사를 알고 있었다. 그러나 나신의 임금 옆에 무료히 앉아 있기보다는 뭔가 지껄이는 것이 덜 불편할 것 같아서 물었던 것이다.

"임상궁."

"예, 마마."

"너는 모를 것이다만은 용상이라는 것이 세상에서 생각하는 것처럼 그렇게 고귀하고 호화로운 자리만은 아니더구나."

"마마, 그 무슨 말씀이시옵니까? 만백성을 다스리고 온 천하를 호령하시는 지엄한 자리가 아니옵니까?"

"……."

임금은 대답은 하지 않고 자꾸 물만 끼얹어댔다. 어린애가 장난치듯 물을 끼얹어대는데 물이 제대로 끼얹어지지 않았다.

임상궁은 버선을 신은 채 물로 들어갔다.

"마마, 신이 물을 끼얹어 드리겠습니다."

"오, 거참 잘 생각했다."

임금은 물속에서 나와 물 밖으로 약간 솟아 있는 바위 위에 걸터앉았다. 오랜 세월 흐르는 물에 씻긴 바위는 보드랍고 깨끗했다. 임금이 바위에 앉으니 물이 허리께에 닿아 흘렀다.

임상궁은 임금의 등 뒤에서 임금의 등에 물을 끼얹었다.

"좀 문질러라. 박박 문지르고 확확 끼얹어라."

임상궁의 손이 바삐 움직였다.

임금은 조용히 눈을 감은 채 자유로운 상념에 빠져들었다. 도대체 나는 무엇을 했던가? 천신만고 끝에 왕이 되었다. 그런데 왕이 되어서 무엇을 했던가?

얼핏 떠오르는 게 있었다. 첫 번째가 불경 간행이었다. 그리고 몇 가지 법제 개혁, 호패법號牌法, 둔전제屯田制, 역참驛站 개선, 야인정벌, 그리고 가장 많이 한 것이 역적주멸逆賊誅滅이었다. 참으로 많은 역적을 죽였다. 그 사람들이 정말로 역적이었을까? 나를 죽이려 해서 죽인 것뿐이었다.

수양왕은 눈을 뜨고 자신의 알몸 여기저기를 내려다보았다. 헐고 곪은 데 투성이의 몸이었다. 그 몸을 씻어 내린 물이 흘러가고 있었다.

"임상궁."

"예. 마마."

"허유가 귀를 씻었는데 말이야, 하류에서 소에게 물을 먹이던 소부巢父라는 사람이 그만 소를 끌고 상류로 올라갔다는 거야. 왜 올라갔는지 알겠지?"

"귀 씻은 더러운 물을 자기 소에게 먹일 수 없다는 거겠지요."

수양왕의 시선은 하류를 향하고 있었다. 헐고 곪은 이 몸을 씻은 물이 하류로 흘러가다 누가 이 물로 인해서 내 병이 옮을 수도 있지 않겠는가. 분명히 옮을 수도 있을 게야. 임금은 그런 생각을 하고 있었다.

"저, 상감마마."

무언가 화제를 돌리고 싶어 부르는 소리였다.

"용상이란 게 무언 줄 생각해보았느냐?"

엉뚱한 질문이 떨어졌다.

"마마, 신이 어찌 그런 것을 생각해보았겠습니까만은 아무튼 이 세상에서 가장 좋은 자리임에는 틀림없다고 생각하고 있사옵니다."

"아니다. 따지고 보면 이 세상에서 가장 험악한 자리이니라."

"……."

"죄악으로 가득 찬 무섭고 추악하고 재수 없는, 불행한 자리이니라."

"마마, 물이 차가운데 이제 그만하시고 환어還御하심이 어떠하시옵
니까?"

수양왕은 그 말을 못 들은 모양이었다.

"용상이란 천인공노할 죄인이 앉는 자리다. 용상에 앉았던 사람은
모두 다 극락에는 못 가고 염라대왕 앞으로 끌려갈 것이니라."

"마마, 어찌 그러한 말씀을……."

"내 증조할아버지 태조대왕만 하더라도 그렇다. 용상을 차지하기
위해 얼마나 많은 사람을 죽였는가 말이다. 막역한 친구 정몽주를 죽
였을 정도이니 말이다. 조부인 태종 할아버지도 파란만장이었다. 나는
훨씬 더 했다. 친아우 죽이고 친조카 죽이고 옛 친구들도 수없이 죽였
다. 왕의 자리란 결국 다 이런 것이다."

'아버지 세종대왕 말씀은 왜 아니 하십니까?'

"상감마마. 신의 말씀도 한마디만 들어주시옵소서."

"그래, 말해보아라."

"어떤 스님의 말씀이옵니다만, 가을에 논 가득히 익어서 머리 숙인
나락들을 거두어들이느라 낫질하는 것은 살생이 아니라 했사옵니다.
추운 겨울에 논바닥이 텅 비어 있는 것도 하늘의 이치라 하옵니다. 봄
이 되면 다시 씨를 뿌려 더 많이 번식시키지 않사옵니까?"

"허어, 기특한지고. 그래 봄은 해마다 올 것이니라. 지금도 봄이 오

고 있느니라."

"마마. 봄이 오면 어여쁜 꽃들이 피옵니다."

"아암. 꽃들이 피고 새들이 지저귀지. 저 보아라. 새가 지저귄다. 새가 운다고……."

정말 새가 울고 있었다. 새 소리가 가까이 들렸다.

수양은 물에서 나와 옷을 하나씩 입었다. 그리고 드디어 곤룡포를 입었다. 수양왕이 곤룡포를 벗고 들어가 목욕을 했던 이 냇물 속의 샘물은 구비口碑로 전해져 후세에 어욕천御浴泉이라 불렸다.

수양왕이 냇물의 샘에서 목욕을 한 날 저녁에 신미, 학열, 학조 세 스님이 행궁으로 왕비를 찾아왔다. 세 스님 뒤로 30여 명의 스님들이 목판을 겹쳐 메고 따라왔다.

"중전마마. 변변치 않은 물건입니다만 어궁御宮 안팎의 안녕과 복락을 기원하여 만들어 왔사옵니다."

"무엇이 그리도 많습니까. 스님. 고맙사옵니다."

"시주님들의 공양미 열 섬으로 떡을 빚어 왔사옵니다. 가납嘉納하여 주시옵소서."

"고맙소이다. 세 분 스님. 절 떡을 먹으면 삼재三災를 피한다 하는데 이렇게 많은 분량이면 조선의 재난이 반은 없어질 것입니다."

"황공하옵니다."

가져온 떡은 커다란 사원목판寺院木板으로 1백 50짝이었다.

"고맙습니다. 잠시 쉬시며 한양음률漢陽音律이나 듣고 가시지요."

"성은이 망극하옵니다."

한양음률이란 궁중아악宮中雅樂을 말하는 것이었다. 왕비는 곧 아악사들을 불러들여 세 고승에게 아악을 들려주었다. 세 스님들은 평양 부벽루 행행에서 임금의 지시로 만들어진 세 개의 횡적 이야기를 들어 알고 있었다. 그 횡적들의 소리도 이번에 듣게 되었다. 세 스님들은 연거푸 무릎을 치면서 감탄했다.

"세 분 스님."

"예, 중전마마."

"우리 조선에는 음률이 없는 셈이지요?"

신미스님이 대답했다.

"글쎄올시다. 그래도 시골길을 가다 보면 심심찮게 풍물 소리가 들리지요. 그들은 음률을 즐기는 백성들임에 틀림없을 것입니다."

"중전마마."

학열스님이 입을 열었다.

"중전마마. 음률이 어디 따로 있겠습니까? 산길에서 듣는 새 소리, 들길에서 듣는 풀벌레 소리, 여름이면 비 쏟아지는 소리, 겨울이면 강이나 호수의 얼음장 갈라지는 소리 등등이 다 신기한 음률이 아니겠습니까?"

"예, 옳으신 말씀입니다. 나도 강에서 얼음 깨지는 소리를 들은 적이 있지요."

"그뿐이 아니옵니다. 관솔불에서 불티 튀는 소리, 대나무 사이로 바람 지나가는 소리, 당나귀가 개울물 들이키는 소리, 한밤중에 외양간에서 황소가 방울 떨렁거리는 소리, 동지섣달 설한풍에 문풍지 떠는 소리……."

"아유, 스님의 풍류가 아주 멋지군요. 듣자 하니 세상이 온통 즐거운 음률 천지입니다.”

“중전마마, 무엇이든 아름답게 들으면 좋은 음률이 아니겠습니까?
천장 위에서 쥐들 뛰어다니는 소리, 해소병咳嗽病으로 콜록거리는 노인
의 기침 소리도 듣기 나름이 아니겠습니까?”

“오, 과연 경지 높으신 스님 말씀을 듣고 보니 귀가 열리는 듯합니다.”

“마마, 신들은 무예도 기예도 따로 닦은 것이 없습니다마는 그저 육
물六物, 출가승이 지니고 다니는 여섯 가지 물건만 지니고 천리를 다녀
도 무엇 하나 아쉬운 게 없습니다.”

“육물이라면?”

“예, 마마. 저희가 지니는 여섯 가지 물건입니다. 복의複衣, 상의上衣,
내의內衣, 녹수낭漉水囊, 발우鉢盂, 바리때, 좌구坐具 입니다. 녹수낭으로
아무 물이나 길어서 마시고, 발우로 아무 집의 음식이나 얻어서 먹으
면 하루가 흡족하게 지나가지요.”

이야기를 들으며 왕비는 다시 생각했다. 아까 스님들이 아악을 들을
때 무릎을 치면서 즐거워하던 일이 결코 아첨이나 과장이 아니었다는
것을 새삼 깨달았다.

그날 밤 임금은 이상한 꿈을 꾸었다.

수양은 어느 한적한 곳에서 혼자 목욕을 하고 있었다.

“어, 시원타. 어, 시원타.”

똑바로 선 채 머리에서부터 물을 끼얹은 다음 발을 굴러 물기를 털
었다. 그러기를 여러 번 하니 날아갈 듯 그런 기분이 들었다. 가슴과
옆구리를 쓰다듬고 있는데 어디선가 부르는 소리가 들렸다.

"상감마마, 용체 강녕하시옵니까?"

돌아보니 청의동자靑衣童子였다. 고운 얼굴에 깨끗한 옷의 동자가 미소를 짓고 다가왔다.

"너는 누구냐? 왜 왔느냐?"

"예, 마을 소년이옵니다. 상감마마의 등을 밀어드리려고 왔사옵니다."

"오, 등을 밀겠다고? 그거참 기특한 일이로구나. 그럼 내 등을 밀어보려무나."

수양은 동자가 잘 밀 수 있도록 몸을 낮춰 쪼그리고 앉았다. 동자가 밀려고 임금의 등에 손을 댔다. 그러자 임금이 질겁하고 비켜 앉았다.

"네 손이 왜 그리 뜨거우냐?"

"데시지는 않을 것이오니 안심하시옵소서."

동자는 전혀 거리낌 없이 등을 쓱쓱 밀었다. 등에 이어 가슴을 밀었다. 그리고 배, 팔, 다리를 밀었다.

수양은 깜짝 놀랐다. 동체胴體를 밀 때는 잘 몰랐는데 팔과 다리를 밀 때 보니까 동자의 손이 한 번 지나간 곳은 종처투성이가 씻은 듯이 사라져 깨끗해지는 게 아닌가.

"아니. 이게 도대체 어찌 된 일이냐? 네 손이 닿은 곳은 종처가 모두 없어지지 않았느냐?"

"상감마마, 제 손이 약손이라서 그러하옵니다. 한 번 만지면 모두 깨끗이 낫사옵니다. 이제 용안에 이 손을 대겠사오니 잠시 눈을 감으시옵소서."

수양은 눈을 감고 얼굴을 내밀었다. 동자의 뜨거운 손이 얼굴을 스쳐갔다.

수양은 언뜻 생각이 났다. 언젠가 이야기 들은 마법의 인두가 생각이 났다. 그 인두로 한 번 다리고 지나가면 피부가 깨끗해진다는 그런 인두. 그래서 늘 아쉬워하던 그 인두. 그런데 이 동자의 손이 바로 그런 인두임에 틀림없구나. 인두니까 이렇게 뜨거운 게 아니겠는가.

수양은 온몸이 20대의 약관일 때처럼 말끔해진 것을 알 수 있었다.

"이제 더 밀어드릴 데가 없사오니 이만 물러갈까 하옵니다."

"가만, 가만 좀 있거라. 너는 일등공신보다 더 높은 특등공신이다. 당연히 보상해야 할 것이 아니냐? 소원을 말해보거라. 1만 명 노비를 줄 수도 있고 1만 평 토지를 줄 수도 있으니 소원을 말해라."

"아니옵니다. 상감마마께서 스스로 찾으신 홍복洪福이온데 그 무슨 보상을 받겠사옵니까? 이만 하직이옵니다."

"얘야, 한마디만 더 듣고 가거라. 너 바깥세상에 나가서는 행여 임금의 등을 밀어주었다는 말은 절대 하지 마라. 궁중 나인 아닌 사람은 누구라도 임금의 몸에 손을 대게 되면 다 죽이는 게 국법이니라. 알겠느냐?"

"예, 알겠습니다. 하온데 이 동자도 한 가지 부탁을 드릴 게 있사옵니다."

"오, 어려워 말고 어서 말해보아라."

"상감마마, 밖에 나가시거든 행여 청의동자가 등을 밀어드렸다는 이야기는 하지 마셔야 하옵니다."

"허, 그건 또 왜 그러느냐?"

"이 동자가 다른 사람 아닌 관음보살觀音菩薩이옵니다."

"아니, 관음보살?"

그때 동자는 물 위로 미끄러져 멀어져갔다.

"이봐, 동자야. 아니 보살님……."

부르다가 임금은 잠에서 깨어났다. 자리에서 일어나서 임금은 몸의 이곳저곳을 어루만져보았다. 기적 같은 일이 일어나 있었다. 그렇게도 흉측하게 고름이 잡혀 있던 종처가 보송보송하게 다 마르고 몇 군데 딱지만 남아 있는 게 아닌가. 이곳저곳 허물이 벗겨지고 새살이 나 있었다.

"아, 보살님. 아, 관세음보살님."

복천사에서만 수양왕은 꼭 한 달 동안 요양을 한 셈이었다. 수양왕은 5월 말에야 상경 길에 올랐다.

전에 없이 쾌유된 몸에서 새로운 생기와 활력이 솟아나 오랜만에 살맛이 났다. 떠나면서 수양왕은 어림御臨의 기념으로 복천사에 쌀 3백 석, 노비 30인, 밭 2백 결을 하사했다.

어가는 천천히 하산했다. 수양왕은 어가 안에 앉아 두 손을 모아 합장하고 있었다. 마음이 차분하고 편안했다. 수양왕은 두 손을 모으고 또한 관음보살에게 감사의 기도를 드렸다. 관음보살이 꿈속에 나타나 괴로움의 근원인 종처를 치유해준 일은 참으로 기적 같은 일이 아닐 수 없었다. 꿈속에서 치료를 해주었는데 실제로 쾌유가 되었으니 말이다.

수양왕은 세상의 어느 우바새優婆塞(남자 신도)나 우바이優婆夷(여자 신도)보다도 더 경건한 마음으로 합장을 하고 감사를 드렸다. 흔들리는 옥련玉輦 안에 앉아 있는 수양왕이었지만 길을 가고 있다는 사실조차도 잊고 있었다. 1천여 명 어가행렬의 주인임도 잊은 일개 평신도의 마음이었다. 한 나라의 군왕이 아닌 회복기의 일개 환자의 마음이었다. 샘물에 들어가서 임상궁이 등을 밀어주던 일, 꿈속에서 청의동자가 온몸을 뜨거운 손으로 다려주던 일 등, 그런 회상 속에 빠져 몸의 흔들림을 마냥 잊고 있었다.

그러다가 갑자기 몸이 앞뒤로 움직이더니 우뚝 고정되었다. 정신을 차리고 보니 어가가 가다가 멈춘 것 같았다. 그런데 보련 밖에서 와아 하는 탄성이 울렸다. 수양왕은 주렴珠簾을 헤치고 밖을 내다보았다. 눈 앞에 소나무가 보였다. 그런데 바로 앞의 한 나뭇가지가 천천히 위로 쳐들어지고 있었다.

수양은 일행 중 누군가 나무에 올라가 그 가지를 잡아당겨 올리고 있는 줄 알았는데, 자세히 보니 나무를 건드리는 사람은 아무도 없었다. 어가가 지나갈 수 없도록 길을 막고 드리워져 있던 나뭇가지가 스스로 쳐들고 있는 것이었다.

"와아, 와아."

탄성이 계속되는 가운데 길이 훤히 열렸다. 위로 높이 들려진 나뭇가지는 내려오지 않고 멈추어 있었다.

신숙주가 다가오며 감탄했다.

"전하, 기적이 일어났사옵니다."

"나도 보았소."

"참으로 상서로운 기적이옵니다."

"어디 지나가 봅시다."

어가가 그 큰 소나무 밑을 지나갔다.

소나무를 통과하자 임금이 이번에는 보련의 뒤쪽 주렴을 올리고 소나무를 내다보았다.

허, 이게 웬일인가. 들쳐져 있던 그 나뭇가지가 천천히 움직여 다시 제자리로 내려오고 있었다. 수양왕뿐만 아니라 일행 모두의 눈이 그 소나무의 나뭇가지를 보고 있었다. 호종 군사들, 수행하는 대소 관원들, 상궁 내관들, 그리고 물론 왕비도 다 보고 있었다. 나뭇가지는 마침내 원래의 위치에 와서 딱 멈추었다.

신숙주가 부르짖었다.

"전하, 저 소나무가, 일개 식물인 저 소나무가 어가의 통행을 위하여 일부러 팔을 들어 올린 것이 아니옵니까?"

"그런 것 같소."

임금은 환하게 웃었다.

기적을 눈으로 똑똑히 본 백관들, 군사들 중에는 흥분해서 대열을 벗어나 길길이 뛰는 사람들도 있었다. 또 어떤 사람들은 땅에 엎디어 빌고 있었다. 또 어떤 사람들은 공중을 향하여 합장하며 외치기도 했다.

"옥황상제님 고맙사옵니다."

"나무관세음보살."

대오가 거의 다 무너졌지만 임금도 신숙주도 그것을 나무라지 않았다.

이윽고 임금이 신숙주를 불렀다.

"신정승."

"예, 전하."

"비망備忘 하나 적어서 승지에게 전하시오."

"예, 하명하시옵소서."

"비록 식물이지만 왕화王化를 보여주는 것 같아 기쁘기 한량없노라. 저 분별 높은 소나무를 정2품에 봉하노라."

"와아아……."

다시 함성이 일어났다.

기적을 일으킨 그 소나무는 이렇게 어명에 의해 정이품송正二品松이
되었던 것이다.

12

고목에 걸린 광목천

    귀경길에 다시 온양에 들렀다. 뜨거운 온천물의 감촉은 그냥 지나치기 어려운 유혹이었다. 뜨거운 물에 몸을 담그고 수양은 한 달 전처럼 턱수염 언저리에 찰랑거리는 온수의 감촉을 즐겼다.

    온천욕을 마친 석양 무렵, 수양은 신숙주와 온양군수, 별감 두 사람만을 데리고 근처 산책에 나섰다. 수양왕이 산책을 나갔다 하니 왕비가 임상궁을 채근하여 뒤따라 나섰다. 왕과 왕비가 산책을 나가니 관원과 궁인들이 그냥 앉아 있을 수 없었다.

    어느덧 산책의 행렬은 우중우중 걸어가는 긴 줄이 되었다. 왕비가 따라오는 것을 보자 수양왕이 기다렸다 나란히 걸었다.

    좀 걷다가 임금은 신숙주에게 물었다.

"신정승, 내 아까부터 생각하는 게 하나 있소."

"무엇이옵니까? 전하."

"이 지역 땅이 다른 지역과 무엇이 다르기에 온천물이 솟아오르는 것이오?"

"중국의 옛 서적에 의하면 지하 깊은 곳에는 화기火氣가 충만되어 있는데 지각地殻이 얇은 곳에 틈새가 있으면 그 기운이 솟아오른다 하옵니다."

"음, 그렇다면 온양이나 동래 같은 곳은 지각이 얇다는 뜻이 아니겠소"

"그럴 것 같사옵니다."

"그러면 말이오. 불가에서 말하는 지옥이라는 것이 바로 이 지하 깊은 곳에 있는 그런 곳이 아니겠소?"

"그런 추리로 써놓은 중국의 책이 있긴 하옵니다."

"아무튼 지하 아주 깊은 곳에는 신통한 조화가 서려 있는 게 틀림없는 것 같소."

"신 또한 그렇게 생각하옵니다. 저 지하 깊은 곳이나, 저 하늘 높은 곳이나, 해나 달이나 별이 있는 곳에는 분명 신통 조화가 서려 있을 것이옵니다."

수양왕이 고개를 끄덕였다.

"신통한 점쟁이나, 화타華陀, 편작扁鵲 같은 신의神醫들은 그런 지하나 천상의 신통을 빌려올 줄 아는 사람들이었을 것이오."

"아마도 그랬을 것입니다."

일행은 행궁에서 꽤 떨어진 언덕배기에 올랐다. 수양왕은 사방을 휘한 바퀴 돌아보았다. 그러다 한곳을 유심히 쳐다보았다. 신숙주도 수양왕이 유심히 처다보는 곳을 바라보았다. 황폐한 능묘 같은 것이 보였던 것이다.

"저것이 무엇인고?"

수양왕이 묻자 뒤따르던 온양군수가 대답했다.

"폐정廢井(버려둔 우물)이옵니다. 고려 중엽까지는 온천수가 나왔다고 하옵니다."

일행은 그 폐정 쪽으로 내려갔다. 봉분 비슷한 작은 언덕인데 그 앞 턱을 큰 돌이 막고 있었다. 한참 그 큰 돌을 처다보던 임금이 별감을 불렀다.

"여봐라. 너희들 저 돌을 치워보아라."

"예, 전하."

별감 둘이 달려들었다. 그러나 돌은 꿈쩍도 하지 않았다.

"장정들을 몇 데려오너라."

별감들이 뒤쪽으로 가 건장한 군졸 다섯을 데려왔다. 별감들과 그 군졸들이 힘을 합쳐서 그 돌을 겨우 밀쳐냈다. 그런데 밀쳐내자마자 별감과 다섯 군졸들은 그 자리에서 나뒹굴었다. 그들을 나뒹굴도록 떼 민 것은 세찬 물줄기였다. 물줄기는 계속 세차게 솟아올랐다. 주위에 모였던 사람들은 허겁지겁 물러서느라 야단법석이었다. 수양왕의 곤룡포에도 솟아오른 물방울이 떨어졌다.

"허어, 신기한 일이로다."

수양왕이 탄성을 질렀다.

"상감마마, 참으로 상서로운 일이옵니다. 수백 년 동안 막혀 있던 물줄기가 성상의 총기로 뚫어졌사옵니다."

온양군수가 물이 흥건한 땅바닥에 엎드려서 감탄의 말을 했다. 군수 뒤로 신숙주가 엎드렸다. 그러자 줄줄이 모든 사람들이 땅바닥에 엎드렸다.

그런 가운데 왕비 윤씨는 임금의 무릎을 얼싸안고 앉아 울음을 터뜨렸다.

"마마, 마마께서는 신통력을 발휘하셨습니다. 전지전능하신 옥황상제 님처럼, 대자대비하신 관음보살님처럼 신통력을 보이셨습니다. 마마."

목이 멘 윤비를 수양왕이 붙들어 안아 일으켰다.

물줄기는 두 길이 넘게 솟아올라 장관을 이루었다. 솟았던 물줄기는 이내 땅으로 떨어지며 도랑을 이루어 흘렀다. 사람들은 앞을 다투어 그 도랑에 손을 담갔다. 그러나 담근 손을 얼른 도로 빼내야 했다. 그 물이 그만큼 뜨겁기 때문이었다.

솟아오르는 하얀 물줄기를 넋을 잃고 바라보던 신숙주가 감탄해 아뢰었다.

"전하, 신은 이처럼 감격스러운 광경을 본 적이 없사옵니다. 이것은 상제上帝의 은총이시며 성상의 신통이옵니다."

"고맙소. 영상. 실은 나도 감격했소. 이제야 하늘이 나를 이 나라의 주인으로 인정해주는 것 같소."

왕비가 이어서 말했다.

"물론이옵니다. 마마. 물론이지요. 저 무지개를 좀 보시옵소서."

물줄기에서 발산되는 물방울들이 석양빛을 받아 칠색 영롱한 무지개를 만들어주고 있었다.

이때 행궁 쪽에서 무수한 사람들이 쏟아져 오는 소리가 났다. 아마도 누군가 이 기적 같은 소식을 전해준 모양이었다. 관원들, 군졸들은 물론이요 인근 촌민들도 밀려오고 있었다. 큰 파도처럼 밀려온 사람들은 물줄기 주위에 구름처럼 모여 커다란 원진圓陣을 이루고 있었다.

누군가 두 손을 번쩍 들어 올리며 큰 소리로 외쳤다.

"천추만세!"

너나 할 것 없이 모두 따라서 외쳤다.

"천추만세!"

"천추만세!"

남녀노소 빈부귀천이 모두 온통 한마음으로 뭉쳐 목청껏 감격의 만세를 불렀다. 임금의 얼굴에는 두 줄기 뜨거운 눈물이 흐르고 있었다.

얼마가 지났을까. 땅거미가 찾아올 때가 되어서야 일행은 돌아서 행궁으로 발길을 옮겼다.

다음 날 온양군수는 커다란 팻말에다 글씨 넉 자를 썼다.

주필신정駐蹕神井

(어가가 머물러 생긴 신비로운 우물)

그리고 그 팻말을 임금이 섰던 자리에 꽂아 세웠다. 그 팻말은 훗날 1476년(성종 7)에 돌비석으로 바뀌어 세워졌다.

영고성쇠榮枯盛衰는 물레방아처럼 돌고 돈다고 하는데, 고진감래苦盡甘來요 홍진비래興盡悲來라 하는 말도 있다.

수양에게 있어서 황금 시절은 어느 때라고 말할 수 있을까? 혈기방장하고 야심만만한 시절은 그가 김종서, 황보인을 도륙하고 영의정의 자리를 거머쥔 서른일곱 살 무렵이었을 것이다. 아무래도 그때가 황금 시절이었다.

그 이전에는 잘난 형과 아우 사이에 끼어 제대로 인정받지 못하는 불만 덩어리였고, 그 이후에는 형과 아우를 무고히 죽였다는 죄책감과 수없이 많은 충신열사를 죽였다는 가책으로 내상內傷이 들고, 문둥병과 같은 창피한 신병身病으로 형극荊棘의 세월을 보낸 죄인이었다.

그런 형극의 세월 가운데 유독 생기와 희열로 가득 찼던 기간은 속리산 온양 등지의 순행 시기였다. 그 시기 동안 신변에 나타난 몇 가지 불가사의한 기적이 그에게는 크나큰 위안이 되었다.

그에 따라 수양에게 생긴 가장 큰 변화는 자신의 신병을 비관하지 않게 되었다는 것이었다. 그리고 굳게 믿는 것이 있었다. 온양의 온천수였다. 그는 석 달이 멀다하고 온양 행행을 시행했다.

그 여름 수양왕은 다시 온양행궁에 여장을 풀었다.

저녁 수라를 마친 수양왕이 심심하여 횡적 부는 소리나 들어볼까 하고 막 사람을 부르려 하던 참인데 행궁 밖에서 뜻밖의 소리가 들렸다. 그 소리는 자지러지게 통곡하고 있는 아낙네의 울음소리였다.

미간을 찌푸리고 한참 곡성을 듣던 수양왕이 별감을 불렀다.

"저 울음소리가 괴이하다. 가서 사정을 알아보라."

별감이 나는 듯이 나갔다 와 말했다.

"홍윤성대감의 비부婢夫(여종의 남편)가 홍대감의 권세를 믿고 저 여인의 가족을 살해하고 구금했다고 하옵니다."

"뭐라? 홍윤성? 그 아낙을 이리 데려오너라."

아낙은 젊고 고왔다. 수양은 아낙의 하소연을 듣기 전에 호통부터 쳤다.

"너는 격쟁을 금지한 명령을 모르느냐? 임금을 놀라게 하는 것이 큰 죄인 줄 모른단 말이냐?"

아낙은 눈물을 닦고 또렷한 말씨로 대답했다.

"천민은 꽹과리를 치지 않았사옵니다. 그저 참을 수 없어 울었을 뿐이옵니다."

"흠, 하긴 그렇구먼."

임금은 웃으며 곁에 배석한 한명회를 쳐다보았다. 한명회는 매우 못마땅한 눈초리로 그 아낙을 노려보고 있었다. 임금에게 흉한 소리를 들리게 한 아낙이 또렷또렷한 말씨로 꽹과리를 치지 않았음을 밝히고 나서는 것이 괘씸했던 것이다.

격쟁은 오랜 옛날부터 시행되던 직소直訴(직접 호소함)의 방식이었다. 탐관오리들은 백성 개개인의 복리를 경솔히 취급하고 백성들에게 불행을 끼치는 많은 일들을 태연히 자행했다. 이에 억울하기 짝이 없는 백성들은 자신들의 불행을 호소할 길이 없었다. 이를 알게 된 어진 군주들은 때로는 신문고를 설치하여 하소연을 듣기도 했고, 격쟁을 통하여 딱한 사정을 듣기도 했던 것이다.

그런데 수양왕은 그의 첫 온양 행차 때 그 격쟁을 금지시켜버렸던 것이다. 억울한 호소에 대하여 공공정정하게 명명백백하게 어명으로 처리를 했어야 했지만, 그것이 다른 사람이 아닌 혈맹 공신인 홍윤성을 죽여야하는 일이었기 때문에 수양왕은 그 일을 불문에 붙일 수밖에 없었던 것이다. 그 직후 수양은 격쟁을 아예 없애버렸다.

처리 방법을 뻔히 알면서도 명명백백하게 일을 처리할 수 없다는 것, 그것은 왕으로서는 커다란 고충이요 우울한 심화가 아닐 수 없었다. 알고도 처리하지 못하는 것보다는 아예 모르고 지내는 것이 낫겠구나 하여 격쟁을 금지시켰던 수양왕이었다.

그런데 이날의 아낙이 또 홍윤성에 관한 호소를 들고 왔으니 수양왕은 난감하기 짝이 없었다. 한명회는 왕의 그런 심사를 잘 알기 때문에 이 아낙이 괘씸하기 짝이 없었던 것이다. 한명회 역시 왕의 바른 정사보다는 자신들 불한당 패거리의 결속을 더 중시하기 때문에 그 아낙의 출현을 몹시 못마땅하게 여겼던 것이다.

한명회는 은근하면서도 위협적인 목소리로 이 아낙을 협박했다.

"상감마마를 우울하게 하는 백성들은 죄인으로 처리된다는 것을 명심해야 할 것이니라."

그러나 여인은 모든 각오가 되어 있는 듯했다.

"천민이 지엄한 행궁에서 소란을 피우면서 어찌 죽음을 각오하지 않았겠사옵니까? 하오나 천민의 지아비는 이미 비명에 죽었고, 이제 아비 목숨이 경각에 달려 있기에, 설원雪冤하고 구명할 길을 달리 찾을 길이 없사와 이렇게 죄를 범하옵니다."

"한정승, 내버려두시오. 여인은 어서 사연을 말해보라."

"예, 상감마마. 천민은 여기서 2백 리 남쪽인 홍산鴻山(부여군 홍산면)에 사는 호장戶長 나계문羅季文의 처이옵니다. 근처에서 적지 않은 여자들이 홍윤성대감 댁의 시비侍婢로 뽑혀 올라가 있사온데 그 비부들이 작당을 하여 민폐를 끼친 것이 여러 해 되었사옵니다. 홍윤성대감의 비호를 받아 그들의 기세가 여간이 아니옵니다. 그러다 한 달 전에 그들이 대낮에 민가의 보릿섬을 강탈하는 것을 보고 남편이 꾸짖었더니 그들은 그날 밤 힘이 장사인 역리驛吏 하나를 데려와 마당 한복판에서 남편을 때려죽였사옵니다."

"뭐라? 때려죽여? 타살했다 이 말이지?"

"그렇사옵니다."

"흠, 이런 못된 놈들이……."

수양왕은 타살에 대한 혐오와 공포가 마음속에 도사리고 있었다. 때려죽였다는 말에 수양왕은 감정이 고조되었다.

"계속하라."

"홍산 현감縣監 최륜崔倫 앞에 나아가 천민이 소장訴狀을 바쳤더니 현감은 역리 한 사람만을 하옥시켰습니다. 그런데 며칠 후 홍대감 댁 하인배들이 와서 그 역리마저 빼내어 갔습니다. 천민은 하도 억울하여 충청감사에게 호소하였습니다. 그랬더니 김지경金之慶 감사가 관계자들을 모두 검속해갔습니다. 그런데 그다음 날로 관계자들은 죄다 풀려나왔습니다. 상감마마의 특사령이 내렸다고 손가락 하나 다치지 않고 다 나왔습니다."

"쯧쯧……. 저런 고얀 놈들이 있나?"

수양왕이 혀를 차고 있는데 안쪽 문이 열리며 윤비가 손수 옥반玉盤을 받쳐 들고 들어왔다. 심상찮은 분위기를 살피던 윤비가 계하의 아낙을 발견했다. 순간 윤비의 눈꼴이 사나워졌다.

"아니, 마마. 행궁에서 무슨 송사訟事를 보십니까?"

윤비는 실상 엄격한 간호인이었다. 왕은 민망한 듯 딴말을 했다.

"누굴 시키지 않고 왜 손수 들고 왔소? 오늘은 뭐요? 오미자차요, 죽엽차요?"

"작설차이옵니다."

대답을 하면서도 윤비는 계하의 아낙을 노려보았다.

"중전은 들어가 보시오."

"아니옵니다. 방해가 되지 않을 것이오니 심문을 끝내십시오."

윤비가 비켜 앉자 임금이 계하의 여인에게 다시 말을 했다.

"그래, 손가락 하나 다치지 않았다고?"

"예, 그들은 풀려나오자마자 천민의 집에 몰려와 살림살이를 다 두드려 부숴놓고 갔습니다. 그리고 그 이튿날 김감사가 보낸 나졸들이 나와서 천민의 아비 윤尹자 기起자 쓰는 노인을 잡아갔습니다. 죄목은 홍윤성대감을 모해謀害한다는 것이었습니다. 이에 너무도 억울하여 이렇게 존전을 어지럽히게 되었사옵니다. 통촉하시옵소서."

아낙이 말을 끝내자 임금은 즉시 최륜과 김지경을 나포해 오라 하여 친국을 벌였다. 그들은 실로 유구무언有口無言이었다.

"배후에 어마어마한 세력이 있사와 소신들은 어찌할 수가 없었사옵니다."

"무슨 소리야? 어마어마한 세력이라니?"

"홍윤성대감과 관계된 일을 신등이 어찌 감히 처결하겠사옵니까?"

임금은 기가 막혔다.

"김지경은 듣거라. 네 병부兵符(군사 동원의 신표)는 임금이 준 것이냐, 홍윤성이 준 것이냐?"

"전하께서 내리신 것이옵니다."

임금이 벌컥 화를 냈다.

"이 발칙한 놈아. 네놈에게 병부를 준 것은 지방을 잘 다스리라고 준 것이지 권신의 하인배들과 부화뇌동附和雷同하라고 준 표적인 줄 알았느냐?"

"죽여주시옵소서."

"오냐, 죽여주고 말고, 여봐라. 무감."

"예이."

힘찬 대답과 함께 무감 두 사람이 나섰다.

"저 두 놈을 당장……. 저 두 놈을……."

외치다 말고 임금은 전신을 부들부들 떨었다. 홍윤성의 넙죽한 상판과 왕방울 같은 눈망울이 떠올랐다. 섬돌에 이마를 찧던 그 곰같이 우람한 놈. 제명대로 부귀영화를 누려야 한다던 그놈. 그놈의 기골 장대한 모습이 우뚝 눈앞을 가로막았다.

"아니다. 무감은 물러가거라. 그리고 너희 두 놈은 이번만은 목숨을 붙여주고 직첩職牒도 그대로 둔다. 앞으로는 성심을 다해 백성의 편이 되어 명명백백히 일을 처리토록 하라. 명명백백히, 알았느냐?"

"예. 전하. 성은이 망극하옵니다."

충청감사와 홍산현감이 사은하고 물러갔다.

왕은 망연자실하여 멍하니 있다가 입속으로 중얼거렸다.

"명명백백히……. 명명백백히……."

한명회는 의미심장한 눈빛으로 그런 임금을 바라보고 있었다.

잠시 후 임금은 힘없는 목소리로 무감을 불러 몇 가지 전지傳旨를 내렸다. 홍윤성의 비부들과 사건에 관련된 역리와 하인배들을 참수하라는 지시였다.

보리 짚 낟가리 아래에서 잠시 쑤석대는 소리가 났다. 그러더니 수염이 더부룩한 거지중이 하나 기어 나왔다.

"돌중, 땡추중."

"돌중, 땡추중.

아이들이 노래하듯 소리를 맞춰 놀려대고 있었다. 아이들은 들고 있던 조약돌, 기와 조각 같은 그런 것들을 일제히 던졌다. 그중 몇 개가 수염투성이 사내의 얼굴에 맞았다. 사내는 얼굴을 쓱쓱 문지르더니 벌떡 일어서서 기지개를 켰다. 그러더니 그 자리에서 바지를 풀고 오줌을 내갈겼다.

아이들이 또 한 차례 들었던 것을 던졌다. 벌겋게 드러난 하복부에 몇 개가 명중되었다. 사내는 조금도 아랑곳하지 않고 오줌을 갈겨 끝냈다. 사내가 바지 허리춤을 동여매고 어슬렁어슬렁 아이들 쪽으로 걸어가자 아이들이 한달음에 다 도망쳐버렸다.

사내는 고개를 숙인 채 손에 망태기 하나를 들고 천천히 걸어 마을을 벗어났다. 온양 근처 어느 마을이었다. 마을을 벗어난 중은 딴 마을로 가지 않고 냇가를 찾아들었다. 제법 깊은 개울이었다.

땡추중은 개울 이곳저곳을 헤매다가 물살이 가장 급한 여울목으로 가더니 근처 바위에 자리 잡고 앉았다. 그러더니 망태기에서 주섬주섬 몇 가지를 꺼내 늘어놓았다. 벼루, 먹, 붓 그리고 손바닥만하게 자른 백지 수십 장을 꺼내 놓았다.

땡추중은 손을 오므리고 물을 떠 벼루에 붓고 열심히 먹을 갈았다.

먹 갈기를 마친 중은 붓에 먹물을 묻혔다. 그리고 일필휘지一筆揮之하여 오언고시五言古詩 한 수를 휘갈기고는 붓을 놓았다.

중은 자기가 쓴 시를 물끄러미 쳐다보다가 그 백지를 들어 물에 띄웠다. 빠른 물살을 타고 그 종이는 금세 떠내려가고 말았다. 종이가 보이지 않을 때까지 중은 그 종이를 바라보았다. 종이가 사라진 곳을 멍하니 바라보면서 중은 석불石佛인 양 붙박혀 있었다. 중은 한참을 그러고 있었다.

그러다 중은 다시 붓을 들어 시를 쓰고 물끄러미 쳐다보다가 또 물에 띄워 보내고 보이지 않을 때까지 바라보았다. 중은 그런 동작을 석양이 될 때까지 계속 반복했다.

해가 지고 달이 솟았다. 달빛 아래서도 중은 여전히 쓰고 띄우고 바라보기를 반복했다. 종이가 다 떨어졌을 때 밤은 깊어 있었다. 중은 바위에 드러누워 달을 올려다보면서 목청을 돋우어 낭랑하게 시를 읊었다.

한참 동안 그렇게 목청을 돋우고 있자 인기척이 나며 한 사람이 나타났다. 장삼 가사 차림의 중이었다.

"냇가에 누운 납자衲子(승려)는 설잠雪岑(김시습의 승명)이 아니신가?"

"어이구. 학조學祖스님이시군. 하하하하."

두 중은 덥석 손을 맞잡고 한참 큰 소리로 웃었다. 흡사 거지꼴의 땡추중은 김시습이요 새로 나타난 중은 동문수학한 친지였다.

"학조, 나인 줄을 어떻게 알았나?"

"〈이소경離騷經(중국 전국시대 초나라의 굴원이 지은 장편 서정시)〉을 그렇게 구성지게 읊어대는 사람이 조선 천지에 설잠 말고 또 누가 있겠는가?"

"그런데 도대체 어디 가는 길인가?"

"설잠 자네를 찾아오는 길이네."

"아니. 무슨 일로?"

"자네의 법력法力이 장족의 발전을 했다는 소문이 들려와서 한번 겨뤄보려고 왔지."

"무슨 소리? 나야 돌중인데 무슨 법력을 가졌겠는가?"

"속이지 말게. 듣자 하니 한양 용산에서 환술幻術(남의 눈을 속여 헛것을 보이게 하는 기술)을 부려 남효온南孝溫(생육신의 한 사람) 일당을 놀래주었다 하던데……."

"와전된 모양일세. 헌데 학조야말로 무슨 신통력을 가진 모양이군. 겨루겠다고 하니 말이야."

"자아. 잔말 말고 제안을 해보게."

"예끼 이놈아. 나를 꺾어 무슨 공명功名을 얻는다고 이따위 수작이야?"

"제안을 해보라니까."

"이런 염병할 놈. 네가 나를 당해낼 것 같으냐?"

김시습은 벌떡 일어서더니 물속으로 첨벙 뛰어 들어가 벌렁 드러누웠다. 학조도 뒤따라 그렇게 했다.

한참 후에 김시습이 뛰어나왔다. 학조도 그랬다. 김시습의 옷에는 물이 한 방울도 묻어 있지 않았다. 그러나 학조는 물에 빠진 생쥐처럼 흠뻑 젖어 있었다.

"봐라, 이놈. 꺼져버려."

"과연 설잠은 신통하네그려."

학조는 옷을 툭툭 털더니 돌아섰다. 학조가 멀리 가버리자 김시습은 다시 물속으로 텀벙 뛰어들었다가 나왔다. 이번에는 옷이 다 젖어 있었다.

김시습은 학조가 간 반대 방향으로 걸어가기 시작했다. 자정 무렵이 되어 김시습은 수양이 있는 온양행궁 앞에 나타났다. 그는 행궁의 높은 담을 훌쩍 뛰어넘어 아무 소리도 들리지 않게 안으로 들어갔다. 그리고 보련寶輦을 모셔둔 곳으로 갔다. 그리고 김시습은 활을 들고 화살을 걸어 보련을 겨누었다.

활줄을 당겼다가 쏘니 화살은 어둠을 뚫고 보련에 가서 탁 박혔다. 그리고 김시습은 행궁 밖으로 뛰어나왔다. 그는 고개를 좌우로 도리질 치다가 어둠 속으로 사라졌다.

이튿날 상경 차비를 하던 별감 하나가 보련 지붕에 박힌 화살을 발견하고 뽑아 들었다. 화살 끝에는 종이쪽지가 매여 있었다. 별감이 그 쪽지를 풀어 들여다보려는데 임금이 나타났다.

"그게 무엇이냐?"

"이것이……."

"이리 내라."

종이쪽지에는 짤막하게 씌어 있었다.

"홍윤성이 죽인 양민의 수효가 1백 명에 이릅니다."

"이걸 어디서 났느냐?"

"보련에 화살이 하나 박혀 있었사온데 화살 끝에 매여 있었사옵니다."

"음……, 거참 괴이한 일이로구나."

가슴이 섬뜩해진 임금은 울화가 치밀었다. 임금은 지난밤 보련의 근처를 지키던 군사들을 모두 집합시키라 했다. 꿇어앉은 군사들을 쳐다보던 수양왕은 무감들을 향해 소리쳤다.

"모두 다 참수하라."

왕비가 깜짝 놀라 극구 말렸다.

"무감들은 뭘 꾸물대느냐? 네놈들도 다 죽고 싶으냐?"

무감들은 서둘러 군사들을 그 자리에서 다 참수해버렸다.

"크으……."

임금은 침통한 심정으로 귀경길에 올랐다.

어가가 한강 배다리를 건너 숭례문이 가물가물 바라다 보이는 곳에

이르렀을 때 까마귀 떼 우는 소리가 들렸다.

행렬의 선두가 멈췄다. 수양왕이 주렴을 헤치고 앞을 내다보니 앞서

가던 군졸들이 모두 한곳을 쳐다보고 있었다. 임금은 엉거주춤 구부려

보련 밖으로 고개를 내밀었다.

"아니, 저게 무엇인고?"

행렬의 오른편으로 느티나무 고목이 하나 서 있는데 나무 위에서

아래쪽으로 길게 광목천이 드리워져 있었다. 임금은 옥교배玉轎陪들을

재촉해서 그리로 다가갔다. 광목천은 나무 밑동까지 늘어져 있었는데

천 아래에 큰 글씨가 씌어 있었다.

1백 번째 참살慘殺

능숙한 필체로 휘갈겨 쓴 글씨는 먹물이 아직 덜 마른 채였다. 나무

꼭대기에는 흰 물체가 매달려 있었는데 사람의 시체인 듯했다.

"저기 보이는 것을 끌어 내려라."

군졸들이 올라가 끌어 내린 것은 과연 사람의 시체였다. 노파의 시체인데 머리가 으깨져 있었다. 높아지는 궁녀들의 비명이 까마귀 떼 소리에 섞여 들렸다.

수양왕은 촌장을 불러오라 했다. 중늙은이 하나가 사색이 다 되어 임금 앞에 엎디었다.

"너는 임금의 수레가 지나가는 길임을 몰랐단 말이냐? 저런 요사스러운 것을 내 눈에 띄게 한단 말이냐?"

"상감마마. 신의 말씀을 좀 들어주시옵소서. 아까까지만 해도 저런 것은 없었사옵니다. 꼭두새벽부터 대여섯 번 길을 쓸고 닦았사옵니다. 아까까지도 저런 것은 분명 없었사옵니다."

"그럼 너는 이 시체에 대해서 아무것도 모른단 말이냐?"

"상감마마. 알기는 아옵니다만 아까까지는 그 시체가 여기에는 분명 없었사옵니다."

"아는 대로 말해보아라."

"이 시체는 어제까지만 해도 홍윤성대감 댁 대문 밖에 있었습니다."

"으음, 홍윤성! 으으……."

수양왕은 부들부들 떨었다. 촌장도 부들부들 떨었다.

한명회가 다가와 귓속말을 전했다.

"이목이 번다하오니 이 촌장을 데리고 일단 환궁하셔서 다시 물어보아야 할 듯하옵니다."

임금이 고개를 끄덕였다.

대궐에 돌아온 임금은 밤새 고열에 시달리며 헛소리를 연달아 했다.

임금의 머리맡에서 밤을 꼬박 밝힌 왕비는 헛소리 내용에 귀를 기울였다.

"때려죽였어. 때려죽였다고……."

"명명백백히, 명명백백히……."

아침이 되자 임금은 열이 좀 가셨다. 그런데 용안은 불과 하룻밤 새에 몰라볼 만큼 수척해졌다.

아침부터 임금은 촌장을 만나보겠다고 우겼다. 윤비가 거듭 만류했다. 오후가 되자 임금은 벌컥벌컥 화를 내며 촌장을 데려오라 했다. 해가 다 질 무렵에서야 촌장이 불려왔다.

임금 앞에 엎딘 촌장은 입을 열지 않았다.

"무엇이 거리끼느냐? 너에게 죄만 없다면 후환이 없을 테니 아무 염려 말고 말해라."

"상감마마, 그 노파는 홍윤성대감이 때려죽였사옵니다."

"뭐라. 홍윤성? 왜?"

"그 노파는 신의 바로 이웃에 사는 사람이옵니다. 남편도 자식도 없이 홀로 사는데 논 열 마지기가 있어 궁색하게 지내지는 않았습니다. 더구나 그 논은 수확이 많기로 인근에 소문이 나 있었습니다. 그런데 얼마 전에 홍윤성대감이 그 논을 빼앗아 미나리꽝을 만들었습니다. 의지가지없는 노파는 며칠을 울다가 마침내 땅문서를 가지고 홍대감을 찾아갔습니다."

"관가에 갈 일이지, 왜 호랑이 굴을 찾아갔는고?"

"상감마마, 어느 관청이 홍대감에게 해로운 송사를 받아주겠사옵니까?"

참 답답하다는 듯 촌장은 왕을 올려다보았다. 왕은 얼굴을 돌렸다.

"그래서?"

"찾아가려는 노파를 이웃에서 모두 말렸습니다. 그러나 노파는 말했습니다.

'이 늙은이가 홀로 살면서 믿는 것이라곤 이 논뿐인데, 내가 대감의 처사를 그대로 두면 꼼짝없이 굶어 죽을 판이고, 항의하면 맞아 죽기 십상이지만, 어차피 죽는 건 마찬가지니까 대감 문전에 가서 하소연이나 해보려는 것이니 말리지 마시오.'

그런데 홍대감은 노파를 보자마자 말 한마디도 하지 않고 노파를 거꾸로 매달아놓고는 모난 돌로 머리를 으깨어 죽였습니다."

"윽……."

임금이 진저리를 쳤다.

"너는 그런 내용을 어떻게 알았느냐?"

"홍대감은 한 번도 살인을 숨긴 적이 없습니다. 자신이 누구 죽였다는 말을 떠벌리고 다녔습니다. 죽은 노파를 대문 밖에다 버렸는데 사람들은 후환이 두려워 묻어주지도 못한 채 이틀 동안 거적에 덮여 있었습니다."

"음, 거적이 덮여 있는 노파를, 누군가가 내 통행 길에 보이게 하려고 시신을 옮겨다 매달고, 광목을 드리워 눈에 띄게 했다는 얘기로구나."

"그 내막은 신도 모르는 일이옵니다."

임금은 한 가지만은 짐작할 수 있었다. 보련에 화살을 쏜 자가 이 노파를 나무에 갖다 놓고 광목을 드리웠을 것이었다.

'아마도 홍윤성에게 단단히 원한을 가진 자가 그랬을 것이다. 그런

데 1백 명을 죽였다는 것이 사실이란 말인가?'

"여봐라 촌장."

"예, 상감마마."

"너는 홍윤성이 사람 죽이는 것을 몇 번이나 보았느냐?"

"한 스무 번은 되는 듯하옵니다. 대문 밖 저쪽 개울에서 한 과객이 말을 씻기니까 무엄하다고 죽이는가 하면, 대문 앞을 말 타고 지나가면 무엄하다고 잡아 죽였습니다. 그리고……."

"알았다. 촌장은 그만 물러가거라."

촌장은 물러갔다.

그 자리에 있던 신숙주, 한명회는 다 같은 특등공신으로서 느끼는 바가 없을 수 없었다. 홍윤성 사건에 대한 왕의 반응은 전과 달리 많은 파탄이 보였다. 수양왕은 갈팡질팡하고 있는 셈이었다.

두 사람은 임금 몰래 서로의 기색을 살폈다. 두 사람은 종내 입을 열지는 않았으나 서로의 내심은 알 수 있었다. 하나는 오연傲然함을 간직한 채 시치미를 뚝 떼는 내심이었다.

'우리는 특등공신인데…….'

또 하나는 격세지감隔世之感의 우수憂愁를 자각하는 내심이었다.

'임금님도 늙어지니…….'

수양은 며칠 사이에 노인이 다 된 듯 초췌하고 의기소침한 모습으로 변해버렸다. 그리고 홍윤성에게 살해된 노파를 본 이후로는 온천 행행을 딱 끊어버렸다.

왕비는 시름을 달래기 위해서 다시 불경에 침잠沈潛했다. 왕비가 불경에 침잠할수록 수양은 또 고립무원孤立無援함을 느꼈다.

홀로 편전에 정좌한 수양은 붉은 묵즙墨汁을 붓에 흠뻑 묻혀 들고는 관원선정官員選定의 낙점落點에 머뭇거리고 있었다. 이조에서 제시한 세 후보자의 성명을 임금은 하나도 모르고 있었다. 그러나 재결권裁決權은 어디까지나 임금의 몫이었다.

'삼망三望 후보 중에는 적격자가 없다.'

이렇게 써서 그냥 내줄 수도 없는 일이었다.

'제기랄, 수백 명 관원의 이름을 다 외우고 있어야 하다니……. 과연 임금 노릇은 귀찮기 짝이 없는 일이야…….'

속으로 이렇게 중얼거리는데 붓끝에 맺혀 있던 묵즙 한 방울이 종이 위에 떨어지고 말았다.

"어, 저런……."

방울은 한 사람의 이름 아래에 일부러 찍은 것처럼 떨어졌다. 임금은 차라리 잘되었다고 생각했다.

'하늘이 시킨 일이로군.'

임금은 낙점된 삼망 종이를 내주고는 운명이란 것에 대한 한없는 상념에 빠졌다. 자신 때문에 죽어간 많은 이들, 그것도 운명이 아닌가? 제명대로 살면서 누구도 제재할 수 없는 복락을 누리게 되어 있다는 것도 홍윤성의 운명인가? 온몸에 퍼진 종처로 인해 심신이 괴로운 것 또한 운명이 아니던가?

수양은 다음 날 명나라 사신들을 위한 잔치를 벌여야 했다. 신병이 심해져 왕비가 금주를 거듭 강권하고는 있지만 대국 사신을 접대하며 한 잔도 안 마실 수는 없는 일이었다.

수양왕은 작은 잔으로 조금씩 먹었다. 그렇게 마셨는데도 제법 취기가 올랐다. 몽롱한 눈을 들어 여러 대관들을 죽 훑어보다가 어떤 사람이 눈에 들어오자 임금은 깜짝 놀랐다.

'언제 저 사람이 당상관이 되었단 말인가?'

금대金帶를 띤 그 사람은 당상관이었다. 그는 임금이 모르는 사람이 아니었다. 그 사람은 특히 그 코 때문에 기억에 남는 사람이었다.

'아무리 코가 낮다고 해도 분수가 있지. 저건 평지에 구멍만 두 개 뚫어놓고 그만둔 형상이니……, 저런 사람이 당상관이라면 임금의 체면도 구멍이 나고 마는 게 아니겠는가?'

이런 생각 때문에 수양왕은 그를 5, 6품관으로 오래 묵혀두고 승진은 시키지 않았었다. 그런데 그가 당상관이 되어 있었던 것이다.

'아니, 어느 권문세가에 뇌물 공세라도 폈단 말인가?'

수양왕은 심기가 불편했으나 사신 있는 곳에서 내색할 수도 없어 잔치가 끝날 때를 묵묵히 기다렸다. 그러다 잔치가 끝나자마자 수양왕은 이조판서를 불러 그 사람에 관해 물었다.

"그 사람은 순전히 실력으로 승진된 사람입니다. 더구나 청렴결백하기로 소문이 난 청백리이기에 승진이 빠른 편입니다."

이조판서의 설명을 듣자 임금은 둔기로 뒤통수를 얻어맞은 사람처럼 머리가 멍해졌다. 그러나 곧 정신을 수습해 생각해보니 떠오르는 게 있었다. 전날 삼망의 문서를 놓고 낙점을 망설이고 있을 때, 먹물방울이 저절로 떨어져 그 사람 이름 아래 점을 찍었던 사실이었다.

'허, 이것도 이 사람의 운명이 아닌가!'

이 일로 해서 수양왕은 왕의 힘으로도 어쩔 수 없는 운명이란 게 있다는 것을 새삼스럽게 깨달았다. 수양왕은 남모르게 낯빛을 붉혔다. 엄숙하게 운행되는 천지조화의 일을 일개 인간인 임금의 힘으로는 조금도 틀어놓을 수 없다는 것을 실감할 수 있었다.

다음 날 또 삼망의 문서를 앞에 놓고 수양왕은 웬일인지 선뜻 손대지지 않았다. 이름들을 보니 하나도 아는 사람이 없었다.

임금은 대전상궁을 불렀다.

"궁녀들 가운데 전혀 글자를 모르는 자도 있느냐?"

"예, 마마. 무수리(궁중 잡일을 하는 여종)들 중에는 더러 있사옵니다."

"그래? 그럼 그중 아주 무식한 아이를 하나 데려오너라."

곧 불려온 무수리는 뚝심이 있어 보이는 뚱보였다. 뚱보는 어전에 나오자 얼굴이 온통 대춧빛이었다.

"이리 가까이 오너라."

"예, 상감마마."

"너 글 모르지?"

"예, 모르옵니다."

"음, 됐다. 이리 더 가까이 와서 내가 시키는 대로 해라."

"여기 보아라. 여기 세 이름이 적힌 종이가 있다. 이 붓에 먹물을 찍어서 저 세 이름 가운데 한 이름 밑에 점을 찍어라."

뚱보는 떨리는 손으로 붓을 잡고 살며시 먹물을 찍어 들었다.

"아무 이름이나 괜찮습니까, 상감마마?"

"그래. 괜찮다."

뚱보는 종이 위의 이름들을 심각하게 노려보았다. 그 꼴이 우스워 이조판서가 입을 가리고 소리 없이 웃었다. 드디어 뚱보가 낙점을 했다. 그리고 물러갔다.

"자, 인선이 끝났으니 가져가시오."

"전하. 이 낙점은 무슨 뜻이옵니까?"

"운명이란 뜻이오."

수양왕이 쓸쓸한 미소를 지었다.

수양왕은 불면증이 심해지더니 이제는 고질병이 되어버렸다. 초저녁에 설핏 잠이 들었다가 사경四更(밤 1~2시) 무렵이면 으레 잠이 깨어 뒤척여야 했다.

초저녁잠도 잠답게 자는 것이 아니고 온갖 악몽에 시달리는 잠이었다. 그렇다 보니 새벽 시간은 악몽을 반추反芻하는 시간이었다. 얼마가 지났을까, 그 새벽 시간은 악몽의 반추뿐만이 아니라 새로운 환상에도 휩싸이는 시간이 되었다. 형왕인 문종 임금, 친동생인 안평대군, 금성대군, 친조카인 선왕 단종 임금, 집현전 학사들, 그리고 자기가 죽인 수많은 사람들이 번갈아 나타나서 괴롭혔다. 호통을 치고 질타를 하고, 손가락질을 하며 욕을 해대기도 하고, 히물거리며 비웃기도 하고, 가가대소로 조롱하기도 했다.

이미 오랜 세월이 지난 일이요 되돌릴 수 없는 일인 것을, 이젠 제발 좀 잊어주었으면 좋으련만 더 늦게 새삼스럽게 매일 나타나 괴롭히는 것이었다.

"너 이 못난 놈, 가장 호방하고 대장부 하던 놈이 그래 음흉하게도 비밀히 모의하여 나를 죽여? 너를 못난 대로나마 쓸 만한 왕족의 후원 세력이라 믿었던 내가 잘못이었다. 비겁하고 더러운 놈. 네가 천벌을 어찌 피하고 아비지옥阿鼻地獄(가장 고통스러운 지옥)을 어찌 피할 수 있겠느냐?"

형왕이 호통을 칠 때도 식은땀이 나는데, 가끔 아버지 세종대왕이 나타나 말도 없이 뚫어지게 노려볼 때면, 간이 쪼그라져 붙을 지경이었다.

안평대군은 큰 칼잡이 망나니의 몰골로 나타났다. 생시처럼 깨끗한 헌헌장부의 모습이지만 손에 잡은 그 칼이 번뜩거렸다. 쾌자快子 자락을 펄럭이며 더펄더펄 춤을 추며 돌아가다가 우뚝 서서 날카로운 목소리로 힐난했다.

"수양형님. 역적질로 강탈한 용상 맛이 어떻소? 자식 죽이고 며느리 죽이고 문둥병까지 들었어도 살 만합니까? 하하하하. 이놈 역적 놈, 어린 조카 내쫓아 죽인 이 치사하고 더러운 역적 놈."

부릅뜬 눈에서는 살기가 번뜩였다. 수양왕은 애써 변명만 했다.

"안평 너는 역적질하려 하지 않았냐? 내가 임금이 안 되었으면 네가 되었을 것이 아니냐? 용상을 김종서나 황보인에게 넘겨줄 수는 없지 않느냐?"

"더럽게 남에게 둘러씌우는 게요? 나는 형님의 그 야욕을 꺾으려 했을 뿐이고, 김종서, 황보인은 애당초 역심이 추호도 없던 사람들이오. 역적질하고 싶어 했다고 당당하게 말하면 그래도 남아답고 왕자답기나 할 게 아니오? 예끼, 이 끝끝내 더러운 놈."

한숨 돌리노라면 앳된 목소리가 들려왔다.

"수양 숙부, 내가 왕위까지 내주었는데 나를 겨우 16년만 살고 죽게 하다니 그렇게도 소견머리가 자라 콧구멍처럼 좁아터졌단 말이오? 내가 나이 드는 게 그렇게 무서웠단 말이오? 불한당 신하들의 손에 놀아 나느라 왕 노릇도 제대로 못할 것을 왜 나만 쫓아내고 죽였단 말이오? 그렇게 쪼잔한 숙부인 줄 내 미처 몰랐던 게 천추의 한이오. 천추의 한 이란 말이오."

"상왕전하, 미안합니다. 당신은 아무런 죄가 없습니다. 비둘기 한 마 리 죽이지 않았는데 무슨 죄가 있겠습니까? 다만 왕 깜냥이 못 되는 처지로 그것도 어린 나이에 왕위에 있었다는 게 불운이었지요."

"숙부는 정말로 끝까지 솔직하지 못하고 비열합니다. 조선의 대관大 官 명현名賢들이나 중국의 명관名官 현사顯士들도 '조선에 삼대 명군세 종, 문종, 단종이 나와 동방예의지국에 장구한 태평성대의 영광이 빛 날 것이니라' 했는데 무슨 헛소리를 하는 것이오?"

단종이 사라지자 집현전 학사들이 나타나 차례대로 임금에게 고문 을 시행했다. 곤장, 철퇴, 주리 도구, 압슬 형구, 인두, 화젓가락, 거열 수레 등등이 등장했다. 학사들은 자기가 당한 만큼의 고문과 형벌을 수양왕에게 가했다. 수양왕은 초죽음에 이르러 드디어는 거열형을 당 했다.

"으아악, 으아악."

몸을 뒤틀며 소름 끼치는 비명을 질러대면 왕비가 놀라 깨어났다.

"마마, 마마, 웬일이세요?"

서서히 의식을 바로잡으며 임금이 고개를 설레설레 흔들었다. 이러 다 보니 왕비도 새벽녘에는 잠을 못 자고 임금의 사지를 주물러야 하 기에 팔이 빠져나가는 듯했다. 온갖 고문을 다 받고 일어난 임금은 실 제로도 온몸이 결리고 쑤셨기 때문이었다.

13

걸레 같은 놈들

아무리 천하 진미를 끼니마다 먹는다 해도, 아무리 더없이 편안한 이부자리에 저녁마다 드러눕는다 해도, 아무리 몸에 좋다는 보약을 날마다 먹는다 해도, 단잠을 못 잔다면 그게 다 무슨 소용이 있겠는가.

수양왕은 잠을 제대로 잘 수가 없으니 입맛은 깔깔해지고, 기력은 쇠잔해지고, 정신은 멍청해져서, 낮에도 매사에 관심이 없어졌다. 수양왕에게 있어 낮시간이란 밤시간에 닥쳐올 고문의 공포를 예상하며 미리 전율해야 하는 시간에 불과했다. 그래서 매일매일 수양왕은 조금씩 더 수척해졌고 조금씩 더 자신의 명줄을 갉아먹고 있었다.

패거리의 특등공신들은 걱정이 이만저만이 아니었다. 궁리에 궁리를 거듭하다 하나의 방안을 찾아냈다. 그것은 장안의 익살꾼 두 사람을 불러들여 익살로 임금의 시름을 잊게 하자는 방안이었다. 궁정 대궐의 역사상 참으로 희귀하고 어처구니없는 사건이 일어나고 말았던 것이다.

선발된 사람은 시정잡배 최호원崔灝元과 안효례安孝禮였다. 입담 좋고, 춤 잘 추고, 술 잘 먹는 건달 두 사람이 그들의 특기를 지엄한 궁궐에서 펼치도록 초빙되었던 것이다.

임금은 시름에 겨워서인지 그들 두 사람과 금방 친밀해졌다. 심리적 부담이 없어 조정관원들을 만나는 것보다 훨씬 마음이 편했다. 백관들은 언제나 용무가 있을 때만 나타났지만 이 두 사람은 용무 없이 그저 친근한 이웃이었다. 이들은 침전 나인들처럼 왕의 이웃 방에서 기거하며 재미있는 익살꾼의 소임을 잘 수행했다.

"임금님, 이놈들 뱃속에서 먼지가 납니다."

"아니, 방금 저녁밥을 먹었는데 무슨 소리냐?"

"소화액을 아직 안 마셔서요. 임금니……임."

두 사람은 아주 간절한 낯빛으로 임금에게 추파를 던졌다. 임금은 나인을 불러 술 한 상을 보아오라 했다. 술상이 들어오자 두 사람은 마을 주막집에서처럼 남의 이목 상관없이 기승스럽게 술잔을 거푸 기울여댔다.

그들은 왕이 상머리에 다가앉아도 궁둥이 한번 들썩지도 않고 그대로 앉아서 턱짓으로 임금을 환영했다.

"임금님, 임금님."

"오냐. 무엇이냐?"

"임금님, 배 안 타고 일본에 갔다 오려면 어떻게 해야 하는지 임금님은 아십니까?"

"글쎄다. 대붕大鵬(상상의 새)을 잡아타고 가든지 헤엄을 쳐서 가든지
해야겠지."

"원, 임금님도. 사람 태워주는 대붕이 어디 있습니까? 그리고 또 그
먼 거리를 어떻게 헤엄쳐 갑니까?"

"음, 그렇구나. 그럼 너는 배 안 타고 다녀올 수 있겠느냐?"

"물론이지요. 그러면 무슨 상을 주시겠습니까?"

"예쁜 계집 백 명을 주마."

"헤헤헤. 그만두십시오."

"이놈이……. 너 자신이 없는 게지."

"아닙니다. 임금님. 배 안 타고 가는 건 문제없습니다."

"그런데 왜?"

"그 상이 싫습니다."

"이놈. 자신이 없으니까 공연히 상 트집이냐?"

"아니올시다. 배 안 타고 가는 방법은 아주 간단합니다. 저 안첨지가
배를 몰고 저는 배 꽁무니에 매달려 가면, 배 안 타고 가는 게 되지 않
습니까? 헤헤."

"오, 과연. 정말 내기를 걸었다면 내가 질 뻔했구나. 그런데 왜 예쁜
계집 백 명은 싫다 했느냐?"

"생각해보십시오. 임금님. 저는 임금님처럼 수백 명 여자들을 멀거
니 보고만 내버려두는 성질이 못 됩니다. 매일 밤 돌아가며 안아주어
야 할 텐데 일백 명이면……, 석 달 열흘 걸려야 한 계집에게 다시 되
돌아오지 않겠습니까? 아찔한 일이 아닙니까?"

"이놈아, 무엇이 아찔하단 말이냐?"

"임금님은 잘 모르시는 모양입니다요. 석 달 열흘 만에야 나타나 주는 영감을 계집이 가만 내버려둘 줄 아십니까?"

"그야, 반갑다고 버선발로 맞이하겠지."

"천만에 말씀입니다요. 즉시 할큅니다. 할퀸단 말이에요. 임금님. 제이 상처 자국이 무언지 아십니까?"

최호원은 제 눈꺼풀을 가리켜 보였다. 임금이 보니 여인의 손톱자국이 틀림없는 것 같았다.

"그게 어떤 악독한 여인의 손톱이 만든 자국이란 말이냐?"

"헤헤헤. 얼마 전 두 달 만에 단골 술집에 갔더니만 주모가 다짜고짜 달려들어 할퀴어버렸습니다요. 헤헤헤."

"허허허, 그렇기도 하겠군."

이때 안효례가 끼어들었다.

"야. 최승지承旨. 너 이제야 실토하는구나. 거 보아라. 내가 뭐라 하더냐? 틀림없이 손톱자국이라고 했지."

"야. 안첨지僉知. 너 친구 사이에 놀리기냐?"

"가만. 너희들 언제 첨지가 되고 승지가 되었더냐?"

"임금님, 임금님 앞에 대좌하여 얘기도 하고 명령도 받고 하니 곧 승지가 아닙니까?"

"그럼 첨지는 어떻게 해서 된 첨지냐?"

"첨지라는 것은 전에 벼슬하던 사람이 나이 들어 늙으면 받게 되는 벼슬이 아닙니까? 안효례가 저보다 먼저 들어와서 승지를 거쳤을 것이므로 이제는 첨지가 되었으리라 여겨져 첨지라 부르는 것입니다."

"허허허. 예끼 이놈들. 벼슬은 아무나 하는 게 아니다. 아예 꿈도 꾸지 마라."

두 사람은 대번에 풀이 죽어 어깨가 처졌다.

"어째, 서운하냐?"

"아닙니다. 임금님. 헤헤헤."

"자, 그럼 호원이 너 이제 물구나무 한 번 서보아라."

"예."

최호원은 앉은자리에서 두 손으로 방바닥을 짚더니 가볍게 다리를 위로 펴 물구나무를 섰다. 그는 몸이 수양버들 가지와도 같이 나긋나긋해서 공중의 두 다리가 앞뒤로 활처럼 휘어졌다 바르게 섰다 했다. 어디 그뿐이랴. 바닥에 짚은 두 손을 잽싸게 놀리며 방을 한 바퀴 돌아오더니 이번에는 한 손을 떼어 머리를 긁적긁적했다. 그 우스꽝스러운 모습에 술 시중하던 나인들이 웃음을 참느라 어쩔 줄 몰라 했다.

최가는 이 손 들어 긁적긁적 저 손 들어 긁적긁적 가려워 죽겠다는 듯이 부산을 떨더니 맨머리만 바닥에 대고는 손을 올려 뒷짐을 졌다. 거꾸로 곧추선 몸뚱이가 딱 정지된 상태로 꼼짝을 하지 않았다. 그런 상태에서 그는 히죽이 웃고 있지 않은가?

수양왕이 폭소를 터뜨리자 나인들도 따라 웃었다. 그때 상머리에 앉아 있던 안효례가 벌떡 일어서더니 최가의 뒤로 돌아가 그의 허벅지를 걷어찼다. 그러자 최가의 몸뚱이가 팔랑개비 돌 듯 한 바퀴 돌더니 제자리에 도로 섰다. 그 몸놀림의 경쾌함과 자연스러움이 가히 경탄지경이었다.

"허어. 신기한지고, 신기한지고."

수양왕은 이들이 있어 다소나마 시름을 잊어버릴 수 있었다. 수양왕은 나인들을 시켜 엽전 한 소반을 그들에게 상금으로 내주고 침소로 들어갔다.

침전에 누워 있으려니 따르륵 따르륵 엽전 굴리는 소리가 들려왔다. 임금은 궁금했다. 일어나서 그들의 방으로 들어가 보았다. 두 놈은 눈을 희번덕거리며 상 위에다 엽전 하나를 굴리고 있었다.

그들은 내기를 하고 있었다. 엽전이 구르다 넘어져서 앞면이 보이면 곁에 쌓아둔 엽전 한 꾸러미를 안가가 냉큼 집어 제 앞으로 갖다놓고, 뒷면이 보이면 최가가 또 그렇게 한 꾸러미를 집어 갔다.

이윽고 그런 방식으로 분배가 끝났다. 안효례가 최호원보다 두 배 정도 많은 엽전 꾸러미를 차지하게 되었다.

"제기랄, 재주는 곰이 부리고 돈은 되놈이 가져간다더니……. 오늘 재수는 옴 붙었구나."

수양왕은 최가의 투덜거리는 소리를 듣고 가가대소를 하며 침소로 돌아왔다. 수양왕은 자신의 웃음소리를 들었다. 조용하고 넓은 침전 안에 울려퍼지는 자신의 웃음소리를 인식했다. 수양왕의 그 웃음소리는 왕 자신의 귀에도 허무하고 공허하게 들렸다. 수양왕은 여전히 우울한 심사를 떨쳐내지 못하고 있었다.

오랫동안 평안도 도절제사로 가 있던 양정楊汀이 돌아왔다.

"전하, 옥체 강녕하시옵니까?"

양정은 거의 목메는 소리로 임금을 불렀다.

"오, 어서 오시게. 얼마나 고생이 많으셨는가?"

수양왕도 코허리가 시큰했다. 근래에는 이렇게 반가워서 목메게 불러주는 사람이 없었다. 이 우직하고 믿음직스런 거구의 감격 어린 모습이 참으로 고마웠다.

"허어, 이제 양장사도 주름살이 많이 늘었군그려. 3년 만이던가?"

"예, 그렇사옵니다. 전하."

"참으로 오랜만일세그려. 이리, 이리 가까이 오게."

양정이 가까이 다가오자 임금은 그의 큼지막한 손을 잡았다.

"아니. 백발이 희끗희끗 보이네그려. 허어, 그리도 당당하던 대장부 양정도 세월 앞에서는 어쩔 수가 없나 보군 그래. 그런데 뭘 그렇게 유심히 보는가?"

양정은 왕을 뚫어지게 쳐다보다가 금방 부르짖다시피 외쳤다.

"전하, 이게 웬일이시옵니까? 용안이……. 으흐."

"아니. 왜 그러나?"

"용안이 창백하다 못하시어 푸른 기운이 서리시고 양어깨가 귀밑까지 치켜지셨으니 이게 어찌 된 일이시옵니까?"

"잠을 못 잔 탓일 게야. 불면증이 고질이 되어버렸어."

"전하……, 아무리 고황지질膏肓之疾(깊은 병)의 중환자도 이와 같지는 않을 것이옵니다. 에잇, 그 수많은 의관 놈들은 도대체 무엇을 했단 말입니까? 어찌하여 전하의 불면증 하나를 치유해드리지 못하고 있었다니……."

"가만, 너무 놀라지 말게. 내 병은 내가 잘 아네만 약으로 치유될 병이 아니네. 여러 소리 말고 우리 모처럼 이렇게 만났으니 술 한잔 없을 수 없지. 다들 불러서 한잔하세나."

"전하, 약주도 약주이나……."

"괜찮네. 괜찮어. 술 좋아하는 양장군이 앞에 앉아 있으면 나야 뭐 술 안 마셔도 주흥이 절로 날 걸세."

옛 동지라 할까 한 패거리라 할까, 아무튼 함께 반역을 일으켜 정권을 잡은 실세들을 왕이 불렀다.

양정은 침울한 모습 그대로였다. 너무 가엾게 변해버린 용안이 그에게 준 충격은 컸다. 3년 동안에 저렇게도 변할 수 있단 말인가. 실감이 나질 않았다. 도성에서 조석으로 모시고 있던 만조백관들은 도대체 무엇을 하고 있었단 말인가? 만조백관은 고사하고 가족처럼 혈맹으로 지내는 사람들이 도대체 무엇을 했는지 알 수가 없었다.

작년 초에 병으로 죽은 권람이야 그렇다 치고, 한명회, 신숙주, 홍윤성 등이 이렇게 폭삭 망가진 용체를 어떻게 눈 뜨고 바라보고만 있었단 말인가?

"어어. 양장사, 별래무양別來無恙하시오? 어찌 시무룩한 것 같소. 어디 불편하오?"

한명회가 어깨를 가볍게 두어 번 쳤다.

"아닙니다."

옛 동지들이 주안상 주위에 둘러앉았다. 수양왕이 양정에게 잔을 권했다.

"자아, 호주豪酒로 대작對酌이 되던 홍윤성이 마침 빠졌지만 뭐 모두 주당들이니 허리끈 풀어놓고 마셔보게."

홍윤성은 마침 지방 출장 중이었다.

양정은 역시 호주가였다. 한 잔 두 잔 술이 들어가자 그 호탕무비豪

宕無比한 성정이 되살아났다.

신숙주가 양정에게 잔을 권하면서 옛날의 별명을 불렀다.

"자 자, 배장군. 한 잔 받으시오."

좌중에서 폭소가 터졌다.

수양왕의 잠저 시절 막하에 모이는 호걸들 중에서도 양정은 대식가로 소문이 나 있었다. 식사량은 보통사람들의 열 배였다. 밥도 국도 술도 꼭 열 사람 몫을 먹었다. 거대한 몸집이긴 했으나 도대체 그 많은 음식들이 어디로 다 들어가는지 알 수가 없었다. 그때 생긴 별명이 배가 크다는 의미의 배장군이었다.

"아, 정말 그때가 좋았습니다."

양정이 빙긋이 웃으며 한마디 하자 좌중은 모두 회고의 상념 속으로 빠져들었다.

10년 전 그 옛날 서른 마흔의 장년 시절, 모이면 꿈을 부풀리면서 기염을 토했고, 끓어오르는 의분義憤을 술로 달랬었다. 대개가 미관말직이거나 백수건달이었다. 거리에서도 툭하면 싸움질이었는데, 대개 권세가의 하인배들이었지만 지는 법은 없었다.

그러나 그것도 이제는 다 지나간 일, 지금은 모두가 정승판서요 가장 젊은 층이었던 양정도 어엿한 도백道伯이 되었지 않은가.

당시 수양대군의 저택은 이 자리의 공신 모두에게 향수 어린 집이었다. 그 후원에서 무르익었던 수많은 음모가 상기되었다. 그 집의 주부였던 오늘의 중전은, 이를테면 어린 말썽꾸러기 사내 동생들을 줄줄이 보살피던 누님이었던 셈이다. 허구한 날 술 치다꺼리에 행주치마

벗을 틈이 없었던 그날의 주부였던 것이다.

당시는 술 치다꺼리뿐이 아니었다. 자주 열리는 경사회競射會 때면 백여 명이나 되는 사내들의 큰 배를 채워주려고 밥 짓는 가마솥 감독만도 정신이 없을 정도로 바빴었다.

"중전마마께서는 옥체 강녕하시옵니까? 궁금하옵니다."

양정이 말하자 임금은 깜빡 잊었다는 듯 상궁을 불렀다.

"가서 중전 잠깐 나오시라고 여쭈어라."

"아니, 전하, 신 때문에 중전마마께서 나오심이……, 그 말씀이 아니옵고, 참으로 황공무지로소이다."

"아니야. 뭐 꼭 양장사 때문이 아니고 우리 모두 십 년 전의 옛날이 생각나서. 그날의 주부도 참석하면 회포가 있지 않겠는가?"

이윽고 윤비가 나왔다.

양정이 큰절을 하여 맞자 윤비는 활짝 웃으며 양정을 반겼다.

"양감사, 반갑습니다. 요새도 그전처럼 십 인분 식사를 하시오?"

"아이고, 중전마마. 다 옛날이 되었사옵니다. 지금은 삼 인분 정도 하고 있사옵니다."

"호호호, 많이 변했습니다요."

"예, 변하지 않을 수 있사옵니까? 십 년이면 강산도 변한다 했사옵니다."

"십 년이라……. 그래요. 어느새 십 년이 넘었군요. 강산도 변하고 인걸도 변하고 양감사도 변하고……. 우리 전하께서도……."

윤비는 비감에 젖는 듯 말을 잇지 못하고 말았다. 정작 참으로 변한 사람은 남편 되는 임금이라는 생각이 났기 때문이었다. 왕비가 말을 하다가 만 이유를 임금이 모를 리가 없었다. 임금의 얼굴에는 비감의 그림자가 얼핏 스쳐갔다.

눈치 빠른 한명회가 다소 과장된 몸짓으로 일어나 양정에게 술잔을 권했다.

"자, 양감사, 변방에서야 수고가 많을 수밖에……. 그러니 중책이 아닐 수 없소. 참으로 노고가 많으시었소. 그런 뜻에서 쭈욱 시원하게 마시구료."

"감사합니다. 대감."

양정은 양정답게 벌컥벌컥 잔을 비우고 나서 딱 소리가 나게 잔을 상위에 세게 놓았다. 그 소리에 놀라 한명회가 양정을 똑바로 쳐다보는데 양정은 모른 척 시치미를 떼고 앞만 쳐다보았다.

근래 양정은 한명회를 좋지 않게 생각하고 있었다. 얼마 전 조정에서 양정을 판서로 도성에 불러들이자는 공론이 있었다. 그때 한명회가 반대하고 나섰다. 황량한 변방에 나가 오랫동안 고생하다 보니 도성 근무가 부럽기도 했다. 그런데 무슨 억하심정으로 한명회가 반대한 건지, 양정은 그것을 알고 싶었다.

한명회는 그때 은밀히 수양왕에게 아뢰었다.

"전하, 양정은 맹수와 같은 자입니다. 가끔 걷잡을 수 없는 폭한暴漢으로 변하는 자입니다. 맹수의 발톱과 이빨을 피하기 위해서는 좀 멀리 거리를 두는 것이 상책이옵니다."

"음, 그렇겠군."

임금이 수긍하여 양정은 그냥 방백으로 계속 눌러앉게 되었던 것이다.

한명회의 이러한 조치는 따지고 보면 홍윤성 때문에 유발된 것이었다. 홍윤성이 전에 임금에게 보인 흉맹凶猛한 언사와 백성들에게 자행한 잔혹한 처사가 임금의 심중에 어떤 악영향을 끼쳤는가 한명회는 잘 알고 있었다.

그런데도 임금은 홍윤성에게 미묘한 의리를, 어찌 보면 미신과도 같고 어찌 보면 두려움과도 같은 그런 병적인 의리를 갖고 있다는 것을 한명회는 잘 알고 있었다. 그러면서도 한명회는 그런 임금의 의리를 당연한 것으로, 혈맹공신에 대한 당연한 의리로 여기고 있었다.

한명회는 그러나 임금의 그 병적인 의리가 상처받기 쉽다는 것도 잘 알고 있었고 불안하게 여기고도 있었다. 그런 한명회의 염려가 엉뚱하게도 양정에게 피해를 입힌 셈이었다.

겉으로 보기에 양정은 홍윤성과 여러모로 닮아 있었다. 그 용맹과 무용이 그러했고 주량이 그러했고 체구와 성정이 그러했다. 홍윤성과 그렇게 여러모로 닮은 양정이기에 어떤 형태로든 임금에게 상처를 줄지도 모른다는 생각 때문에 한명회는 양정의 입경入京을 꺼려했던 것이다.

그러나 한명회는 그 두 사람의 심성은 천양지차가 있다는 것은 간과하고 있었다. 반면 우직한 무장인 양정은 한명회의 주도면밀한 내심을 알 리가 없었다. 양정은 그저 의아해서 경계의 빛을 보인 것뿐이었다.

떡 버티고 앉아 있는 양정의 어깨를 부드럽게 톡톡 건드리는 사람이 있었다.

"자아, 양장사, 술 받으시오."

중전 윤비였다.

"엑, 중전마마. 황공무지로소이다."

"어서 드시고 그 '커어' 하는 소리 한 번 내봐요. 옛날에는 반드시 따라 나오던 그 소리가 그립군요."

"고맙습니다. 중전마마."

양정은 잔을 들어 벌컥벌컥 들이켰다.

"커어어."

양정이 소리를 내자 좌중에 웃음소리가 들끓었다.

"맞아요. 옛날과 똑같네요. 호호호."

"예, 중전마마. 옛날과 다른 것보다는 다르지 않은 것이 더 많사옵니다."

"아무렴요. 자 한 잔 더 들어요."

"아이구. 성은이 망극하여 소신 몸 둘 바를 모르겠사옵니다."

"아따, 그러지 마시고 십 년 전처럼 넙죽넙죽 받아 마셔봐요. 자, 자."

"예, 황감하옵니다. 중전마마."

양정은 옛날처럼 주는 대로 벌컥벌컥 마셨다.

좌중에서는 한바탕 웃음꽃이 피어났다. 임금이 누구보다도 큰 소리로 웃고 또 오래 웃었다. 그런데 그 소리가 목쉰 듯 기이하고 메마른 듯 건조했다.

"허어, 우리가 도대체 몇 해 만에 이렇게 웃어보는 것이오?"

임금의 말이 떨어지는 순간 좌중이 조용해졌다. 임금의 어조語調에서 비탄과 암울 그리고 섬뜩한 귀기鬼氣마저 느껴졌기 때문이었다.

조용해진 탓일까, 평소에 없던 임금의 의중이 툭 튀어나왔다.

"내 웃을 일이 없소. 요새 익살꾼들 데리고 억지로 웃고 있소. 기쁨이라는 게 없는 임금이 어디 임금이겠소? 차라리 용상을 세자한테 물려 주고 나는 산새 소리나 들을까 하오만……."

너무도 의외의 발언이라 잠시 모두 멍한 채 벙어리가 되었다.

그러나 잠시 후 신숙주가 목청을 돋우었다.

"전하, 무슨 말씀이십니까?"

한명회가 이어 언성을 높였다.

"농담으로라도 그런 말씀은 아니 되옵니다."

"아니 되옵니다."

"절대 아니 되옵니다."

다들 한마디씩 힘주어 말했다.

왕비가 느닷없이 눈물을 줄줄 흘렸다.

이때 엉뚱하게 툭 불거지는 목소리가 있었다.

"여러 대감께 한마디 꼭 하고 싶소이다."

양정이었다.

"대감들은 이제도 전하께서 더 용상을 지키셔야 한다고 생각하십니까?"

한명회가 대꾸했다.

"아니면 어떻다는 말이오?"

"여러분들, 잘 생각하시고 말씀 들어보시기 바라오. 저 파리하신 용안을 보십시오. 저 야위신 어수御手를 보십시오. 그리고 위로 솟구치신 어깨를 보십시오. 용상만 지키시라고 고집하는 것이 충성이라고 생각하십니까? 왜들 쉬쉬하고 말을 못 하는 것입니까? 양위하십사 하는 진정한 충성의 말을 왜 못 하는 것이오?"

신숙주, 한명회가 아연 실색하여 용안의 기색을 살폈다. 그리고 모두는 언제 소나기를 쏟아낼지 모르는 먹구름을 보듯 불안에 갇혀 있었다.

그런데 정작 입을 연 사람은 수양왕이었다.

"양감사, 양감사는 과인에게 양위를 권고하는 것인가?"

"예, 전하. 그렇사옵니다. 용상에 오르신 지도 어언 12개 성상이옵니다. 용체보다 더 소중한 그 무엇이 있기에 옥좌를 고집하시옵니까? 쾌히 세자저하에게 양위하시고 상왕이 되시옵소서."

"허어, 양정이야말로 그 충성이 놀라운지고. 사시四時(네 계절)의 순환을 아는 자는 우리 양정 뿐이구려. 좋다. 여봐라. 승지 게 있느냐?"

입직 승지가 즉각 대령했다.

"지금 바로 가서 옥새를 가져오너라. 이제 그것을 세자에게 전해야겠다."

선선히 나서는 임금 앞에 신숙주가 엎드렸다.

"전하, 별안간 이 무슨 하명이시옵니까? 아니 되시옵니다."

한명회 또한 앞에 엎드렸다.

"변방에서 이제 갓 돌아온 양정이 그 무엇을 알겠습니까? 당치 않으신 어명을 거두시옵소서."

불쾌해진 얼굴로 두 정승을 바라보는 양정의 눈빛은 경멸을 내뿜고 있었다.

"두 분 대감. 무슨 말씀을 하시는 거요? 전하의 용안을 보면서도 느끼는 바가 없단 말이오?"

"뭐라고?"

한명회가 두 주먹을 쥐며 부르르 떨었다. 도대체 이 덜된 녀석이 왜 건방을 떠는 것인가? 한명회는 괘씸하여 주먹으로 뺨이라도 갈기고 싶었다. 한명회는 양정을 똑바로 보면서 다시 물었다.

"양장사. 이 한명회의 말을 인정하지 못하시겠다는 것이오?"

"그렇습니다. 이 문제에 있어서만은 그렇습니다. 우리의 의무는 이제라도 환후 위중하신 전하로 하여금 양위하시게 하여 용체를 보중토록 도와드리는 일일 것이오."

"이보시오. 양감사. 우리의 의무라고? 우리라고?"

"그렇습니다. 우리……. 우리가 아니고 그럼 무엇입니까? 전하를 보위하는 것이 우리의 의무가 아닙니까? 보드라운 솜 방석이 있는데 굳이 가시방석에 눌러앉으시라고 권하는 것은 신하의 도리가 아닙니다. 대감께서는 전하의 성스러운 결단을 가로막지 마시기를 삼가 부탁드립니다. 이보시오. 입직 승지. 왜 어명을 봉행치 않고 망설이는 것이오? 옥새를 가져오라는 어명이 아니었소?"

승지가 발을 떼려는 순간 임금의 엉뚱한 명령이 떨어졌다.

"갈 것 없다. 여러분들은 더 이상 시끄럽게 굴지 마시오."

양정이나 그 반대편이나 어안이 벙벙했다. 양쪽 다 성념聖念을 가늠치 못하고 있는데 임금은 천천히 몸을 일으키며 엷은 미소를 머금고 영 엉뚱한 표정으로 더욱 엉뚱한 명령을 내렸다.

"여봐라. 무감. 무감 듣느냐? 이 역적 양정을 잡아 가두어라."

순간 양정의 손에 잡혔던 술잔이 뚝 떨어졌다.

임금은 뒤도 돌아보지 않고 안으로 들어가 버렸다. 임금이 앉았던 자리에는 호피가 깔려 있었다. 오뉴월 더위와도 상관없이 임금은 호피에 앉기를 좋아할 만큼 몸이 차가웠다.

형조에서는 양정에 대한 판결 내용을 정랑正郎(정5품)이 적고 있었다.

죄인 | 양정
죄목 | 사형
하옥일시 | 병술丙戌(1466)년 6월 8일
처형일시 | 동년 6월 12일

붓을 놓고 나서 형조정랑은 긴 한숨을 내쉬었다.

천하에 인간 말종으로 능지처참을 해도 십여 번 해서 죽여야 할 놈인 홍윤성은 속을 끓여가면서도 살려두고 대우하면서, 우직 순박하고 그 마음을 추호도 의심할 수 없는 순량한 충신인 양정은 반역으로 몰아 죽인다 해서, 임금의 처사에 대한 말들이 많았다.

백관들 사이에서도 말이 많았고 백성들 사이에서도 말이 많았다. 그러나 실세 패거리들인 특등공신들은 말이 없었다. 양정이 죄 없음을 뻔히 알면서도 양위하라는 말 한마디에 매달려 처형을 당연시하고 있었다.

정인지, 정창손 정도로는 잘못 양정의 구원을 주청하다가는 죄를 뒤집어쓸 수도 있지만, 신숙주나 한명회 두 사람이 양정을 살리고자 하면 임금은 자신의 심사와 상관없이 살려줄 판이었다.

다음 날 임금이 물었다.

"신정승, 대간의 규탄이 엄혹한데 어찌 생각하시오?"

"전하께 불경을 저지른 자입니다. 공신이라 해서 살려줄 수는 없는 일이옵니다."

신숙주가 냉랭했다.

"한정승은 어찌 생각하시오?"

"양정은 평소 외지 근무에 대해서 전하께 불만을 가지고 있던 자입니다. 공신이라 해서 용서할 수는 없사옵니다."

수양왕은 온양 행차 때 홍윤성의 숙모로부터 홍윤성이 자기 숙부를 많은 이가 보는 가운데 때려죽였다는 말을 들었다. 그때 임금은 무감에게 당장 가서 홍윤성의 목을 베어 효시하라 명했다.

그때 신숙주가 극구 말렸다.

"전하, 홍윤성은 제명에 죽어야 할 사람입니다."

임금이 말했다.

"그런 천인공노할 죄인은 안 돼."

신숙주가 말했다.

"세상에 천인공노할 죄인 아닌 사람이 어디 있습니까? 신 또한 천인공노할 죄인입니다."

임금이 신숙주를 노려보았다.

"아니, 뭐요?"

신숙주는 고개는 숙였으나 두 손을 움켜쥐고 빳빳이 서 있었다. 무언의 항변이었다.

'전하 또한 천인공노할 죄인입니다.'

그 후에도 홍윤성의 악행은 여러 번 고변 되었으나 임금은 홍윤성을 죽이지 않았다.

그런 그들이 양정에 대해서는 전혀 딴판이었다. 이 시대 나라 경영의 핵심인사인 수양왕, 신숙주, 한명회 이 세 인사가 이렇게 구제할 수 없는 소인배였으니, 세조시대 백성들의 참상은 불문가지不問可知였던 것이다.

"임상궁, 전하 몰래 아이들을 감추어두었던 그 박상궁 집이 지금 어떠한지 아느냐?"

"왜 그러십니까? 중전마마."

"사람을 하나 숨길까 해서 그런다만……."

"그 집은 그대로입니다. 박상궁은 나이는 많이 들었어도 아직은 정정하고 심부름하는 아이가 하나 더 늘었습니다. 바깥채에는 장사치 부부가 살고 있습니다. 숨길 사람이 아이인가요?"

"어른이다. 어른도 아주 덩치가 큰 어른이다. 바로 평안감사 양정이다."

"예에? 양정이라고요?"

"쉿! 누구 들을라. 그 순박한 사람이 죄도 없이 죽게 되는 게 너무 안돼서 구해주려는 것이다. 쥐도 새도 모르게 며칠만 숨겨주면 상감마마의 진노가 곧 수그러들 것이니 그때는 살릴 수 있을 것 같아서……."

"……?"

"왜? 어렵겠느냐?"

"아무래도 양정 그분이 듣지 않을 것 같습니다."

왕비는 한참 동안 생각에 잠겼다.

"그래, 네 생각이 맞을 것 같구나. 그분은 공신들 어느 누구보다도 충성심이 강한 분이야. 틀림없어."

"……!"

"너, 옥방에 한번 다녀오너라."

"예, 마마, 술상이옵니까?"

"그래, 이 아픈 가슴을 달랠 길이 없구나. 한 상 아주 잘 차려 가지고 가 양장사를 대접해라."

"예, 마마. 대접해 드리고 그냥 돌아오면 되는 것입니까?"

"그래, 그럴 수밖에 없구나."

처형 전날 밤 옥청에 도착한 임상궁은 옥리의 안내로 안으로 들어 갔다. 옥방 앞에 이르러 양정을 본 임상궁은 기겁을 했다. 한 사흘 사이 그 두툼하고 불콰하던 양정의 얼굴이 처참하게 일그러져 있었다. 목에는 큰 칼이 씌워져 있었다.

임상궁이 옥창에 다가가 불렀다.

"감사영감."

"엑, 아니, 임상궁 아니시오?"

칼 쓴 목을 돌리며 양정은 놀란 표정을 지었다.

임상궁은 옥리를 불러 부탁했다.

"중전마마 분부를 받잡고 왔어요. 약주 한잔 대접하고자 하니 형구를 잠깐만 풀어주시오."

칼이 벗겨지자 양정은 크게 기지개를 켰다.

"약주라 했습니까? 어디 있습니까?"

"호호호, 귀가 확 터지십니까?"

"술맛을 한 번 더 맛보게 되다니 내 복이 아직도 남아 있습니다그려."

"중전마마께서 하사하신 위로주입니다."

"아, 그렇다면 더욱 고맙습니다. 신이 감읍해 마지않더라고 아뢰어 주십시오."

창살 밖에 차려진 술병 하나를 팔을 뻗어 집어 들더니 입에 대고 벌컥벌컥 커어커어 하며 다 마시고는 임상궁을 향하여 빙긋 웃었다.

"그사이에 얼마나 고생이 많으셨습니까? 얼굴이 많이 변하셨으니……."

"허허, 그 사이 술을 굶었으니 변할 수밖에요. 오늘 술맛이야말로 이놈 생애 최고 술맛인 것 같소이다. 허허허."

"안주도 드셔야지요?"

"안주 들어갈 자리에 술을 채워야지요. 허허허."

양정은 마신 술병을 내놓고 다시 한 병을 집어 들었다.

임상궁은 놀랐다. 낙담에 빠져 초주검이 된 줄 알았는데 술 몇 모금에 금세 희색이 만면하니 이 사내의 속을 알 수가 없었다. 임상궁은 넌지시 그의 속을 떠보고 싶었다.

"원, 상감마마께서도 야속하시지. 멀쩡한 사람을 죽게 하시다니……. 감사영감. 죽기 싫지요?"

"거 무슨 불충의 말씀이오? 전하께서 죽으라 하시면 죽는 것이요, 살라 하시면 사는 것이지요. 목숨을 임금께 맡기지 않고서야 어찌 참된 신하라 할 수 있으리오."

"글쎄요, 합당치 않은 처벌이라 그러는 것이지요."

"임상궁님, 술은 고맙습니다만 공연한 이야기로 이 양정을 진짜 역적으로 만들면 아니 됩니다."

임상궁은 양정의 그 순결한 마음씨에 감동되어 눈물이 핑 돌았다. 양정의 이 충직한 모습을 임금에게 보여드리지 못하는 게 참으로 안타까웠다. 임상궁은 다음 술병을 흔들어 양정에게 전했고 그 술을 다

마시고 나면 다음 술병을 또 흔들어 전했다.

　다음 날 양정은 옛날의 성삼문, 박팽년 등과 똑같은 차림을 한 채 수거囚車에 실려 똑같은 길을 갔다. 다른 점은 옛날의 성삼문 때에는 도성 백성들이 구름처럼 모여 있었지만, 이번에는 백성들이 별로 없고, 옛날에는 거열형이었지만 이번에는 참수형이라는 것이었다.

　수거가 형장에 거의 도착할 무렵 웬 중 하나가 길을 가로막아 섰다.

　"금부도사 영감, 미안하지만 잠시 죄수와 작별인사 몇 마디 할 수 있도록 허락해주시길 바라오."

　중은 삿갓을 벗어들었는데 수염이 무성했다.

　"실례지만 설잠스님 아니십니까?"

　"예, 그렇습니다."

　금부도사는 한참 동안이나 설잠스님을 쳐다보고 있었다. 그러나 마음속으로는 사실 두려워 떨고 있었다. 금부도사는 근래에 설잠이 도통하여 기적을 일으킨다는 소문을 들었기 때문이었다.

　확실한지는 알 수 없지만 소문은 어마어마했다. 1백 길 벼랑을 날아서 오르내린다고도 했다. 밤마다 살모사 네 마리가 설잠의 잠자리를 지킨다고도 했다. 황소 한 마리의 소고기를 혼자 순식간에 먹어 치운다고도 했다. 앉은뱅이를 호통 한마디로 일어서게 한다고도 했다.

　금부도사는 오늘 이 설잠이 무슨 기적을 행하여 죄수를 탈취하지는 않을까 은근히 겁을 먹고 있었다.

　"스님, 인사하는 것은 좋습니다만 부탁이 하나 있소이다."

　"무슨 부탁이오?"

　"스님이 별별 기묘한 술수를 다 행한다는 소문을 들어 염려가 됩니다. 제발 내 입장 곤란한 일은 행하지 않겠다고 다짐해주시겠소?"

"다짐하겠소."

"그럼 인사 나누십시오."

김시습은 수거로 다가가 들고 온 호리병을 내밀었다.

"양장사, 가시는 길에 목이나 축이고 가시오."

양정은 김시습을 보고 싱긋 한 번 웃더니 고개를 돌렸다.

"마음만 받겠소."

"예끼, 이 곰 같은 놈아, 충성이 죄가 되어 죽는 게 가엾어 한 모금 주려 했더니 그 꼴에 거절이냐?"

"이보, 김처사, 욕은 내가 당신보다 몇 배는 잘하지만 죽으러 가는 길에 욕을 지껄이기는 싫어 그만두겠소. 내가 당신의 술을 거절하는 것은 이유가 있어서요. 첫째는 당신이 우리 상감을 업신여기는 여러 가지 행동을 자행하기 때문이고, 둘째는 내 목이 아직껏 축축해서 더 축일 필요가 없기 때문이오."

"예끼, 이 무지렁이 멍청이 놈아. 죽는 길에도 헛소리만 하는구나."

"나는 내 임금을 싫어하는 자를 싫어하오. 그리고 간밤에 나는 중전 마마께서 내린 이별주 한 말을 받아 마셨기에 아직도 목이 축축하오."

"원, 무지렁이 불한당 같은 놈. 그래, 술 냄새가 나는 것도 같구먼. 그럼 잘 가서 잘 죽으시오."

김시습은 돌아섰다. 그리고 휭하니 멀어져 갔다.

'그 임금이나 그 패거리들이나 참……, 저렇게 착한 놈은 죽이고……. 불한당들도 다 의리가 있다 하는데……, 이놈들은 임금이고 신하고 그런 의리도 없는 천하에 썩은 걸레 같은 놈들이 아닌가.'

"불쌍한 놈······."

"어서 가자. 오시를 놓치면 안 된다."

금부도사가 수거를 재촉했다.

형장에 도착하여 수거에서 내린 양정은 형구가 벗겨졌다.

금부도사가 한마디 했다.

"양감사, 아까 김처사에게 한 말 듣고 느낀 바가 많소. 부디 극락왕
생하시오."

"고맙소, 술꾼이 술 마시고 죽으니 여한이 없소."

"두웅."

북소리가 한 번 울렸다. 세 번 울리면 참수였다.

양정은 북향하여 사배를 올렸다. 그리고 꿇어앉아 조용히 임금에게
상주했다.

"전하, 만수무강하시옵소서. 신은 아직도 양위하시는 편이 낫다고
여기고 있사옵니다. 양위하시고 훨훨 유람이나 다니시며 여생을 즐기
시옵소서."

북이 두 번째 울리자 양정은 눈을 감았다. 북이 세 번째 울리자 양정
은 머리를 조금 숙였다. 이윽고 바닥에 떨어진 양정의 두상이 햇빛 속
에서 미소를 짓고 있었다.

14

이시애의 난

양정을 죽인 후 임금은 거의 폐인이 다 되었다. 특히 사람을 기피하는 증세가 심해졌다. 부부는 일심동체요 동숙반침同宿伴寢이라 했지만 그 후 임금은 왕비와도 딴 온돌을 쓰고 있었다.

1467년(세조 13) 5월 초 어느 날, 파발마가 싣고 온 장계를 받아 읽던 임금은 손을 부들부들 떨었다. 반란이 일어났다는 내용이었다. 반란도 놀랄 일인데 그토록 신임하고 있는 신숙주, 한명회가 내통하고 있다는 사실이 적혀 있어 더욱 놀랐던 것이다.

전 회령부사 이시애李施愛 삼가 황급한 서찰을 올립니다.

함길도 절도사 강효문康孝文, 길주목사 설정신薛丁新 등이 반란을 일으켰습니다.

군사를 일으켜 진군하려는 것을 신 이시애가 목 베어 죽였습니다.

확인된 바에 의하면 한양의 신숙주, 한명회, 김국광 등이 내응하기로 되어 있다 합니다. 유언비어로 함길도가 흉흉하오니 민심을 안정시키려면 이 지방 출신의 수령을 임명해야만 될 줄 아옵고 내통자 및 이곳 잔당의 소탕을 서둘러 주시기 바라옵니다.

이 장계는 이시애 자신이 보낸 것이었다.

장계를 읽은 임금은 벌벌 떨며 중얼거렸다.

"신숙주, 한명회가, 신숙주, 한명회가……. 어허, 신숙주, 한명회가……. 여봐라. 무감, 게 있느냐?"

대령한 무예별감에게 어명이 쏟아졌다.

"당장 빈청賓廳(고관들의 회의실)으로 가서 불문곡직不問曲直 신숙주, 한명회 두 정승을 포박하여 의금부 옥청에 하옥하라. 어서 가라."

의정부 빈청은 황각黃閣으로 통칭되는 행정부 최고기관이었다. 위엄이 충만한 곳으로 평시에는 잡인들이 얼씬도 못 하는 곳이었다.

"어명이오."

무감들이 우루루 몰려들었다.

거친 발소리에 놀란 신숙주, 한명회가 두리번거리는 순간 무감들이 달려들어 우악스러운 손으로 그들의 사모를 벗겨 던졌다. 이어서 쌍학흉배 달린 그들의 관복이 벗겨지고 옥으로 된 망건과 관자가 떨어져 나갔다. 그리고 주홍빛 오라가 두 정승을 꽁꽁 묶어버렸다. 어명이라는 한마디에 두 정승은 항변 한마디 못 하고 묶이고 말았다.

그리고 그들은 10년 전 성삼문, 박팽년 등이 갇혔던 그 옥방, 지난해 양정이 갇혔던 바로 그 옥방에 갇히는 신세가 되었다. 목에 큰 칼을 찬 채 두 사람은 어이없다는 표정으로 마주 보았다.

"대관절 어찌 된 영문이오?"

신숙주가 물었다.

"글쎄올시다. 무슨 무고誣告가 들어갔던지, 아니면 무엇인가 오해를 하신 모양인 것도 같소만……."

한명회가 쓸쓸히 웃었다.

"한대감, 혹시 뭐 마음에 걸리는 것은 없소?"

"무슨 노망 들린 말씀이오? 난 걸리는 게 아무것도 없소."

"오해는 마시오. 한대감, 글쎄 이게 웬 벼락이란 말이오?"

"신대감, 양정이 했다는 말을 못 들었소? 죽으라 하시면 죽을 것이요, 살라 하시면 사는 것이라고……. 목숨을 임금께 맡기지 않고 어찌 충신이라 할 수 있느냐고……."

"나도 들었소이다. 그 친구 참, 명언을 남기고 죽었소."

"명언은 무슨 명언이오? 당연한 말일 뿐이지요. 내 심정도 양정과 똑같지만 죽더라도 죽는 까닭은 알고 죽었으면 하는 것뿐이오."

"한대감, 이거 뭐 하옥되었다고 하는 말은 아니지만 어찌 생각하시오? 정말 양위하실 때가 되었다고는 생각지 않소?"

"글쎄요. 나는 그것도 아직 결론을 못 내고 있소이다. 그리고 얼마를 더 사실지도 문제인 것 같고요."

"후우……."

둘은 길게 한숨을 내쉬었다.

장계를 올린 전 회령부사 이시애는 함경도 길주에서 대대로 살아온 호족豪族 집안의 아들이었다. 일가친척이 번성해서 관혼상제가 있을 때에는 사람들이 구름처럼 모이곤 했다. 근처 고을의 수령이 부임해오면 으레 이시애를 먼저 찾아가 인사를 하고 협조를 부탁하곤 했다.

그런데 수양왕이 임금이 되고 나서 중앙집권 강화에 주력하게 되자, 이시애 일가는 차츰 몰락의 길을 걷게 되었다. 수양왕은 지방 토호들의 기승을 좋지 않게 보았다.

특히나 평안도와 함길도는 중앙에서 멀리 떨어져 있어서 그동안 임금들의 심중에서 늘 불안의 표적이 되어 있었다. 수양왕은 그래서 북도의 수령들을 모두 경관京官(서울의 벼슬아치)들로 대체해버렸다. 이에 따라 이시애 일족은 물론 대개의 북도인들이 큰 불만을 품고 있었다.

그런 판에 호패법號牌法(16세 이상 남자는 호패를 몸에 지니고 다니게 하던 제도)을 강력히 시행하자 이시애는 거의 참을 수 없는 지경에 이르고 말았다. 호패법 때문에 이시애의 세력 아래 집단으로 몰려 있던 장정들이 본고장으로 돌아가거나 남아 있어도 마음대로 돌아다닐 수가 없었다.

어느 날 이시애는 동생 이시합李施合과 매부 이명효李明孝와 어울려 술을 마시다가 불만이 터져 나오고 말았다.

"요사이 길주목사 설정신이 우리 알기를 자기 집 종놈 알 듯하니 이거야 오장육부가 뒤틀려서 참 견디기가 힘들구먼……."

"형님, 우리 일족이 사실 조선에는 지대한 공로자가 아닙니까? 이 지방 민심을 조정에 복종하게 만든 것은 우리 부조父祖들의 노력이 아니겠어요? 그런 공도 모르고 이제와서 새파란 깍쟁이들이 우리 토지까지 몰수하려 드니 배알이 꼴려서 참 수가 없습니다."

"그래, 네 말이 맞다. 우리의 공로가 크고 말고. 이태조랑 우리 조부들은 다함께 살면서 세교世交가 깊었지 않느냐? 이제 와서 우리를 괄시하는 것은 사람의 도리가 아니지."

"그뿐이 아닙니다. 금상은 도무지 돼먹지 못한 작자예요. 제 조카를 죽이고 충직한 사람들을 무더기로 죽이고서 용상을 강도질해서 차지한 놈이 아닙니까?"

곁에서 듣고만 있던 이명효가 넌지시 한마디 했다.

"거 뭐 임금이 따로 있나요? 용상에 앉으면 임금이지요."

이시애의 눈이 빛났다.

"매부가 말 한번 잘했어. 우리 동지들을 규합해서 한번 뒤엎어볼까?"

"찬성합니다."

이명효가 대답했다.

"버러지 같은 것들 한번 싹 쓸어버립시다. 형님."

이시합이 찬동하고 나섰다.

다음 날부터 세 사람은 내밀하게 작전을 짰다. 그들이 가장 먼저 서둔 일은 유언비어를 날조하여 퍼뜨리는 일이었다. 주로 유향소留鄕所(지역 양반들의 자치기구. 지방수령을 돕기도 했음)를 통해서 여론을 조성하고 반감을 일으키도록 했다.

"하삼도 사람들이 우리를 야인들과 같은 족속이라고 부르며 기회를 보아 몰살시키려 한다."

"우리를 치러 오는 충청도 군사들이 배를 타고 벌써 경성鏡城 후라도厚羅島에 와서 정박하고 있다."

"평안도와 황해도 군사들도 우리를 치러 출동해서 곧 설한령薛罕嶺

을 넘는다고 한다."

소문은 마른 벌판에 번지는 들불처럼 빠르게 번져나갔다. 원래 흉흉
하던 인심이 크게 자리잡고 있던 판이라 함길도 사람들은 소문을 그
대로 믿었다. 젊은이들은 곳곳에서 팔을 걷어붙이며 항거 의지를 토해
냈고 병장기를 들고 일어나자고 열을 올렸다.

이시애가 퍼뜨린 소문은 함길도를 한 바퀴 돌아서 다시 자기 귀에
들리게 되었다. 소문이란 원래 퍼지면서 자꾸 꼬리가 붙고 몸통이 부
풀게 된다. 이시애는 엄청나게 절박하게 변해버린 소문을 일가친척들
로부터 듣게 되었다. 친척들은 이시애에게 매달렸다. 저 펄펄 뛰는 젊
은이들을 규합하여 거느려달라는 것이었다. 이시애는 시기가 좀 더 무
르익기를 기다렸다.

함길도 관찰사 신면申㴐(신숙주의 아들)은 들끓는 유언비어가 사실이
아님을 알기에 밤잠을 못 잤다. 그는 병마절도사 강효문을 각지에 파
견하여 민심을 무마시키게 했다. 강효문은 이 지역 저 지역을 돌면서
소문이 헛소문임을 인식시키기 위해 무진 애를 썼다.

강효문이 내일이면 길주에 온다고 했다. 그가 오기 전날 이시애와 동
생, 매부 세 사람은 치밀한 작전을 짰다. 행동을 개시하자는 것이었다.

"그 애를 믿을 수 있는가?"

이시애가 이시합에게 물었다.

"틀림없습니다. 일러준 대로 할 것입니다."

이시합의 첩에게 딸이 하나 있었는데 미모가 수려하여 주기州妓(고을
의 관기)로 들어가 있었다. 재색과 가무가 모두 뛰어나 큰 연회가 있을
때면 꼭 불려가 주의를 끌곤 했다. 이시애 일동은 이 주기를 작전에 참

가시켜 행동을 개시하기로 했다.

강효문이 길주에 도착했다. 길주목사 설정신은 강효문을 크게 환대하여 밤늦도록 주연을 베풀었다.

"함길도의 색향이 길주, 명천明川이라 하더니 과연 재색들이 뛰어나오."

환대에 매우 흡족한 강효문이 게슴츠레한 눈을 들자 설정신이 은근하게 한마디 했다.

"절제사 영감, 풍류를 침소에까지 동반하심이 어떻습니까?"

"인심 안무按撫 나온 사람이 어찌 그런 호강까지 바라겠소. 음주로 만족합니다."

"아니올시다. 사양 마십시오. 다 마련이 되어 있으니 우선 술이나 좀 더 드십시다."

돌아가며 부르는 관기들의 권주가에 강효문과 설정신은 대취해버렸다.

밤이 이슥해지자 강효문과 설정신은 각자 관기를 하나씩 끼고 침소에 들어갔다. 이시합의 첩 딸이 강효문을 모셨다.

이시합은 50여 명의 부하들을 요소에 매복시켜놓고 첩 딸의 신호가 오기를 기다렸다. 첩 딸은 안에서부터 문을 하나하나 열며 밖으로 나와서는 문이 열렸음을 알리고 그길로 이시애의 집으로 가버렸다. 누워서 떡 먹기보다 더 쉬웠다. 이시합의 부하들은 그 즉시 안으로 쳐들어가 벌거숭이 두 사또를 단칼에 베어버렸다.

다음 날 이시애는 일봉서찰一封書札 파발장계罷撥狀啓를 써서 임금에게 올려보냈다.

이시애의 장계를 받은 지 사흘 후, 함길도 관찰사 신면의 장계가 도착했다. 반란의 주동이 바로 이시애이며, 반란 괴수 이시애가 장계를 올렸음을 상기시켰다.

"여봐라, 여봐라!"

임금이 고함을 질렀다. 누구를 부르는지 알 수 없었다. 내관, 상궁, 승지, 무감할 것 없이 모두 태세를 다듬었다.

"여봐라. 화급히 교여를 등대하라."

목소리가 거의 울음소리 같았다.

내관이 달려나가 교여를 등대시켰다.

"화급하니라. 뛰어라, 어서 뛰어!"

"전하, 행선지를 말씀하시지 않았습니다."

"옥청獄廳이다. 의금부 옥청. 어서 뛰어라."

옥교배玉轎陪들은 죽자사자 달렸다.

옥청에 이르자 부축이고 뭐고 할 것도 없이 임금이 뛰어내려 달려 들어갔다. 갑작스러운 임금의 내방에 옥리들이 땅에 엎드리느라 아수라장이 되었다.

"어서 옥문을 열어라. 신숙주, 한명회가 어디 있느냐? 어서 옥문을 열어라."

옥리들이 벌벌 떨며 옥방 문을 열었다.

"뭘 꾸물거리느냐? 이 벼락 맞을 놈들아. 빨리 열지 않고……."

고래고래 호통을 쳤다.

옥방 문이 열리자 임금은 그냥 옥방으로 뛰어 들어갔다.

"신정승, 한정승, 미안하오."

신숙주의 손을 잡고 한명회의 손을 잡았다. 그들은 칼을 쓴 채였다.

"야 이놈들아. 뭣들 하느냐? 당장 형구를 걷어내라. 빨리 거행하라. 뭘 꾸물대느냐?"

형구가 거두어졌다.

임금은 두 사람을 모아 껴안고 마구 울음을 터뜨렸다.

"으흐흑, 내가 정신이 나갔지. 두 분 정승을 사흘씩이나 가두어두다니……."

임금이 울자 두 사람도 감개에 젖어 흐느끼기 시작했다. 세 사람은 한 덩어리가 되어 부둥켜안고 한참이나 울었다.

대궐로 돌아온 임금은 조정 대신들과 대책을 논의했다. 당장 시원스러운 해결책이 나오지 않았다.

조정에서는 5월 하순이 다 돼서야 토벌군 편성이 완료되었다. 함길, 평안, 강원, 황해 사도 병마도총사에 종친 귀성군 이준李浚을 임명하고, 부총사에 호조판서 조석문曹錫文을 임명했다. 허종許琮을 함길도 절도사로 삼고, 강순康純, 어유소魚有沼, 남이南怡 등을 토벌대장으로 삼아 이준 휘하에 배속시켰다.

세조는 평소에 왕실 집안에서 장군이 출현하기를 고대했었다. 그러다 자기 동생인 임영대군臨瀛大君(세종의 넷째 아들)의 아들 이준이 문무에 뛰어나다는 것을 알게 되어 이번에 총사령관으로 발탁했던 것이다. 이제 나이 27세였다.

토벌대장 남이 역시 27세의 약관이었다. 남이는 20세에 무과에 합격한 후 수양왕의 총애를 받아왔는데, 그의 할머니가 태종의 딸 정의 공주였으므로 그 또한 왕실의 핏줄을 받은 사람이었다.

그사이 이시애 휘하에 모인 북도인들의 수효는 어느새 3만으로 불어나 있었다. 남도인들이 자기들을 몰살시키려고 떼로 밀려온다는 헛소문에 후끈 달아서 모여든 사람들이었다.

2만여 명으로 구성된 토벌군이 우선 진군해 나갔다. 조정에서는 후속 군사를 계속 모아 토벌군의 수를 보강해 나갔다. 이시애의 반란군들은 한양 출신 수령들을 모조리 잡아 죽였다. 함길도 관찰사 신면도 반군에 포위되자 성루에 올라가 싸우다 죽었다.

관아를 하나하나 떨어뜨릴 때마다 관아 소속 군대들이 투항하면서 반군의 수효가 늘어갔다. 반란군들은 처음에는 병장기들이 부족하여 낫, 곡괭이 같은 것도 들고 나섰지만, 한 달쯤 되자 훌륭한 기치창검旗幟槍劍이 고루 갖춰지게 되었다. 그들은 파죽지세로 함길도를 휩쓸고 철령鐵嶺 이북까지 내려와 있었다.

이시애는 벌써 왕이나 된 듯 거드름을 피웠다.

"대궐 장악도 시간문제인 것 같다. 내가 정권을 잡으면 함길도 사람들을 우선적으로 임관시켜 북도인 괄시 폐단을 즉시 타파할 것이다. 임금인지 문둥이인지를 목 베어버리면 남도인들도 좋아할 사람 많을 게야. 지하에 있는 많은 원귀들도 춤을 출 것이야. 생각해보라고. 지하의 고혼들도 우리를 도와줄 것이야. 선왕임금, 김종서, 황보인, 안평대군, 금성대군, 성삼문, 박팽년…… 등등 말이야."

이시애에게 또 다른 희소식도 들어왔다. 여진女眞에게 파견했던 밀사가 회보를 갖고 왔다. 적극 호응해주겠다는 소식이었다. 여진족의 호응은 든든한 배후 세력이었다. 병력의 후원도 중요하지만 최악의 경우 이시애가 피신하여 망명할 수도 있기 때문이었다.

좋은 소식은 또 있었다. 조정에서는 이준의 토벌군에 앞서 민심 회유의 사명을 주어 함길도 단천端川 사람인 최윤손崔潤孫을 안무사按撫使로 임명하여 선발대로 파견했는데, 그가 이시애에게 투항해버린 것이었다. 그는 하라는 회유 대신 투항을 해서 조정의 현황을 자세히 알려주었다.

"……. 이러니 조정은 썩었다는 것입니다. 충분히 이쪽이 승리할 수 있습니다."

이것은 이시애에게 대단히 고무적인 이야기였다.

반란군과 토벌군은 함흥 근교에서 첫 접전이 벌어졌다. 이시애 군은 정면 대결을 피하고 팔방에서 유격전을 폈다. 관군은 벌떼에 공격받는 곰의 형국이 되어 많은 피해를 보았다. 그러나 계속 증강된 관군은 체계 잡힌 전술 공격을 감행하여 반란군을 조금씩 밀고 올라갔다.

홍원洪原까지 밀린 이시애는 정면 대결이 불가피함을 알았다. 홍원에서 정면 대결이 이루어졌다. 쌍방이 1천 명 이상의 전사자가 발생하는 처절한 접전 끝에 이시애는 다시 후퇴하여 북청北靑을 지나 이원利原에서 전열을 가다듬었다.

험준한 이원의 만령蔓嶺이 결전장이 되었다. 이준은 토벌군을 네 개 부대로 나누었다. 허종으로 하여금 한 부대를 맡아 반란군의 서쪽에서 공격하게 했다. 김교에게 일군을 주어 적을 우회하여 북방에서 공격하게 했다. 어유소에게 일군을 주어 동쪽 해로로 상륙하여 공격하게 했다. 이준은 강순, 남이 등과 함께 남쪽 정면에서 공격해 나갔다.

일주일 동안 처절한 전투가 계속되었다. 피가 도랑 지어 흐르는 가운데 시체를 밟아 가며 싸워야 했다. 질펀하게 쓰러져 있는 시체가 쌍방을 합쳐 1만여 명에 달했다. 이 전투에서 이시애는 태반의 병력을 잃고 다시 북으로 달아났다.

이시애의 군대는 도마뱀 꼬리 자르듯 후군을 계속 잃으면서 나흘 동안 쫓기다 경성에 도착했다. 이시애는 여차하면 여진으로 도주 망명할 각오로 길주의 일가와 재물들을 다 싣고 왔다.

토벌군은 일단 추격을 멈추고 탈환한 지역의 민심을 안정시키는 한편, 남이의 일군으로 하여금 샛길로 나아가 이시애 군대의 퇴로를 차단하게 했다. 남이는 비밀리에 행군하여 두만강 가의 회령에서 대기했다.

두만강 물은 여름 장마로 많이 불어 성난 물결이 거세게 굽이쳤다. 남이는 강가로 나가 산책하기를 좋아했다. 가끔 말을 멈추고 강 건너 대륙을 건너다보며 생각에 잠기곤 했다. 저쪽 땅도 전엔 우리 조상들이 말 달리던 대지가 아니었던가. 지금도 고구려 장한壯漢들의 호쾌한 웃음소리가 들려오는 것만 같았다. 그때에는 엄청나게 강성했던 우리 민족이 오늘날엔 왜 이렇게 강 아래쪽으로 밀려와 있단 말인가.

깊은 감회에 젖어 강 건너를 바라보던 남이는 호연지기浩然之氣가 서린 시 한 수를 읊었다.

백두산석마도진白頭山石磨刀盡

(백두산 돌은 칼 갈아 다 닳고)

두만강수음마무頭滿江水飮馬無

(두만강 물은 말 먹여 다 마르리)

남아이십미평국男兒二十未平國

(사나이 20대에 나라를 평안케 못 하면)

후세수칭대장부後世誰稱大丈夫

(후세에 누가 대장부라 부르랴)

남이는 자신의 호통 한마디에 천하가 모두 벌벌 떨고 엎드리는 환
상에 사로잡힌 채 강 건너 대륙을 응시하며 한 번 더 이 시를 읊어보
았다.

"하하하, 장군의 시는 과연 웅대한 시입니다."

크게 웃으며 감탄하는 사람은 갑사甲士(직업군인) 유자광柳子光이었다.
그는 전 호조참의 유규柳規의 서자였는데 무예가 뛰어난 역사였다. 서
얼 출신이라는 신분 때문에 늘 따돌림을 받아 성정이 내숭스러워졌고
사람들의 백안시 속에 외톨이 신세를 면하지 못했다. 그러나 남이는
그의 무예를 높이 사 기회가 있는 대로 그를 도와주곤 했다.

"오, 유자광, 웬일인가?"

"바람 좀 쐬러 나왔는데 장군의 읊음을 듣게 되었습니다. 그 시는
참으로 천하일품입니다. 장군."

"허허허, 그런가?"

남이는 그저 소탈하게 웃었으나 유자광은 그를 유심히 쏘아보았다.

나이도 두 살이나 아래인 남이에게 유자광은 질투심이 펄펄 끓어
올랐으나 어쩔 수 없이 꾹 참고 있는 처지였다. 출신이 좋은 남이는 어
려서부터 각광을 받아 장군으로 출전했지만, 유자광은 무예가 남이 못
지않았으나 출신 때문에 일개 갑사로 출전했던 것이다.

이시애의 반란 이후 수양왕의 불면증은 더욱 심해졌다. 무武를 숭상하는 수양왕은 관군을 정병으로 기르는 데에 많은 정성을 기울여왔으나, 이번 이시애의 반란에는 그 진압을 자신할 수 없어 매우 초조하고 불안했다.

"마마, 심려 놓으시옵소서. 이기는 것은 불을 보듯 확실한 일이옵니다."

왕비 윤씨가 위로했다.

"싸움이란 해봐야 하는 거요. 병력이 문제가 아니오."

"어제도 승첩이 들어오지 않았습니까? 반란군은 이제 태반이 줄었고 머지않아 전멸될 것이라 하지 않았습니까?"

"그래도 모르는 일, 쥐도 궁지에 몰리면 고양이 코를 문다 했소."

왕비는 더 이상 말하지 않았다. 남편 임금이 아무래도 이젠 늙어 소심해졌다고 생각했기 때문이었다. 그러면서 왕비는 엉뚱한 생각도 해보았다. 남편 대신 자기가 임금 노릇을 하면 어떨까 하는 생각이었다. 못할 것도 없을 것 같았다. 신라 때는 나라를 다스린 여왕이 셋이나 있었다 하지 않던가. 여왕이 떠오르자 자신이 임금이 되면 좋겠다는 생각이 지워지지 않았다.

윤비는 안으로 들어가 염주를 집어 들었다. 염불에 마음을 모으고자 했다. 그러나 자신이 여왕이 된 모습이 자꾸 떠올랐다.

'왜 이런 주제넘은 생각이 떠나지 않는가?'

윤비는 다시 염불에 집중하려고 애를 썼다. 윤비는 신묘장구대다라니경神妙章句大陀羅尼經을 한번 암송해보았다. 그러나 외울 때뿐 다시 여왕이 된 자기 모습이 떠올랐다. 눈앞에 보이는 아亞자 창틀 속에서 조복을 입은 대관들이 열을 지어 엎드리는 것 같았다. 칭신稱臣을 하며 엎드리는 대관들의 면면이 자기를 쳐다보는 것 같았다.

윤비는 고개를 털면서 돌아섰다. 윤비는 문득 며칠 전 수양왕이 혼잣말처럼 하던 말을 떠올렸다.

"내가 죽으면 사람들이 뭐라고 말을 할까? 효성曉星(존귀한 존재)이 떨어졌다고 할까? 대호大虎가 잠들었다고 할까? 청룡이 승천했다고 할까? 나는 말이야 대붕大鵬이라고 생각해. 하늘을 훨훨 날던 대붕이 떨어졌다고 말해주면 좋겠소만……."

대붕이라. 대붕이라도 죽어서 땅에 떨어지면 살은 까마귀들이 달려들어 다 뜯어먹고 뼈만 앙상하게 남을 것이다. 앙상한 뼈도 세월이 가면 다 삭아 없어질 것이 아닌가?

윤비는 자꾸 그런 생각을 하면서 남편 임금이 아무래도 오래 살지 못할 것 같은 느낌을 지워버릴 수가 없었다. 임금이 죽으면 자기는 대비가 될 것이다. 뒷방에 모셔진 할미꽃이 되어 모르는 새 시들어버리겠지.

그러다 막상 임금이 죽을 때의 일이 또한 두렵게 느껴졌다. 원래가 괴팍스러운 성품이라 죽을 무렵에 무슨 엉뚱한 횡포를 저지를지 알 수 없어 그것도 걱정되었다. 고약한 횡포심이 발작하여 닥치는 대로 참수 명령을 내리면 어찌할 것인가.

그때 장지문 뒤에서 세자의 목소리가 들렸다.

"어마마마. 소자 문안이옵니다."

윤비는 자세를 고치며 대답했다.

"어서 들어오너라."

"이틀이나 문안을 못 드려 죄송합니다."

세자는 어느새 18세였다. 수염자리가 완연했고 목소리도 성인의 것이었다. 부왕의 환후 돌봄에 열성을 보였다. 근래에는 부왕의 환후에 좋고 나쁜 음식을 의생들에게 배워와 매번 수라상을 차릴 때 임석하여 살폈다. 약을 달이면 먼저 맛을 보고 임금이 잠 못 들어 뒤척이면 자신도 잠자리에 들지 않았다. 요새 임금의 환후가 심하다 싶더니 세자가 용상 머리맡에서 이틀 밤낮을 떠나지 않았다.

윤비는 자신이 왕 노릇하는 상상을 되새기다 공연히 겸연쩍어 세자를 똑바로 쳐다보지 못했다.

15

두려운 저승

8월 초순이었다. 길주의 어느 동구 밖 원두막에서 부채를 손에 든 촌민 셋이 땡볕을 나무라며 참외를 먹고 있었다.

"재산가들이야 편하지. 시국이 시끄러우면 대문 닫아걸고 들어앉아 곳간 속 양식이나 꺼내다 먹으면 되잖아?"

쉰 줄의 뚱뚱한 사내가 말했다.

"쌓아둔 양식 없는 우리 같은 사람들이야 별수 없이 나다니며 살 궁리를 해야. 5리 밖에서 전쟁이 나도 이쪽에서는 김매고 추수해야 목구멍에 풀칠이라도 하니……, 후……."

비슷한 연배의 홀쭉한 사내가 말을 받으며 한숨을 쉬었다.

"아녜요. 그렇지 않습니다."

서른 줄에 든 키 큰 사내가 받아쳤다.

"난리 통에는 재산 없는 사람들이 마음 편해요. 재산 있는 사람들은 그것을 지키느라 마음 졸이고 밤잠도 못 잡니다. 없는 사람들이야 뭐 언제나 맨주먹 맨상투 신세니 겁날 것 뭐 아무것도 없지요."

키 큰 사내는 이어서 뚱뚱한 사내에게 다짐을 두듯 물었다.

"설봉산雪峰山 쌍계사雙溪寺에 숨어 있다 그랬지요? 따님이 말이요."

"그렇다니까. 하지만 나도 확실히는 모르네. 들은 이야기니까."

"여러 명이 함께 있다 했지요?"

"그래. 관기랑 주막 기생이랑 합해서 여남은 명 된다는 것 같네."

"예, 그럼 지금 떠나보겠습니다."

키 큰 사내가 벌떡 일어서자 앙상한 원두막 기둥들이 삐걱 소리를 냈다.

"이 사람 황생黃生. 난리 피한 아이들을 난리 복판으로 끌어내진 말게. 혹시라도 그 애가 죽으면 우리 가족은 모두 굶어 죽네."

뚱뚱한 사내가 막 떠나려는 키 큰 사내에게 말했다.

"예. 잘 알고 있습니다. 염려 놓으십시오."

언덕 모퉁이를 돌아 숲에 이른 키 큰 사내는 매어두었던 갈색 말에 올라 채찍을 갈겼다. 말은 거품을 물고 쏜살같이 달렸다. 황생은 입 꾹 다물고 채찍을 휘둘러 남쪽으로 남쪽으로 계속 달렸다.

사흘 전 수령 이시애가 황생을 따로 불러 엄한 명령을 내렸다.

"결국은 우리가 승리하겠지만 지금은 사세가 불리해 잠시 이렇게 대기하고 있는 것이네. 그런데 고향 땅 사람들이 단지 길주 사람이라는 한 가지 이유만으로 관군에게 심한 박해를 받을지도 모른단 말이야. 그래서 자네는 관군 도착 이전에 급히 길주로 돌아가 명단에 있는 사람들을 찾아서 데리고 올라오게."

그길로 황생은 경성을 떠나 남하하여 길주의 고향마을에 다시 나타났던 것이다. 이시애가 적어준 명단의 인물들은 대개가 기생들로 15명이었다.

'하필이면 위험한 길을 가서 기생들을 데려오라는 것인가?'

황생은 의아하게 생각했다.

'아니지, 관군은 군령으로 탈환지의 노유 병약자와 여자들은 다치지 못하게 했으니, 죽어나는 것은 기생들이 아니겠는가?'

다시 생각하니 이시애의 지시가 옳은 것도 같았다.

길주에 와서 보니 기생들이 모두 자취를 감추고 없었다. 관군들은 관아에만 500여 명이 주둔하고 있었다. 딸을 기생으로 둔 마을 영감을 찾아 원두막까지 갔던 황생은 거기서 기생들이 설봉산 쌍계사에 숨어 있다는 소식을 들었던 것이다.

삼복의 뙤약볕 속을 쉬지 않고 달려온 터라 황생도 말도 땀으로 범벅되어 있었다. 산문 입구에 도착한 그는 말과 함께 계곡으로 내려가 목을 축이고 낯을 씻고 말에게도 물을 먹였다. 산문 안에 들어서자 무성한 삼림 속 여기저기서 매미, 쓰르라미가 울고 새들은 놀라 날았다.

목탁 소리가 나는 쪽으로 길을 더듬어 어느 암자에 이르렀다. 늙은 중 하나가 작은 불단 앞에 서서 송경誦經을 하고 있었다. 황생은 기다릴 수밖에 없었다.

이윽고 중이 송경을 마쳤다. 돌아서는 중에게 황생이 다가가자 중이 웃으며 먼저 말을 걸었다.

"오래 기다리게 해서 미안합니다."

"예? 사람이 와 있는 것을 어떻게 아셨습니까?"

"허어. 그 씨근벌떡하는 숨소리가 귀에 들렸지요."

"나는 사명을 띠고 온 사람입니다. 주지를 만나게 해주십시오."

"소승이 주지입니다만 무슨 일이십니까?"

"나는 운학리雲鶴里 출신 황생이란 사람입니다. 이시애 장군의 거사에 참가해 경성 땅에 머물고 있다가 일이 있어 왔습니다. 일이란 열다섯 명의 사람을 찾아서 데리고 가는 것입니다."

"관세음보살……."

"이 절에 기생 여남은 명이 은거하러 왔다고 들었습니다. 그들을 내주시지요."

"잘못 찾아오셨습니다. 관세음보살……."

"여자의 친아버지가 한 말이니 틀릴 리가 없습니다."

노승은 황생의 모습을 찬찬히 훑어보았다.

"이시애의 군령으로 오셨습니까?"

"예, 그렇습니다."

"군령을 지키지 못하면 처벌을 받습니까?"

"그렇습니다. 사형을 당합니다."

"오호, 무섭구려. 나무관세음보살……."

노승은 그러나 아무 반응이 없었다.

황생은 승방을 하나하나 찾아보기로 했다. 이에 승방 하나를 벌컥 열었다. 아무도 없었다. 또 하나 승방을 열었다. 늙은 중 하나가 정좌하여 책을 읽고 있었다. 중은 고개도 돌리지 않았다. 황생은 기운이 쭉

빠지는 것 같았다.

되돌아 나와 주지를 찾았다. 어느새 해 질 녘이었다. 주지는 마당의 석등에 참기름을 붓고 있었다.

"주지스님."

"나무관세음보살, 곧 해가 질 것입니다. 산속의 밤은 빨리 찾아오지요."

"주지스님. 여자들은 분명 이 절에 있지요?"

"그렇소이다."

이게 웬일인가. 아까와는 딴판의 태도였다.

"스님. 왜 아까는 말해주지 않았습니까?"

"그건 묻지 말아주시오. 그런데 여자들을 이시애의 군막으로 데려갈 작정이십니까?"

"예. 데려가서 보호해야 합니다."

"허어, 자고로 기생을 군막에 데려다 보호했다는 얘기는 금시초문입니다."

"하지만 관군은 이 여자들을 심하게 핍박할 것입니다."

"이보시오. 젊은 시주양반. 여자들은 소승이 아주 교묘하게 감추어 놓아 아무도 찾아낼 수가 없소이다. 관군이고 누구고 절대로 찾아내지 못해요. 여기 두면 절대 안전하단 말입니다."

"그러나 여자들도 길주 사람들입니다. 남도인들에게 수백 년 당해 온 수모를 그들도 절실히 느끼고 있을 것입니다."

"나무관세음보살……."

"주지스님. 거처를 일러주십시오."

"좋습니다. 그러나 한 가지 조건이 있습니다. 그들에게 모셔다 드릴 테니 가서 그들과 타협하십시오. 강제로 끌어가지 말고 설득을 해서 데려가시라 이 말입니다."

"물론 그래야지요. 고맙습니다."

땅거미가 찾아왔다. 노승은 석등에 불을 켠 다음 앞장서서 숲으로 난 길로 들어섰다. 노승의 걸음은 놀랄 정도로 빨랐다. 황생은 있는 힘을 다해서 걸어야 했다. 씨근벌떡하는 황생의 숨소리를 들었는지 노승이 발을 멈추고 기다려주었다.

함께 걷게 되자 노승이 물었다.

"무예 공부는 많이 하셨소?"

"틈틈이 하긴 했습니다만 아직 멀었습니다."

"과거에 응시한 적이 있나요?"

"함길도 백성이 응시해본들 웬만한 솜씨로야 되겠습니까?"

"공의 무예 실력을 이시애와 견주어본다면 어떻다고 보시오?"

"아마. 많이 뒤떨어질 것입니다."

"거, 실망인데요."

"아니. 왜 실망하십니까?"

"나무관세음보살……."

'오라. 주지스님은 내가 이시애를 이길 수 있기를 바라는구나. 왜? 오라. 이시애를 미워하는구나……'

"스님. 저……, 단단히 은폐시킨 사람들을 왜 내게 열어 보이려고 작정하셨습니까?"

"그건 곧 알게 될 것입니다."

노승은 다시 속도를 냈다. 황생은 또 온 힘을 다해 따라가야 했다.

산 고개를 하나 넘자 개울가에 작은 암자가 하나 나왔다. 노승은 암자로 들어가지 않고 개울가로 내려갔다. 큰 바윗돌 사이를 요리조리 지나서 가더니 한 바윗돌 앞에서 멈춰 섰다. 그 바위는 엄청나게 큰데 두 쪽으로 갈라져 있었고 그사이에 동굴이 있었다.

노승은 황생의 손을 잡고 굴 안으로 들어갔다. 요리조리 두어 번 꺾어 들어가니 불을 밝힌 넓은 공간이 나타났다. 가까이 가자 지분脂粉 냄새를 풍기며 줄레줄레 여자들이 고개를 들고 일어났다. 여자들은 두 사람 주위로 둥그렇게 모였다.

노승이 입을 열었다.

"이분이 너희들을 데리러 오셨다고 한다. 이시애가 너희들을 보호하겠다고 한다니 잘 상의해서 결정해라."

말을 마치고 노승은 몇 걸음 물러났다. 동굴 안 불빛은 희미했다. 몇 걸음 물러선 노승의 얼굴조차 안 보일 지경이었다.

황생이 입을 열었다.

"너희들은 길주의 딸들이다. 길주의 용장勇將 이시애 장군이 큰 뜻을 펴서 나라를 바로 잡으려고 군사를 일으켰다. 너희들에게 협조를 구하는 것은 아니다. 다만 믿어주고 성원해달라는 것이다. 장군은 너희들이 관군에게 보복을 당할까 염려하여 막하에 보호하고자 나를 보냈다. 날이 밝으면 나를 따라 나서주기를 바란다."

황생은 몇 발짝 물러나 쉬었다.

여자들은 서로 의견을 물으며 상의하기 시작했다. 노승이 은밀한 부탁을 하는 것도 같았다. 여자들은 곧 의견일치를 보아 이시애의 보호를 받기로 했다. 황생은 다짐을 해두고 주지를 따라 절로 와 잠을 잤다.

이튿날 새벽 밖을 내다보다 황생은 깜짝 놀랐다. 여인들이 줄줄이 가마를 타고 절로 들어오고 있었던 것이다. 이 깊은 산중에 십수 채의 가마와 수십 명의 교여꾼들이 있었다는 것을 어찌 상상이나 할 수 있었겠는가. 아무튼 노승에게 작별을 고하고 황생은 일대의 가마를 인솔하여 경성을 향해 출발했다.

쌍계사를 떠난 지 이틀 만에 황생 일행은 경성의 어귀에 있는 운위원雲委院이라는 관문에 이르렀다. 관문 주위에는 인가와 주막, 상가들이 많았다. 황생은 여기서 또 하룻밤을 머물 예정이었다.

말에서 내리던 황생은 몇 걸음 앞에서 말을 내리는 한 사람과 눈이 마주쳤다. 그는 동향 사람 허유례許惟禮였다. 허유례는 이시애의 처조카인데 담력과 무예가 뛰어난 사람이었다. 그는 일찍이 무과에 급제하여 사옹원司饔院 별좌別座로 한양에 가 있었다.

"안녕하시오? 황공 아니오?"

저쪽에서 먼저 큰 소리로 반겼다.

"허공, 여기는 어쩐 일이오?"

"고모부 이시애 장군이 큰일을 벌인 판에 모르는 체 할 수 없어 떠나 왔소. 황공은 무슨 행차를 영도하는 거요?"

"이장군의 군령으로 여인들 십여 명을 호송하는 중이오. 자, 말을 매놓고 한잔합시다."

황생은 근처의 큰 민가를 찾아 여인들 숙식처를 정해주고 다시 나와 허유례와 주막에서 마주 앉았다.

"한양의 사정은 어떻소?"

"흉흉합니다. 임금은 현상懸賞을 크게 걸었어요. 이시애의 목을 베는

자에게는 가선대부嘉善大夫의 품계를 내린다고 했소."

"속이 몹시 타는 모양이오?"

"자칫하면 종묘사직이 넘어가는 데 속이 안 탈 수가 있소?"

"그럴 줄 알면서 왜 북도인들을 몰살시킬 계획을 세웠을까요?"

"그게 무슨 말이오?"

"남도 병사들을 동원해서 함길도 사람들을 몰살시키라고 지시한 사람이 임금이 아니오?"

"……?"

허유례의 눈이 빛났다. 황생은 허유례가 분노에 떨고 있다고 생각했다.

"분통이 터질 일이지요."

"황공, 하나 물어봅시다."

"말해보시오. 허공."

"황공은 북도인 몰살 소문에 화가 치밀어 이번 거사에 참가한 거요?"

"그렇소. 앉아서 칼 맞아 죽을 수야 없지 않소?"

"황공은 속았습니다. 이시애한테 속았단 말이오."

"아니, 그걸 말이라고 하시오?"

"황공, 잘 생각해보시오. 나도 길주 사람이고 더구나 이시애의 처조카요. 그러나 헛소문으로 백성들을 격동시켜 반란을 일으키는 것은 도저히 용서할 수 없는 일이오."

"그렇다면 허공은 왜 여기 왔소?"

"진상을 일러주어 공들이 개안開眼할 수 있도록 돕고자 온 거요."

"음……."

한참이나 허유례를 쏘아보던 황생은 곁에 풀어놓은 환도環刀를 집으며 벌떡 일어나 칼을 뽑아 들었다.

"이제 보니 너는 적이로구나. 너를 죽여 북도인의 한을 풀겠다."

황생이 호통을 쳤으나 허유례는 눈썹 하나 까딱하지 않고 마주 쏘아보았다. 한참 눈싸움이 계속되는 동안 허유례는 황생이 뽑아 든 칼끝이 떨고 있음을 깨달았다. 황생은 갈등하고 있는 것이었다.

"황공, 공이 나를 베려고 한다면 나는 얌전히 앉아 목을 맡기겠소. 그러나 공은 머지않아 깨닫게 될 것이오. 무모한 반역자를 따라 헛되이 거사에 참가했다는 것을……."

"그렇다면……."

황생이 칼을 거두고 다시 좌정했다.

"내가 속은 것이 무엇인지 말해보시오."

황생이 물었다.

허유례가 설명했다.

"북도인 몰살 소문에 속은 것이오. 조금만 생각해보면 그 소문이 낭설임을 깨닫게 될 것이오. 함길도나 평안도도 엄연히 조선의 일부요. 말하자면 조선의 한 팔이요, 조선의 한 다리란 말이오. 어느 미친 주인이 자신의 팔 하나, 다리 하나를 잘라내려 하겠소. 내가 한양에 있어서 모든 것을 잘 알거니와, 이시애는 임금께 바치는 장계에서 신숙주, 한명회가 내통했다고 무고를 했소. 물론 병불염사兵不厭詐란 말이 있으니 반간계反間計로 볼 수도 있소. 그러나 그러한 속임수로 자기의 심복 부하들까지도 속이고 있다는 것은 너무나 뻔뻔스럽고 무책임한 일이오. 나도 길주 사람이니 북도인 괄시를 내 어찌 모르겠소. 그러나 반란의 방법으로 국가전복을 도모한다는 것은 분명한 반역행위이며 매우 무모한 짓인 것이오. 더구나 승산이 없소. 지금 훈련된 관군은 계속 증강되고 있소. 그런데 반란군은 계속 줄어서 1만 명 정도요. 그리고 관군에는 장비, 여포 같은 맹장들이 수두룩한데 반란군에는 누가 있소? 그저 농사짓던 필부들뿐이지 않소."

황생은 무엇도 대답할 수가 없었다. 황생은 큰 잔으로 술만 거푸 들이켰다. 마시고 마셔도 취하지 않는 것 같았다. 그러다 상머리에 쓰러져 깊이 잠들고 말았다.

다음 날 여인들을 맡겨둔 곳으로 달려간 황생은 갑자기 돌변한 여인들의 표정에 깜짝 놀랐다. 모두 눈이 부어 있었고 매무새가 흐트러져 있었다. 그들은 모두 독기 서린 눈빛으로 황생을 노려보았다.

황생은 조심스럽게 물어보았다.

"무슨 일이 있었느냐?"

"황공은 우리가 간밤에 겪은 모욕을 여태 못 들었소?"

"모욕이라고?"

여인들은 일제히 울음을 터뜨렸다. 그들을 보다가 황생은 한 마을의 아이를 발견했다. 그 뚱뚱한 영감의 딸이었다.

"얘야. 네 아버지한테 너를 잘 보호하라고 신신당부를 받았다. 도대체 무슨 일이 있었느냐?"

"흑흑……, 모두 당했어요. 이시합李施合(이시애의 동생)이 장교 여남은 명을 데리고 와서 다들 굶주린 늑대처럼 달려들어서는……, 흐윽……. 보호한다더니 이게 뭐예요?"

황생은 넋이 나갔다. 그들이 와서 여자들을 강제로 겁탈한 것 같았다. 여자들의 서러운 울음소리는 계속되었다. 황생은 사태를 어떻게 수습하고 여인들을 달래야 할지 그저 막막할 뿐이었다. 저들이 비록 기생들일지라도 그들에 대한 예우는 엄연히 살아 있었다. 그런데 이시합 일당은 약탈자와 같은 행티로 이들을 겁탈하고 사라진 것이었다.

비록 이시애의 친동생이요 모사謀士이기에 반군에서는 제2인자의 신분이라 하지만, 이시애 수령의 특명으로 호송하는 여인들을 느닷없이 겁탈하다니……. 황생은 화가 머리끝까지 솟았다.

이시애의 주둔지는 이제 지척이었다. 이 사실을 보고하자니 고자질 같았고 안 하자니 괘씸하기 짝이 없었다. 황생은 어찌할까 망설이다가 출발을 늦춰놓고 한잔하려고 주막으로 발길을 돌렸다. 속이 너무 답답해서였다.

그런데 그때 북쪽에서 자욱한 먼지를 일으키며 말 두 필이 달려오고 있었다. 서서 보고 있는 사이 그들은 황생 앞에 와서 나는 듯이 말에서 뛰어 내렸다. 동료 이주李珠와 이운로李雲露였다. 두 사람은 황생을 마중 나온 것이었다. 뒤따라 5백여 명의 군사가 당도했다.

"마중 나오는 사람이 군사는 왜 이리 많은가?"

"마중 겸 근처를 순시하라는 명령일세."

"외딴 주막거리에 가서 한잔하려 했는데 다 틀렸구먼."

"군막을 치고 거기서 한잔하세. 어차피 여기서 하루 숙영宿營할 예정이었어."

그들은 군사들을 독려하여 군막을 세웠다. 막사가 완성되자 모든 군사가 다 잠에 빠져들고 말았다.

"아침부터 웬 잠인가?"

"간밤에 야간 행군을 했지."

"무슨 중대한 일이라도 있나?"

"이건 비밀인데 자네한테야 괜찮겠지. 실은……, 재물 실은 수레들을 부령富寧까지 호송하고 돌아왔어."

"무슨 재물인데?"

"이시애 수령의 재물이랑 그동안 각지에서 거둔 재물이 도합 50수레나 되더라고."

"그런데 왜 하필 부령으로 옮겼지?"

"부령이 목적지는 아니야. 수령 속셈은 빤해. 급해지면 강 건너 만주로 튈 것이라고."

"아니, 뭐, 만주?"

황생은 깜짝 놀랐다.

'싸워서 지면 깨끗이 죽는 것이지, 만주로 도망을 가?'

황생은 간밤 허유례의 여러 가지 이야기가 생각났다. 확실히 속은 기분이었다. 이에 황생은 지난 밤의 겁탈 사건을 두 사람에게 들려주었다. 두 사람을 펄쩍 뛰었다.

"저런 나쁜 놈들……."

황생은 문득 허유례를 불러 합숙하는 게 좋겠다는 생각이 났다. 기회를 보아 찾으러 나가야겠다고 마음먹고 있는데 허유례가 제 발로 찾아왔다.

여기서 네 사람은 은연중에 마음이 하나로 모이게 되었다. 이주, 이운로도 황생처럼 북도인 몰살 소문이 헛소문이었다는 데 깜짝 놀랐다. 허유례는 그 헛소문의 최초 발설자가 바로 이시애라는 것도 설명해주고, 가선대부가 현상으로 내걸려 있다는 것도 말해주었다.

네 사람은 비겁하고 더러운 이시애를 주륙誅戮하자는데 의견일치를 보았다. 의견이 일치되자 다음은 계교와 방법이 문제였다.

허유례가 자신의 생각을 말했다.

"군사들이 모두 잠이 든 이 대낮이 아주 좋은 기회인 것 같소. 아주 급한 통첩을 보내 이시애 형제를 이 차일 안으로 유인하는 거요. 술을 좀 먹이고 신호에 맞춰 우리가 일제히 차일을 벗어나면서 바로 차일의 버팀목을 쓰러뜨리고 버팀줄을 끊어버리면 차일이 순식간에 두 사람을 덮어씌울 것이오. 그리되면 첫째 서로 칼을 겨누는 위험이 없을 것이고, 둘째 독주를 먹인다든가 뒤에서 찌른다든가 하는 비겁한 방법을 쓰지 않아도 되는 것이오."

다들 찬동했다.

우선 황생이 이시애 앞으로 한 통의 편지를 썼다.

명령하신 임무는 잘 마쳤습니다.

귀로에 또 하나 반가운 소식을 전합니다.

대장님의 처조카인 허유례가 한양에서 필마로 달려왔습니다. 그는 재경 북도인들을 종용慫慂하여 쓴 연판장連判狀 명부를 품 안에 품고 왔습니다.

그는 원로에 지쳐 촌보를 떼기 힘든 상태인데 품 안의 연판장은 대장님의 면전이 아니면 공개할 수 없다고 합니다.

바라옵건대 말을 달려 이곳으로 오셔서 허공의 명부를 받으시고 축하주 일 배를 드시기 빕니다.

전령을 불러 일봉 서신을 내주고 특급 비밀문서라 이르고 신속히 대장에게 전하라고 재촉하여 보냈다.

네 사람은 차일을 꼼꼼히 조사하여 한 번의 손질만으로 곧바로 내려 덮일 수 있도록 만반의 준비를 마치고는 이시애가 오기를 기다렸다.

이시애 형제는 금방 나타났다.

"여어, 1만의 지원군을 만난 것보다 더 반갑네. 우리 조카가 이렇게 귀한 선물을 가지고 오다니. 참 고맙네. 허허허."

"대사 추진에 얼마나 노고가 크십니까? 승리를 믿어 의심치 않는 바입니다."

"고마워. 그래 재경 북도인의 연판장을 가져왔다고 했지? 어서 보세나."

"잠깐만요. 방금 저 밖에서 인기척이 난 것 같습니다. 누가 엿듣고 있나 보고 오겠습니다."

허유례가 재빨리 차일 밖으로 나왔다. 동시에 황생, 이주, 이운로도 사방으로 흩어져 차일 밖으로 나갔다. 그들이 나감과 거의 동시에 차일이 폭삭 내려앉았다. 네 사람은 차일의 사방을 꼭꼭 누르고는 소를 넣고 송편 오므리듯 쉽게 이시애, 이시합 두 사람을 똘똘 말아버렸다. 오랏줄을 준비한 다음 칼로 차일 천을 찢고 두 사람을 포박했다.

허유례가 나서서 말했다.

"유언비어로 민심을 어지럽혀 반란을 꾀하고 수만 명 동포를 동족 상잔의 비극 속에 몰아넣은 죄는 실로 용서할 수 없다. 더구나 북도인의 안타까운 자존심에 불만 질러놓고 자신은 만주로 도피하여 일가의 안일만 찾고자 하다니 더욱 비겁하고 더럽다. 죽기 전에 남기고 싶은 말은 없느냐?"

이시애는 모든 것을 포기한 것 같았다.

"애써 변명하지 않겠다. 그러나 한 가지는 알아두어라. 네가 나를 베고 조정 무대에 나간다 해도 북도인 괄시는 여전할 것이다."

말을 마치고 허유례는 칼을 뽑아 들었다.

그러자 황생이 가로막고 나섰다.

"나에게 맡기시오. 허공은 조카의 신분이 아니오."

"좋소이다."

황생은 묶인 두 사람을 군진 앞으로 끌고 갔다. 어느새 근처 백성들이 구름같이 모여들었다. 지난밤 겁간을 당한 기생들도 그 틈에 나와 있었다. 설봉산 쌍계사의 주지스님은 일이 이렇게 될 것을 이미 알고 있었을까? 언제 뒤따라 왔는지 주지스님도 구경 나온 백성들 틈에 끼어 있었다.

황생은 숨을 가다듬은 다음 격식 갖춘 자세로 기합 소리를 냈다. 한 번, 그리고 또 한 번.

이시애, 이시합의 목이 떨어지자 두 몸뚱이도 나무 등걸처럼 푹석 넘어졌다.

반란 역적이 잡혀 죽었다는 소식이 파발을 타고 즉시 한양에 전해졌다. 이시애의 목은 곧바로 관군 도총사 이준을 거쳐 한양으로 운반되었다. 이준은 함길도 곳곳을 순시하며 안무按撫에 힘썼다. 토벌군은 추석이 지나서야 한양으로 돌아왔다.

수양왕은 경회루에서 크게 잔치를 베풀었다. 연회에 나가려고 옷을 고쳐 입는 왕을 왕비가 친히 거들었다.

"마마, 또 술을 드시게 되었습니다."

"그렇소. 한두 잔은 해야지요. 내가 왕좌에 앉은 이래 오늘이 가장 큰 잔치가 될 것이오. 생각해보시오. 하마터면 이시애 대신 내가 목이 달아날 뻔했소. 그러니 오늘은 기쁘고 또 기쁜 날이 아니겠소."

"하오나, 술은 용체 환후와 상극이라 하오니 모쪼록 멀리하시옵소서."

"알겠소. 너무 걱정마시오."

"신첩도 나아가 심부름을 할까요?"

"글쎄……. 아니오, 그만두는 게 좋겠소. 개선 장수들이 모두 2, 30대의 청장년이오. 할미 같은 중전이 아무래도 어울리지 않을 것 같소."

수양왕이 연회장으로 나가자 왕비는 잔뜩 화가 나서 혼자 한숨을 포옥 포옥 내쉬었다.

'내가 할미면 자기는 할배가 아닌가? 말씀을 하필 그렇게 하신담?'

왕비는 내전으로 들어가 방이 차다고 애꿎은 임상궁만 탓했다. 그 때문에 그날 저녁은 절절 끓는 온돌에 등이 뜨거워 델 지경이었지만 아무 말도 못하고 참아야 했다.

경회루의 화려한 연회장에는 고관대작들을 비롯해 이번에 출정했던 장수들이 줄지어 배석해 있었다. 이시애를 잡을 때 직접 참여한 네 공신도 함께 참석해 있었다. 수양왕은 우선 그 네 사람을 불러 친히 금대金帶(2품관의 조복에 두르는 금장식 띠) 한 벌씩을 하사했다.

그리고 조칙詔勅을 내렸다.

　토벌군의 승전 귀환을 환영하노라.

　그 충성을 기리어 도총사 이준 이하 41명을 적개공신敵愾功臣에 봉하노라.

길주는 길성현吉城縣으로 강등하며, 반적에 연루된 자들은 원변유배遠邊流配에 처하노라.

조칙은 이전 어느 때의 것보다도 짧았다. 그 짧은 조칙을 읽고서도 수양왕의 용안에는 송골송골 땀이 솟아났다. 수양왕은 잠시 후 신숙주에게 좌장 대리를 맡기고 안으로 들어갔다. 들어가는 임금의 뒷모습을 보며 신숙주, 한명회, 정인지, 구치관 등은 눈물이 솟을 듯한 비창감悲愴感을 금할 수가 없었다.

'우리의 시대가 가고 있구나.'

수양왕의 쾌차를 위해 윤비는 다시 왕의 온천행을 종용했다.

1468년 봄, 임금은 세자를 데리고 온양에 행차했다. 거기서 이 행차를 기념하여 별시문과別時文科의 과거를 치렀는데 총통장總筒將으로 임금의 호위를 맡고 있던 유자광이 장원을 차지했다. 왕의 귀환 후 그는 병조참지兵曹參知(정3품)가 되었다.

온양에 다녀왔으나 수양왕의 환후는 별로 나아지지 않았다.

더위가 한창 기승을 부리자 수양왕의 환후는 더 심해지는 것 같았다. 왕이 누운 머리맡에 앉아서 왕비는 통곡할 것 같은 비통을 겨우 참고 있었다.

"마마, 어찌 이러시옵니까?"

"혼자 있고 싶소."

임금은 퉁명스럽게 말했다.

윤비는 임금 얼굴에 맺힌 땀방울을 조심스럽게 닦아내고 밖으로 나왔다. 임금은 그대로 몸져누워서 일어나지 못했다. 노망기 같은 것은 보이지 않았으나 왕의 수명이 얼마 남지 않았다고 여기는 사람들이 많아졌다.

효자인 세자의 몸도 부실해졌다. 오랫동안 시탕侍湯을 해왔는데 최근에는 밤을 꼬박 새우는 과로로 인해 세자는 몹시 쇠약해져 핏기라고는 하나도 없었다. 그런 세자를 바라보는 임금은 그저 무표정일 뿐이었다.

왕이 환자이다 보니 영의정 신숙주는 어려움이 많았다.

어느 날은 왕이 먼저 불렀다. 교여에서 내려 왕의 침전으로 들어가는 신숙주는 마음이 몹시 착잡했다. 사실 신숙주는 세자에게 양위할 것을 주청하고 싶었다. 그러나 정창손의 경우가 생각났고, 양정을 상기하며 놀라서 차마 말을 꺼내지 못하고 있었다. 근래 오랫동안 병석에 누워 하릴없이 이리저리 뒤척이기만 하는 왕을 모셔오다 보니 마음에 쌓이는 회의는 더 커질 수밖에 없었다.

수양왕 앞에 절하고 앉은 영의정 신숙주에게 왕이 묘한 말을 했다.

"영상, 이젠 우리도 많이 늙었지?"

수양왕이나 신숙주나 이제 나이가 52세이니 늙었다고는 볼 수 있었으나 많이 늙었다고는 결코 볼 수 없었다. 밑도 끝도 없이 꺼낸 말이지만 혹시 양위 의견을 꺼내려는 것인지도 모른다고 신숙주는 생각했다. 그렇다면 신숙주 본인은 뭐라고 대답해야 옳을까 생각해보는 사이 임금이 다시 입을 열었다.

"왜? 자신은 늙지 않았다고 생각하시오?"

임금은 쓴웃음을 짓고 있었다.

"아, 아닙니다. 신은 이제 늙어서 쓸모가 없게 되어가고 있다고 생각합니다."

"허어, 그렇다면 내가 하고 싶은 말을 안심하고 할 수가 있겠소."

"……?"

"영상에 구성군 이준을 봉할까 하오만…….."

"예? 영의정에 말씀이옵니까?"

"왜 놀라시오? 방금 자신을 늙어서 쓸모가 없다 하지 않았소?"

"하오나 전하, 신이 영의정에서 물러나는 것은 언제라도 좋습니다만 구성군은 아직 약관이 아니옵니까?"

"그래서 영상을 따로 불러 상의하는 것이오. 나는 마음속으로 두 가지를 결단한 것이 있소이다. 결단을 했단 말이오."

"예, 전하. 경청하고 있사옵니다."

"첫째, 나는 조정 안팎에 청신한 기풍을 감돌게 해놓고서 죽고 싶다는 것이오. 과감하게 젊은이들을 임관하는 것이 그 첩경이라 생각하오. 둘째, 내 신병을 치료하는 데에 마지막 투약을 단행하고자 하는 것이오. 그것은 유형무형의 온갖 수단 방법을 마지막으로 한번 강구해보겠다는 것이오."

신숙주는 얼핏 생각나는 게 있었다. 언젠가 임금이 객담客談 삼아 얘기하던 것이 있었다.

'항간의 낭설에 문둥병을 고치려면 어린아이의 간을 꺼내 먹어야 한다는 우스운 이야기를 들은 적이 있소. 참 두려운 일이오.'

수단 방법을 가리지 않겠다는 것은 그런 처참한 방법도 동원해보겠다는 뜻이 아닐까, 신숙주는 의심해보았다.

"왜 아무 말도 아니 하오?"

"예. 둘 다 지당하신 말씀이옵니다."

대답을 해놓고 신숙주는 스스로도 어이가 없었다. 관아의 목낭청睦郞廳(주견이 없는 사람)이 다 된 게 아닌가.

그러자 임금은 간단히 못을 박았다.

"고맙소. 그러면 영의정에 귀성군 이준을 봉하겠소."

신숙주는 절하고 물러 나왔다.

일인지하一人之下 만인지상萬人之上의 존귀한 자리에 28세의 귀성군 이준이 오르고 나서 얼마 안 돼 수양왕은 자신의 명이 얼마 남지 않았음을 직감했다.

그는 신숙주, 구치관, 한명회 등을 불러들였다. 훈신들의 핵심이었다.

"아무래도 세자에게 전위傳位를 해야겠소."

세자에게 왕위를 넘겨야겠다는 뜻이었다.

"아니 되옵니다. 전하께서는 곧 환후를 떨치시고 일어나실 수 있사옵니다."

모두 반대했다. 그들은 양정의 경우가 생각되기도 했지만 그보다 더 불안한 게 있었다. 아직 수양왕 다음의 체제에 대한 준비가 되어 있지 않았다. 그들은 온 세상이 자신들을 저주하고 있다는 것을 잘 알고 있었다. 자칫 정권을 빼앗기기라도 한다면 만인의 저주와 환호 속에서 죽어갈 것이 뻔했다. 그러므로 수양왕과 공신들은 생존을 위해 집단지도체제를 만들 수밖에 없었다. 수양왕이나 공신들 중 어느 한쪽이 무너지면 다 같이 죽게 되어 있었다.

공신들 사이에서는 아직 수양왕 사후 체제에 대한 합의가 이루어지지 않고 있었다. 공신들은 세자가 즉위한다면 수양왕 때보다도 더 자신들의 권한이 강해져야 한다고 여기고 있었다. 자신들 덕택에 세자는 왕이 될 수 있었다고 믿고 있기 때문이었다.

공신들이 반대하자 수양왕은 전위를 그만두었다. 그 대신 그는 세자에게 대리청정을 시켰다. 왕은 세자에게 사정전의 월랑月廊에서 고령군 신숙주, 영의정 이준 등과 함께 정사를 논의하도록 명했다.

신숙주와 이준은 각각 구공신과 신공신을 대표하는 인물이었다. 왕이 세자에게 신숙주와 이준 등과 함께 정사를 논의하라 명한 것은 구공신들과 신공신들과 협의해서 국사를 처결하라는 뜻이었다. 세자는 신, 구 공신들에게 포위된 상태에서 국사를 논의해야 했다.

그러나 열아홉 살의 세자는 그리 호락호락한 인물은 아니었다. 나름대로 주관이 있고 고집도 있었다. 그리고 그런 사실이 드러나는 데에는 그다지 긴 시간이 필요치 않았다.

세자가 대리청정을 시작한 후 처음 논의한 것은 '유배된 사람들'이나 '연좌된 사람들'을 석방하는 문제였다. 하늘을 감동케 해 왕의 병을 낫게 하자는 뜻이었다. 왕의 병을 낫게 하기 위해서 사면령을 내리는 것이니 반대하는 공신들은 없었다. 그리하여 1468년(세조 14) 7월 20일, 대사령大赦令을 내렸다. 그러나 수양왕의 병은 아무런 차도가 없었다.

수양왕은 누구보다도 죽음을 두려워했다. 남들은 몰라도 자신이 저

지른 죄업이 얼마나 크고 얼마나 많은가를 자신은 잘 알고 있었다. 그러므로 죽은 후에 받을 그 업보가 몹시 두려웠던 것이다. 틀림없이 갈 것으로 여겨지는 저승의 지옥이 지극히 두려웠던 것이다.

수양왕은 친형인 왕을 모살하여 죽게 했고, 친동생인 안평대군과 금성대군을 죽였으며, 이복동생인 화의군, 한남군, 영풍군을 죽였으며, 친조카인 어린 왕을 몰아내고 죽였으며, 그러는 과정에서 수없이 많은 충신들과 그에 연좌된 사람들을 죽이거나 내쫓고, 그들의 가족들을 가축과 같은 신분으로 낮추어 패거리들에게 나누어주었던 것이다.

더구나 수양왕은 불교 독신자였다. 그는 얼마간이라도 자신의 죄업을 털어내고 저승으로 가고 싶었지만 마음같이 되지 않았다.

"이제는 수릉壽陵을 만들어야 하겠소."

8월에 들면서 호조판서 노사신에게 말했다. 수양왕은 이 말을 하면서 눈물을 주르륵 흘렸다. 수릉이란 임금이 죽기 전에 미리 마련하는 자기의 무덤이었다. 이 사실이 전해지자 여러 훈신재상들이 눈물바다를 만들었다.

수양왕은 이 세상과의 작별이 두려웠고 저승으로 가기가 무서웠다. 이에 대사령을 내린 지 한 달여 만인 8월 27일에 또 대사령을 내렸다. 그사이 한 달만에 일어난 범죄에 대한 사면령이었다. 그만큼 구차스럽고 다급했으나 수양왕의 병은 전혀 차도가 없었다.

세자는 비상수단을 써보기로 했다. 2년 전을 기준으로 납부하지 못한 세금을 전부 또는 3분의 2를 탕감해주는 세금감면책을 시행했다.

8월 29일에는 내전에 불상을 모셔놓고 기도를 드렸다. 유교 국가의 왕실 깊숙한 곳에 불당이 차려진 것이었다. 그래도 아무런 차도가 없었다.

9월에 들면서는 매우 불길한 일이 일어났다. 경상도에서 황충蝗蟲(메뚜기의 일종)이 번성하여 수확을 앞두고 있는 들판을 폐허로 만들었다.

황충은 까맣게 떼를 지어 날아와 온 들판을 뒤덮고 벼 이삭을 다 빨아먹었다. 여물어가던 곡식 알맹이들이 모두 말라 까맣게 변해버렸다. 황충이 지나간 들판은 가을의 풍성이 다 사라져버려 황량한 봄 들판과 같았다.

그뿐만이 아니었다. 혜성이 나타났다. 당시에 혜성은 불길의 상징이었다. 왕은 관상감정觀象監正 안효례安孝禮에게 혜성을 잘 살피라고 일렀다.

천하의 호걸로 자임하며 살아온 수양왕이 수릉 준비를 지시하면서부터는 알게 모르게 많은 눈물을 뿌렸다.

"군왕은 무치無恥요 무구無懼라 했사옵니다. 《주역周易》에서도 독립무구獨立無懼(홀로 서서 두려움이 없고)요, 영예극종永譽克從(영원히 명예로워 끝끝내 가리라)이라 했사옵니다."

유식한 훈신들이 안심을 시켜주었지만 수양왕은 저승길을 그 누구보다도 마음 깊이 두려워하고 있었다.

세자는 부왕이 두려워하는 실체를 짐작하고 있었다. 세자는 넉 달 전 부왕이 했던 말 속에 두려움의 실체가 있다고 여겼다.

"내가 잠저潛邸(임금이 되기 전에 살던 집)로부터 일어나 중흥中興의 대업을 성취한 임금이 되었으나, 많은 사람을 죽이고 많은 사람을 형벌에 처했으니, 어찌 한 가지 일이라도 원망을 받지 않았겠느냐?《주역》에 소정小貞은 길吉하고 대정大貞은 흉凶하다 했다."

'사람을 많이 죽이고 형벌했다'는 것이 두려움의 실체였던 것이다. 수양왕이 말한 《주역》의 효사爻辭(주역의 효爻를 풀이한 말)를 왕필王弼(위나라 학자)은 '작은 일에서는 곧으면 길하지만, 큰일에서는 곧아도 흉하다'고 풀이했다. 왕의 고백은 자기의 인생 전체가 흉하다고 여기는 것이었다.

세자는 부왕이 두려워하는 실체에 대하여 자신이 할 일이 있음을 알고 그 실행에 나섰다.

첫째, 조신들을 종묘, 사직에 보내고 명산대천에 보내 기도하게 했다.

둘째, 왕이 옛 흥복사興復寺 터에 창건한 원각사圓覺寺에 사람을 보내 기도하게 했다.

셋째, 칭칭 감긴 왕의 엄청난 업보를 풀어주는 것이 가장 큰일이라 여겼다.

이미 죽은 사람들은 할 수 없었지만 연좌되어 죗값을 치르고 있는, 아직 살아 있는 사람들의 원한을 풀어주는 것이었다. 16년 전 이른바 계유정난 때 김종서, 황보인 등을 죽이고 그 부녀자들을 공신들에게 나누어주었고, 13년 전 병자년 사육신 사건 때는 성삼문, 유응부 등을 죽이고 그 부녀자들을 나누어 갖게 했다. 그 부녀자들은 원수 집의 여종이 되고 성 노리개가 되었으니, 이들의 원한이 어찌 하늘에 가 닿지 않았으랴. 수양왕은 전에 없이 비인간적이고 비윤리적인 죄를 참 많이도 저질렀던 것이다.

세자는 이 일에 대하여 9월 3일 대신들에게 물었다.

"계유년 난신들의 가족들과 병자년 난신들의 가족들을 방면하면 어떻겠소?"

대신들은 경악을 금치 못했다. 자신들이 바로 그들을 나누어 가진 공신들이었다. 세자의 입에서 이런 말이 나오리라고는 상상조차 할 수가 없었다.

계유년, 병자년 난신들은 공식적으로는 모두 역적이었다. 역적들의 가족들을 방면하여 병 치유를 기원한 그런 전례도 없었다. 이 부분에 손을 대는 것은 자신을 세자로 만들어준 과거사에 대한 자기 부정이라고 공신들은 생각하고 있었다. 정인지, 정창손, 신숙주, 한명회, 홍윤성, 김질 등의 공신들은 다 같이 마음속으로는 격렬히 반대하고 있었다.

그러나 조심스럽게 말했다.

"저하, 병자년 난신들의 일은 세월이 오래되지도 않았는데 급히 논하는 것은 마땅치가 않습니다."

세자는 아무 말도 하지 않고 묵연히 앉아 있었다. 노기怒氣가 표정에서 역력히 드러나고 있었다.

당황한 공신들은 노회한 훈신들답게 타협안을 내놓았다.

"계유년 난신들의 숙질叔姪과 자매와 기타 도형徒刑(중노동 형벌), 유형流刑(귀양살이), 부처付處(한곳에 가두어 두기)된 자들은 용서해주어도 좋을 것입니다."

처형된 자들의 처첩과 딸들만 빼고는 용서할 수 있다는 말이었다. 그러나 세자가 생각하는 것은 가장 한이 깊을 법한 처첩과 딸들이었다.

세자가 반문했다.

"난신들과 연좌된 자들을 모두 방면한다면 어찌 세월의 길이에 차이를 두겠소? 그리고 그 처첩들도 방면하고 싶은데……, 공천公賤(관아에 속한 공노비)은 방면해도 될 것 같소만, 공신들에게 준 처첩과 여식들도 방면하고 싶으나 그리되면 대신들이 싫어할 게 아니오?"

세자는 공신들의 폐부를 찌르는 비아냥거림을 굳이 꺼리지 않았다. 공노비는 나라의 재산이니 방면해도 괜찮지만, 공신들에게 나누어준 처첩들과 딸들은 사노비私奴婢로 공신들의 재산이었다. 그 임금 덕분에 온갖 영화를 다 누리고 있음에도, 그 임금의 완쾌보다 재산이나 노리개가 더 중요하냐는 통렬한 비난이기도 했다.

대답하는 대신들이 없었다. 사정전 행랑에 침묵이 흘렀다. 갖은 모략과 달변으로 유명한 한명회도 묵묵부답이었다. 이때 어색한 침묵을 뚫고 세자에 동조하는 사람이 있었다. 정창손이었다.

"누가 싫어하겠습니까? 방면하는 게 좋겠습니다."

세자는 반색했다. 그러나 그에 호응하는 사람이 없었다.

세자는 좀 더 두고 보기로 했다.

"난신의 처첩도 죄의 경중을 따져 모두 석방하고자 하니 의정부에서는 이를 다시 의논하시오."

다음 날 종친들과 재상들이 수양왕에게 문안드렸다. 그다음 날도 문안들이 이어졌다. 수양왕은 여전히 차도가 없었다.

세자는 자신이 결단을 내려야겠다고 생각했다. 9월 6일, 세자는 드디어 결단을 내렸다. 김종서의 조카 김영덕, 정분의 조카 정세존, 하위지의 조카 하포, 박중림의 조카 박사제, 성승의 조카 성만년 등 200여 명을 석방했다. 그리고 공신들의 노비로 나누어준 여인들도 방면했다.

백성들이 환영한 것과는 달리 공신들은 크게 불만을 품게 되었다. 좌의정 겸 예조판서 박원형朴元亨도 그중 한 사람이었다. 계유정란 때

사형당한 양옥梁玉의 누이 의비義非가 박원형의 여종이 되었는데, 박원형이 의비를 첩으로 삼아 아들을 낳았다.

세자가 의비를 석방시키자 박원형은 동부승지 한계순韓繼純에게 불만을 토로하며 시정해줄 것을 부탁했다.

"의비는 본래 천인이었으므로 방면해도 천인이요 방면하지 않아도 천인이네. 더구나 의비는 내 공신녹권功臣錄券에 기록된 비자婢子(여종)일세. 그를 대신해 다른 비자를 내놓겠다는 뜻을 세자에게 전해주게."

한계순이 응하지 않자 박원형은 좌찬성 김국광金國光에게 부탁하여 한계순을 움직이도록 했다. 한계순은 고민하다가 의비의 이름 곁에 황표黃票를 붙이고 박원형의 청탁 내용에 대해서 보고했다.

세자는 즉시 거절했다.

"오늘 아침 봉원군蓬原君(정창손)이 '연좌된 자가 본래 천인이었더라도 본 주인에게 되돌려주는 것이 또한 성상의 은총입니다'라고 말했소. 이미 의논하여 결정된 일이니 그대로 따라야 하오."

공신들은 다시 놀랐다. 본 주인에게 돌아가 보아야 그대로 종에 불과한 의비에 대한 청을 단번에 거절할 줄은 몰랐던 것이다.

공신들은 세자가 만만한 인물이 아님을 알고 경계하기 시작했다.

9월 7일, 수양왕은 세자에게 전위하겠다고 다시 발표했다. 예조판서 임원준任元濬을 불러 정인지, 한명회, 신숙주 등에게 그 뜻을 전달하도록 했다. 그들은 양정을 생각하며 두 달 전처럼 또 반대했다.

수양왕이 화를 냈다.

"운이 다한 영웅은 자유롭지 못한 법이다. 너희들이 내 뜻을 어기어

나의 죽음을 재촉하고자 하는 것이냐? 물러가라."

수양왕은 곧바로 승전내시를 불렀다.

"세자를 불러오라."

승전내시가 동궁으로 달려갔다.

"세자마마, 급히 용상 앞에 임석하시오."

"무슨 일이 있느냐?"

"위독하십니다."

"알았다."

세자가 한달음에 부왕 앞으로 달려갔다. 부왕의 신임이 두터워 약 조제를 맡고 있던 중추부사이자 세자의 스승인 한계희韓繼禧가 자리를 비켜 세자를 맞았다.

임금이 누운 채 세자에게 말했다.

"세자야, 평일에 조훈祖訓(조상의 가르침)과 같은 글귀를 지어 너에게 주려 했는데, 이제 내 목숨이 경각에 달려 그렇게 할 수가 없구나."

"아바마마, 그 무슨 말씀이시옵니까?"

"잠자코 잘 들어라. 국왕의 치국 요령은 크게 세 가지니라. 첫째는 경천사신敬天事神(하늘을 공경하고 신을 섬기는 것)이요, 둘째는 봉선사효奉先思孝(선조를 받들고 효도를 잊지 않는 것)요, 셋째는 절용애민節用愛民(절약하여 쓰고 백성을 사랑하는 것)이니라. 너는 이에 유의하여 제발 내 뜻을 어기지 말아야 한다. 알겠느냐?"

"예, 아바마마, 명심하겠사옵니다."

임금은 천천히 손을 들어 한계희에게 손짓했다.

한계희가 선위문禪位文을 낭독했다.

조선국 왕통을 세자에게 물려주노라.

성화成化 4년, 무자戊子(1468년, 세조 14) 9월 7일.

승천체도열문영무대왕承天體道烈文英武大王

한계희는 읽기를 마치자 옥새를 들어 무릎 꿇고 임금께 바쳤다. 임금이 받아 친히 세자에게 전했다. 세자가 무릎 꿇고 받았다.

한계희가 다시 곤룡포와 면류관을 받들어 세자에게 전했다. 세자는 무릎 꿇고 받았다.

"내가 옮겨간 다음 즉시 즉위하라. 그리고 소훈昭訓 한씨를 왕비로 삼도록 하라."

이렇게 세자에게 왕위를 넘겨준 다음 날, 왕은 일찍 고집하여 처소를 수강궁壽康宮(창경궁의 전신)으로 옮겼다. 수양왕이 옮겨간 후 세자는 곧 왕좌에 앉아 즉위식을 가졌다.

19세, 예종睿宗의 등극이었다.

전위傳位 현장에 없었던 왕비 윤씨는 소식을 듣자 전신을 찌르는 낭패감에 넋을 잃을 뻔했다. 어제 저녁나절부터 밤늦게까지 염불에 여념이 없던 사이 자기는 왕비에서 대비大妃로 변하고 있었던 것이다.

아침에야 소식을 듣고 망연자실하여 마음 가눌 길이 없었는데, 당장 처소를 수강궁으로 옮기라는 남편의 명령이 득달같이 들려왔다. 어찌하랴. 경복궁을 나설 수밖에 없었다.

교여 위에서 흔들리며 윤비는 수렴을 걷고 뒤돌아보았다. 시야에서 멀어져가는 동안 천천히 경복궁의 담장은 낮아져갔다. 윤비는 문득 낮아져 가는 경복궁의 담장처럼 그렇게 자신의 처지도 낮아질 것임을 깨달았다. 가슴 한복판에서 뭔가 와르르 무너지는 소리가 났다.

다음 날 새벽, 일찍 눈을 뜬 윤비는 그대로 누워서 한참 천장만 쳐다보았다. 아직 새벽의 푸른 기운이 가시지 않고 있었다. 가만히 누워 있다가 윤비는 자기가 누워 있는 바로 이 자리에 십여 년 전 상왕비 송씨가 누워 있었을 것이라는 데 생각이 미쳤다.

윤비는 소스라쳐 일어나 스스로 주섬주섬 옷을 찾아 입고 장지문을 열고 합문閤門(전각의 앞문)을 열고 밖으로 나섰다. 가을의 새벽 공기가 서늘하게 얼굴을 스쳤다. 궁인 두 사람이 뒤따라 나섰다. 낯익지 않은 궁인들이었다. 경복궁에 남겨두고 온 임상궁 생각이 났다.

먼동이 트고 있었다. 감지되는 여러 가지 냄새를 분간해보려고 애를 썼다. 수목의 냄새가 두드러졌다. 경복궁보다 훨씬 많은 수목 때문이었다. 흙냄새도 섞여 났다.

전각 모퉁이를 돌자 향 냄새가 났다.

"웬 향 냄새냐?"

뒤따르는 궁인을 돌아보았다.

"전통이옵니다. 마마."

"전통이라니?"

"주인이 바뀔 때마다 그러하옵니다."

"……!"

더 걷다 보니 먼지 냄새도 났다. 오래 비워둔 전각이 많은 탓이리라.

해가 떠올랐다. 경복궁 같으면 생기 있는 소란이 좌악 피어오르는 시간이었다. 자신의 긴 그림자 끝을 바라보며 걷자 새소리가 났다.

1468년(세조 14) 9월 9일이었다.

제비가 강남으로 돌아간다는 날이 아닌가. 윤비는 혹시나 하고 멈춰서서 사방을 두리번거렸지만 제비는 보이지 않았다. 공연한 눈물이 두 줄기 주르르 흘러내렸다. 그리고 찡하는 코끝에서 묘한 냄새가 났다. 무슨 냄새인지 알 수 없었으나 가슴이 저리는 냄새였다.

윤비는 그 냄새를 떨쳐버릴 수가 없었다. 오전 내내 그리고 오후 내내. 그러다 해 질 녘 누워 있는 남편 임금의 곁에 이르러서야 그 냄새를 알아챘다. 그것은 죽음의 냄새였다.

"마마, 신첩이옵니다."

아무도 없었다.

왕은 숨이 잦아들고 있었다.

"마마, 신첩이옵니다."

아무도 없었다. 윤비만이 지키고 있었다.

이윽고 왕은 숨을 멈추었다.

윤비는 냄새의 감각마저도 온통 마비된 무력감으로 그만 쓰러지고 말았다.

수양왕이 마침내 훙거薨去했다.

향년 52세, 재위 14년이었다.

형과 아우에 대한 열등의식과 적대감으로 촉발된 모살과 모역으로 왕위를 찬탈한 그였다.

보란 듯이 훌륭한 업적을 남기고자 애썼으나, 이것저것 열심히 불경佛經들을 간행한 것 외에는 이룩한 것이 아무것도 없었다.

길지 않은 그의 재위 치세는 결국 유혈참극의 연출 기간이었으며, 인륜전도人倫顚倒의 지상 막장이었다.

또한 추종주구追從走狗들의 탐학천국貪虐天國이었으며, 백성들의 피탈지옥被奪地獄이었을 뿐이었다.

16

신왕

국상國喪이 선포되었다.

조선 팔도에 혼인이 금지되고 도살도 중지되었다. 상제喪制인 신왕 예종睿宗과 대군, 군, 비, 공주, 옹주 그리고 내외명부 등은 머리를 풀고 소복素服을 입었다. 신왕 이하 모든 사람이 오례의五禮儀의 수칙을 깍듯이 지켰다.

수칙을 가장 많이 어긴 사람은 윤비였다. 양위의 순간에 임석하지 못한 것이 윤비에게는 철천지한이었다. 대신 윤비에게 가장 자랑스러운 것은 자기 혼자서 임금의 임종을 지켰다는 것이었다.

윤비는 사사건건 자기주장을 했다.

"대비마마, 어명이니 따라야 하옵니다."

신숙주가 간곡하게 아뢰었다.

"이봐요, 신정승. 내 남편 죽어서 내가 좀 간여하는 것이 그리도 못마땅하다는 것이오?"

모두의 시선이 집중되었다.

신왕이 다가왔다.

"신정승, 모후를 그냥 두어주시지요."

격식을 갖춰 국상을 치르면서 신왕 부부는 서서히 국왕 부부가 되어갔다. 상궁 나인들부터 상감마마, 중전마마, 대비마마를 분명하게 부르기 시작했다.

윤대비는 경복궁에 빨리 돌아온 것이 한편으로는 천만다행이라고 생각했다. 만약 수강궁 생활이 길어졌다면 어찌 되었을까를 생각하면 더욱 다행이었다.

남편은 죽어서 빈청의 재궁梓宮에 누워있건만 윤대비는 남편의 극락 왕생을 기원하기에 앞서 자신의 입장에 더 관심을 가졌다. 내전과 대전은 신왕 부부가 차지하여 자신은 별전別殿으로 밀려났지만, 그 점에 대해서는 신경을 쓰지 않기로 마음먹고 있었다.

신왕은 어머니의 심기를 손바닥 보듯 환하게 헤아리고 있었다. 신왕은 매일 대비전에 들어와 혼정신성昏定晨省(밤에 부모의 잠자리를 살펴드리고 아침에 부모에게 문안을 드리는 일)을 다했다.

지존인 왕이 모후에게 너무 굽히는 것은 법도에 어긋난다는 공론이 일었다. 그러나 신왕은 그런 공론을 전혀 아랑곳하지 않았다. 그는 과거 대비 홀대의 폐습을 잘 알고 있었으며, 또한 모후의 굽힘이 없고 단단한 성깔을 잘 알고 있기 때문이었다.

처음에 윤대비는 신하들의 조례를 받는 임금처럼 근엄하게 아들의 문안을 받았다. 마음이 흐뭇했다.

'너 잘 알고 있지? 너는 내 아들이다. 암, 귀여운 내 아들이고말고.'

대개의 왕들은 내시를 조석으로 보내 대신 문안을 드리기 일쑤였다. 그러나 신왕은 달랐다. 그런데 시일이 경과하자 윤대비 쪽이 오히려 불편함을 느꼈다.

열흘쯤 지났을 때였다. 아침 일찍 대비전을 찾은 신왕은 전과 같이 깍듯이 문후를 아뢰었다.

"어마마마. 밤새 안녕하셨사옵니까?"

절하고 앉자 대비가 입을 열었다.

"상감, 고금에 드문 효행에 내 감격하는 바요. 그러나 이렇게 하루도 거르지 않고 찾아주는 것은 과분한 일이오. 차후로는 내시에게 시켜 문안하도록 하는 게 좋겠소."

임금은 펄쩍 뛰었다.

"어마마마, 무슨 말씀이시옵니까? 소자가 시정의 무뢰잡배無賴雜輩와 같이 되기를 바라시옵니까? 소자는 조금도 불편하지 않사옵니다."

신왕의 이 말에 너무 감격하여 윤대비는 눈물이 고였다.

"고맙소. 고맙소, 그러나……."

"어마마마. 소자가 어찌 어마마마의 심정을 모르겠사옵니까? 파란 많은 수십 년 세월을 전전긍긍으로 살아오신 만 갈래의 심회를 소자는 대강이나마 짐작하고 있사옵니다. 더욱이 아버님께서 승하하신 후 어마마마께서 느끼셨을 갖가지 허무감을 소자도 짐작하고 있사옵니다."

"고맙소. 고마워요."

윤대비는 복받치는 감정을 억누르지 못하고 그만 어깨를 들먹이며 울어버렸다.

"어마마마. 소자의 마음으로는 대리청정代理聽政을 받고 싶사옵니다."

"아니, 뭐라고요?"

일렁이던 대비의 어깨가 딱 멈췄다.

"상감, 행여 그런 말은 마오. 상감이 여남은 살의 소년도 아닌데 그 무슨 말이오?"

당황스러워하면서도 전혀 싫지 않은 어조로 말하는 윤대비는 아들을 똑바로 쳐다보지 못했다.

"소자는 여남은 살의 소년이 아닌 것이 한스럽사옵니다."

"아니오. 다시는 그런 말은 하지 마시오."

대비의 시선은 아들의 시선과 마주치자 얼핏 비켜갔다. 아들은 알아차렸다. 어머니의 내심에는 대궐에의 동경이 도사리고 있다는 것을.

임금은 빙긋 웃었다. 그리고 다시 한 번 공손히 절을 하고 물러났다.

임금은 곧 조칙을 내려 영의정 이준을 폐하고 새 영의정에 79세의 강순康純을 임명했다.

임금은 세자 시절에 아버지가 종친을 우대하는 것을 몹시 싫어했다. 종친 세력이 커지는 것은 왕권에 대한 위협이 되기 때문이었다. 결코 내색은 할 수 없었지만, 단종 왕이 쫓겨나 죽은 일에 대한 자초지종과 그 원인을 신왕은 잘 알고 있었다.

강순이 들어와 어전에 인사를 올렸다.

"잘 부탁합니다."

강순은 이 뜻밖의 은혜에 황송하여 연신 허리를 굽혔다. 그러한 강순의 태도를 눈살을 찌푸리며 바라보는 사람이 있었다. 신숙주였다.

흥거한 세조는 젊디젊은 사람을 영의정에 앉혔었다. 그런데 젊은 신왕은 그 반대로 늙디 늙은 사람을 영의정에 임명했다. 신숙주는 이 현상을 불길한 조짐일 수도 있다고 여겼다.

신왕은 원로 중신들과 단 한마디 상의도 없이 영상을 갈아치웠다. 신왕의 이러한 조치는 왕권을 위협할 소지가 있는 존재들에 대한 숙청일 수도 있었다. 바로 이점 때문에 신숙주는 미간을 찌푸렸던 것이다. 아무래도 신왕은 어느 누구보다도 의심 많은 독재자일 수도 있다는 생각이 들었다. 신숙주는 앞으로 벌어질지도 모르는 이런저런 일들을 생각해보다가 어전을 물러 나왔다.

신숙주와 한명회가 임금의 부름을 받았다.

"과인이 두 분 정승과 긴히 상의할 일이 있어 불렀습니다. 기탄없이 말씀해주시기 바랍니다."

"황공하옵니다."

"다름이 아니오라 과인이 모후의 대리청정을 받고자 하는데 어떻게 생각하십니까?"

"예? 청정이십니까?"

"그렇습니다. 과인이 아직 연소할 뿐만 아니라 부족한 점이 많습니다."

"전하, 전하께서는 연소하시지도 않으시며 또 부족하시다고 어찌 속단하십니까?"

그러나 임금은 결심이 선 듯한 말투였다.

"과인은 믿고 있습니다. 부왕의 뜻을 전승하고 사해四海를 평온히 어거할 손길은 오직 모후 대비의 손길뿐이라고……."

"하오나……."

"말씀하세요. 신정승."

"명분이 서지 않는 일인가 하옵니다. 전하."

"명분은 세우면 되는 일입니다. 두 분은 찬성이든 반대든 그것만 말씀해주시면 됩니다."

신숙주가 대답했다.

"저희들은 신하입니다. 어찌 감히 찬성, 반대를 표명하여 전하의 결심에 관여할 수 있겠습니까?"

이렇게 말해놓고 신숙주는 임금의 기색을 살폈다. 그런데 임금은 임금대로 신숙주, 한명회의 기색을 살피고 있었다.

임금의 생각은 자기 나이 이제 열아홉에 불과하니 모후에게 몇 년 대권을 드린들 앞길이 창창한데 무슨 대수냐 하는 것이었다. 신숙주, 한명회는 임금의 기색에서 청정의 확정을 읽고 있었다. 모후의 대리청정은 전격적으로 발표되었다.

다음 날부터 윤대비는 정청政廳에 나와 왕과 나란히 앉아 정사에 간여하기 시작했다. 신왕은 또한 모후의 건의에 따라 세조 시절에 잠시 시행했던 원상제도院相制度(원로 대신들이 승정원에 주재하며 국정 전반에 관하여 자문을 하던 임시제도)를 다시 시행했다. 신왕은 신숙주, 한명회 등 원로 훈신들을 싫어했지만 모후를 위해 당분간 허락한 것이었다.

대비가 청정에 나설 때 당시에는 대비 앞에 발을 치지 않았다. 그리고 대비가 매일 나오는 것도 아니었다. 사나흘에 한차례 꼴로 나와 자신의 건재를 과시하곤 했다.

수양왕은 죽기 전 세자 황眺의 후궁이었던 소훈 한씨를 왕비로 삼으라 명했다. 자신이 죽으면 세자는 국상 3년 동안 왕비를 둘 수 없기 때문에 미리 왕비를 택해준 것이었다.

그때 소훈 한씨는 아이를 해산하기 위해서 부친 한백륜의 집에 가 있었는데, 왕비로 결정되자 위사衛士(대궐을 지키는 군관)들이 한백륜의 집을 에워쌌다. 이 왕비가 예종의 두 번째 왕비 안순왕후安順王后였다.

세자의 첫 번째 부인은 한명회의 딸이었다. 한명회의 딸은 1460년 (세조 4) 16세의 나이로 세자빈이 되었으나 그 이듬해 원손 인성대군仁城大君 이분李糞을 낳고 바로 세상을 떠나고 말았다. 후에(성종 3년) 장순왕후章順王后로 추존되었다.

이름을 천하게 지으면 오래 산다 하여 아이 이름을 '똥糞'(분)이라 지었으나, 아이 역시 오래 살지 못하고 1463년 세 살의 나이로 풍질風疾을 앓다가 죽었다. 한명회는 딸이 죽은 것도 한스러웠지만 외손 인성대군이 요절한 것이 더욱 한스러웠다.

한백륜의 부친은 수양왕 때 충청도 관찰사를 지낸 한창韓昌이었는데, 좌익공신에 들지 못하고 원종공신 3등에 들었으므로 한명회에 비해서는 비중이 크게 떨어졌다. 이때의 원종공신은 무려 2,300여 명이나 되었다. 신왕 예종은 새 장인 한백륜이 전 장인 한명회에 비해 격이 많이 떨어졌지만 개의치 않았다.

신왕은 결심한 바가 있었다. 왕과 신하의 분별이 분명한 나라를 만들겠다는 것이었다. 신왕이 생각할 때 부왕과 공신들은 군신 관계가 아니었다. 군신의 분별이 분명치 못한 나라가 왕조 국가일 수는 없다고 여겼던 것이다. 신왕은 신하들이란 공신 여부를 막론하고 군주의 발아래 엎드려야 하는 존재라고 생각하고 있었다.

신왕은 기강을 잡기 시작했다.

즉위 한 달이 거의 되어가는 10월 4일, 신왕은 승정원과 문무관의 인사권이 있는 이조, 병조 그리고 백관에 대한 탄핵권이 있는 사헌부에 전지傳旨를 내렸다.

"정사政事(인사권)는 나라의 큰 권한인데 사私가 개입해서 공公을 폐하는 것은 옳지 않다. 정치를 바로 잡는 초기인데 혹 세력 있는 자에게 청탁하여 천록天祿(벼슬)을 외람되이 받는 일이 있을까 염려된다."

세력 있는 자란 공신을 말함이었다. 공신들이 사사롭게 장악하고 있는 인사권을 공적 영역으로 회수하겠다는 뜻이었다. 공신들은 긴장했다. 신왕의 인사권 회수는 말로만 하는 게 아니었다. 신왕은 공신들이 인사권에 개입할 수 없게 하는 조치를 취했다.

"앞으로는 사헌부 대사헌과 집의執義 이하 한 사람이 정청政廳에 참여하라."

여기에서의 정청은 이조와 병조에서 인사 담당자가 인사에 대하여 논의하는 장소를 말하는 것이었다. 인사 문제에 백관을 감찰하는 사헌부의 대사헌과 관원 한 사람도 참여하라는 것이었다. 인사 논의 때 청탁 자체를 불가능하게 만들겠다는 의미였다.

신왕은 더 놀라운 지시를 내렸다.

"앞으로 위장衛將(오위의 군사를 거느리던 장수)은 군사들을 거느리고 인사에 대한 모든 분란을 금지하라. 정청에 마음대로 드나드는 자가 있으면 종친, 재상, 공신을 막론하고 즉시 목에 칼을 씌워 옥에 가두고 나중에 보고하라. 만약 숨기는 일이 있다면 족주族誅(집안사람들을 모두 죽임)하겠다."

공신들은 경악했다. 공신들은 그동안 법 위의 존재들이었다. 일개 위장들이 손댈 그런 존재들이 아니었다. 자칫하면 공신들이 그동안 쌓아 놓았던 법 위의 존재라는 성역이 무너질 판이었다.

"족주하는 법은 너무 과한 듯합니다."

이준과 김질이 건의했다. 신왕 자신이 생각해도 너무 했던지 즉시 건의를 받아들여 한발 물러섰다.

"족주를 극형으로 바꾸도록 하라."

가족까지 죽이진 않겠지만 본인은 사형으로 다스리겠다는 뜻이었다.

신왕은 공신들이 어떤 존재들인지 잘 알고 있었다. 신왕은 분노하고 있었다. 어떤 꼬투리가 잡히면 폭발할 것 같다고 여겨 공신들 또한 조심하고 있었다.

신왕은 즉위 초 군권부터 장악했다. 신왕은 즉위 당일, 아직 수양왕이 살아 있음에도 불구하고 병조판서 남이를 겸사복장兼司僕將(국왕 경호부대의 장)으로 좌천시켰다. 수양왕이 남이를 벼슬의 단계를 뛰어넘어 병조판서에 임명하자 신왕(당시 세자)은 매우 못마땅하게 여겼었다.

신왕이 등극하자 형조판서 강희맹이 중추부지사 한계희에게 '남이는 병조판서에 맞지 않는 사람'이라고 말했다. 한계희가 이 이야기를 신왕에게 즉시 전했다.

"남이의 사람됨이 병조판서를 맡기기에는 알맞지가 않습니다."

이에 신왕은 즉시 남이를 갈아치웠던 것이다.

남이는 희대의 기린아麒麟兒라고들 칭송받던 이였다. 그는 열 살 이전에 벌써 용맹을 인정받았고, 열두 살이 넘자 남들이 도저히 상상도 못하는 일들을 알아내는 혜안慧眼을 지니게 되었다.

그는 또한 모든 기예技藝에 손을 대보았는데, 고누, 장기, 바둑 같은 것에서도 손속(잘 이기는 운수)을 보였다. 그는 격구擊毬(말달리며 공을 치는 놀이)를 좋아했고 활쏘기와 연날리기도 좋아했다. 아주 멀리 날려 보내는 큰 대왕연을 특히 좋아했다.

어느 날 대왕연을 가물가물 띄우고 놀다 연실을 감을 때였다. 연의 방구멍이 보일 정도로 다가왔을 때 남이는 이상한 것을 보았다. 호리호리한 검은 고양이 같은 것이 방구멍에 도사리고 앉아 있는 것이었다. 그 고양이 같은 괴물은 연에 실려 내려오더니 실을 다 감고 연을 거두려 하자 깡충 뛰어내려 거리로 달려갔다.

남이는 연을 쥐고 그 검은 괴물을 쫓아갔다. 괴물 앞으로 머리에 함지박을 인 한 소녀가 걸어가고 있었다. 검은 괴물은 깡충 뛰어 오르더니 바로 그 함지박 위에 올라앉았다.

'저것이 요괴라는 것이 아닌가? 어디 끝까지 따라가 보자.'

남이는 그 소녀를 따라갔다. 그런데 그 소녀는 요괴가 앉은 함지박을 인 채 어느 대갓집 안으로 들어가 버렸다. 남이는 대문 밖에 서서 기다렸다. 요괴가 혹 무슨 조화를 부릴지도 모른다고 생각되어서 서 있었다. 그런데 잠시 후 대문 안에서 곡성이 터져 나왔다.

'그 요괴가 무슨 농간을 부린 게 틀림없다.'

남이가 공연히 속이 타서 어쩔 줄 몰라 하고 있는데, 아까 그 소녀가 눈퉁이를 가리고 울면서 뛰어나왔다. 행색으로 보아 그 집 시비侍婢인 듯했다.

남이가 큰 소리로 불렀다.

"여봐라. 이 댁에 무슨 일이 일어났느냐?"

"지금 주인댁 아씨가 갑작스럽게 숨이 막혀 죽어가고 있어요. 의원을 부르러 가는 길이에요."

"갈 것 없다. 내가 치료를 할 테니 안내해라."

"예에?"

시비는 머리를 땋아 늘인 총각 남이를 의아스럽게 훑어보다가 안으로 뛰어 들어갔다. 금방 주인마님을 데리고 나왔다.

"총각은 누구요?"

"나는 태종대왕의 외손인 남이라는 사람이오."

"어떻게 내 딸의 급환을 고치겠다는 것이오?"

"그건 여기서 말할 수가 없습니다만……."

남이는 집 안으로 인도되었다. 마님은 남이를 다시 한번 훑어보더니 규방으로 안내했다. 규방에는 열너댓 살 먹어 보이는 처녀가 질식한 채로 누워 있었다. 남이가 자세히 보니, 아까 그 검은 요괴가 처녀의 가슴팍 위에 올라앉아 있는 게 아닌가.

"썩 물러나지 못할까!"

남이가 소리치자 요괴는 깜짝 놀라 뛰어오르더니, 밖으로 달려 나가 버렸다. 그러자 처녀는 바로 기식氣息(숨 쉬는 기운)을 회복하고 아무렇지도 않은 듯 일어나 앉았다.

남이가 마님에게 물었다.

"아까 시비가 이고 온 함지박에 무엇이 들어 있었습니까?"

"홍시였소. 그 홍시를 딸아이가 제일 먼저 입에 댔지요."

"오, 그랬군요. 이제는 괜찮을 겁니다."

남이는 밖으로 나와 요괴를 찾아보았다. 아무 데도 보이지 않았다.
남이는 대왕연을 둘러메고 집으로 돌아갔다.

다음 날 남이의 어머니는 낯선 내방객을 맞이했다. 청혼이 들어온
것이었다.

"어느 댁에서 왔소?"

"권람대감 댁의 규수입니다."

"우리와 세교世交(오래 사귀어온 친분)가 없던 집에서 웬일이지요?"

찾아온 사람은 어제 처녀의 이모였다.

자초지종을 서로 알게 되자 양가의 혼담은 급속히 진전되었다. 권람
은 은밀히 이름난 복술가를 찾아가 남이의 사주팔자를 알아보았다. 잠
시 후 복술가는 탄식을 터뜨렸다.

"허어, 난처하군요. 단명할 사주입니다. 출세는 크게 할 텐데 앙화殃
禍를 입어 일찍 죽을 팔자입니다."

"이거 큰일이오. 혼담이 다 무르익었는데 어째야 좋을지 모르겠소."

"그럼 따님 사주를 한번 볼까요?"

권람은 딸의 사주를 말해주었다. 한참 점괘를 살피더니 그는 빙긋
웃었다.

"허허, 혼인은 그대로 진행시켜도 되겠습니다."

"그게 무슨 소리요?"

"따님의 명은 더 짧소이다. 자식도 없을 팔자입니다. 생전에는 남편의 승승장구하는 출세만 보고, 앙화받는 일은 안 보게 되겠소이다."

"알겠소."

권람은 돌아와 부인에게 남이의 사주가 좋으니 혼약을 맺으라고 일렀다. 이렇게 혼인은 이루어지고 남이는 권람의 사위가 되었던 것이다.

수양왕 시대의 권신 권람은 3년 전에 죽었다. 그가 살아 있었다면 남이의 신세가 달라질 수 있었을까?

겸사복장은 궁궐의 경비와 국왕의 경호를 맡은 관직인데 다른 관직을 겸임할 수도 있되, 정원은 3인이나 되었다. 조정에는 겸판병조로 병조를 장악한 인물이 병판 말고 또 한 사람 더 있었다. 좌찬성 겸 판병조 김국광金國光이었다. 그는 구공신 계열이었다.

신왕은 10월 19일, 그도 해임해 버렸다. 신왕이 소문을 들었기 때문이었다.

'김국광은 오래 병권을 맡고 있으면서 뇌물을 많이 받아먹었다.'

'김국광이 뇌물을 받았다는 사실을 폭로하는 방이 붙어서 백성들도 다 알고 있다.'

공신들은 신왕의 이런 조치들을 우려의 눈으로 바라보고 있었으며, 대책을 강구하지 않을 수 없다는 내심도 굳혀가고 있었다.

17

간신 유자광

시월도 하순에 들고 있었다.

들불로 꺼멓게 타버린 들판에서 황갈색 두 필의 말이 경주하고 있었다. 말들은 갈기 털을 세우며 사력을 다해 달렸다. 말들이 내뿜는 가쁜 숨이 하얗게 피어올랐다. 말 위의 두 사람은 입을 한일자로 앙다물고 몸을 바싹 굽혀서 얼굴이 말갈기에 거의 파묻힐 지경으로 달리고 있었다.

남이와 유자광柳子光이 경주를 하고 있었다. 목표로 정한 고목 밑에 도달했을 때는 남이가 두어 걸음 유자광을 앞서고 있었다. 말들이 공중으로 날아오를 듯 앞다리를 치켜들며 경둥거리다가 멈춰 섰을 때 남이가 먼저 입을 열었다.

"하하하. 이봐, 유공. 어때? 말 경주는 못 당하겠지?"

유자광이 마주 웃었다.

"허허, 패군지장敗軍之將이라 유구무언입니다만, 장군이 타신 말이 제 말보다 튼실한 놈인 것 같습니다."

유자광은 남이보다 두 살 연상이었다.

"예끼, 이 사람. 그러기에 내가 뭐랬나? 유공 마음대로 두 필 중에서 골라 타라 하지 않았던가?"

"잘못 골라 탄 것 같습니다."

"그것은 감식안鑑識眼의 결여 탓이지. 그 또한 패배의 원인이지."

"어떻든 제가 졌소이다."

패배를 자인하면서 유자광은 말 위에서 몸을 움직여 한 길쯤 공중으로 뛰어오르다 가볍게 땅 위에 발을 딛고 내려섰다. 그런 멋들어진 운신運身은 유자광의 비범한 무예 실력의 일환이었다.

남이는 그냥 평범하게 뛰어내렸다.

"들불이 너무 성해서 실개천이 다 말라버린 모양이야."

물을 찾던 남이의 혼잣말을 들었는지 못 들었는지, 유자광은 돌아서 마른 들판에 오줌을 내갈겼다.

"어, 장군 저것 좀 보시오."

유자광은 고의춤을 잡았던 오른손을 쳐들어 지는 해 근처를 가리켰다.

"아, 저건 혜성이 아닌가."

남이가 부르짖었다. 해의 반대쪽으로 긴 꼬리를 빛내며 지평선으로 달리는 그것은 분명 혜성이었다.

"장군, 혜성은 요성妖星(불길한 징조의 별)이라 하지 않습니까? 또 무슨 재변이 일어날지도 모르겠습니다.”

“지상에서야 항상 재변이 있는 법인데 저 별이 나타났다고 해서 뭐 별 재변이 있겠나?”

“하긴 그렇습니다만……. 또 흉몽이 길몽이라는 말처럼 흉조가 길조가 될 수도 있겠지요.”

“아무튼 저 별을 제구포신지상除舊布新之相이라고도 부르니 옛 세력이 가고 새 세력이 온다는 의미도 되겠네.”

“장군, 그러면 세조임금이 승하하시고 금상이 등극했음을 하늘이 보여주는 셈인가요?”

“천문天文이란 미래의 일을 보여주는 것이니 금상 등극과는 무관할 것이야.”

“그럼 무슨 징조일까요?”

“낸들 알 수가 있나?”

“아니, 장군이 모르면 누가 안단 말입니까?”

유자광은 묘한 눈빛으로 남이를 쳐다보았다.

‘저자는 나를 만병통치, 사통팔달의 존재로 안단 말인가.’

남이는 장난삼아 그냥 으쓱해 보이며 한마디 했다.

“삼천리를 뜨르르 진동시킬 대룡大龍이 출현할지도 모르지.”

유자광은 고개를 끄덕끄덕하다가 갑자기 말했다.

“이제 가십시다. 장군.”

“응, 그러세, 너무 늦었군.”

두 사람은 다시 말에 올랐다.

다음 날 10월 24일, 이미 땅거미가 찾아온 지 오래고 북서풍 찬바람이 거리를 휩쓰는 스산한 밤에, 유자광이 혼자 승정원에 나타났다.

유자광은 당시 병조참지兵曹參知(정3품)의 벼슬에 있었다. 입직 승지는 한계희의 친동생인 한계순韓繼純과 이극증李克增이었다.

"급히 성상께 주달할 일이 있습니다."

승지들은 합문 밖에 나가 승전내시 안중경安仲敬을 찾았다.

"병조참지 유자광이 즉시 주달할 일이 있다 하니 성상께 아뢰게."

안중경이 내전으로 들어가더니 잠시 후 나왔다.

"병조참지 듭시라는 어명이시오."

유자광이 내전으로 들어가 부복했다.

"전하, 소신이 긴히 아뢸 말씀이 있사옵니다."

"그래? 말해보라."

"종묘사직에 관한 막중대사이오니 주위를 잠시 물려주시옵소서."

신왕은 좌우 시종들을 물러가게 했다.

"소신이 지난번 내병조內兵曹(궁궐 내에 설치한 병조 소속의 관아로 국왕의 호위 등을 관장함)에 입직했는데, 겸사복장 남이도 입직했습니다. 날이 어두워지자 남이가 신에게 말했습니다. '세조께서는 우리를 대접하는 것을 아들과 같이 하였으나 이제 대상大喪(세조의 죽음)이 나서 인심이 위태롭고 의심스럽다. 이럴 때 잘못하면 우리는 개죽음을 당할 것이다. 너와 나는 충성을 다해 세조의 은혜에 보답해야 할 것이다.'"

"음……, 그래?"

신왕은 긴장했다. 신왕은 전부터 젊은 이준과 남이에 대해서는 경쟁의식이 있었기 때문에 그들을 경원시했고 한편으로 반감을 가지고 있었다.

"전하, 혜성 출현을 보셨사옵니까?"

"그래, 나도 보았느니라."

세조가 아플 때 나타난 혜성은 신왕 즉위 후에도 계속 나타났다. 하루 이틀 나타나지 않은 날도 있었지만, 24일 유자광이 고변하는 날까지 계속 나타났다.

"신이 《자치통감강목資治通鑑綱目》을 가져와서 혜성이 나타난 곳을 찾아보려 했더니, 그가 이를 잡아채어서 신에게 헤쳐 보였습니다. 그 주석에 '광망光芒(빛의 줄기)이 희면 장군이 반역하고 두 해에 걸친 큰 변란이 일어난다'라고 쓰여 있었습니다. 그리고 남이가 말했습니다. '하늘은 과연 놀랍구나. 미리 암시해주고 있으니 말이다' 하여 소신이 물었습니다. '그게 무슨 말이오?' 하니 남이가 대답했습니다. '세조가 민정民丁(백성)을 다 뽑아서 군사를 삼았으므로 백성의 원망이 지극히 깊으니 일은 일어날 것이다'라고요."

"그게 무슨 말이냐? 남이가 제 입으로 '나 반역을 도모하고 있다'라고 하더냐?"

"그의 입으로, '삼천리를 뜨르르 진동시킬 대룡이 곧 출현할 터이니 두고 보라'고 하는 말을 신의 귀로 직접 들었사옵니다. '제구포신지상이 하늘에도 보인다'고 하며 희희낙락했사옵니다."

"음……. 과인도 막연하나마 뭔가 짚이는 게 있었느니라. 남이가 과연……."

임금이 정색하자 때는 왔다 싶어 보다 높은 단계의 참소讒訴에 들어갔다.

"전하, 신은 작년 이시애의 난 때 토벌에 참전했사온데, 그때 이미 남이의 내심에 싹트고 있는 흑맥黑麥(불량한 인성)을 감지했사옵니다."

"그건 또 무슨 말이냐? 자세히 말해보라."

"전하, 남이가 두만강 가에서 지은 불령不逞한 시가 있사옵니다."

"아, 그 '백두산석마도진' 하는 그 시 말인가?"

"그렇사옵니다. 조야에서는 그 칠언절구七言絕句가 사나이의 호연지기浩然之氣를 나타내는 시라고 좋게 이야기합니다만 신은 남이가 두만강 가에서 그 시를 처음 짓던 순간에 임석臨席했던 사람이옵니다."

"그때 남이가 무어라고 지껄였느냐?"

"사람들이 더러 알고 있는 그 시가 사실은 달랐습니다."

백두산석마도진白頭山石磨刀盡

두만강수음마무豆滿江水飮馬無

남아이십미평국男兒二十未平國

후세수칭대장부後世誰稱大丈夫

"전하, 이 시의 셋째 구절 남아이십미평국男兒二十未平國이 사실은 '미평국'이 아니라 '미득국'未得國이었사옵니다. 신이 너무 방자하다고 한마디 했더니 그렇게 '미평국'으로 고친 것이옵니다."

"음, 사나이 20대에 나라를 얻지 못하면 대장부가 아니라는 그런 내용이었단 말이지……."

"신이 이야기를 더 듣고자 술을 대접하겠다고 했더니 이미 취했다고 하면서 먼저 나갔습니다."

"음……. 고얀……."

"황공하옵니다. 전하. 재궁梓宮이 궁중에 아직도 엄연하온데 망극한 일을 아뢰는 죄를 다스려주시옵소서."

간교하고 비열하기 짝이 없는 유자광은 서출인 자신을 괄시하지 않고 잘 대우해주던 남이를, 그의 먹잇감으로 알맞다고 여겨지자 그를 희생시키기로 작정하고 나섰던 것이다.

이것이 유자광이 '남이가 역모를 꾸몄다'고 고변한 전말이었다.

허술한 구석이 많았다. 누구를 추대할 것인지, 누구를 제거하려는 것인지도 불분명했다. 그리고 무엇보다도 남이 자신이 거사하겠다는 분명한 의사 표현도 없었다.

그러므로 임금은 유자광의 고변을 냉정하게 분석해야 했다. 남이가 실제로 역모를 꾸몄는지, 아니면 유자광의 모함인지, 또는 유자광을 사주한 배후가 있는지를 꼼꼼히 따져보아야만 했다.

그러나 임금은 마음속으로 이미 예단豫斷하고 있었다. 신왕은 남이에게 극심한 적대감을 가진 지 이미 오래였다. 특별한 이유는 없었다. 젊다는 것에 대한 공연한 적대감이었다.

"그러면 어떻게 처리해야 하겠는가?"

유자광이 말을 마치자 임금이 물었다.

"밤을 틈타 체포하려 하면 두려워서 도망칠지도 모르니, 날이 밝기를 기다렸다가 사령 한 사람에게 명패를 들려 보내면 곧 들어올 것입니다."

"그렇겠구면."

그러다 예종은 곧 생각을 바꾸었다.

"날이 밝기를 기다릴 게 뭐야? 그런 놈은 당장 잡아다 족쳐야지."

임금은 즉시 한계순에게 명령을 내렸다.

"한승지는 입직 사복장司僕將(친위대장) 이복李復과 함께 병사들을 데리고 가서 남이를 체포해 오시오. 내관 신운申雲도 데리고 가시오."

남이에 관한 이야기를 듣자 예종은 제정신이 아니었다. 오랫동안 대치하고 있던 적군에게 공격을 가할 기회를 잡은 장수처럼 마음이 급했다.

한계순이 나간 후 예종은 도총관과 병조참판을 입시入侍케 하고 대궐문을 중무장한 군사들이 지키도록 했다. 남이가 군사들을 이끌고 도성을 치러 올지도 모른다고 여겼는지 예종은 위사衛士들로 하여금 주요 지역을 단단히 지키게 했다.

한계순과 이복이 위사 1백여 명을 거느리고 가 남이의 집을 포위한후 남이를 불러냈다. 어명이란 말에 남이는 순순히 포박을 받았다.

남이가 체포되었다는 보고를 받자 예종은 대비(정희왕후 윤씨)를 비롯해 주요 종친들과 대신들을 수강궁壽康宮의 후원 별전으로 모이게 했다. 시간은 이미 삼경(밤 11시~오전 1시)이었다.

밀성군 이침李琛(세종의 서자), 영순군 이부李溥(광평대군의 아들), 구성군이준李浚(임영대군의 아들) 등의 종친과, 정인지, 정현조 부자, 정창손, 신숙주, 한명회 등 세조 때의 구공신들도 모여들었다.

19세의 신왕이 붙잡혀 온 28세의 남이를 직접 심문했다. 꿇어앉은남이의 옆으로는 형틀이 놓였고 형졸들이 도열해 서 있었다. 장인인권람이 살아 있었다면 상황은 달라질 수도 있었을 것이다. 그러나 권람은 죽은 지 이미 3년이었다.

등극한 지 한 달쯤 된 임금이 친국을 했다. 남이는 태종의 외손으로 어려움 없이 자랐다. 호협한 무관이지만 궂은 일 한번 당해본 일도 없었다. 더구나 매라곤 맞아 본 적이 없었다. 소곤小棍(다섯 가지 곤장 중 가장 작은 것)으로 50대쯤 맞자 남이는 비명을 아니 지를 수가 없었다.

처음에는 영문도 모르고 끌려 나와 국문鞫問을 당했지만 추궁을 받다 보니 자기가 교묘한 함정에 빠져 있음을 깨달았다. 결백하다는 것을 애써 주장했지만 아무도 귀 기울여주지 않았다. 특히 젊은 임금이 냉담했다.

남이는 그 젊은 임금의 얼굴을 살피고는 너무나 야속하여 분기가 머리끝까지 치밀어 올랐다. 이를 악물고 말없이 매를 맞았다. 버드나무 소곤이 두엇이나 부러져 나갔다. 남이는 왈칵 치미는 수치에 눈물이 솟았다. 임금의 외손인 자기가 땅에 엎어져 볼기에 곤장을 맞다니 기가 막힐 일이었다.

한바탕 곤장질이 지나자 젊은 임금이 목소리를 다듬어가며 힐문詰問했다.

"이실직고하렷다. 그리고 연통자를 대렷다."

제법 가다듬어 준절峻截한 목소리로 옥음을 냈지만, 예종의 목소리는 누구의 귀에도 서툴고 어설픈, 광대의 목소리 같았다.

형리들이 위엄의 보완에 나섰다.

"이실직고해라."

"여쭈어라."

하지만 남이는 여쭈고 싶어도 여쭐 것이 없었다. 살가죽이 뭉그러져

가며 볼기짝의 아픔만 더해갈 뿐이었다. 순서에 따라 중곤中棍이 한바탕 난무하고, 대곤大棍이 등장했다가 어느새 가장 큰 중곤重棍으로 바뀌었으나 남이는 여전히 여쭐 말이 없었다.

남이는 이제 볼기에서 튄 피로 온전한 피투성이가 되었다. 그 피투성이 위에 한 치 두께의 치도곤治盜棍이 다시 퍼부어졌다. 감각이 사라졌는지 별로 아픈지는 모르겠으나 정신이 아찔했다.

"이실직고하라. 누구와 연통을 했느냐?"

"⋯⋯."

"벙어리가 됐느냐? 요사이 누구를 만났으며 무슨 말을 했느냐?"

형틀에 묶인 남이는 자신이 무슨 일로 잡혀 왔는지 알 수가 없었다. 임금의 양옆을 보니 한명회의 얼굴도 보였다.

'저 너구리 같은 작자가 무슨 농간을 부린 게 아닌가?'

남이는 불안한 마음이 들었으나 우선 생각나는 대로 대답했다.

"신정보辛井保를 만나 북방의 일을 의논했습니다."

신정보는 전에 남이가 수양왕에게 추천했던 명사수였다.

"어제, 오늘 중에는 누구를 만났느냐?"

남이는 한참을 생각해보았다. 왜 끌려왔는지를 알 길이 없었다.

"오늘 이지정李之楨의 집에서 바둑을 두었습니다. 북방에 일이 있게 되면 나를 나라에서 장수로 삼을 것인데 누가 부장을 맡으면 좋겠느냐고 물었습니다."

전 판관判官 이지정의 집에 가서 바둑을 두고 술을 마신 일을 말하다 보니, 그제서야 유자광의 집에 갔던 일이 생각났다.

"그리고 유자광의 집에 들러 이야기하다가 곁에 있는 책상에《통감

강목》이 펴져 있기에 보았더니, 장군이 반역 운운하는 구절이 보였습니다. 유자광이 술을 더하자고 했으나 이미 취했기로 다음에 하자고 하고 그냥 나왔습니다."

남이가 유자광의 집에 들렀을 때, 유자광은 남이가 취한 것을 보고선 자신이 슬그머니 《통감》을 가져와 책상 위에 놓고, 장군이 반역 운운하는 구절을 펴서 남이에게 보여주었던 것이다.

신왕은 남이에게서 아무런 혐의를 찾을 수가 없었다. 신왕은 그래서 대신들에게 국문하게 했으나 마찬가지였다. 신왕은 하는 수 없이 유자광을 불렀다.

"아까 네가 내게 한 말을 다시 해보아라."

유자광은 아까 임금에게 한 말을 그대로 되풀이했다.

남이는 깜짝 놀랐다. 자기가 돌봐주던 바로 그 유자광이 자기를 역신逆臣으로 몰아 고변한 사실을 그제야 깨달았기 때문이다. 남이는 땅에 머리를 짓찧으며 억울함을 호소했다.

"전하, 유자광이 흑심을 품고 신을 미끼로 무고한 것입니다. 신은 오로지 충심을 다해 충성을 바친 충의지사입니다. 남송의 악비岳飛(남송 초기의 무장)를 자처하여왔는데 어찌 유자광의 말과 같은 일이 있겠습니까?"

남이가 강력하게 혐의를 부인하자 신왕은 남이의 측근들을 불러들여 혐의를 찾고자 했다. 먼저 순장巡將 민서閔敍가 끌려왔다.

민서가 말했다.

"북방에서 야인(몽골족과 여진족)들이 준동하면 자기(남이)가 나가서 싸우겠다고 말했습니다. 그리고 성을 쌓지 않은 곳에는 느티나무와 버드나무를 심어서 야인의 침입을 막는 것이 좋겠다고 말했습니다."

"또 다른 말은 없었느냐?"

"아, 이런 말도 했습니다. '천변天變(혜성의 출현)이 이와 같으니 간신이 반드시 일어날 것인데, 나는 죄도 없이 먼저 주륙을 당할까 염려된다'고 했습니다. 신이 듣고 놀라서 '간신이 누구냐'고 묻자 '상당군 한명회'라고 했습니다."

남이는 수양왕이 죽으면 구공신舊功臣과 신공신新功臣 사이에 필시 권력 다툼이 있을 것이라고 예상했다. 구권력과 신권력은 필연적으로 갈등 관계로 나아갈 수밖에 없었다. 수양왕이 생존해 있을 때에는 그 왕에 의해 상호 균형이 유지되었지만 그 왕이 없는 지금은 신구 권력이 다투지 않을 수 없었다.

문제는 신왕의 남이에 대한 악감정이었다. 그렇기 때문에 신왕은 신구의 권력 구조를 냉철하게 바라볼 수가 없었다. 신왕은 구공신들의 전횡을 싫어하고 미워하면서도, 남이를 공연히 적대시하는 악감정으로 인해 자신을 도와줄 구공신에 대항하던 신공신의 힘을 무력화시키고 있었다. 간교한 유자광이 자신(예종)의 도착倒錯된 감정을 교묘히 이용하고 있다는 것을 전혀 모를 만큼, 예종은 그렇게 자만했고 무모했고 협량했고 무분별했다.

신왕은 민서의 말을 듣고 남이를 향해 물었다.

"너는 왜 한명회에 대한 이야기를 했느냐?"

남이가 대답했다.

"한명회가 일찍이 신의 집에 와서 '적자嫡子를 세우는 일'을 말하기에 그가 난을 꾀하고 있다는 것을 알았습니다."

조선의 종법宗法은 장자가 죽으면 차자가 그 지위를 계승하는 것이 아니라. 장손이 계승하게 되어 있었다. 한명회가 말한 적자는 죽은 의경세자懿敬世子의 장남 월산대군月山大君을 가리키는 것이었다. 다시 말하면 한명회는 예종(신왕)이 아니라 월산대군을 임금으로 세워야 한다고 남이에게 말했다는 것이다. 이를 듣고 남이는 한명회가 난을 꾀하고 있다는 것을 알았다고 한 것이다.

남이의 말이 사실이라면 사건은 새로운 방향으로 아주 엄청나게 퍼져 갈 판이었다. 예종이 싫어하는 구공신들의 힘을 쏘옥 빼놓을 절호의 기회이기도 했다. 당연히 예종은 한명회를 즉시 국문장의 뜰로 끌어내려 남이와 대질심문을 시켜야 했다. 주위의 사람들이 침을 꼴깍 삼키고 있었다.

한명회가 즉시 예종 앞으로 나와 몸을 굽히고 요청했다.

"신이 남이의 집에 가서 그렇게 말한 일이 없으니 대변對辨(제삼자 앞에서 전에 한 말을 되풀이하여 옳고 그름을 따지는 일)하게 해주십시오."

남이와 대질 심문을 하게 해달라는 것이었다. 주위 사람들은 다시한번 침을 꼴깍 삼켰다.

'이거 정말로 큰일이 벌어지겠군. 지금 왕이 용상에 잘못 앉아 있다는 소리가 아닌가?'

'소름 끼치는 사태가 벌어질 게 아닌가? 어이구…….'

손에 땀을 쥐고 있는 사람들도 있었다.

그러나 잠시 뒤 예종은 고개를 끄덕이더니 참으로 엉뚱한 말을 했다.

"이건 모두 남이가 꾸며낸 말이니, 분별하고 말고 할 게 없소. 경은자리로 물러가시오."

예종은 이 엄청난 고변의 진상을 가릴 수 있는 중대한 기회를 스스로 박차버리고 말았다. 그건 남이에 대한 극심한 혐오감 때문이었다. 적자를 세워야 한다는 한명회의 말은 남이가 꾸민 말로 치부되어 다시는 거론되지 않았다.

이날 끌려온 사람들 가운데 남이가 역모를 꾀했다고 말한 사람은 아무도 없었다. 그날 남이의 측근 이지정은 말을 제대로 하지 않는다 해서 곤장 30대를 맞기도 했다.

이지정은 되풀이해서 대답했다.

"남이는 '만약 여진의 올량합을 치는데 나를 대장으로 삼으면 위장衛將을 맡길 만한 사람이 누구냐'고 물었습니다. 이 말밖에 들은 게 없습니다."

다음 날도 측근들이 끌려왔다.

조영달趙穎達이 말했다.

"남이와 매일 만났지만 모역謀逆하는 말은 듣지 못했습니다."

박자하朴自河가 말했다.

"남이의 집에 갔을 때 남이가 갑옷을 수리하고 있었습니다."

장계지張戒之가 말했다.

"남이가 일찍이 제게 '용력이 있는 사람이 누구냐?'고 묻기에 신이 '모른다'고 대답했습니다. 또 '성변星變(혜성 출현)이 있으니 야인이 반드시 일어날 것인데 내가 쳐서 평정하겠다'고 했습니다."

변영수卞永壽가 말했다.

"의술로 남이를 보았을 뿐입니다."

변영수의 아들 변자의卞自義가 불려와 말했다.

"저는 아무것도 모르옵니다."

이들은 모두 바른대로 말하지 않는다 해서 혹독하게 곤장을 맞았으나 아무도 남이의 혐의를 말하는 사람은 없었다.

남이의 첩 탁문아卓文兒가 끌려왔다. 심한 매질을 당하자 이렇게 말했다.

"그가 국상 때 성복成服(초상 후 4일부터 입는 상복) 전에 고기를 먹었습니다."

그러자 예종이 남이에게 물었다.

"네가 어느 날에 고기를 먹었느냐?"

"신이 병이 있기로 국상 7일 뒤에 어미의 명으로 먹었습니다."

국상 때 고기 먹은 일까지 따지고 있었다.

이런 상태로 10월 25일도 지나고 있었다. 그러나 예종은 포기하지 않았다.

이번에는 여진 출신의 무장 문효량文孝良이 끌려왔다. 그는 바른대로 말하지 않는다고 해서 곤장 50대를 맞았다. 역도逆徒를 잡아내는 국문장鞠問場의 곤장은 주로 가장 큰 중곤重棍이었다.

문효량은 곤장을 더 가하려는 데에 놀라 헛소리를 치고 말았다.

"예예, 바른대로 말하겠습니다. 남이가 말했습니다. '산릉에 행차할 때 중도에서 먼저 두목격인 한명회 등을 없애고, 다음으로 영순군, 구성군 등을 죽이고, 다음에 승여乘輿(임금이 타는 수레)를 해치우고선 스스로 임금의 자리에 서겠다'고 했습니다."

마침내 원하던 답이 나오자 예종은 회심의 미소를 지으며 좌우를 둘러 보았다. 그러나 누가 들어도 이것은 전혀 가당치 않은 헛소리였다. 엄중한 경호가 시행되는 국왕의 능행 행차 현장에서 한명회 등의 대신들과 종친들과 국왕을 다 죽이고 임금이 되려 했다는 것은, 전혀 사리에 맞지 않는 이야기였다. 그러나 예종은 좌우간 원하던 답이 나온 것만이 기뻤을 뿐 사리고 뭐고 따질 필요도 없었다.

예종은 빙그레 미소를 지으며 문효량에게 다시 물었다.

"대신들 중에 틀림없이 동조한 자가 있을 텐데……, 그게 누구냐?"

"예. 있습니다. 강순康純입니다."

그 말이 나오기 무섭게 예종은 소리쳤다. 한명회 때와는 전혀 딴판이었다.

"아. 그래? 당장 꿇려라."

영의정 강순은 즉시 항쇄項鎖(목에 씌우는 칼)를 쓰고선 결박된 채 국청 뜰에 꿇려졌다. 졸지에 잡혀온 강순이 울면서 억울함을 호소했다.

"신이 처음에 일개 갑사甲士(당시 국왕 호위무사)로 출발하여 외람되게 큰 성은을 입어 극품極品(정1품)에 이르렀고 또 공신이 되었는데, 무엇이 부족해서 모반을 하오리까? 천만부당한 모함이옵니다."

강순은 그때 나이 79세의 상노인이었다. 그는 남이 등과 함께 이시애의 난을 진압하는 등 공을 세워 적개공신敵愾功臣 1등에 책봉된, 한명회 등과는 차원이 다른 명실상부한 공신이었다.

예종은 계면쩍었다. 예종은 항쇄를 풀게 하고 술을 내려주며 위로의 말을 했다.

"내가 어찌 경을 의심하겠소? 경은 아무런 걱정도 하지 마시오."

18

풋내기 용군

10월 27일이 밝았다.

문효량의 증언이 나왔으므로 남이는 이미 죽은 목숨이었다. 신왕은 창덕궁 숭문당崇文堂에 나가 종친들과 공신들을 입시케 하고 남이를 꿇리고 다시 물었다.

"이제 네 죄를 실토하라."

그러나 남이는 반역이라고는 생각해본 적도 없었다. 남이의 대답은 한결같았다.

"신은 소시 때부터 궁술과 마술을 업으로 삼아 변경에 일이 있으면 먼저 공을 세우며 나라를 지키는 것을 목표로 삼아 살아왔습니다. 신은 본래 충의지사일 뿐 추호도 딴 마음은 없는 사람입니다."

예종이 물었다.

"너는 말끝마다 충의지사라 하는데 어찌하여 성복 전에 고기를 먹었더냐?"

참으로 한심한 추궁이었다. 예종은 실체적 진실 규명에는 관심이 없었다.

"신이 병들었기 때문에 먹었습니다."

"그러면 반역한 사실이 없단 말이냐?"

"그렇습니다. 전혀 그런 사실은 없습니다."

"저런 고얀……. 저놈을 매우 쳐라."

임금이 남이에 대하여 악감정을 가지고 있다는 것을 아는 금부 관원들은 아주 혹독하게 곤장을 치도록 했다. 곤장을 맞다 죽어도 괜찮다는 자세였다. 남이는 모질게 참아냈다.

"이놈, 이실직고하라."

"신은 충의지사일 뿐입니다."

남이는 이를 악물고 진땀을 흘리며 참아냈다.

"충의지사라고? 흥, 아무래도 안 되겠다. 여봐라. 곤장을 멈춰라."

"예이……."

"저놈에게 압슬을 가하라."

남이를 일으켜 남의의 어깨 밑 등 쪽으로 몽둥이를 가로지르고 그것을 양팔로 껴안으라 했다. 그런 다음 그 몽둥이에 양팔을 결박했다. 그렇게 양팔이 묶인 남이를 데리고 가 사금파리를 깐 땅바닥 위에 꿇려 앉혔다.

그렇게 꿇어앉은 남이의 무릎 오금에 또 몽둥이를 끼워 넣었다. 그리고 무릎 위에 압슬기壓膝器를 올려놓았다. 남이가 버둥거리지 못하도록 등 뒤로 팔을 묶은 몽둥이를 양쪽에서 꽉 잡자, 커다란 사각 돌덩이가 압슬기 위에 놓이기 시작했다.

한 덩이, 두 덩이.

남이가 진땀을 흘리며 참아내고 있었다.

세 덩이.

"이놈, 이실직고하라."

남이는 호랑이 소리 같은 숨소리로 헐떡이며 진땀을 쏟고 있었다.

"이놈. 반역하고자 했지?"

네 덩이.

"으윽……."

남이의 튀어나온 눈망울 아래로 핏물이 흘러내렸다.

다섯 덩이

"뿌드득……."

남이의 무릎에서 뼈가 부서지는 소리가 났다.

"반역을 꾀했지?"

"……."

"이실직고하라."

"어쿠……, 우선 좀 천천히 하시오. 신이 도모한 일을 다 말하자면 깁니다. 바라건대 형구들을 물리고 묶은 끈을 풀어주시면 하나하나 다 말하겠습니다."

남이가 마침내 목숨을 포기하는 순간이었다.

예종은 형구를 다 물리고 묶은 끈을 풀게 하고 술을 내렸다.

"신이 과연 반역을 꾀하고자 했습니다. 유자광과 주고받은 말이 다 옳습니다. 술을 한 잔 더……."

손짓을 하자 술 한 잔이 더 내려졌다. 남이는 술을 벌컥거리며 마시고 나서 예종 곁에 늘어선 대신들을 죽 훑어보았다.

그러다 그의 시선이 강순에게 가 머물렀다.

"저기, 저이가 바로 신과 함께 반역을 꾀한 당류黨類(같은 무리)입니다."

강순은 너무 놀라 얼굴이 하얗게 변했다.

"꿇려라."

강순이 다시 꿇려 앉혀졌다. 문효량이 거명해 꿇렸을 때는 강순의 말을 들어주었지만 이번에는 달랐다.

예종이 물었다.

"그대가 과연 함께 반역을 도모했는가?"

"천만부당하옵니다. 앞서 말씀드린 바와 같이 신은 반역을 꾀할 아무런 이유가 없습니다. 통촉하소서."

"강순을 매우 쳐라."

79세의 상노인이 그 곤장을 견뎌낼 수는 없었다.

"맞습니다. 멈추시오. 남이의 말이 맞습니다. 신도 반역을 도모했습니다."

두 번째 곤장이 떨어지자 강순은 큰 소리로 외쳤다.

곤장이 멈추자 강순은 남이를 돌아보며 꾸짖었다.

"나에게 무슨 원한이 있어 끌고 들어가느냐?"

남이가 대답했다.

"내가 영공슈公(영의정)을 끌고 들어간다 하십니까? 전쟁터에서도 나는 목숨을 걸고 영공을 도와준 사람이오. 영공은 내가 아무 죄도 없다는 것을 누구보다도 잘 알면서, 지금 나를 위해 단 한마디의 말로도 도와주지 않고 있소. 나는 지금 그것을 탓하는 것이오. 사람의 도리를 일깨워주고 있단 말이오. 영공 같은 사람은 나와 함께 죽는 것이 옳소. 영공은 이미 정승이 되었고 또한 살 만큼 살았으니 죽어도 괜찮소. 그러나 나는 나이가 이제 겨우 스물여덟이오. 죽음은 두렵지 않지만 우국충정憂國衷情으로만 가득 찬 장수가 누명을 쓰고 이 나이에 죽는다는 게 애석할 뿐이오."

"……."

"내가 자복하지 않은 것은, 뒷날에 떳떳하게 공을 세워보려 함이었는데, 이제 정강이뼈가 다 부서져 장수로서 쓸모없는 몸뚱이가 되었으니, 이 더러운 세상 살아 있은들 무엇에 쓰겠소? 나같이 새파란 자도 죽어가는 판인데, 머리가 허옇게 센 노인이 죽는 것이야 그저 마땅할 뿐이오."

"……."

예종이 강순에게 물었다.

"또 다른 당여黨與가 있지 않은가? 말하라."

"전혀 없습니다."

"여봐라. 곤장을 치라."

"잠시만이오. 신이 어찌 이 매질을 견딜 수 있겠습니까? 신이 만약 저기 좌우에 있는 신하들이 다 당여라 해도 믿으시겠습니까?"

"매질을 그만두라."

예종은 실체적 진실을 밝히는 데는 관심이 없었다. 남이에게 속 시원하게 화풀이하는 것에만 관심을 두었다. 일단 남이가 역모를 시인했기 때문에 이제 다만 후련한 속풀이가 중요할 뿐이었다.

1468년(예종 즉위년) 10월 27일, 예종은 군기시軍器寺 앞 저자거리에 백관을 세웠다. 주위에 좀 떨어진 곳에 구경꾼들도 많이 나와 있었다.

그날, 강순, 남이, 조경치曹敬治, 변영수卞永壽, 변자의卞自義, 문효량文孝良, 고복로高福老, 오치권吳致權, 박자하朴自河를 거열형으로 오우분시五牛分屍하여 죽였다.

'제 애비 수양왕과 한 푼어치도 다른 게 없구먼…….'

'저런 씨알머리가 왕인지 두목인지 되었으니 앞길도 훤하게 되었구먼 잉.'

'가만, 허. 말소리 낮추라고…….'

'새파란 풋내기가 저러니……. 좀 더 있으면 제 애비 저리가라 하게 생겼어……. 허. 세상 꼴좋게 생겼네그려.'

구경꾼들, 악담으로 소곤거리며 치를 떠는 사람들이 많았다.

이날 최악의 형벌을 받고 죽은 사람들은 실상은 상을 받을 공은 있으되 벌을 받을 죄라고는 전혀 없는 충민이요, 충신들이었다. 제 소견, 제 가늠대로 속풀이 하는 것이 임금인 줄 아는 풋내기 용군庸君 때문에, 아까운 성명性命들이 한스럽게도 분사憤死에 처해지고 말았던 것이다. 강순, 남이는 적개공신 가운데 일등 공신이었다.

환열된 자들의 목은 7일 동안 장대에 매달려 효수되었다.

기분이 매우 흡족한 예종은, 그것도 청사靑史에 남길 공업功業이라 해서 역모를 다스린 노고를 치하하고 이를 선양하고자, 공로가 있는 37명을 익대공신翊戴功臣(지극 정성으로 임금을 보좌한 공신)이란 훈호勳號로 공신에 책봉했다.

그 가운데 일등 공신은 고변자 유자광, 승지 한계순, 내관 신운, 그리고 한명회, 신숙주였다. 일등 공신 책봉에서 알 수 있듯이 예종은 남이의 처리를 두고 이미 한명회, 신숙주의 간교함에 놀아났던 것이다.

유자광은 이번의 그 교활한 고자질로 적개공신敵愾功臣(이시애의 난 평정)으로도 추록追錄되었고, 익대공신翊戴功臣(남이의 옥사 다스림) 가운데 1등이 되었으며, 무령군武靈君에 봉해지고, 남이의 저택을 하사받았다. 그의 신분이 서얼이고, 남이를 무고해 죽게 하고 그의 집까지 하사받았다는 이유로 이후 사림士林의 탄핵을 받았지만, 예종과 윤비의 보호로 아무런 제약을 받지 않았다. 조선조 5백 년사에서 악명 높은 간신 무리 중의 하나인 유자광은 이렇게 해서 조당朝堂에 불한당의 족적을 내딛기 시작했던 것이다.

그날 용군(예종)은 또 나머지 역모에 관련된 자들의 처벌을 명했다. 용군은 원상들인 한명회, 신숙주, 박원형에게 말했다.

"조영달, 이지정 등은 남이의 심복인데 남이가 말하지 않았어도 그 당류이니 처참함이 어떻소? 무릇 관련된 자들의 죄상에서 그 경중을 가려 계달啓達토록 하시오."

원상들이 경중을 가려 계달하니, 용군이 의금부에 전지傳旨를 내렸다.

– 박자전朴自田, 김창손金昌孫, 노경손盧敬孫, 최완崔浣, 이지정李之楨, 남유南愈, 조

윤신曺允信, 문치빈文致彬, 장계지張戒之, 김실金實, 장익지張益之, 장순지張順之, 조순종趙順宗, 조영달趙穎達, 강이경姜利敬, 이하李夏, 이철주李鐵柱, 홍형생洪亨生, 유계량柳繼良, 이중순李仲淳, 장서蔣西, 신정보辛井保, 노수동盧守同, 김원현金元賢은 모두 처참하고 가산을 적몰籍沒하라.

- 김계종金繼宗, 윤말손尹末孫, 경유공慶由恭, 김효조金孝祖, 정숭로鄭崇魯는 모두 종으로 삼고 가산을 적몰하라.

- 김연근金連根은 종으로 삼으라.
- 이계명李繼命은 고신告身, 사령장을 거두고 본향에 충군充軍하라.

- 윤말손尹末孫, 정숭로鄭崇魯는 모두 적개공신敵愾功臣의 공신녹권功臣錄券을 거두라.

원상들이 승정원에서 또 주달奏達했다.

"남이의 어미는 국상 성복 전에 고기를 먹었고, 그 아들이 대역大逆을 범했으며, 또 천지간에 용납할 수 없는 죄(간통 혐의)가 있으니, 청컨대 극형에 처하게 하소서."

역적이나 그에 준하는 미움을 받았던 사람들에게는 '강상綱常의 죄'를 뒤집어 씌워 사회적으로 매장하는 수법을 쓰곤 했다.

"저자에서 환열轘裂(수레에 걸어 찢어 죽임)하고 3일간 효수하라."

남이가 죽은 다음 날, 그의 모친도 아들 모양으로 죽고, 또 그렇게 머리가 매달렸다.

이렇게 새 임금의 세상은 아무런 변색도 얼룩도 없는 새빨간 피의 빛깔로 밝아지고 있었다.

풋내기 용군은 남이와 조금이라도 친한 사람은 물론이요 인연이 닿았던 사람들을 그냥 내버려두지 않았다. 용군은 그들 모두를 자기의 속 풀이 그물에 죄다 몰아넣고 잡아 올려 처단하기를 계속 즐겼다.

남이가 여진족 건주위建州衛를 칠 때 종사관이었던 조숙趙淑이 잡혀 왔는데, 그는 혹독한 고문을 받으면서도 죄를 시인하지 않았다. 참혹한 고문으로 죽을 지경에 이르자 그는 단말마적으로 크게 외쳤다.

"한 충신이 죽는다."

그 소리를 듣자 용군이 옆에 있는 홍윤성에게 물었다.

"이놈도 남이의 당여인데 씨를 남겨서는 안 되겠지요?"

홍윤성이 대답했다.

"예, 그러하옵니다. 조숙은 유학자이면서 명궁名弓입니다. 남이가 거사했다면 반드시 이 무리가 도왔을 것입니다. 그런 자들은 결단코 남겨서는 아니 됩니다."

"알겠소. 종사의 대계를 위해서 처리하겠소."

용군은 조숙을 처참處斬하게 한 다음, 다시 또 명을 내렸다.

"종사의 대계를 위해서 확실하게 처리하지 않을 수 없다. 환열된 자들, 참형된 자들의 부자는 모두 사형으로 연좌토록 하라. 그들의 처첩, 조손, 형제, 숙질 등은 모두 안치安置(귀양 보내 가둠)토록 하라."

남이에 대한 설분雪憤이 끈질기게 이어지자 이를 악용하는 자들도 생겼다.

장용대壯勇隊(중앙 군사조직의 하나)의 오마수吳麻守라는 자가, 같은 부대의 대원 진소근지陳小斤知, 맹불생孟佛生, 이산李山 등이 남이의 모역謀逆에 가담했다고 고발했다. 그들은 잡혀 와 심문을 받았다.

불복하자 혹형이 가해졌다. 모진 형벌에 못 이겨 인정하면 처형당하는 것이었다. 진소근지는 가혹한 고문을 못 이겨 같은 장용대 대원 모두를 끌어 댔다. 그들 모두가 끌려와서 모두가 처형됐다.

용군이 한명회, 신숙주, 구치관 등에게 말했다.

"내가 지금 상중에 있으므로 사람 벌주기를 삼가지만 사직의 계책으로 역도들을 엄히 다스리지 않을 수 없소. 모름지기 끝까지 물어 형벌에 처해 죽임으로써 죽임을 그치게 하는 것이 좋을 것이오."

'죽임으로써 죽임을 그치게 하는 것'이란 이 말은 정상적인 사람의 입에서는 나올 수 없는 말이었다. 사람 죽이기를 능사로 여겼던 부친 수양왕의 피를 그대로 이어받아 부전자전父傳子傳하는 셈이었지만 그 피는 더 진하고 더 뜨거워지는 것 같았다.

한명회 등이 용군의 분심憤心을 부추겨 남이의 세력을 제거한 것은, 구공신에 적대적일 수밖에 없는 신공신 세력을 구공신들이 재기 불능 상태로 타도한 것이기도 했다. 그러나 용군은 그 구공신 세력들이 왕인 자신마저도 마땅찮을 때에는 요절시킬 수도 있다는 사실은 전혀 측량에 두지 않았다. 용군은 적대세력의 장단에 신나게 춤을 추며 자신의 원호세력을 도륙해낸 것을 기뻐할 만큼 그렇게 아둔하고도 겉넘은 임금이었다.

다음 해 1461년(예종 1) 1월 10일, 한명회는 갑자기 남이 등의 처첩을 공신들에게 내려달라고 주청했다.

"난신의 처첩과 자녀를 공신에게 주어 노비로 삼는 것은 율문律文에 기재되어 있는 바이며, 세조조朝에도 그 처첩과 자녀 및 전지를 다 공신들에게 주었으니, 지금의 난신의 처첩도 공신들에게 나누어주소서."

수양왕이 계유정란 희생자들과 상왕 복위 기도사건 희생자들의 부녀자들을 이른바 공신들에게 나누어준 것처럼, 이번에도 나누어달라는 말이었다.

사흘 후인 1월 13일, 한명회의 주청대로 다시 한번 부녀자들이 분배되었다.

강순의 처 중비仲非, 민서의 첩의 딸 민말금閔末今은 유자광에게, 강순의 첩 월비月非, 변자의의 첩의 딸 변소앙가卞召央加는 신숙주에게, 남이의 딸 남구을금南求乙金, 홍형생의 첩 약비若非는 한명회에게, 남이의 첩 탁문아卓文兒는 신운申雲에게, 강순의 첩 심방心方은 한계순에게 배분되는 등, 40여 명의 부녀자들이 1차로 공신들의 노비나 성노리개로 전락하게 되었다.

그리고 얼마 후 2월 7일에는 30여 명의 부녀자들이 종친과 대신들에게 또 그렇게 배분되었다.

남이의 사건이 매듭지어가자 신왕은 미뤄두었던 궁인점고宮人點考를 실시했다.

동궁에서 대전으로 처소를 옮긴 후 가장 먼저 눈에 띈 것은 궁중 여인들의 태도였다. 전에는 어디까지나 세자에 불과했다. 모든 궁녀들은

부왕에 소속되는 것이기에 세자에게는 금기의 존재였다. 더구나 세자
는 여인들에게 관심이 큰 편도 아니어서 세자빈 한씨(한백륜의 딸 안순왕
후) 외에는 한눈을 팔지도 않았었다.

그러던 것이 일조에 입장이 바뀌어버렸던 것이다. 모든 궁녀들이 신
왕의 기색을 살피기에 여념이 없을 지경이고, 임금도 이내 그것을 깨달
았던 것이다. 심지어 나이 지긋한 궁녀들까지도 추파에 서슴지 않았다.

저 수백 명 내명부內命婦들이 자신을 주시하고 있다고 생각하자 신
왕은 자기도 모르게 피가 더워졌다. 선왕(수양왕) 때에는 임금의 기나긴
투병 생활 때문에 궁녀들은 소명召命(임금이 부르는 명령) 기회가 거의 없
었기에, 신왕 등극 이후 궁궐 안팎에는 눈에 보이지 않는 열기가 감돌
기 시작했다. 젊은 궁녀들은 특히나 활기를 보였으며 더러는 저돌적으
로 임금의 시선을 끌고자 애썼다.

임금은 새삼스럽게 깨달았다. 자신이 오랫동안 용상에 있으면서 한
여자도 소명해 돌보지 않는다면 저 수많은 여자들이 얼마나 비웃고
원망할 것인가? 비로소 임금은 자기에게 부여된 막중한 임무가 또 하
나 따로 있다는 것을 알게 되었다. 이것은 어쩌면 자신이 지켜야 할 궁
중 여인들에 대한 의무인 동시에 예의이기도 하다고 여겼다.

임금은 임상궁을 불렀다. 그리고 그동안 미루어온 궁인점고를 실시
하겠다고 통고했다.

임금은 들어와 자신을 뵙는 궁녀들의 절 받기에 그만 지쳐버렸다.

"여봐라, 이제부터는 절을 한 번만 하도록 하라."

그 많은 궁녀들이 깍듯이 사배를 하는 것이 지루해서 내린 명령이었

다. 이제 막 절을 시작하려던 궁녀가 우뚝하게 멈춰선 채 입을 열었다.

"상감마마께 아뢰오."

"뭐냐? 말해보아라."

임금은 의외의 사태에 퍼뜩 놀라 그 궁녀를 찬찬히 쳐다보았다.

"앞에 뵈온 궁녀들은 사배를 드리는 영광을 얻었사온데, 신부터 일배를 하게 되었사오니 너무 섭섭하여 울고 싶은 마음뿐이옵니다."

"어허허허. 난 또 무슨 일이라고. 그럼 너까지는 사배를 하고 다음 사람부터 일배를 하라."

"성은이 망극하옵니다."

사배가 끝났다.

"너는 성이 무엇이냐?"

"동래 정가이옵니다. 상감마마."

맑은 목소리에 말끝을 살짝 올려 대답하는 이 궁녀에게서 임금은 은근한 매력을 느끼며 고개를 끄덕였다.

점심 수라 직후부터 시작된 점고는 해가 설핏해서야 끝이 났다. 임금은 궁궐 안에 이렇게 많은 미색들이 들어와 있음에 거듭 놀랐다. 점고가 끝나자 임금은 눈이 아리어왔다.

그날 밤 임금은 아까 그 동래 정씨와 하룻밤 지낼 것이라고 통보했다. 정씨 궁인은 수백 명 궁인 중에서 자신이 발탁되었다는 흥분으로 마음은 설레고 몸은 뜨거워졌다.

"그래, 너는 몇 살이냐?"

"열여덟이옵니다. 상감마마."

임금은 이제 스무 살이었다.

"언제 궁에 들어왔느냐?"

"다섯 해가 지났나 보옵니다. 마마."

"다섯 해라. 그러면 부왕께서 속리산, 온양 등에 행행하실 때인데……"

"바로 그렇사옵니다. 그해에 뽑혀 들어왔사옵니다."

"그래, 그동안 궁에서 무엇을 하였느냐?"

"아이, 마마도……, 일했지요, 뭐……."

"참, 그렇구나……."

"……."

임금의 손이 여인의 옷고름에 닿았다.

태초에 하늘이 사람에게 내려준 뜨거운 정염의 불꽃이 타들기 시작했다. 이후 임금은 모후는 할 수 없고, 자기만이 할 수 있는 이 일에 많은 정열을 바치기 시작했다.

신왕은 임금이 된 이후 술이라는 또 하나 새로운 세계를 발견하고선, 거기에서도 흥취興趣와 열락悅樂을 찾기 시작했다.

임금은 스무 살이 되도록 술을 입에 대지 않았었다. 실상 술은 대소 연회에 반드시 수반되는 것이기에 때때로 술 냄새를 맡아야 하는 것이 세자의 생활이었지만, 술맛을 길들일 기회는 좀처럼 닿지 않았다. 궁궐 내에서 함께 술잔을 기울일 만한 상대가 없었던 것도 이유였지만, 부왕에 대한 공포가 더 큰 이유였다.

부왕은 항상 사납고 무서운 존재였다. 부왕에 대한 두려움은 유년 시절 이래 생리적인 것이었다. 그러나 부왕이 훙거하고 난 후로는 상황이 달라졌다. 대소 연회며 접객 모두를 모후에게 맡길 수는 없는 일이었다. 임금이니 술잔을 들어야 할 때가 많고 술잔을 들면 마셔야 했다. 그리고 마시면 취하기 마련이었다. 마시기를 거듭하다 보니 취흥도 알게 되었고, 그러다 보니 연회 접객을 위해서가 아니라 취흥만을 위해서도 술을 마시게 되었던 것이다.

신왕은 모후와 원상들 덕택에 국정 전념에서 벗어나 비교적 홀가분할 수 있었다. 그 홀가분함으로 인해 신왕은 주색酒色이라는 새로운 세계의 열락에도 탐닉할 수 있게 되었다.

1469년(예종 1) 4월, 수양왕의 실록을 쓰기 위한 준비로 사초史草를 제출하라는 명이 떨어졌다. 동시에 사초를 쓴 자의 이름을 적어서 내라 했다.

봉상시奉常寺 첨정僉正 민수閔粹는 수양왕 초기에 춘추관 사관이었다. 자기가 쓴 사초에 자기 이름을 적어 제출했는데 생각해보니 걱정거리가 생겼다. 실록청 당상들이 신숙주, 한명회, 최항, 강희맹, 양성지 등등의 훈신들이었다. 민수는 사초를 쓸 당시 그 훈신들에 대해 부정적으로 쓴 것들이 있었는데, 그들이 사초를 보면 분명 자기는 그들로부터 제재나 피해를 당할 것이라 여겼던 것이다.

민수는 이미 제출한 사초를 빼내 와서 고치고 싶었다. 봉교奉敎 이인석李仁錫과 첨정僉正 최명손崔命孫에게 빼주기를 청했으나 거절당했다. 친구인 홍문관 박사 강치성康致誠에게 청했다. 강치성은 처음에는 거절했으나 나중에 소매 속에 넣어 갖다 주었다. 민수는 집에 가지고 가 바삐 고쳤으나 미처 정서하지 못하고 반환했다.

검열檢閱 양수사梁守泗와 최철관崔哲寬이 사초가 고쳐진 것을 발견하고 참의參議 이영은李永垠에게 알렸다. 정언正言 원숙강元叔康도 고친 것이 발각되었다. 이영은은 실록청 당상관에게 이런 사실을 알렸고 당상관은 임금에게 보고했다.

임금은 속으로 매우 괘씸하게 여겼다. 당상관 무서운 줄은 알고 임금 무서운 줄은 모르는 놈들이라 여겨 친국을 시행했다.

국문에 임하자 민수는 솔직히 실토했다.

"신이 쓴 것은 모두 대신들에 관한 것이었습니다. 그 대신들이 모두 실록청에 있으므로 신이 중상中傷을 당할까 염려하여 고치고자 한 것이옵니다. 죽어 마땅한 죄를 저질렀사오나 신이 외아들이오니 목숨만은 잇게 하여 주시옵소서."

민수는 임금의 동궁 시절 서연관書筵官(세자 교육 담당관)이었으며 동궁으로부터 존경을 받았었다. 임금은 민수에게 곤장을 친 다음 제주의 관노로 보냈다. 강치성과 원숙강은 참형에 처하고, 최명손과 이인석은 알고도 고하지 않았다 하여 장 1백 대를 때리고 군역에 편입시켰다.

19

대납 금지

임금은 부왕시대 훈신들에게 상당한 역겨움을 느끼고 있었다. 그는 그들의 부당한 세력 행사를 견제하고자 몇 가지 방안을 시행코자 했다.

즉위년 10월 4일, 우선 분경奔競(엽관운동)을 금지시켰다. 훈신들이 암암리에 매관매직을 했기 때문이었다. 그리고 이어서 겸판서兼判書 제도를 폐지시켰다. 개인의 권세 집중을 방지하려는 것이었다.

10월 16일에는 대납代納을 금지시켰다.

이제부터 공사公私의 대납을 금지한다.

전세田稅(토지세 납부)와 공납貢納(특산물 납부)에서 모두 대납을 일절 금지한다.

대납은 백성들에게 심히 해롭다.

이후 대납하는 자는 공신, 종친, 대신을 막론하고 극형에 처하고 가산을 관에 몰수한다.

대납은 백성들에게는 최악의 제도였다. 그런 대납을 금지한다는 선포가 있자 백성들은 쌍수를 들어 환호했고 깡충깡충 뛰면서 즐거워했다.

수양왕은 공신들과 종친들에게 막대한 경제적 이득을 보장해줌으로써 자신에게 충성하도록 대납이란 제도를 만들었다. 대납이란, 대납권을 가진 사람이 도성都城에 올라가 전세와 공납을 먼저 납부하고, 지방에 내려가 백성들에게 그 값을 불려서 징수하는 제도였다.

문제는 백성들이 그 대납권자에게 납부하는 분량이었다. 가장 적게 받는 것이 배징倍徵(두 배 징수)이었고, 대개는 서너 배를 징수했고, 심한 자는 일고여덟 배에서 열 배까지도 받았다.

수양왕 때에 생긴 많은 공신들과 그 권속들이 대납권의 특혜를 받아 중앙 각사에 공물을 대납하고, 가을에 수령의 인정하에 백성들로부터 그 대가를 받아냈는데, 그 차익이 과도하여 대납권자의 손쉬운 치부致富 수단이 되었던 것이다.

요컨대, 대납권자에게는 누워서 떡 먹기보다 쉬운 치부의 수단이었다. 그러나 납부자에게는 날강도에게 눈 멀뚱거리며 당하는, 어처구니없이 억울하게 당하는 착취였던 것이다.

예종은 또 공신들의 면책 특권도 제한하려 했다. 공신들은 대물림할 수 있는 공신전을 받았으며, 살인, 강탈, 사취 등의 악랄한 죄를 저질러도 처벌받지 않았고, 불법적으로 치부를 해도 죄를 받지 않았다. 이런 특권을 제한하고자 했던 것이다. 예종은 이런 제한, 금지 조치들을 대비나 원상들과 전혀 상의하지 않고 선포하고 시행했다.

공신들은 깜짝 놀랐다. 즉시 윤대비에게 쫓아갔다. 윤대비는 공신들과는 오랜 세월 동안 험로를 함께 헤쳐온 동지였고, 여전히 한 배를 타고 있는 처지였고, 혈맹의 전우였다.

윤대비는 공신들의 후원 없이 돌올突兀하게 아들 임금만을 믿고 살기에는 너무나 불안하고 허전했다. 공신들과 윤대비는 여러 날 머리를 맞댔다. 그리하여 신왕의 이런 제도 개선정책에 암암리에 그리고 교묘하게 대처하기로 밀약하기에 이르렀다.

만사에 미숙한 신왕으로서는 역부족일 수밖에 없었다. 신왕은 그러나 시간이 걸린다 해도 훈신들의 불법 무도한 특권을 반드시 없애겠다고 결심했다.

수양왕 시대에는 왕실과 훈신들의 집안은 흥청망청 유복하게 잘 살았다. 그러나 나라와 백성들은 가난뱅이였다. 수양왕 시대에 양산된 공신들과 원종공신, 그리고 그들의 권속眷屬 등 약 1만여 명의 특권층이, 국부國富의 대부분을 착취하여왔기 때문이었다.

수양왕 시대에는 국가 재정을 지탱하는 연간 전세田稅(세금으로 내는 경작지 수확량의 10분의 1)의 총량이, 강력히 독촉을 해도 겨우 50만 석 정도였다. 반면, 세종 시대에는 독촉을 하지 않아도, 또한 20분의 1을 걷을 때에도 납부된 연간 전세 총량이 500만 석이었다.

수양왕 시대에 나라의 재정이 어려웠던 데에는 분명한 원인이 있었으니 그것은 물론 공신, 원종공신, 그 권속들이었다. 신왕은 이러한 폐단을 바로잡지 않으면 안 되겠다고 생각하고 있었던 것이다.

불교를 신봉했던 수양왕은 불경을 간행하는 간경도감刊經都監에게도 대납권을 주었다. 간경도감은 선납할 재정이 없었다. 이에 수양왕은 남에게 돈을 빌려 대납하고 백성들에게서 그 몇 배를 징수할 수 있도록 허가해주기도 했다.

예종의 엄한 선포에도 대납 금지는 잘 이루어지지 않았다. 공신들과 종친들에게는 막대한 부를 쌓는 원천이었기에 그리 쉽사리 대납을 없앨 수가 없었다.

10월 21일, 예종은 더 강력한 어찰御札을 내렸다.

> 대납을 금했는데도 수령守令이 전과 같이 받아들인다면, 더욱 엄하게 능지陵遲(거열형)함이 가하다.

수령이 전처럼 대납을 허용하면 사지를 마소에 걸어 찢어 죽이겠다는 선포였다.

공신들은 대개 한 고을의 세금 전액을 대납하겠다고 고을 수령에게 요구했다. 그러면 수령들은 공신들이 자기 인사권을 쥐고 있기 때문에 공신들의 요구를 거절할 수가 없었다. 그렇게 해서 공신이 대납권을 얻게 되면 그 고을 백성들은 거부하고 호소하고 항의를 해도 결과는 혹독한 매질밖에 돌아오는 게 없었다. 수양왕 시대는 국가가 다스리는 나라가 아니라 초법적인 지위의 공신 집단이 매질로 다스리는 나라였다.

수양왕 7년에는 좀 더 심한 대납 방식이 등장해 백성들의 등골을 훨씬 더 많이 빼먹는 일도 일어났다. 원성이 들리자 수양왕은 거절할 수 없는 경우라는 해명을 했을 뿐이었다.

"효령대군과 충훈부忠勳府(공신 관할 기관)에서 대납 전에 그 값을 먼저 거두게 해달라고 청원했노라."

세금을 선납하고 후에 거두는 대납도 백성들에게는 막심한 고통이었다. 그런데 조정의 주장은, 먼저 서너 배의 세금을 백성들로부터 거두어서 그것으로 (물론 그것의 일부일 뿐이지만) 세금을 납부하는 것이라고 했다. 백성들이야 어차피 치르는 수고가 아닌가? 좀 앞당길 뿐이라는 논리였다.

좌우간 대납은 여전히 그치지 않았다. 대납권자들의 대부분이 공신들이기 때문이었다.

예종은 각처에 방을 붙이게 했다.

앞으로 대납하는 자는 참형에 처함.

그런데 다음 해(예종 1년) 1월 27일, 호조에서 청원이 올라왔다.

이미 대납하고도 그 값을 다 거두지 못한 자는 기한을 정해 거두도록 해주시오.

예종은 한시적으로 인정해주었다.

윤2월 그믐까지는 거두도록 하라.

이런 예종의 한시적 조치에 대해 백성들은 실망을 감추지 못했다.

"즉위 초에 특단으로 대납을 없애게 했으므로 이제 살게 되었다고 기뻐했는데 이런 명령을 내리니 앞으로 또 어찌 될지······."

예종은 절대왕권을 추구해 왕다운 왕이 되겠다는 결심을 굳히고 있었다. 1469년(예종 1) 3월이었다.

사헌부 지평持平(정5품) 조익정趙益貞이 사헌부 장무관掌務官으로서 올린 상소가 문제가 되었다. 사헌부 집의執義(종3품) 김계창金季昌이 쓴 상소를 조익정이 올린 것이었다. 조익정은 남이의 옥사를 다스리는 것으로 공을 세운 익대공신 3등으로서, 강순의 첩의 딸 귀덕을 분배받은 사람이었다.

그의 상소 중에 '아름답고 밝은 정치가 점점 처음과 같지 못하다'는 구절이 있었다. 조익정은 상소를 올리기 전 이 구절이 마음에 걸렸다.

"주상이 즉위한 지 오래지 않았는데 '점점 처음과 같지 못하다'라고 한 것은 마땅한 구절이 아닌 것 같으니 삭제하는 것이 어떻겠소?"

조익정이 재고를 건의했다. 그런데 대사헌(종2품) 송문림宋文琳이 그대로 올리라고 해서, 조익정은 할 수 없이 그대로 올렸다.

과연 임금은 그 구절을 지나치지 않았다.

"이 구절이 무슨 뜻인가?"

조익정이 대답했다.

"상소는 집의 김계창이 쓴 것이고, 신은 장무관으로서 올렸을 뿐입니다."

예종은 의금부 낭관郎官에게 형장을 갖추어 오라고 명했다. 의금부 낭관이 군교들과 함께 형장을 가지고 오자 사헌부 관원들은 벌벌 떨었다.

"내가 장신杖訊(곤장을 치며 신문함)을 하면 내가 간언을 용납하지 못한다고 말할 것이므로 장신은 하지 않겠다. 여기 이 사헌부 관리들을 파직하고 종신토록 서용敍用하지 말라."

공신 출신의 언관이 올린 상소를 이렇게 취급하는 것에 공신들은 놀랐다.

예종은 다시 조익정을 불러 물었다.

"너는 별로 공이 없는데 공신이 되었다. 그대로 두든지 삭탈하든지 내게 달려 있다. 혹 불초한 일이 있으면 나에게 먼저 고하는 것이 도리인데, 부화뇌동附和雷同했으니 어찌 된 일이냐?"

"……."

조익정이 무슨 뜻인지 몰라 아무 대답도 못하고 있자 예종이 다시 물었다.

"상소 가운데 또 '유사有司(해당 부서)를 좇아 처리하소서'라는 구절이 있는데 유사는 누구인가? 이는 반드시 너희가 대신(공신)에게 아부하는 것이다. 사실대로 말하라. 만약 숨기면 마땅히 상소를 쓴 자를 현륙顯戮(사람을 죽여 그 시체를 구경시킴)하여 임금을 속인 죄를 널리 알리겠다."

예종은 '점점 처음과 같지 못하다'라는 구절보다 이 구절에 더 분노했던 것이다. 예종은 '유사를 좇으라'는 말을 '대신들의 말에 따르라'는 의미로 해석한 것이다.

대신에게 아부한 것이 아니냐고 추궁하는 꼴이 되자 다급해진 대사헌 송문림이 대답했다.

"유사를 따른다는 것은 법에 따른다는 것이지 사람을 가리킨 것이 아니옵니다."

그러자 예종은 송문림 등을 임금을 속인 죄로 처벌하라고 명했다. 상황은 급박했다. 신하로서 임금을 속인 죄는 사형이었다.

그러나 잠시 후 예종은 다시 명했다.

"그대들에게 죄를 주면 언로言路가 막힐 것이므로 관대하게 다만 파직만 시킨다."

예종은 공신록에서 조익정을 삭제했다. 그러나 그 후 곧 그를 다시 공신록에 올렸지만, 이 조치를 공신들은 몹시 불쾌하게 여겼다. 공신록은 국왕 뜻대로 함부로 고칠 수 있는 게 아니었던 것이다.

그런데 공신에 대한 예종의 공격은 4월에도 이어졌다.

"이제부터는 군무軍務를 잘못 처리한 데 관련된 자는, 공신이든 의친議親(왕가에서 형을 감면해주는 친척)이든 상관없이 죄를 주게 하라."

그달 사헌부에서 건의한 것을 그대로 허락한 것도 있었다. 그것은 '양인을 억압하여 천인이 되게 한 자는 종친, 재신宰臣(2품 이상의 관원), 공신을 막론하고 교수형絞首刑에 처한다'는 것이었다.

5월에는 예종이 8도 관찰사에게 전교傳教를 내렸다.

관찰사의 소임은 본래 한 도를 통찰하는 것이다. 그런데 지금은 공신, 의친, 당상관에 구애된다.

이제부터 관찰사는 수령守令, 만호萬戶, 찰방察訪, 역승驛丞 등으로서 탐오貪汚하고 불법한 일로 민생에 해를 끼치는 자는 공신, 의친, 당상관을 논할 것 없이 아울러 모두 직단直斷(지시를 기다리지 않고 즉시 처리함)하여 가두고 국문토록 하라.

공신의 특권을 인정하지 않겠다는 뜻을 또 밝힌 것이다.

5월 29일에도 또 명을 내렸다.

탐오하여 백성을 학대하는 수령과 만호는 공신, 의친, 당상관을 논하지 말고 가두어 국문해서 아뢰어라.

예종도 공신이 죄를 지으면 경우에 따라 특별히 용서하는 등 공신에 대한 예우를 완전히 폐지하지는 않았다. 그러나 수양왕 때처럼 공신들의 특권을 무조건 다 보장해주지는 않았다.

예종은 부왕이 공신들과 맺었던 동지 관계 같은 것은 사라져야 한다고 여겼다. 예종은 모든 권력은 왕에게서만 나와야 한다고 굳게 믿고 있었다.

예종이 세자일 때 수양왕이 물은 적이 있었다.

"《통감通鑑(중국의 역사서)》은 어느 시대 것을 읽느냐?"

"한漢나라 헌제獻帝 때를 읽고 있습니다."

헌제는 한나라 마지막 황제로서 한나라가 망하며 위魏, 촉한蜀漢, 오吳의 삼국시대로 들어가게 된다.

"헌제 때 왜 한나라가 망했느냐?"

"위엄과 권세가 점점 신하에게 옮겨졌고, 오늘의 편한 것만 알고 후일의 위태한 것을 생각지 아니하여 기강이 무너졌기 때문입니다."

세자의 대답에 수양왕이 매우 기뻐했다.

"옳다. 한의 시조가 여러 신하와 더불어 한마음으로 협력하여 대업을 이루었는데, 자손이 점점 안일과 오락에 빠지고, 신하들도 각각 스스로 편한 것만 취했기 때문에 나라가 망한 것이다."

'위엄과 권세가 점점 신하에게로 옮겨갔기에 나라가 망했다'는 것이 예종의 역사 인식이었다. 예종은 지금의 조선이 그런 상황이라고 보았다. 당시는 실제로 위엄과 권세를 공신들이 다 차지하고 있는 셈이었다. 예종은 공신들의 그런 위엄과 권세를 다 거둬들여, 국왕인 자신만이 갖고 행사하겠다는 것이었다.

이는 공신들에 대한 선전포고였다. 공신들은 우선 납작 엎드리는 수밖에 없었다. 그러나 노회할 대로 노회한 공신들이 그냥 당하고만 지낼 존재들은 아니었다. 공신들은 암암리에 대비와 자주 회동을 가졌다.

20

신왕 급서

1469년(예종 1) 겨울이 한창인 동짓달 그믐께 음력 11월 28일 새벽, 느닷없이 예종이 위독하다는 소식이 전해졌다.

당시를 담은 《조선왕조실록》의 기록은 수수께끼를 풀듯 머리를 굴리고, 실상이 무엇인지 머리를 쥐어짜며 읽어야 할 대목이 한두 군데가 아니다.

임금의 병이 위독해져 좌부승지 한계순과 우부승지 정효상을 내불당에 보내어 기도하게 했다.

승지 및 전 현직 정승과 의정부, 육조 당상관이 문안했다.

죄인을 방면하고 여러 도의 명산대천에 사람을 보내 기도하게 했다.

동지섣달 엄동설한 껌껌한 새벽(음력 11월 28일 새벽)에 이렇게 했다는 것이다.

금상(예종)이 진시辰時(아침 7~9시)에 자미당紫薇堂(강녕전 뒤쪽 동편에 있는 소침)에서 훙薨하셨다.

어제까지도 멀쩡했던 예종이 갑자기 위독해져 그날 일찍 죽었다는 것이다.

신숙주(전 영의정), 한명회(전 영의정), 구치관(전 영의정), 최항(전 영의정), 조석문(전 영의정), 영의정 홍윤성, 좌의정 윤자운, 우의정 김국광 등이 승정원에 모였다.

그날 아침 예종의 갑작스러운 위독을 안 사람은, 여기 거명된 여덟 명과 승지 등 몇 명뿐이었다.

수양왕은 사망 1년 전(1467년) 몸이 불편한 중에 백옹白顒, 황철黃哲 등 명나라 사신이 오자 신숙주, 한명회, 구치관 등 세 사람에게 승정원에 나와 국사를 보게 했다. 이른바 원상제院相制의 시작이었다.

수양왕은 사신들이 돌아간 뒤에도 원상제를 계속 유지했다. 예종 즉위 후에는 원상이 신숙주, 한명회, 구치관 외에 박원형, 최항, 홍윤성, 조석문, 김질, 김국광이 더해져 아홉 명이 되었다. 그런데 예종 사망 당일에 승정원에 모인 사람 중에는 박원형과 김질이 빠지고 윤자운이 들어가 있었다.

예종이 죽던 날 아침 승정원에 모인 사람들은 조정의 다른 사람들과는 달리 따로 연락 체계를 갖고 있었던 것이다.

임금의 명을 전하는 사알司謁이 대궐에서 나와 승정원에 전했다.

"승지 등은 사정전에 가도 좋소."

승정원에 모였던 승지들과 원상들은 모두 사정전 안으로 들어갔다.

"아이고 아이고……."

승전내시 안중경安仲敬이 곡읍哭泣(소리 내어 욺)을 하면서 대궐에서 나오고 있었다. 그는 승지들을 만나자 임금이 이미 죽었음을 알렸다.

"성상께서 훙하셨습니다."

날벼락 같은 소식이었다. 이날 아침까지도 겉으로는 임금이 사망할 것이라는 낌새는 전혀 보이지 않았다.

참으로 놀라운 일은, 울면서 임금이 죽었다고 알리는 내시의 말을 듣고도 이 여덟 명의 원상들은 전혀 놀라는 기색이 없었다는 것이다. 예종이 죽었다는 말을 듣고 신숙주가 도승지 권감權瑊과 같이 자미당에 들어가 확인하고 나왔다.

입직인 도총관都摠管(오위도총부의 수장) 노사신盧思愼이 대궐 안으로 들어오자 원상들이 노사신과 상의해서 궁성의 모든 문을 지키도록 위사衛士들을 배치했다.

그리고 나서 신숙주가 도승지에게 말했다.

"나라의 대사가 이에 이르렀으니 주상主喪(상례를 주관하여 맡아보는 사람)을 불가불 조속히 결정해야 할 것이오.”

국상國喪에서 주상은 차기 임금이 될 사람이었다. 신숙주의 말은 빨리 다음번의 임금을 정해야 한다는 말이었다.

도승지 권감은 정인지의 아들인 하성군河城君 정현조鄭顯祖를 불러 부탁했다. 정현조는 수양왕의 딸 의숙공주懿淑公主의 남편이었다. 정희왕후 윤씨의 사위였다.

“주상을 정해서 나라의 근본을 확고히 하는 것은 나라의 대사입니다. 내시를 시켜서 아뢸 수 없으니 친히 아뢰기를 바랍니다.”

정현조가 안으로 들어가 정희왕후 윤씨에게 직접 아뢰었고 정현조는 왕후의 지시로 서너 번 들락거렸다. 조금 후 정희왕후 윤씨가 강녕전 동북쪽 편방便房에 나와서 원상들과 승지들을 불렀다.

여덟 명의 원상들과 도승지, 정현조가 들어가고 승지 한계희, 임원준 등은 시신이 모셔져 있는 자미당에서 나와 편방으로 들어가 왕후를 뵈었다. 왕후는 그저 무덤덤하게 앉아 있었다.

신숙주가 입을 열었다.

“신등은 밖에서 다만 성상의 옥체가 미령靡寧하다고 들었을 뿐이온데 이에 이를 줄은 생각지도 못했습니다.”

그런데 참으로 이상야릇하게도 이 말을 듣는 정희왕후나 원상들이나 승지들이나 정현조나 그 누구도 그저 태연할 뿐이었다.

왕후가 입을 열었다.

“주상이 앓을 때에도 내게 매일 조근朝覲(나아가 뵘)했으므로 ‘병이 중하면 어찌 이렇게 하겠는가?’라고 생각하며 크게 염려하지 않았는데, 이제 이에 이르렀으니 장차 어찌해야 할지 모르겠소.”

자신에게 매일 문안했으므로 예종의 병이 심하지 않은 줄 알았는데, 갑자기 세상을 떴으니 어찌할 줄을 모르겠다는 말이었다. 병이 심하지 않은 아들이 갑자기 세상을 떴다면 기절초풍을 하고 기색혼절氣塞昏絕이라도 해야 할 일이었다. 그런데 왕후는 너무도 태연했다.

왕후는 곧바로 정현조와 권감을 시켜 여러 원상들에게 '누가 주상으로 적당한지' 두루 묻게 했다. 아들이 죽은 슬픔은 보이지 않았다.

왕후의 관심은 이미 죽은 아들이 아니라 누가 후사가 되느냐 하는 것이었다. 신하들에게 물을 질문도 아니요 신하들이 거론할 문제도 아니었다.

"신들이 감히 거명할 바가 아닙니다. 바라건대 전교를 듣고자 합니다."

정상적인 절차로 따지자면 둘 중에서 하나가 되어야 했다. 우선 해당자는 예종의 아들인 제안대군齊安大君이었다. 그러나 그는 겨우 네 살이었다.

그가 너무 어려서 안 된다면 그다음은 죽은 의경세자懿敬世子의 장남이자 세조의 장손인 월산군月山君 이정李婷이 되어야 했다. 월산군은 이때 나이 열여섯 살이었다.

'원자 제안대군이 나이가 어리므로 세조의 장손인 월산군을 후사로 삼고자 한다.'

왕후에게서 이런 말이 나왔어야 정상이었다. 그러나 왕후는 조금의 망설임도 없이 정현조를 통하여 놀라운 전교를 내렸다.

"원자가 바야흐로 너무 어리고, 또한 월산군은 어려서부터 병에 걸렸으므로 둘 다 주상으로 삼기가 적당치 않다. 잘산군乽山君은 비록 어리기는 하나 세조께서 일찍이 그 기국器局과 도량을 칭찬하며 태조에

비헸으니 그를 주상으로 삼는 것이 어떠한가?"

당시의 잘산군은 열세 살이었다. 열여섯 살의 장손을 제치고 열세 살의 차손을 다음 왕으로 선정한 것이다. 정상적인 상황이라면 여기저 기에서 비명이든 신음소리든 터져 나와야 했다. 그도 아니라면 입을 벌리고 눈을 휘둥그레 뜨거나 하다못해 고개라도 갸우뚱거려야 할 판이었다.

그러나 마치 그럴 줄 알았다는 듯, 이미 약속이나 한 듯 한결같이 입을 열어 합창하듯 대답했다.

"진실로 마땅한 줄로 아뢰오."

그 말을 전해 들은 정희왕후는 갑자기 슬픔이 복받치기나 한 듯 슬피 울기 시작했다. 그러자 신숙주가 뜻밖의 주청을 전해 올렸다.

"슬픔을 조금 누르십시오. 외간外間은 보고 듣는 것이 번거로우니 사정전 뒤뜰로 옮겨 일을 의논하는 게 좋겠습니다."

그 자리에서 보고 듣는 사람은 사관史官밖에 없었다. 신숙주의 주청은 다시 말하면 사관의 눈과 귀가 무서우니 사관이 없는 곳으로 가서 의논하자는 뜻이었다.

이날 갑자기 예종이 죽어 정희왕후가 차기 왕으로 잘산군을 정했고, 기다렸다는 듯이 모인 원상들이 이를 받아들였으니, 그 후속 조치는 사관들의 눈을 피해 뒤뜰로 가서 결정하자는 말이었다. 기록으로 남으면 안 되기 때문에 그렇게 하자는 말이었다. 그들이 순리적으로 일을 처리하지 않고 그들 나름의 뜻대로 일을 꾸미고 있다는 사실을 스스로 드러낸 셈이었다.

정희왕후는 잘산군을 다음의 주상으로 정하면서 두 가지 이유를 댔다.

첫째는 월산군은 어려서부터 병에 걸렸다는 것이고, 둘째는 세조가 잘산군을 태조와 비교할 정도로 높이 칭찬을 했다는 것이다.

그러나 첫째 이유는 전혀 당치 않은 거짓말이었다. 어느 기록에도 월산군이 아파서 어의의 치료를 받았다는 내용이 없다. 반면에 세조가 1464년(재위 10) 월산군과 잘산군을 함께 활터에 데리고 가 활을 쏘았다는 기록은 있다. 그때 월산군 나이 열한 살이었다.

예종도 세자 시절인 1466년(세조 12) 8월, 동교東郊에 가서 매를 풀어 놓고 사냥을 할 때, 월산군은 데리고 갔으나 잘산군은 데리고 가지 않았다. 동교의 매사냥에까지 따라갔다는 것은, 어려서부터 병에 걸렸다는 정희왕후의 말이 온전히 거짓말이었다는 뜻이다.

둘째 이유로, 정희왕후는 세조가 월산군보다 잘산군을 더 사랑했다고 말했다. 그러나 그런 사실은 어느 기록에서도 보이지 않는다. 그와 반대로 잘산군이 아니라 월산군을 더 사랑했다는 기록은 다수 찾을 수 있다.

1461년(세조 7), 월산군이 《병정兵政》을 다 읽었다는 이유로 월산군에게 글을 가르친 교관 두 명에게 옷을 한 벌씩 하사한 일이 있었다. 이때 월산군 나이 겨우 여덟 살이었다.

나아가 월산군과 잘산군의 혼인 모습을 본다면 수양왕이 누구를 더 사랑했는지 분명히 알 수 있다. 수양왕 재위 12년 8월, 월산군이 병조참판 박중선朴仲善의 딸과 혼인할 때 세조는 모든 종친과 재상들에게 모두 시복時服(예복)을 입고 위요圍繞(신랑이나 신부를 데리고 가는 사람) 노릇을 하게 했다. 이때 수양왕은 사복시 담 밑에 높은 비루飛樓를 만들고 정희왕후와 함께 장손의 혼인 광경을 구경했다.

이듬해 잘산군이 영의정 한명회의 딸과 혼인할 때는 성이 같은 내종친(內宗親)과 상정소(詳定所)(법규 제도 등을 마련하기 위해 설치한 임시기구)의 당상관에게만 위요 노릇을 하게 했다. 월산군 때는 전 종친과 재상들을 모두 위요로 가게 했는데, 잘산군 때는 내종친과 상정소 당상관만 가게 했으니 그 격차가 너무 컸다. 수양왕이 월산군보다 잘산군을 더 사랑했다는 정희왕후의 말 역시 온전한 거짓말이었다.

월산군과 잘산군 둘 중에서 잘산군이 왕이 되어야 하는 이유는 분명히 있었다. 이유는 정희왕후가 한명회 등의 구공신과 계속해서 혈맹 관계를 유지해야만 과거의 권세를 계속 이어갈 수 있다는 데 있었다.

월산군의 장인 박중선은 적개공신 1등인 신공신이었다. 그러나 신공신의 세력은 남이 사건을 계기로 노회한 구공신 세력에 의해서 이미 초토화된 셈이었다.

잘산군의 장인은 한명회였다. 한명회가 누구인가? 당대의 권세를 여전히 오롯하게 구사하고 있는 구공신의 좌장이었다. 수양대군을 왕으로 만들어주었고 자신을 왕후로 만들어주어, 현세 최상의 복락을 누리게 해준 사람이 아니던가? 그 복락을 아직 포기할 수는 없었던 것이다. 잘산군이 나이가 어리므로 정희왕후가 정식으로 수렴청정을 할 수 있다는 것도, 도저히 버릴 수 없는 매혹이었던 것이다.

장손인 월산군이 탈락되고 차손인 잘산군이 임금이 된 것에 대한 내외의 의혹과 반발을 무마하고, 잡음이 터지기 전에 신속히 일을 진행시키자면, 사관의 눈과 붓은 피해야 하기 때문에 그들은 뒤뜰로 나갔던 것이다.

원상들 누구도 월산군이 후사가 되는 것이 정상이라는 것을 다 알고 있었다. 그러나 누구도 월산군을 거명하지 않았다. 그들은 정희왕후의 뜻을 이미 알고 사전에 모든 것을 함께 모의했던 것이다.

　말하자면 왕후를 중심으로 암암리에 자행한 구세력들의 금상 모살 대반역 사건이었던 것이다.

　예종은 평소 족질足疾을 앓았다. 그러나 심한 병은 아니었고 의관들이 가끔 뜸으로 치료하여 큰 불편 없이 정사를 보아왔다.

　예종이 죽던 날(1469년 음 11월 28일)의 실록 내용을 시간순으로 요약해 보면 다음과 같다.

　임금의 병이 위중하므로 한계순(좌부승지)과 정효상(우부승지)을 내불당에 보내 기도하게 했다.

　승지 및 증경曾經(전직) 정승과 의정부, 육조 당상관이 문안했다.

　죄인을 방면하고 또 여러 도의 명산대천에서 기도했다.

　*진시辰時(오전 7~9시)에 임금이 자미당에서 훙薨했다.

　승정원에서 상례喪禮의 모든 일에 우리나라에서 구하기 쉬운 물품을 쓰게 했다.

　권감이 여러 재상들과 의논해서 당일에 즉위하고 교서敎書를 반포할 것을 결정했다.

★ 미시未時(오후 1~3시)에 거애발상擧哀發喪(초상이 났음을 알리는 의식)했다.

★ 신시申時(오후 3~5시)에 임금이 면복冕服(면류관과 곤룡포)을 입고 근정문에서 즉위
하고 교서를 반포했다.

여기서 주요한 것은 별(*)표를 한 세 문장이다.

임금이 아무런 유언도 없이 갑자기 죽었다. 그런데 후속 조치는 전
광석화電光石火처럼 일호의 착오도 없이 진행되었다. 임금이 갑자기 세
상을 떴다면 왕실과 조정이 발칵 뒤집어졌어야 정상이었다. 누가 임금
이 될 것인가 따지고 의논하고 결정하고 모셔오고 즉위하는 데 적어
도 소요되는 상당한 시간이 있었어야 정상이었다.

그런데 임금의 거애발상 바로 다음 시진時辰에 새 임금이 즉위했다.
이것은 임금의 죽음이나, 새 임금의 즉위가 이미 각본처럼 예정되어
있었다는 것을 증명하는 것이었다. 죽음도 모살謀殺이 분명한 것이요,
즉위도 모책謀策이 분명한 것이었다.

《예종실록》1년 11월 28일(예종이 죽은 날) 기록은 거대한 힘의 실체를
암시하고 있었던 것이다.

권감이 여러 재상과 의논하여 말했다.
'대저 제복除服(상기를 지내고 상복을 벗음)하고 널[柩] 앞에서 즉위하는 것이 전례前例
이지만, 지금은 이런 전례를 따를 수 없으니, 마땅히 당일 즉위하고 교서를 반포
하여 백성에게 알리는 것이 좋겠소.'
여러 대신과 의논하고 계달啓達(위에 글로 아룀)하여 결정했다.

왕이 '즉위하는 일은 왕조 국가에서 가장 중요한 의식이었다. 제복은 상기를 끝내고 상복을 벗는 것을 뜻하므로, 국왕의 대상大喪(임금의 상사)의 경우 3년 후에 탈복脫服(상복을 벗음)해야 했다. 그러나 여기서 '제복하고 널 앞에서 즉위하는 것'은 잠시 면복冕服(임금의 정복인 곤룡포와 면류관)으로 갈아입고 즉위식을 거행하는 것을 뜻한다.

그 전례를 살펴보면 이때 그들의 진행이 얼마나 무리했는가를 알 수 있다. 세종이 승하한 것은 1450년(세종 32) 2월 17일이었고, 문종이 면복으로 널 앞에서 즉위한 것은 6일 후인 23일이었다. 1452년(문종 2) 5월 14일 문종이 세상을 떴을 때, 단종은 4일 후인 18일에 즉위했다.

살아 있을 때 양위讓位(임금 자리를 물려줌)한 경우가 아니라면 4~6일 후에 즉위하는 것이 전례요 관례였다. 그러나 잘산군은 이런 전례고 뭐고 상관없이 당일 예종의 죽음을 알리고 나서 바로 한 시진(두 시간)만에 즉위식을 치렀던 것이다.

'권감이 여러 재상과 의논하여 말했다'는 것은 원상들과 논의하여 결정했다는 의미였다. 사관 없는 사정전 뜰에서 논의할 수밖에 없었던 것이다.

다음의 두 가지 기록도 이 거대한 검은 모책을 꾸민 세력이 누구인가를 가리키고 있다.

신숙주 등이 의논하여 장차 한명회와 권감 등을 시켜 위사衛士 20인을 거느리고 잘산군의 본저本邸에 가서 맞아오려고 했는데, 미처 계달啓達하기 전에 잘산군이 이미 입궐해 있어서 부름을 받고 안으로 들어왔다.

─《예종실록》1년, 1469년, 11월 28일.

위사를 보내어 잘산군을 맞이하려고 했으나, 미처 아뢰기 전에 잘산군이 이미 부름을 받고 대궐에 들어왔다.

−《성종실록》 즉위년, 1469년, 11월 28일.

그래서 그날 바로 열세 살의 잘산군의 즉위식이 거행되었다.

궁 밖의 사람을 국왕으로 모실 때는 잠저潛邸로 많은 군사를 보내 삼엄한 경계와 위엄 속에서 옹위擁衛해 와야 했다. 신숙주와 한명회, 권감 등이 잘산군의 본저에 보내려 한 위사는 겨우 20인이었다. 날조하여 기록하다 보니 실수를 저지른 것이었다.

잘산군은 사전에 이미 연락을 받고 자신이 국왕이 되는 줄 다 알고서 대궐에 들어와 대기하고 있었던 것이다. 궁중 세력인 정희왕후와 공신 세력의 대표인 한명회가 사전 합의한 계획이 아니면 있을 수 없는 일이었다.

정희왕후의 눈먼 권세욕과 이를 부추긴 한명회의 야비하고 노회한 모책으로 이뤄낸 작품이었던 것이다. 그들은 다른 공신들을 선택적으로 끌어들여 예종이 죽는 날 아침 승정원에 모이게 하고, 도승지 권감과 정희왕후 사위인 정현조로 하여금 왕후와 공신 사이의 연락을 맡게 하여 일을 처리했던 것이다.

이렇게 해서 조선 나이로 열세 살에 꼭두각시 왕이 된 성종은, 1471년(성종 2) 3월 27일, 느닷없이 신숙주, 한명회, 정현조에게 차비문差備門(대궐 편전의 앞문) 밖에서 좌리공신佐理功臣(임금을 지극정성으로 보좌하여 나라를 다스린 공신)을 의논해서 결정하라고 명했다.

바로 다음 날 기다렸다는 듯이 무려 75명의, 역대 공신 중 가장 많은 좌리공신 명단을 올렸고, 바로 책봉되었다. 1등 9명, 2등 12명, 3등 18명, 4등 36명.

성종은 이 갑작스러운 공신 책봉에 이르러 발표했다.

우리 자성慈聖(대왕대비)께서 세조대왕을 추념하시고 나 소자를 돌아보시고, 이에 큰 책명策命을 정하시니, 내가 들어와 큰 왕업을 잇게 되었다.

정희왕후와 공신들이 자신을 왕으로 추대했기 때문에 공신을 책봉한다는 말이었다. 그러나 이 공신 책봉은 누가 보아도 가당찮은 책봉이었다.

사헌부 지평 김수손金首孫과 사간원 헌납 유문통柳文通이 부당한 일이라고 주장했다.

"이번의 좌리공신은 무슨 공로가 있습니까? 이 태평한 시대에 공을 논하는 것은 가당치가 않습니다."

어린 임금으로도 참으로 난처하기는 했으나 어쩔 수 없었다.

"이번의 공신 책봉은 부득이한 형편일 뿐이다."

대간臺諫에서 다시 반대하고 나섰다.

"태조, 태종 때에는 공신이 있었던 게 마땅합니다. 그러나 세종의 태평한 조정에서는 공신이 없었습니다. 지금 이 태평한 때에 무슨 까닭으로 공을 보답하려 하십니까? 바라건대 봉하지 마십시오."

어린 임금은 솔직했다.

"대역복大歷服(왕위)을 이어서 지금의 아름다움에 이르렀으니 어찌 그 공이 없겠는가?"

자신을 임금으로 정해준 데 대한 보답이란 뜻이었다.

사간원의 행대사간行大司諫으로 있던 김수녕金壽寧은 입장이 난처했다. 자신이 4등 공신에 끼어 있었기 때문이다. 그래서 다음 날 그는 대간의 말을 따라 달라고 요청했다.

"어제 대간에서 좌리공신 책봉이 편치 않다고 논했는데, 대간의 말이 매우 타당합니다. 신도 또한 무슨 공으로 여기에 끼일 수가 있겠습니까? 청컨대 대간의 건의를 따르소서."

"내 뜻은 이미 다 말했다. 다시 말하지 말라."

그런데 이날 종친이나 재상으로서 공신 반열에 오르지 못한 자 39명이, 스스로 공로를 서술하고 자신들도 책봉해 달라고 요청했다. 그러나 성종은 회답치 않음으로써 거부해버렸다.

이렇듯 좌리공신 책봉은 외부적으로는 무리한 것이었으나, 내부적으로는 분명한 기준이 있었던 것이다. 그 기준자격은 과연 무엇이었을까? 그것은 정희왕후와 한명회와 편이 같은 자들인가, 같지 않은 자들인가에 달려 있었다.

한명회, 신숙주, 최항, 홍윤성, 조석문, 정현조, 윤자운, 김국광, 권감 등 일등 공신의 면면을 보면 짐작할 수 있었다. 그리고 한명회, 신숙주, 정인지 세 집안이 차지한 공신 집단이라는 것도 알아야 했다.

한명회 일등 공신, 친척 한계미韓繼美, 한계희韓繼禧 이등 공신, 한계순韓繼純 삼등 공신, 한명회의 아들 한보韓堡, 한계미의 아들 한의韓嶬 사등 공신.

신숙주 일등 공신, 그의 아들 신정申瀞, 신준申浚 사등 공신.

정인지 이등 공신, 그의 아들 정현조鄭顯祖 일등 공신.

죄 없이 생목숨 빼앗긴 남이는 이들이 꾸민 검은 모책의 전초전에서 필히 제거해야 할 대상이었을 것이다. 남이는 (만약 죽지 않았다면) 분명히 월산군月山君을 추대하면서 간신인 자신들을 제거하려 했을 것이라고 여겼기 때문이다.

예종은 잘난 임금인 체하다가 구공신의 음모에 빠져 자신의 가장 큰 후원세력이 될 남이와 그 우익들을 제 손으로 초토화시키고, 마침내는 자신도 비참하게 요절을 당하고 말았던 것이다.

21

친자 독살

1469년(성종 즉위년), 12월 1일이었다.

예종이 죽은 지 이틀이 지난 때였다. 한명회, 신숙주, 홍윤성 등 아홉 명의 원상들과 승지들이 빈청賓廳(고관들의 회의 장소)에서 대왕대비(정희왕후)에게 놀라운 사실을 말했다.

"어젯밤 염습殮襲(시신을 씻기고 입히고 묶는 일)할 때 대행왕大行王(임금이 죽은 뒤 시호를 올리기 전의 칭호)의 옥체가 이미 변색된 것을 보았습니다. 서거한 지 겨우 이틀인데 이와 같다는 것은 병환이 오래되었는데도 외인外人들이 미처 몰랐다는 것입니다. 만약 이를 제때 알았다면 투약하고 기도하는 일 등을 심력을 다해 실시했을 것입니다. 그랬다면 병이 나을 수도 있었을 것입니다. 그렇게 하고도 대고大故(초상)에 이르렀다면 그만이지만, 그렇게 하지 못했으니 신들의 통한을 어찌 이루 다 말할 수 있겠습니까?"

죽은 지 겨우 이틀이 지났는데 시신이 변색되었다는 이야기였다. 때는 음력 동짓달 말, 섣달 초였다. 일 년 중 가장 추운 시기로 시신이 변색될 때가 아니었다.

시신의 변색은 약물에 중독되었을 때 나타나는 전형적인 현상이었다. 국왕의 염습에는 재상들뿐만 아니라 국왕의 친척이나 외척들도 참석하게 되어 있었다. 너무나 많은 사람이 변색된 시신을 보았기에 그냥 덮어둘 수는 없었다.

"군상君上의 병세는 비록 외인外人들은 알지 못했더라도 대비전大妃殿에서도 알지 못해서는 안 되는 일인데, 이를 아뢰지 않은 것이 옳겠습니까? 내의와 내시를 국문해서 처벌하게 하소서."

왕의 증세를 바깥사람인 신하들은 모를지라도 대비전에서는 알아야 할 텐데, 대비전에서도 모르게 처리했으니 내의와 내시를 처벌해야 한다는 뜻이었다.

그런데 정희왕후의 태도는 너무나 의외였다. 갑자기 죽은 아들의 시신이 변색되었다는 데도 왕후는 놀라지 않았다.

"대행왕이 일찍이 병을 앓았는데 병이 나았을 때는 반드시 내게 매일 세 번씩 조회했고, 병이 났을 때도 사람을 시켜 문안하기를 그치지 않았으니, 내가 어찌 이 지경에 이르게 될 줄을 생각했겠소? 세조께서 일찍이 '작은 질병은 외인에게 알게 해서는 안 된다'고 말씀 하셨기에, 때로 작은 질병을 만나면 외인에게 알지 못하게 한 것이 여러 번이었소"

족질은 예종의 고질병이었다.

1469년(예종 1) 1월 6일, 왕의 족질 때문에 목멱산과 백악산 등에 기도를 하게 한 적이 있었다. 그때 이 소식을 듣고 한명회와 신숙주가 문안했었다.

"지난번에 '족질 때문에 인견하지 못했다'고 하셨는데 지금 기도를 드리니 놀라고 두려워 어찌할 바를 모르겠습니다."

이때 예종이 자기 병에 대해 설명했다.

"내가 어릴 적부터 발에 작은 상처가 있었는데 추위가 심해지면서부터 아프기 시작했으나 이제 이미 차도가 있소."

10개월 전만 해도 족질이 조금 심하면 명산에 기도하게 했기 때문에 외인들이 와병 중임을 알 수 있었다. 그러나 이번에는 죽음이 임박했음에도 사람들이 임금의 병환에 대하여 알지 못하고 있었다. 그것은 임금에게 병이 없었다는 뜻도 되었다. 그런데 정희왕후는 '세조가 작은 병은 밖에 알리지 말라' 했기 때문에 알리지 않았다는 것이다.

"대행왕은 술만 들고 음식을 들지 않았소."

왕후는 또 예종에게 책임을 떠넘겼다. 예종의 급서急逝가 술만 마시고 음식은 들지 않았기 때문이라는 것처럼 말했다. 수양왕이 술을 마셨다는 기록은 실록 그리고 야사野史의 기록 등에 무수히 많지만, 예종이 술을 마셨다는 기록은 어디서고 찾아보기 어렵다.

"지난 수십일 사이에는 내가 병이 났다는 말을 듣고 마음속으로 작은 병이라 여겼지, 어찌 이렇게 갑자기 대고에 이를 줄 알았겠소?"

정희왕후는 거꾸로 얘기하고 있었다. 작은 병인 줄 알았는데 갑자기 죽었다면 더 놀라고 의심해야 할 일이 아니겠는가?

"내의 등은 내게 병세를 알렸는데 어찌 처벌할 수가 있겠소?"

정희왕후는 예종의 병세를 알고 있었다는 말이 아닌가? 내의와 정희왕후, 그리고 정희왕후와 예종의 사후 처리에 대해서 논의한 사람들은 예종의 병세를 알고 있었던 것이다.

예종을 치료한 어의는 누구였던가? 원상들과 승지들이 처벌하기를 바란 어의가 있었다.

"세조께서는 의술에 정통하시어 약을 쓸 때 의원이 필요 없었음에도 병환이 위중하셨을 때는 대신에게 들어와 숙직하게 하셨으니 뜻하신 바가 계셨기 때문입니다. 권찬權攅 등이 내전에 입시할 때 대행왕의 병세가 위중한 것을 알았으면, 당연히 대비전에 알리고 또 신등에게도 알려서 경험 있는 노의老醫를 입시케 했다면 치료의 효과가 있었을 텐데, 그렇지 않았으니 권찬 등의 죄는 다스리지 않을 수 없습니다."

어의 권찬과 김상진이 예종의 병을 치료했는데 실제로 치료는 권찬이 하고 김상진은 보조역을 했다. 권찬은 수양왕이 총애하던 후궁 소훈昭訓 윤씨의 당숙인데, 의술에 정통하다는 이유로 1466년(세조 12) 사헌부 감찰監察(정6품)에 임명된 사람이었고, 의술로써 수양왕에게 지우知遇(인격이나 학식을 인정해서 잘 대우함)를 받은 사람이었다.

권찬은 예종 때에도 신임을 받았다. 임영대군臨瀛大君(세종의 4남)이 병이 나자 예종은 권찬에게 치료를 맡겼고, 병이 낫자 예종은 남이 등에게서 몰수한 재산과 처첩을 하사했다. 그 권찬이 예종의 치료도 담당했던 것이다. 권찬은 때때로 정희왕후의 부름을 받고 예종의 병세 여하를 알려드리곤 했었다.

정희왕후는 모든 책임을 죽은 예종에게 돌리고 권찬에게는 책임을 물으려 하지 않았다.

"대행왕의 발에 난 병은 뜸으로 치료해야 하는데 대행왕이 이를 꺼려했으니, 권찬이 비록 시좌侍坐했더라도 진맥을 할 수 없었는데 어찌 병의 증상을 알았겠소? 내가 이미 상심하고 있는데 또 허물이 없는 사람에게 죄를 받게 한다면 하늘이 나를 어떻게 여기겠소?"

아무리 유능한 어의라도 국왕의 위중한 병을 치료할 때에는 국왕의 병을 대신들에게 공개하고 대신들과 의논해서 치료하는 게 정도요 관례였다. 그러다 국왕이 잘못되면 공동으로 책임을 지지만 병세를 숨겼다 잘못되면 어의 혼자 책임을 지는 것이었다. 그래서 어의는 이런 경우 어김없이 국왕의 병을 대신들에게 알리고 함께 치료에 임하곤 했었다.

만약에 위중한데 알리지 않았거나 또는 일부러 숨겼다면 거기엔 반드시 흑막黑幕이 있었던 것이다. 역사상 이런 일은 종종 있어왔고 가까이는 문종의 와병에서도 이런 흑막이 있었던 것이다.

예종이 치료를 거부했다면 권찬은 마땅히 병세를 대신들에게 알리고 도움을 청했어야 했지만, 그는 그렇게 하지 않았다. 졸지에 아들을 잃은 정희왕후로서는 이런 경우 권찬을 의금부에 내려 철저히 수사해서 진상을 밝혀내는 것이 정상이요 필수였다. 그러나 정희왕후는 '하늘이 나를 어떻게 여기겠소?'라는 가히 성언聖言 같은 언사로 권찬의 수사를 거부했다.

이후로는 한명회, 신숙주 등 원상院相들은 다시는 권찬을 처벌하자는 말을 하지 않았다. 그들은 사실 면피용으로 한번 그렇게 건의했던 것이다.

그런데 사헌부에서는 계속 문제를 제기했다. 12월 3일, 사헌부 장령掌令 박숭질朴崇質이 어의 권찬과 김상진의 처벌을 들고 나왔다. 그러나 정희왕후는 책임을 예종에게 돌렸다.

"대행왕이 일찍이 발병을 앓고 있어 뜸질 치료를 하고자 의원이 '두 발을 함께 뜸질해야 합니다'라고 했으나 대행왕은 '병 나지 않은 발까지 뜸질할 필요가 있는가?'라고 말했소. 의원이 또 약을 드시라고 청했으나 대행왕이 굳이 거절했소. 그러니 권찬 등은 사실상 죄가 없소."

사헌부에서는 4일, 5일 거듭 의원들의 처벌을 요구했으나 왕후는 들어주지 않았다.

그런데 겨우 두 달 후인 1470년(성종 1) 2월 7일, 어의 권찬을 가선대부嘉善大夫(종2품) 현복군玄福君으로 승진시켰다. 물론 정희왕후가 섭정攝政을 하며 한명회 등과 긴밀히 의논해서 정사를 처리하던 때였다. 무거운 처벌을 요구받던 당사자를 처벌은 고사하고 고위직으로 승진시켰던 것이다.

사헌부 관원들은 물론 기타 조정의 거의 모든 관원들이 입을 벌리고 눈을 휘둥그레 뜨고 고개를 모로 꼬았다.

"허어, 별일이 다 있군."

"묘한 일이 아닐 수가 없으나……."

권찬은 왜 승진되었을까? 예종과 정희왕후 사이에는 무슨 일이 있었던 것일까?

예종과 모후의 만남은 사관이 없는 내전에서 이루어졌다. 그래서 무슨 일이 있었는지 알기가 쉽지 않았다.

22

너만 왕인 줄 아느냐?

1469년(예종 1) 1월 7일, 평양부의 관비官婢인 대비大非라는 여인이 평양 부윤府尹(종2품) 이덕량李德良을 사헌부에 고발했다.

이덕량은 평양으로 부임하면서 자신의 수종인 박종직朴從直을 데리고 갔다. 박종직은 부윤의 뒷배를 믿고 함부로 처신했다. 기생 망옥경望玉京과 정을 통하고, 또 관비 소서시笑西施와 통정하려고 하자 소서시가 단호히 거부했다. 그런데 일개 관비가 자신의 수종인을 거부했다는 말을 듣자, 이덕량은 소서시와 한 형제자매인 관노 막달莫達과 말동末同과 그들의 어미인 내은이內隱伊를 잡아들여 혹심하게 곤장을 때렸다. 그들은 다 중태에 빠졌는데 어미는 그만 죽고 말았다.

관비 대비도 소서시의 자매였다. 원한에 서린 대비가 고발하려 했으나 부윤에 관한 일이라 고발장을 써주는 사람이 없었다. 대비는 천신만고 끝에 서울로 올라와 사헌부에 호소할 수 있었다.

사헌부로부터 보고를 받은 예종은 즉시 의금부 진무鎭撫(정3품) 한척韓陟을 보내 이덕량과 박종직을 잡아 오게 하고, 승정원에 전지했다.

"일개 아녀자인 대비가 멀리서 와서 억울함을 호소했다. 서울에 머무는 동안 비용으로 쓸 수 있게 쌀, 베, 소금, 간장 등의 물건을 내려주도록 하라."

의금부에서는 이덕량 등을 국문하여 그 처벌 규정을 아뢰었다.

"이덕량은 관비에게 함부로 형을 가하여 죽게 했으니, 그 죄가 참형에 해당됩니다."

예종이 주춤했다.

"이덕량은 대신大臣인데 너무 지나친 게 아닐까?"

더구나 이덕량은 정희왕후의 조카사위이기에 예종은 마음에 걸렸다.

원상 김질과 도승지 권감이 나섰다.

"이덕량의 죄는 죽어 마땅합니다. 그러나 공신이며 독자獨子이니 성상께서 참작 처분하소서."

예종은 박종직에게 장 1백 대를 치게 하고 전 가족을 변방으로 유배 보내도록 했다. 이덕량에 대해서는 고신告身(벼슬 임명장)만을 거두게 하고 이유를 들어 방면했다.

이덕량은 척속戚屬(외척)으로서 선왕께 시종하여 공신이 되었으므로 특별히 용서한다.

그러자 사헌부에서 반대했다.

"그 죄가 매우 무거운데 고신만을 거둔다면 어떻게 악행을 다스리겠습니까? 법률에 의거해 결단하소서."

그러자 예종이 말했다.

"이덕량은 내가 법에 의거 죄를 결단하고자 하나, 대비大妃(정희왕후)께서 족친族親이니 특별히 용서하여 면제시키라 하시니, 내가 어찌 감히 따르지 않겠소?"

자신은 의법처단하려 했지만, 정희왕후가 청하니 어쩔 수 없이 고신만 거둔다는 것이었다.

정희왕후가 비록 청정聽政으로 가끔 나오긴 하지만 신하들을 대면해서 의견을 말한 적은 없었다. 원하는 일이 있을 때는 내전에서 아들 예종에게만 부탁하곤 했었다. 그런데 예종이 공개적으로 대놓고 정희왕후의 부탁으로 이렇게 처리했다고 했으니, 정희왕후로서는 '신하들은 내가 정사에 당치 않은 관여를 한다고 나를 비난하겠구나' 하는 생각이 들어 마음이 불편할 수밖에 없었다.

그해 2월에는 임금을 속여 죄가 사형에 해당되는 이중량李仲良을 정희왕후가 살려주라고 임금에게 요청했다.

예종은 그 청을 들어 처리했다.

"이중량의 죄는 죽여야 마땅하나 태비太妃(왕의 생모)께서 죽이지 말라 명하셨으니, 곤장 1백 대를 때려서 제주 관노로 붙이는 것이 좋겠다."

3월에도 그런 일이 있었다.

예종이 명했다.

"연좌죄인 조충손趙衷孫을 풀어주고 고신을 돌려주라."

사헌부에서 반대했다.

그러자 예종은 또 대비 핑계를 댔다.

"조충손은 태비의 친족이라 태비께서 일찍이 사면하기를 청하므로 이미 그 뜻을 따른 거요."

이런 일이 벌어질 때마다 예종은 꼬박꼬박 정희왕후의 청이 있었음을 신하들에게 밝혔다. 대비가 자주 정사에 부당하게 관여한다는 비난을 살 일이었다. 정희왕후로서는 공개적으로 망신을 당하는 꼴이 되었던 것이다. 임금 나름으로 조용히 처리할 수도 있는 일을, 자신이 청탁했음을 꼬박꼬박 알리는 자식인 임금 때문에, 정희왕후는 속이 부글부글 끓었다.

'흥, 너만 왕인 줄 아느냐?'

왕후는 아들의 죽음을 전혀 슬퍼하지 않았다.

정희왕후와 공신들의 속마음을 알 수 있는 훗날의 기록들이 있다.

선조 2년 아침, 경연에서 임금께 말했다.

'성종(잘산군)께서 어린 나이로 즉위하시고 정희왕후가 수렴청정을 했는데 당시 대신 중에는 세조조의 공신이 많았습니다. 예종의 소상小祥(죽은 후 1년 만에 지내는 제사)이 겨우 지나자, 대비전에서 진풍정進豊呈(대궐의 큰 잔치)을 거행하면서 대궐의 뜰에서 대신들에게 잔치를 베풀어주었습니다. 이때 전교하기를 '취하도록 마시라' 했으므로 신하들이 종일토록 대취했는데 한명회와 정인지 등은 일어나서 춤을 추기까지 했답니다.'

– 조선시대 문신 기대승奇大升의 《고봉집高峯集》

국왕의 상사는 3년 상이었다. 그 기간에 술을 마신다거나 춤을 추는 일은 불경죄에 해당되었다. 그러나 정희왕후나 한명회 등은 예종의 죽음을 축하라도 하듯 술을 마시고 춤을 추었던 것이다. 정희왕후나 구공신들은 수양왕이 그랬듯 혈맹관계로 맺어져 있었다. 숱한 난관을 함께 극복해온 오누이 같은 사이였다.

정희왕후와 홍윤성에 관한 이야기 한 토막도 참고가 될 수 있다.

비가 와서 길이 질퍽한 어느 날, 세종의 4남 임영대군의 아들 오산군烏山君이 종각 모퉁이 돌다리 남쪽에 짚자리를 깔고 서서 누구를 기다리고 있었다.

홍윤성이 수레를 몰고 달려오다가 오산군이 있는 것을 보고 할 수 없이 내려서 절을 하고 걸어갔는데, 그러다 보니 진흙 수렁에 가죽신이 빠지고 옷도 더러워졌다. 이를 보는 사람들이 다 통쾌하게 여겼다.

대궐 문에서 옷을 갈아입고 들어간 홍윤성이 정희왕후에게 오산군이 자기를 모욕했다고 말을 하자, 정희왕후가 크게 노해서 오산군을 불러 꾸짖었다.

오산군이 '홍윤성의 호소는 전혀 사실이 아닙니다'라고 하자, 정희왕후는 사람을 불러 오산군을 끌어내게 했다.

— 조선시대 문신 이기李墍의《송와잡설松窩雜說》

정희왕후는 홍윤성에 대해서도 이 정도였으니 동지이자 겹사돈인 한명회는 가족이나 마찬가지였다. 그러므로 한명회와 정희왕후의 뜻이 일치한다면 그들은 못 할 짓이 없었다.

정희왕후는 성종 즉위년 12월 1일(즉위 3일 후), 다음과 같은 전교傳敎도 내렸다.

세조 때에는 여러 조曹에 특별히 겸판서兼判書를 두었는데, 대행왕은 자신이 모두 장악하려고 이를 없애버렸다.

지금은 사왕嗣王(왕위를 이어받은 임금, 성종)이 어리므로 겸판서를 없앨 수가 없다.

한명회를 병조겸판서로 삼고, 한계미를 이조겸판서로 삼도록 하라.

그리고 병조에서는 이조의 인사도 함께 의논해 시행토록 하라.

한명회 집안에 무관 인사권과 문관 인사권을 다 내주었다. 더구나 어이없고 놀라운 것은 병조에서 문관의 인사에도 관여하게 했다는 것이다. 개국 이래 전례가 없던 무법하고도 맹랑한 처사였다. 불가하다는 항의가 없을 수 없었다.

사헌부 장령 박숭질朴崇質이 반대하고 나섰다.

"병조는 병권과 인사권이 있는데 또 이조의 인사에 참여한다면 권한이 너무 무거울 뿐만 아니라 옛날에도 이런 예는 없었습니다."

정희왕후는 구차한 변명으로 사헌부의 청원을 거절했다.

"이 법은 잠정적으로 시험해볼 뿐이다."

한명회가 사실상 문관과 무관의 인사권을 모두 거머쥔 셈이었다. 정희왕후와 한명회가 한통속이 되어 모든 권력을 장악해버린 것이다.

사망한 지 이틀 만에 시신이 변색되어 독살되었음을 보여준 예종의 사인은 그대로 묻히고 말았다. 신숙주 등 원상은 체면치레로 한 번 언급했을 뿐 더 이상 말이 없었고, 정희왕후가 권찬을 거듭 옹호하고 나서자 사헌부도 잠잠해졌다. 남이의 세력이 초토화된 터에 나설 세력이 없었다.

그러나 아직 문제는 남아 있었다. 바로 명나라에 어떻게 대처해야 할까 하는 문제였다. 명나라의 승인을 받아야 하기 때문이었다. 선왕의 아들이 아닌 조카, 그것도 세조의 장손인 멀쩡한 큰 조카를 놓아두고 둘째 조카가 왜 대를 이었는지 납득할 만한 설명을 명나라에 보내야 했다.

정희왕후의 세력들은 예종의 유서가 있었던 것처럼 가짜 유서를 만들기로 했다. 명나라 예부에 잘산군의 왕위 계승 승인을 청원하는 글을 보냈는데 날조된 예종의 유교遺敎(죽을 때 내리는 명령)였다.

내가 용렬한 자질로써 외람되이 황상皇上(황제)의 큰 명령을 받들어 조종의 왕업을 지켜오면서 늘 큰 짐을 견디지 못할 것을 두려워하고 있었는데, 지금 병을 얻어 날로 몸이 파리해지나 약이 효험이 없으니 아마 장차 일어나지 못할 듯하다.

마치 예종이 살아서 유교를 내린 것처럼 썼다.

생각건대 나의 한 아들은 겨우 네 살인데다 또 풍질風疾(신경의 탈로 생기는 병)을 앓고 있으니 후일을 감당할 수 없다.
선부先父 혜장왕惠莊王(세조)의 적자嫡子는 다만 내 형제 두 사람뿐이었는데, 세자 이장(李暲, 의경세자)은 불행히 일찍 세상을 떠났다.
그 아들도 두 사람뿐인데 장자인 월산군 이정李婷은 병이 많고 기질도 허약하다.
그의 아우 잘산군 이혈李娎은 기개와 도량이 숙성하고 효도하고 우애하며 학문을 좋아하여 후사를 부탁할 만하다.
사유를 갖추어 나의 모비母妃(정희왕후)에게 여쭈고 고하여 허락을 받았으니 그로

하여금 권서국사權署國事(왕호가 없는 동안 임시로 나라를 다스리는 것)하도록 하라.

명나라에 보내는 의정부의 국서에는 이런 예종의 가짜 유교遺敎(유명
遺命)와 함께 그 유교를 받들어 그대로 시행했다는 글을 함께 보냈다.

신등은 삼가 유교를 받들어 잘산군 이혈이 권서군국구당權署軍國句當(왕호가 없는
동안 임시로 나라를 다스림)을 맡도록 했으니 도리상 마땅히 거듭 신달申達합니다.

예종의 유교를 날조하지 않으면 수많은 논란이 될 수밖에 없는, 문
제가 큰 왕위계승이었다. 예종의 유교를 날조해 명나라에 보낸 그 행
위가 바로 예종이 누구에 의해 죽어갔는지를 증명해주고 있었다.

이른바 훈신勳臣(구공신)이란 자들의 전횡으로 초래된 많은 폐단을 없
애고, 정상적인 왕권을 장악하여 나라와 백성을 위한 국정을 펼치며
나름대로 왕다운 왕 노릇을 해보리라 마음먹었던 예종은, 그러나 겨우
1년 2개월의 짧은 재위를 끝으로, 패거리 의리로 연환連環(고리를 잇대어
꿴)된 간악하고 노회한 역도들의 밀계密計에 의하여 마침내 모살을 당
하고 말았던 것이다.

조정에서는 이 상황을 비상수단을 동원해 수습할 수밖에 없었다. 조
야를 막론하고 가시지 않는 의구심으로 일어나는 숙덕공론도 이 눈치
저 눈치 살피는 중에 그럭저럭 식어가고 있었다.

그러자 예종이 죽고 겨우 소상이 되었을 뿐인데, 마음 놓고 진풍정進
豊呈을 베풀어 마음껏 퍼마시고 덩실거렸던 것이다.

다음 해 1471년(성종 2) 봄, 세상이 이제 다 차분해졌다 여겼음인지 넉살 좋게도 역대 최다인 75명이나 되는 공신을 책봉하는 잔치를 벌이고 시시덕거렸다.

그리고 며칠이 지났을까, 하룻밤 사이에 온 장안이 숙덕거리고 술렁거리는 기묘한 사건이 벌어졌다. 조정에서는 붉으락푸르락 식식거리고 펄쩍펄쩍 뛰었다. 항간에서는 눈이 휘둥그레지고 귀를 쫑긋거리며 고소해하고 후련해하면서 싱긋거렸다.

그것은 밤사이 장안 이곳저곳에 벽서壁書로 나붙은 익명서匿名書 때문이었다. 그것은 만고의 경전經典인《시경詩經》에서 따온 한 구절의 시를 차용한 벽서였다.

치효치효鴟鴞鴟鴞

(올빼미야, 올빼미야)

기취아자旣取我子

(이미 내 자식 잡아먹었으니)

무훼아실無毁我室

(내 집은 허물지 마라)

은사근사恩斯勤斯

(애지중지 길렀는데)

죽자지민사鬻子之閔斯

(어린 자식 불쌍하다.)

-《시경》, 빈풍豳風, 치효鴟鴞

익명의 벽서는 《시경》의 이 한 구절을 약간 고쳐 쓴 것이었다. 글깨나 읽은 사람들은 줄줄 외우는 구절이었다.

익명의 벽서는 그 작자가, 수양왕이 불한당들과 작당해서, 만고에 용서받지 못할 불의를 저질러, 나라를 망치고 백성들을 도탄에 빠지게 한 이래, 아직도 그런 무도한 불의를 그냥 이어가고 있는, 불한당 정권의 새로운 실상을 풍자하여 세상에 알리고자, 《시경》의 이 구절을 약간 고쳐서 이용했던 것이다.

치효치효鴟鴞鴟鴞

(올빼미야 올빼미야)

빈모치효牝牡鴟鴞

[암수(牝牡) 올빼미야]

이취부자己取父子

[이미 부자(父子, 문종과 단종)를 잡아먹었는데]

우취기자又取己子

[또 제 자식(예종)도 잡아먹었네]

무훼아방無毁我邦

[제발 나라(我邦, 우리나라)는 망치지 마라]

간사교사奸斯狡斯

(간교와 교활을 다하는)

국병지탕사國柄之蕩斯

[권세(國柄)가 너희에게 출렁거리니(蕩)]

영릉지통사英陵之慟斯

[세종대왕(英陵)이 통곡(慟哭)하는구나.]

　순라군巡邏軍의 눈에 띈 벽서는 다 뜯겨져서 조정으로 들어갔다. 순라군이 뜯어가기 전에 누군지 모르는 사람들이 뜯어간 익명서도 적지 않았다.

　꼭두새벽에 불려온 대신들은 뻘게진 얼굴로 치를 떨었다.

　"그놈이 틀림없소."

　"그놈이라니?"

　"그 땡중인가, 떠돌이 중놈인가 하는……."

　"가만, 그놈이라면……."

　"이참에 잡아다 오우분시五牛分屍를 해버립시다."

　"그놈 때문에 난처한 일이 얼마나 많았소?"

　"잘됐소. 이번에 처단해버립시다."

　"가만……, 잘못하다가는 벌집 쑤시는 꼴이 될 수 있소. 이 소문이 더 들끓을 수도 있다 그 말이오."

　"……!"

　"……?"

　"쉿!"

　한명회가 검지를 입술에 댔다.

　"……?"

　"쉿, 모두 불에 태우시오. 그리고 지금부터는 영원히 이런 것은 보지도 못하고 듣지도 못한 것으로 하는 것이오. 전혀 알지도 못하는 것으로 하는 것이란 말이오. 다들 제자리로 돌아갑시다. 밖에 나가 혹 누가 그런 얘기를 하면 한마디 알아듣게 구시렁거리고 돌아서시오. '무슨 헛소리들이야. 별 미친놈들 다 보는구먼', 이렇게 말이오."

깊이 들어간 골목 어느 집 사랑방에 선비들이 모여 있었다. 나이 지긋한 선비가 하나 있고 젊은 선비들 여럿이 모여 있었다. 나이 지긋한 선비 집에 젊은 선비들이 모여 있다면 나이 지긋한 선비로부터 가르침을 받는 모임일 수도 있었다.

"소피를 보러 나갔다가 건너편에서 누가 이걸 붙이고 있는 걸 보았습니다. 젊은 두 사람입디다. 아주 재빠른 동작으로 하나는 풀칠하고 하나는 붙이고……, 그들이 사라지자마자 얼른 떼어 왔지요."

"글을 보면 제법 배운 사람 같은데……."

"……!?"

"그런데 글씨를 보면 영……."

"……?"

"……?"

젊은 선비들이 궁금해하자 나이 많은 선비가 말했다.

"이거 익명서匿名書가 아닌가? 그러니까 이건 왼손으로 쓴 글씨란 말이네."

젊은 선비들이 고개를 끄덕였다.

"맞아요. 과연 그렇구먼요."

"이거 아주 멋들어진 문장입니다요."

"가만……, 이거 좀 베껴둬야겠소."

"그래. 이 사람 풍자가 아주 신랄하구먼."

"신랄할 정도가 아니라, 가공可恐할 정도요."

"맞아요. 이대로 가다가는 나라 말아먹게 생겼기에 써 붙인 게 아니겠어요?"

"수양왕 때부터 나라는 망조亡兆로 가고 있는 것이지 뭐요."

"말이라도 그리 되면 안 되지……."

"익명서 갖고 좋아하다 잡히면……, 어유…… 쾩!"

한 사람이 오른손을 펴들고 자기 모가지를 참수하는 시늉을 했다.

"과연……, 이건 모가지가 열이라도 모자라겠구먼. 걸려들면 말이네. 이건 말이야……, 가지고 있거나 베껴두면 안 되겠네. 외우고 나서 다 없애버려야 하네."

나이 지긋한 선비의 말이었다.

"음……."

"암수 올빼미라고? 가만, 암수가 누구지요?"

"그 밑에 쓴…… 부자를 잡아먹은 작자를…… 생각하면 알게 되네."

"아니, 부자가 잡아 먹혔습니까? 아이고, 험해라."

"그 부자가 도대체 누구란 말이오?"

"허어, 자네들은 문종임금이 어찌 돌아가셨는지도 모르는가?"

"아니, 그러면 누가 암살이라도 했단 말입니까?"

"그 수양왕인지 짐승 놈인지, 그 친동생 놈이……. 전의典醫를 시켜서 죽였다네. 환자야 유능한 전의가 매일 치료하니까 병이 나아지는 줄만 알았겠지. 그런데 사실은 그 전의가 병을 매일 매일 더 악화시켜 결국 죽였는데……, 그게 다 사주를 받아 그렇게 한 것이란 말이네."

"아, 그러면 그 수양왕인가 세조인가……, 아니 그놈이 그랬단 말입니까?"

"그 작자 아니면 누가 그랬겠는가? 문종은 자기가 등창 따위로 죽을 줄은 몰랐지……. 어린 세자를 두고 말이야."

"어쩐지."

"어유, 똥물에 튀겨 죽일 노옴!"

"어린 상왕을 핍박해서 내쫓고, 결국은 사약을 내려 죽이고……."

"뻔한 짓 아닌가……."

"그런 놈에겐 똥물도 아깝지."

"그렇지, 똥물은 거름 해야지."

"어이구, 왕 둘을 죽였구먼……."

"그렇지, 부자를 죽였잖은가. 그, 그 뿔난 대가리인지, 수양인지, 그 짐승 같은 놈인지가 말이야."

"허어……, 그랬구먼……. 그래서 천벌을 받았나? 그거, 문둥병인가 뭔가 그런 병 걸려서 죽었으니……."

"아이고. 험한지고 ……."

"그 다음 줄에 또 제 자식 잡아먹었다고 했는데……. 그건 더 험한 일이 아닌가?"

"아니, 제 자식 잡아먹다니요? 누가요?"

"이런 사람하고는……. 잡아먹는 데 도와주었다고 신숙주, 한명회, 홍윤성 등을 좌리공신 일등으로 책봉까지 해주지 않았는가? 이래도 모르겠는가?"

"아이구마……. 그러면……, 그렇구먼이요. 생각해보니까……. 아이고, 무서워요."

"원래 여자가 더 독하다고 하더니 으으……, 으스스……."

"오라, 그러면 빈모치효는 수양왕과 그 왕후 아닙니까?"

"이제야. 짐작하는구먼."

"아니, 그런데 왜 친자식을 죽인단 말이에요?"

"이 사람하고는……, 권력 맛을 보면 뭐, 그렇게도 된다네……."

"그래도, 친자식을 죽여? 아이고……."

"그나저나 이 무시무시한 말을 누가 써 붙였단 말이오?"

"딱, 한 사람 있지. 그 사람 아니고서야 감히 이런 걸 써 붙일 사람이 없지."

"……?"

"아, 나는 짐작이 되오."

"그렇지? 관에서도 그 사람이라는 것을 짐작할 것이야."

"그럼 당장 잡혀서……, 아마도 거열車裂?"

"잡지 않을 걸."

"예에? 왜요?"

"그 사람이야 죽는 것 무서워할 사람도 아니고……. 죽인다 어쩐다 하고 일을 벌이다가는 소문만 더 퍼져서……, 이 더러운 내막만 더 까발려질 테니까……."

"음……."

"이번에도 한명회인가 뭔가 하는 그놈이 대비를 쏘삭거린 거 같은데……."

"그랬을 것이네. 그놈이야말로 애초부터 개돼지만도 못한 놈이지."

"개돼지만도 못한 놈의 말을 듣는 그런 년도……."

그는 말하다 말고 자기 입을 손으로 막았다. 정희왕후를 그런 년이라고 하다가 자기 욕이 너무 과도하다고 생각한 양이었다.

"그런 것들이 대물려가며 나라를 다스리니 나라가 망조가 들 수밖에……. 그런 '는 는'을 때려잡을 수는 없단 말인가요?"

이 사람은 '년 놈'이란 말을 차마 다하지 못하고 '는 는' 하고 말았다.

"아마도 나라가 망조 들어가다가……, 결국 망하기 전까지는 잘 안 될 일이네."

"아니, '는 는'이라니요? 그게 뭔데요?"

"허, 이 사람은 자다가 봉창 뚫는가? 이제껏 얘기 들으며 그것도 모르게. 이건 자네한테 내는 오늘의 숙제네. 알겠는가?"

"예에……. 거참."

"정말 그 개돼지만도 못한 것들 때문에 큰일이네요."

"흥, 좌리일등공신? 그것들, 망국일등역신亡國一等逆臣이라고나 해야 맞지."

"아무튼 어서 글귀나 외우라고."

"예……."

"예."

그들은 열심히 익명서의 글귀를 외웠다.

치효치효鴟鴞鴟鴞

(올빼미야, 올빼미야)

빈모치효牝牡鴟鴞

(암수 올빼미야)

이취부자己取父子

(부자를 잡아먹었는데)

우취기자又取己子

(또 제 자식 잡아먹었구나)

무훼아방無毀我邦

(제발 나라는 망치지 마라)

간사교사奸斯狡斯

(간교와 교활을 다해)

국병지탕사國柄之蕩斯

(권세가 넘쳐나니)

영능지통사英陵之慟斯

(세종대왕이 통곡하는구나.)

그들은 익명서의 글귀를 금방 다 외웠다.

그리고 그들은 그 익명서를 촛불에 살랐다.

익명서는 몇 줄기 하얀 연기로 피어오르다가, 돈견불약豚犬不若의 불
한당들이, 희희낙락거리며 나라와 백성들을 짓밟은, 참담한 역사의 뒤
안길로, 마침내 나라가 망조 드는 끄물끄물한 역사의 먹구름 속으로,
아스라이 사라져갔다.

(끝)

참고 문헌

국사편찬위원회, 《조선왕조실록》, 인터넷판

김경임, 《사라진 〈몽유도원도〉를 찾아서》, 산처럼

김동인, 《대수양》, 신원문화사

김영곤, 《왕비열전 조선편》(전 20권), 고려출판사

김종년, 《대왕세종》, 아리샘

박경남, 《소설 신숙주》, 그린북아시아

박종인, 《땅의 역사》, 상상출판

박춘명, 《소설 훈민정음》, 이가서

신봉승, 《소설 한명회》, 갑인출판사

_____, 《조선왕조 500년》(전 24권), 금성출판사

안휘준, 《안견과 〈몽유도원도〉》, 사회평론

이광수, 《단종애사》, 애플북스

이덕일, 《김종서와 조선의 눈물》, 옥당

_____, 《조선왕 독살사건》, 다산초당

_____, 《조선왕조실록》, 다산초당

_____, 《조선이 버린 천재들》, 옥당

_____, 《한국통사》, 다산북스

이문구, 《매월당 김시습》, 창비

이상각, 《조선 노비열전》, 유리창

이상우, 《김종서는 누가 죽였나》, 청어람

_____, 《세종대왕 이도》, 시간여행

이정근, 《수양대군》, 청년정신

이찬 등, 《교학지도집》, 교학사

이홍직, 《국사대사전》, 삼영출판사

정원찬, 《공주는 소리 내어 울지 않았다》, 도서출판 월인

차상찬, 《성삼문의 서병》, 이프리북스

한영우, 《다시 찾는 우리 역사》, 경세원

돗개무리 제5권 세도승승勢道繩繩

초판 1쇄 발행 2021년 02월 05일

지 은 이 이번영
펴 낸 이 김환기
펴 낸 곳 도서출판 이른아침
주   소 경기 고양시 일산동구 정발산로 24 웨스턴타워 업무4동 718호
전   화 031-908-7995
팩   스 070-4758-0887
등   록 2003년 9월 30일 제313-2003-00324호
이 메 일 booksorie@naver.com

ISBN 978-89-6745-118-9 (04810)
　　　 978-89-6745-113-4 (세트)